代中国文学书库

别时何易

田一粟 ◎ 著

中国文联出版社

图书在版编目（CIP）数据

别时何易 / 田一粟著 . -- 北京：中国文联出版社，
2023.1

ISBN 978 - 7 - 5190 - 5041 - 2

Ⅰ.①别⋯ Ⅱ.①田⋯ Ⅲ.①长篇小说—中国—当代
Ⅳ.①I247.5

中国版本图书馆 CIP 数据核字（2022）第 245924 号

著　　者　田一粟
责任编辑　周　欣
责任校对　阮书平
装帧设计　中联华文

出版发行　中国文联出版社有限公司
地　　址　北京市朝阳区农展馆南里 10 号　　　　邮编　100125
电　　话　010 - 85923025（发行部）　　　　85923091（总编室）
经　　销　全国新华书店等
印　　刷　三河市华东印刷有限公司

开　　本　710 毫米×1000 毫米　　　1/16
印　　张　21.5
字　　数　330 千字
版　　次　2023 年 1 月第 1 版第 1 次印刷
定　　价　89.00 元

●●●●●● 目 录

1

来听江彪示范课的老师们免费看了场好戏，就像他们还免费拿到了附中食堂午餐券一样。

示范课讲的是"戏剧性"。江彪看着满屋子认真听课的同行和学生，活像老农深情凝视丰收的庄稼："举个例子，我在这儿讲课，按部就班讲完，没出一点儿波澜，这是生活的常态；要是我正讲着，突然有不速之客破门而入，那就是戏剧性了……"

话音未落，教室门"咣当"一声，一个衣着时髦的娇小女人当真破门而入。有学生喊了声"好"，还带头鼓起掌——她一定是配合江彪示范"戏剧性"的，不然时间不可能掐得那么准。特级教师的示范课，总得出点彩。听课的同仁们大睁着眼静待下文。

没人注意讲台上主角的脸已发青。

弹簧门凑趣儿地回弹，轻拍了闯入者刘美美一下。她怒气陡升一脚把门踹开，大喊："姓江的……"

不等姓江的说啥，被踹的门率先气急败坏，报复了她——刘美美被拍得双腿一扭，猝不及防倒了下去。厚道的人们纳闷这示范课的戏有点过了，不厚道的人们忍不住笑出声。江彪赶紧下讲台扶她。她站起时发现双脚一高一低——一边鞋跟断了。她甩开江彪，咬牙切齿："签字，离婚！"

免费看戏的全都傻了眼，这不像配合演出的啊。

特级教师应对"戏剧性"场面的经验显然不足。身材魁梧的江彪阵脚大乱，一根筋想把她弄出教室。但刘美美人小志气大，不屈不挠，眼看被推到门边，猛抓住墙上的金属挂钩，壁虎一样趴在那儿，乱踢乱喊："想拖死我……办不到……不要脸！"

后排一位穿中式褂子、梳大背头的年轻女老师起身上前，拉住负隅顽抗的女将："师母，上课呢！"

刘美美打掉她的手，撇着嘴："哼，田遂心，你当年没少勾搭他！现在还和他天天黏一起！"

江彪拳头攥了起来，低吼道："闭嘴！"

全教室的人都被施了定身术，江彪示范的"戏剧性"彻底惊呆了他们。

此时，旱地拔葱似的，中间座位"腾"地跳起个人来。小伙子个头足有一米八但身躯单薄，肥大的附中校服穿在身上像是偷来的。变声期的小公鸡过于激动，音都喊劈了，把观众的耳膜震得嗡嗡响。

"闹够没有？你们闹够没有！"

他走到刘美美面前，眼里噙着泪："走不走？"

她一时未动。

"你不走我走！"小伙子一转身，朝教室窗户冲刺过去，拉开就要往下跳，立马被旁边的同学与老师死死拉住。

刘美美大喊"儿子"，江彪大喊"克明"，田遂心喊"江克明"，外来户们可算明白了这场戏里的人物关系。

整个教室乱成一锅粥。

江彪活了37年攒下的脸全丢尽了。对身边这个人，他此刻心底不只是嫌恶，还产生了惧怕：课堂她都敢闯，啥事做不出来！一股恶气沿着胸口直往外冒，他终于想摆脱这一切了。

"拿来！"

刘美美撇撇嘴，打开足印斑斑的包，从里面翻出离婚协议书和笔，正要开口说啥，江彪一把夺过，转身把纸拍在教室墙上，签上自己大名，因用力过猛把纸划破了两个洞。

"活该，仨月前签字能有今天？"刘美美哼着小曲一扭一扭走了。江彪倏地想起这是20世纪80年代的流行金曲：《我们的生活充满阳光》！

他猛想起16年前在内蒙古老家，为了娶刘美美跟母亲磕头决裂的那个22岁的"五四"青年，牙都笑冷了。

校长张德祥牺牲自己吃午饭的时间，把江彪叫到办公室，开骂。不骂够校长吃不下饭过不了夜，特别是对江彪——他的得力爱将，给他丢起脸来也毫不含糊。

江彪被骂得一佛出世二佛升天，一直两眼呆滞，黯然无语。以前他可不这样。张德祥骂过他两次，一次是为语文学科改革，二人意见相左，在校长办公室吵嚷起来，江彪激愤不已，嗓门比校长还高。一次是为提拔江彪当教务主任，张校长之前就是从这个职务升上来的，没想到江彪不识抬举死活不干。

出了校长室，江彪没脸回教学楼，更不想回家，灰头土脸拐上了图书馆旁边的小白楼，那里有一间他的单身宿舍。

躺在床上，闭上眼睛，心里翻江倒海。睁开眼，瞥见挂在墙上的小提琴。他摘下琴盒，像抱初生儿一样小心翼翼把琴抱了出来，然后轻轻活动肩、腕、手指。江彪天生一副拉小提琴的坯子，手腕手指柔软、指尖有肉，手很长，更难得的是小指很长；耳力好，具有传说中的绝对音感；胸幅开阔，各路尺寸都像为拉小提琴长的。如此完美的演奏天才，专业队伍的遗贤，此刻却只想拉一首《野蜂飞舞》。曲子单靠手指拨弄和琴弓琴弦摩擦，把野蜂飞行的动静描绘出来，通篇都是变化万端的"嗡嗡"声。难度不大但对速度要求很高，手快弓快，半点儿含糊不得。虽然曲子只有一分多钟，但这一分多钟里的每一秒都是抽搐的、发疯的、痉挛的。

江彪安好消音器，一分钟接一分钟，单曲循环。拉得左手完全麻木，右手手指隐隐作痛。再往后拉，就头晕眼花了；到了极限一刻，他喘息着把琴往床上一扔，再把自己扔到琴旁。

刘美美连连发信让他回家，才把他拉回现实。

一见面，她就把《财产分割细则》拍到他面前。他差点气乐了：一个是从不出去补课赚外快的高中老师，一个是逢年过节连桶油都分不上的小文员，离个婚还正儿八经地出了份分割财产的"细则"！

略扫一眼，满纸的"钻石""红宝石""珍珠""金"。他不知道刘美美又在琢磨啥。她开口了："你知道我喜欢珠宝，结婚前啥都没跟你要，这些年我每年给自己买5件，加在一起就这些。我可没一件瞒你，统统列在这儿。"

江彪似有所悟，把《细则》放在桌上。

"对得起你了，分给你的总价1万呢！"她撇着嘴。

江彪连连摆手："都拿走。"

"那你可想好了。这么多年家里的积蓄我可全买珠宝了，这东西有升值空间，现在不能变现。"

江彪听懂了，倘若不要这些珠宝，一旦离婚成真，他一分钱也拿不到。

刘美美见他未置可否，赶紧补了句："虽说这些珠宝归我了，可我比不上你，这房子让你落下了啊！你可比我赚多了！"

门"咔哒"一声，江克明阴沉着脸进来了，他嚼着口香糖，偶尔还吹出个泡来。

刘美美喊着"儿子"迎上去，双手奔向他肩上的背包，江克明一屁股坐到进门凳上，让她扑了个空。

他换好拖鞋，当他俩不存在，径直向次卧走去，把门关得山响。刘美美朝次卧翻了个白眼，回身对江彪说："儿子归我，你想都别想！"

"我带大的，你凭啥？"江彪瞪圆了眼。

"凭啥？凭我是他妈！凭我生他的时候大出血！"刘美美大喊着，毫不退让。

次卧"啪嚓"一声，尖锐刺耳，江彪和刘美美愣了神，一前一后冲过去，门锁死了，不给开。江彪退后两步，攒足全身气力照门上踹，硬生生把老式门锁踹了下来，残破的木门开了，克明坐在门对面窗下书桌前，完好无损却怨怒地看向他们。

门旁墙下，一堆淡青色碎瓷片。离婚大战打响三个多月，一对钧瓷花瓶中的一个已在不久前遇难，幸存者则刚刚阵亡。一地碎片像极了他们无可收拾的婚姻。江彪转身去拿笤帚簸箕，克明指着刘美美："让她扫！"

刘美美接过笤帚扫起来："妈不知道那是你们班……"

克明紧锁眉头盯着她："对，上小学接我你就进错班，你也配当妈?！"

他从刘美美手中抢过笤帚，起身大步走到门前，把刘美美和江彪往外推。

坏了锁的门"啪"一声关上了。

2

话剧院要上新戏了。和往日一样，主演人选成为大家观望的焦点。

剧本发到了孔妍妍手里。她今年28岁，话剧院的台柱子之一。她五官精致长得很美，即使在美人扎堆的地方也出类拔萃。但她活得实在不精致，为了那点儿睡不醒的觉，化妆穿衣的时间都可以缩短甚至不要。一头浓密的乌黑秀发也因此受了冷落，高兴了随手编个麻花辫，不高兴披散着就出门。夏天随便抓起一件文化衫，冬天一件大袍子穿到底。

可纵然她不化妆不打粉底，那张脸仍是瓷白瓷白的，吹弹可破。每次别人一脸艳羡询问她护肤美妆品的牌子，她总是不过大脑地说："我今天没化妆，纯天然的。"丝毫不懂也不在乎别人的嫉恨。

等她随着阅历增长渐渐明白过来，就尽量躲到角落不吱声。除了演出站到人前，尽量少扎人堆，时间长了，身上就有了几分又臭又硬的意思，喜欢她的人认为那是遗世独立的清高，不喜欢的就拿她当茅坑石子儿了。

活得粗糙，偶尔颓丧着把头一低，更没了名演员的样子！可她只要戏装加身往台上一站，整个人就光彩挺拔起来，个头眼见着长了十公分。她妈妈第一次看她演出，竟认不准哪个是自己女儿，实在跟平日差距太大。

她在话剧圈还算受宠，有固定粉丝；但她从不往影视圈凑，而二者的社会影响和人气差异有如养金鱼的小盆和养鲸鱼的大海，她的脸不熟、人气不够，经常在定主角时临门一脚，被混影视圈的同事一回马枪刺下去，气得干瞪眼。

所以这次她压根没看剧本。一个月后巡回商演、两个月后大剧场的《北京人》，人不能啥风光都占。

她正在小排练厅和搭档打磨《北京人》，有人过来喊她，说导演让她去试戏，心里纳闷早推了的事怎么又诈了尸。一进门，就看见上至导演下至灯光置景，十几号人垂头丧气。估计刚被艺术总监训过。导演见她进来，立刻问："剧本呢？"

孔妍妍摊开两手。

导演把手里的剧本塞给她："第三场男一女一重见，来一下。"

她理直气壮说自己没接这个活儿。导演给她半小时让她迅速上手。可恶，还没到年度考核呢，就来这一套。她只好找到角落一个座椅坐下，翻开剧本。看着看着眼睛瞪圆了——

怎么是这么个戏啊！

一个女大学生喜欢上已婚男老师，表白被拒内心受到伤害，数年后发现老师已离婚，于是借工作之便接近他，恶意报复，最终却真正爱上他。

真该死！孔妍妍脸上红一阵白一阵，不知说啥好——哪个编剧写的啊！

导演让她演的，是男老师女学生数年后重逢，二人各怀心事互诉衷肠那段。

这戏不会有出路的。她想：太讨厌了。

她只当完成年度考核，按着自己的理解走了一遍。十分钟的戏，全场鸦雀无声，艺术总监也被拉来看。

导演红着眼眶走向她："就你了！"

孔妍妍故意笑得很好看，甚至有点讨好："导演，我水平还不行啊。再说，导演，我非常、非常、非常不喜欢这个角色，您另派别人吧。"她急欲离开。

"这是小剧场戏，探讨人性的，"导演说，"你今天才第一次看剧本，跟角色的亲近是慢慢形成的，不要急着推戏啊！"

"您知道我不是挑戏的人，可这个戏、这个角色，我驾驭不了。"

"你的表现最好。"导演点头。

孔妍妍摇摇头："谁写的剧本？封面上没写。"

导演舔舔发干的嘴唇，朝自己身上指了指："你可以二度创作，我没意见。"

她尴尬地低下头，但并没有改主意的意思。

"小孔，去年你国二级评上了吗？"艺术总监起身走过来，殷勤地问。

领导就是领导，一句就说到点子上。孔妍妍既是话剧院忠贞不二的坚守者，却也是不求上进的落后分子，有戏演戏没戏赋闲，想要的太少，害得领导失去了能辖制她的把柄，职称怕是最后的王牌了。

职称是她的软肋啊！业务上她年年考核优秀，却不积极参赛评奖、不发论文，更没有拿得出手的理论著作，混了将近八年还是国家三级演员。她想一狠心退出评职称的系统，可又没达到彻底放下啥都不要的地步，用合租舍友田遂心的话说——还是一俗人。

她拉长脸拂袖而去，艺术总监直皱眉头，导演却乐了，他知道她这就算接了。

《北京人》还在打磨，孔妍妍却不想再呆下去了。让她演爱上以前老师的戏码，这不是撕扯旧伤、钝刀剐肉吗？他们凭什么，还不让推戏！

她一出楼门，就看见追了她一年的杜渐——正倚在他那辆路虎揽胜上等她，心里更光火："早说了咱俩不可能，别跟狗皮膏药似的！"她没好气地往自己车边走，杜渐跟上来，她回头一瞪眼，发射了炮弹一样，把他隔离在十米开外。

孔妍妍回到家，就着热奶吞下两片面包，像对付早饭那样对付了晚饭，拿起之前随便扔在桌上的剧本，认真看起来。剧名有点酸，叫《别时何易》，男一叫裴文宇，女一叫许一竹。她看得十分倒胃，刚入肚的充饥之物都在往上翻。

门锁一响，田遂心看完晚自习回到家。

与高中同学孔妍妍合租三年，田遂心习惯了叽叽喳喳的生活，从高中生的叽喳声走进孔妍妍的叽喳声，每天好不热闹。也亏了小孔，她可不是个热闹的人，小孔住进来之前，两居室的小家除了京剧老唱片的热闹，就只剩下喘气声。

孔妍妍喜欢社会新闻和明星绯闻，讲起来绘声绘色一惊一乍的。她们上高中时，就有同学偷偷问田遂心，咋会交上孔妍妍这样胸大无脑的朋友？她俩简直就是背向而行的两条平行线嘛。可交同性朋友和异性朋友一样，冷暖自知，说不清道不明的。

孔妍妍坐在沙发上挥挥手，跟她淡淡地打声招呼，之后闭眼倚在靠背上。彻底没了叽喳声的夜晚委实奇怪。

田遂心洗完手回到客厅，捡起她手边的剧本扫了几眼。看着看着也傻在那儿。

"这是，根据你的事迹改编的?"田遂心问。

孔妍妍直起身把剧本夺回来。

"这戏好，本色出演啊。"田遂心逗她。

"男人写的玩意儿，以为女的都痴情到死，人家老婆孩子热炕头的，她在那儿傻等人家离婚，足足等了八年。人家离了，她还就真扑上去了，白痴吗?"

田遂心意味深长地一笑，把余叔岩的"十八张半"唱片放进老式留声机。苍劲的唱腔从唱针下飘出来，满屋子西皮二黄，仿佛穿越到另一时空。田遂心闭上眼，惬意地倚在沙发上舒展身体："你觉得假?"

"假透了!"孔妍妍说，"再爱一个人都不可能这么做!"

"我觉得可能，情不知所起，一往而深，生可以死，死可以生，有什么不可能的?"

孔妍妍只冷笑。

"我最欣赏你的，就是那份敢爱敢恨，艺术家嘛!"田遂心半开玩笑。

"他不会离婚的，除非他死。"孔妍妍撇撇嘴。

"树欲静而风不止，男人可以休妻，女人自然也能休夫。哼，我今天差点儿动手。"

孔妍妍睁大了好看的杏核眼，来了点精神："谁，值得你?"

"休夫的那位。闹了我们班区级示范课不说，还当众污蔑我!"田遂心恨得牙痒，"今天那场面实在没法动手，可我这人记仇，早晚得还她。"

"闹示范课?"孔妍妍一脸不可思议，"为的啥?"

"逼江彪离婚!"

孔妍妍愣住，脑子里好一通联想，过一会儿把目光收回来，没预兆地哈哈大笑，听起来又假又瘆人："天道轮回，报应不爽啊，他那个奇葩老婆终于把他扔了?"

田遂心摇着头深感不解："你怎么这个反应? 好歹当年是你的心上人，为人家失魂落魄的，你忘了我可都记得。"

"十年了，姐儿们!"孔妍妍抖着剧本，"你以为我是许一竹这样的傻帽儿?"

田遂心的手指依着唱腔节奏,在沙发背上轻点着:"万物自有归宿。"

"下辈子。"孔妍妍拿着剧本,起身往卧室走去。

天哪,他离婚了!但,这不可能!

她恨他。就像《别时何易》里的许一竹恨裴文宇一样。江彪,这个被她爱过、恨过、诅咒过的人,离婚了!他竟然离婚了!他不是在婚姻里委屈得直哭都不肯离吗?为了他那个宝贝儿子!

遥远的2004年8月底。她第一次直面他,是在高二刚开学的班级见面会上。他一张帅气适中的国字脸、乌黑浓密的偏分背头,个头一米八之上,身形魁梧。纯白短袖衫、浅灰色休闲裤——她知道敢这么穿的,一定是爱洗衣服、干干净净的人。她的内务虽稀里糊涂,但她喜欢整洁的人。

江彪写板书,别的学生都走笔如飞,唯恐跟不上,只有她,笔也不拿,傻愣愣看着。怎么能写出那么好看的字呢?他写完了回身一看,吓得她赶紧低头找笔,生怕被他看出破绽。

真正对他动心,是他帮她解决纠纷那次。高二一开学她就面临尴尬:也不知怎么得罪了女班长,进而被大半个班的女生孤立了。遂心来和她交朋友,就是此事的副产品,也算因祸得福:侠肝义胆的田大侠看不上众人欺负一人。上体育课,只有遂心愿意和她组合打双人球,女班长排值日都把她跳过去,后来把班级孤立延伸到宿舍,小孔的日子越来越难捱了。

她一直没惊动江彪,还嘱咐他的课代表田遂心也别惊动他。倒不是她善解人意怕给他添乱,她是压根不抱希望,从没觉得男班主任能解决女生间的鸡毛蒜皮。这是个千古谜题,她高一时的女班主任都解决不了,还恼羞成怒地训她:"你不招惹人家,人家能招惹你?"这样的自取其辱,她可不想再拥有。

但万万没想到,晚自习时江彪把她叫到门外,低声询问她最近是不是遇到麻烦了。怪她泪窝浅,他一问她竟哭了,真是丢死个人。

江彪听她说完,只说了四个字:"我知道了。"

没出三天,女班长竟主动向她示好了!学校要搞国庆演出,全班开班会讨论报节目,女班长热情提议:"孔妍妍是文艺骨干,得出节目。"

真是活见了鬼,不光小孔,班里几乎所有人都惊呆了。江彪微笑着看向她，脸上暖洋洋的。她受挤对的日子竟稀里糊涂结束了。

怎么回事？她问遂心，竟也一无所知。后来她特意感谢江彪，他云淡风轻说："没啥。"她也没好意思问他详情。直到高三，女班长对男班长发起总攻却被拒绝，气急败坏地追溯以往，大家才破解了高二一开学的谜题：班里疯传男班长暗恋小孔，而男班长偏偏被女班长暗恋着。江彪当时对女班长说了一句话："孔妍妍有喜欢的人，但跟你喜欢的不是同一个。"轻而易举击退了女班长对小孔的敌意，他再现身说法跟她聊同学情谊，女班长就欣然接受了。

遥隔十年，他的敏感和机智让她难以忘怀。他是胡诌的，那时他看出她并不喜欢男班长，却还不知道她喜欢的是他，或者说，那时她还没那么喜欢他。她对他的喜欢，是随着日子推移逐渐加深的。

她还觉得很有趣：江彪从不棒打鸳鸯，虽然他也不鼓励，但他班里的鸳鸯最少，截至高考，两情相悦的只有一对，这一对考上了同一所大学，毕业后就结婚了。小孔此时已"自绝于人民"——躲避所有江彪可能出现的场合——人家还是给她送了请柬，她特意把礼金拿给遂心烦请转交。后来遂心告诉她，江彪给请去当证婚人，一番幽默风趣的证婚词后，新人双双向他鞠躬，感谢高中时的"不拆之恩"，那场面甭提多逗了。

江彪已婚有子的事可就不逗了。开学后没几天，他骑着他的专属座驾进校门，孔妍妍分明看见了后座上的儿童座椅，和那个一脸坏相的三岁小男孩，他吐着舌头，嘴里喊着"得儿——驾"，江彪就笑得满脸开花，"呜呜"喊着把车骑得飞快，完全不管旁人侧目。

晴空里霹雳炸响，她想不通世上那么多晚婚的男人，偏她喜欢的22岁就当了爹！他不该单身吗？她设想的剧本不是这样的啊！难道不是她向他深情告白，他温情脉脉说"我等你，等你上了大学我们就在一起"吗?!

她原本住校，抱病请假回家躺了三天，不吃不喝不说话，把老妈孔宪愚吓得半死，急急跑到学校找班主任。江彪呆若木鸡，跟着孔妈妈回家劝导。孔妍妍见心上人和严肃的老娘一起出现，有苦难言、苦不堪言，恨不得当场死了。

活生生被折磨了两年。唯一的收获是在表演专业的艺考面试中，她以"超乎年龄的理解力和悟性，成功完成了诠释爱情的即兴小品"，得了个专业排名第一。

千不该万不该，高三快毕业时，她还是写了那封该死的信。太年轻了，换成现在这个年纪，打死也不会写。她还是表白了，卑微、无奈、按捺不住，夹在毕业纪念册里给了他。江彪把她请进他的单身宿舍，大开着门，竟没半丝腼腆，回绝得滴水不漏。她早猜到这个结局，坐在椅子上默默流泪。

在他心里，她算个啥？轻浮地追求已婚男老师的差生罢了！他看向她的眼神里，没温度没热情，强忍着也没有嫌恶罢了，他看语文课代表田遂心都比看她高兴些。

可笑的剧本，还鸳梦重温呢，压根没"鸳梦"，重温你个鬼啊！

3

离婚官司开庭日近，江彪做律师的弟弟江悍急火火赶来。进门一边脱鞋一边嚷嚷："哥，协议书！"

江彪一愣："克明告诉你了？"

"咋不在民政局离？她怕留案底？"江悍连珠炮一样，"签之前为啥不跟我沟通？怕我干涉你内政？"

江悍接过协议书，刚看完核心段落，就把那两张纸往茶几上重重一扣："这他妈什么协议书，比《马关条约》还狠哪！你呀你，傻死了！"

江彪不说话。

"你信这鬼话？"江悍敲打那两张纸，"她写了这么多珠宝，加在一起有100万，你亲眼见过没？"

"没，女人的玩意儿。"

江悍说："前几天我趁着去房管局跑案子，顺道查了她。她名下有个独立产权的房子，去年10月买的，在西三环。这房子你不知道吧？"

江彪吃了一惊。

"她背着你，用你们十几年的积蓄买了西三环这套房。现在眼看着离婚分家产，钱的缺口太大没法跟你交差，就编出一堆珠宝糊弄你。死女人早就打算好了！她写的你们两年前开始分居，是真的吗？"

江彪点点头。

江悍捶腿咋舌："哥，你亏大了，跟她耗两年！她外面有人了吧？"

江彪苦笑一下："不至于吧？她一直骂我，说我不干不净呢。"

"我见得多了，出轨的人都是贼、是毒蛇，最爱反咬一口！哥，你搜集好证据，我让她半点便宜占不到！她不是告你吗？反诉！把房子弄回来。"

江彪叹了口气，摇摇头："又不是没地儿住。给她吧。"

"亏你说得出！那是个小玩具？"江悍气得直拍茶几，"你家的钱基本都是你挣的，脑力劳动的血汗钱。你得为以后考虑一下吧？你才37，不可能一直旱着。"

"我们爷儿俩过挺好。"

"行，你打算守节不拦你。我再问一遍啊，想不想把财产争回来？"

"算了。"江彪没半点犹豫，"不管咋说，她为生克明差点把命搭上。"

江悍还是不甘心："这事儿交给我，费不了你多少心思。"

江彪文不对题地坐在对面点点头，微笑里带着腼腆。江悍太熟悉这个表情了。他哥一犯犟就这样笑着不说话，心里却拴着一百头牛。当事人无动于衷，做律师的有啥辙？

江悍临走还恨铁不成钢地絮叨着："哥，你房子票子不争取，反倒死命要孩子，我看你这再婚是够呛了！"

"老二，"江彪跟在后面送他，试探着，"最近，没情况？"

江悍愣了一下，很快明白了："没。我且得闲一阵儿呢。"

"怪哥没给你开好头。"江彪自我解嘲地笑着，"我们学校有几个年轻老师真不错，跟你年岁相当的……"

江悍噗嗤乐了："你可别害我了，就冲咱妈，啥老师我都不要。前半辈子让少年宫老师管着，后半辈子让高中老师管着，我还活不活了？"

离婚案开庭当天，江克明睡到7点半也没醒，江彪做好早餐叫他，他顺从地起来吃了。吃完，江彪说今天去外面开会，不定啥时回来。

"去法院吧？"克明冷眼瞟他，幽幽地冒出一句。

这话一下把江彪劈了，板着脸："好好上课，别管这乱七八糟的。"

"我当然不管，管得着吗我？"克明斜眼瞪他。

法庭上，江彪对财产分割没争议，分歧很快落在孩子的归属上。

即将离婚的夫妻唇枪舌战起来，活像两只抢夺要命口粮的鸡。

法官让他们肃静。俩人刚停下来喘气，就听后排传来一声："我跟我妈！"

江彪一惊。克明也不知啥时出现的，一个人坐在后排，正冷眼看他们走程序。

刘美美前一秒还在怒视江彪，一听"我跟我妈"，表情僵在那儿。跟他爹是铁板钉钉的事，咋说变就变，还翻盘在法庭上？

"开玩笑要分场合。"江彪看向儿子。

法官示意二人别说话，问克明："你想好了？"

"我早想好了。"克明郑重其事、拿腔作调地唱起来，从后排走到江彪和刘美美中间，"世上只有妈妈好，有妈的孩子像块宝……"

他还想继续唱，被法官挥手打断。

"原告，孩子未满十八岁，你要负责他生活起居，并配合非抚养一方探视。"

刘美美毫无预兆地哭起来，呜呜咽咽伤心至极。被法官劝止后，抹去了眼角最后一滴泪："法官，我……我是个伟大而坚强的母亲，孩子永远是我的生命，我做的一切也都是为了他。但我现在没房子，住在单位宿舍里。我还经常去外地出差，没法照顾孩子……"

"妈，我不怕挤。"克明不等法官说话，立刻笑盈盈地表明心迹，"我自己能照顾自己。"

"你别捣乱。"刘美美泪涟涟看向儿子。

法官的脸沉下来："原告，看来你并没做好要孩子的准备。"

刘美美把沾满泪水的纸巾捂在鼻子上擤了一把，继续饮泣："我坚决要孩子……可我又怕委屈了孩子，孩子的幸福重于一切。"

"妈，您这是怎么说的！跟亲妈在一起哪能叫委屈？"克明故意拖着长腔。

江彪咳了一声，他本意是看不过去了，让克明停止对自己妈的耍弄。但在刘美美听来，这是挑衅的咳嗽、胜利者的咳嗽、幸灾乐祸的咳嗽。

法官被这家人弄蒙了，问克明："你到底想跟谁？"

"跟我爸。"克明阴沉着脸。他给了刘美美好看，自认可以收场了。

刘美美憋了一肚子气，一出法院大门就扯住江彪。

"你们俩狼狈为奸，早商量好看我笑话！"

江彪目视前方，不说话。

"笑话？笑话多着呢。"克明阴阳怪气。

"啥意思？"刘美美警觉起来。

克明想把他记忆深刻的这十年从头细说。他恨他们吵架，甚至想过他们死，盼过自己死。算了，不说了，说也说不完……不行，必须说，不说出不了十年的恶气；不说，他们还以为他是啥也不知道的小傻子。于是他拣着最狠毒的来了：

"当初，奉子成婚的是你们；现在，奉子离婚的还是你们。我是谁？你们当我是谁啊？"

话刚出口，怒火上窜，他一脚踹向路边的垃圾桶，把呆头呆脑的大家伙踹翻在地，里面的脏东西呕吐物一样冒出来。江彪赶紧弯腰收拾，把垃圾桶扶起来。

"以为我永远 3 岁是吧？你们 2000 年 10 月 6 号结的婚，我 2001 年 4 月 1 号生出来……早知今日，何必当初？你们也配当父母？"

他刚才还不想多说，甚至盼着赶快离去，留给他们一个高傲矜持的背影。可话说到这儿，情绪成了脱缰野马，勒也勒不住。他歇斯底里冲到刘美美面前："你假惺惺要我，做给谁看呢？你都后悔生我！早干吗去了？那年头医院不能人工流产？！"

江彪看着眼前咆哮的活牲口，气得浑身发抖。

"江彪，你聋了？咋不抽他！"刘美美嘶哑着嗓子在旁边煽风点火。

江彪猛得高高抬起右手。克明心里"咯噔"一下。从小到大，当爹的一味慈爱没对他动过手，这一巴掌打下来肯定很疼，他该咋应付？能跟他对打不？他怀疑自己的慌乱已被江彪看在眼里，但他不能示弱，特别是在此刻声讨他们的时候。于是他挺起胸膛呐喊："你抽啊！"

"啪"一声脆响，克明没觉得疼，定睛看，江彪的脸向左微倾，牙关紧咬。

刘美美翻个鄙夷的白眼转身走了，剩下父子俩呆在原地。

刚才那声脆响炸裂在克明心头，连血带肉碎成片。怎么有个这么窝囊的爹啊！前所未有的委屈一起涌上来，他往马路牙子上一坐，"哇"一声哭出来。他宁愿这一下打的是他——可惜不是，不是啊！

江彪红着脸，默不作声站在一边，活像随侍关公的周仓。车水马龙的大街上，见多识广的首都人民没有围观，克明却觉得每双眼睛都像看人裸奔一样，看着他们丢人现眼。

4

一个月后，张德祥又把江彪叫到了校长室。

两件事让江彪挺吃惊：校长大人想给他当红娘；高一理科教研组组长张静娴竟是校长堂妹，这么多年，到今天才知道。张静娴和江彪同岁，3年前丈夫癌症去世，撇下她和当时才6岁的女儿。

"小江——"16年了，小江快变老江了，校长还改不了最初这个称呼，"你得赶紧走出来，这又不是磨精品示范课，磨来磨去没完没了。"说完，不等江彪表态，他点开微信就要把张静娴推送给他。江彪迟疑着，不知该不该贸然从命。

"你是男人，得主动！"张红娘摘下花镜，又成了张校长，"要不我让她联系你？"

江彪赶紧摆手。他一直魂不守舍，犹豫着要不要主动说出如今的经济情况。太丢人了，堂堂大老爷们儿兜里只剩2000块钱，要等下个月工资才能续命，他要是张德祥，打死也不会把自家堂妹往火坑里推。

"给个痛快话，以前的干脆劲儿哪儿去了？"校长粗黑的剑眉都横起来了。

江彪只好厚着脸皮实言相告。他是一只被拔光毛的鸟，得经历不知多久才能长好新毛，现在相当于赤身裸体。他哪有资格追谁啊！

他突然闭了嘴，不对啊，一开头就跑偏了，好像不愿相亲只因经济状况差——怎么总这样，一着急就慌不择路，一紧张就大脑短路！毛被拔光是实情，可即便没被拔光，他现在也不敢立刻找女人啊，他且得舔舔他那深达16年的伤口呢！

张德祥皱眉吸气，一脸大事不妙，留了句活话："我问问静娴，看她的意思。"

江彪终于松了口气。这段插曲算是躲过去了，还是过自己的清净日子，睡素净觉轻省。

谁知第二天，他就接到了张静娴的电话。他跟她只算点头之交，一听到对方斯文和气的声音，他又不知说啥好了。她主动邀请他见面，江彪不好意思拒绝，嗯嗯啊啊地答应了。挂了电话，又想抽自己。怎么一到关键时刻，大脑就不受控制？16 年前的教训看来还不够。人家不嫌你穷，主动约你你就感动得涕泪横流、不好说"不"了？活了 37 年，脑子都活到猪头里去了！

眼看着过两天就要约会，江彪臊眉耷眼回家，把校长保媒的事告诉了儿子，也借机找个台阶下。自打那天从法院回家，兔崽子就不理他了，气势汹汹把他轰到单身宿舍睡，他做的饭菜也晾在桌上不吃，宁肯去吃食堂。冷战多日，江克明似乎也想就坡下驴，可一听他说要相亲，还没细问就连连摇头。

"多清静几天吧，烦不烦啊？"克明老气横秋地，"女人皆祸害啊。"

江彪也不想这么快另起炉灶，可儿子后面那句吓他一跳。江彪心底懊悔夫妻不和殃及孩子——不是孩子了，快 16 岁的小老爷们儿，开始研究女人了。他得跟他好好掰扯掰扯，不能让他小小年纪对女人绝望："克明，天下好女人多的是，不能因噎废食……"

克明挥挥手："您可打住吧，我跟您说眼前的，就我妈，还有我叔那帮前女友，哪个是好人？不能说坏女人都让您二位收了吧？"

江彪没了回击之力，只好避重就轻："不能光说人家，你叔不自重。"

克明深感话不投机："我叔也挺好，不合适就换呗，都像您，一棵树上吊死？"

戳得江彪心口疼，赶紧坐直了顺顺气："所以嘛，好女人只能等你未来去发掘，我跟你叔都是明日老黄花。"

克明看他有意让着自己，也宽宏大量起来："老张给你介绍的谁啊？"

"教你们高一数学的张静娴老师，没教过你。"

克明眼睛一亮："张老师啊，给我讲过题。"稍加思索，大手一挥，"见见吧老江。"

江彪心想这口风变得够快的。不过儿子一叫他"老江"，就意味着又重修旧好了。

　　江彪和张静娴第一次约会，就对她有了好感。更要命的是，张静娴对江彪的好感也足。毕竟都在一个学校，知根知底。

　　张静娴端庄白净，称不上漂亮，却颇有空谷幽兰的淡泊气质。穿着打扮清新素雅，中等身材，鼻梁上架一副半框眼镜。在教学楼前一跟江彪见面，就略低头羞涩地笑了。点头之交变成了约会对象，一时有点儿转不过弯。

　　虽对彼此尚无了解，但二人都在对方身上看到了沉稳慎重。江彪感谢她能主动联系他，跟她解释他没主动的原因。张静娴熨帖地提起刚丧夫那会儿，她是靠着女儿和工作挺过来的，哪一次心伤，不得靠时间来愈合啊。她主动约他，并非有意催促，只是试着相处，顺其自然。

　　人对人的好感是很容易滋生的，和恶感一样。她堂兄是校长，她却跟他一样只是个教研组长——他一直对淡泊和不爱冒尖的人高看一眼。也许，当年要是没参加那次高中同学会、没重见刘美美，他会在 2000 年 9 月到附中工作后，与她开始人生的第一场约会。

　　张静娴一直觉得教语文的骨子里傲气，心性或多或少都有些怪，更何况他那么年轻就破格成了特教，脾气可能更大。没想到接触起来才知道，江彪谦恭温和，凡事都跟她有商有量。二人看了电影又一起吃了饭，相处得妥帖舒服。

　　江彪一直为婚姻留下的伤口暗暗发愁。但再深的伤口，总有愈合的一天，也许新恋情就是愈合旧伤的良药。

　　江彪与张静娴的相处虽不显山露水，但还是被同办公室的田遂心发现了。于是消息就传进孔妍妍耳朵里。

　　"我今天私下问了江克明，他很支持他爸和张静娴在一起。"

　　"关我屁事！"孔妍妍几声诡异大笑，"哈哈，让我们祝他幸福吧！"

　　"嘴硬得很，但愿心一样硬啊！"田遂心哼着"此时间不可闹笑话"，乐呵呵回屋了。

　　在田遂心面前强充了英雄好汉，回到屋里躺在床上，孔妍妍心里却"咕噜咕噜"漾起了酸泡儿：离婚才一个月就找下家了？许一竹等裴文宇离婚等了八年！可耻的男人。她替许一竹不值，更替自己不值。十六岁的自己，咋喜欢上他了啊！

十年没见的人，凭啥还占据着大脑？她连他现在长啥样都不知道。她要把他轰出去，一秒钟都不让他停！可她做不到，自打一个月前知道江彪离婚，母校的小白楼几乎夜夜入梦……这么多年，她最常入梦的场景有两个，一个是小时候姥爷常带她去的隆福寺街，一个就是该死的小白楼。

那剧本里写的岂不是没错？

孔妍妍自己都不知道，她为啥就站在小白楼楼下了。住处离附中很近，大晚上九点，鬼使神差，游魂般飘了过来。

循着十年前的记忆，甚至能听到十年前的心跳，她踩着铁皮楼梯拾级而上，飘荡到二楼，站在江彪的单身宿舍外。里面一灯孤影，偶尔传出两声依然熟悉的咳嗽。她没有找错门。十年前、十二年前，往事潮水般涌进脑海。

她不知自己站了多久，腿已发酸。屋里伸了个长长的懒腰，之后琴声悠扬，没错，是他擅长的帕格尼尼第 24 首随想曲。不能再沉溺往事，琴声却又把她带回高二那年。好在没多久琴声停了，她努力把思绪拉回来。她抬起右手，却看到它筛糠般颤抖，只能用左手把它拍在门上，静夜中"砰砰"两声，像什么东西碎裂了，突兀刺耳。

"谁呀？"江彪的声音，有点儿惊惶，像精力集中时被突然打断。

孔妍妍往墙上一靠，不争气的泪就出来了，也不知它为谁而流。都说初恋是爱自己，可里面的名堂她到现在也弄不懂。她只知道初恋被拒的她，心硬如铁贼皮贼骨，哪个男人也不放在眼里了。

"来了。"声音变得平稳和缓，孔妍妍听到了挪动椅子的"吱嘎"声。他一定是要来开门了。

不，不，她暗喊着，心快蹦出来了，抓耳挠腮低头找地缝。他要是真出来，还能认得我吗？十年没见没联系，各自经历那么多沧桑，他想不起来我是谁，我再解释半天！

"我田遂心。"孔妍妍学以致用地模仿田遂心的语速和音调，还有她多年京剧老生票友生涯形成的，比一般女孩子低沉稳健的音色，在江彪门外演了一出狸猫换太子。

江彪应了声："稍等。"情急之下，孔妍妍贼胆顿起，喊了声，"我喜欢你！"

她话音未落，屁滚尿流地顺着铁皮楼梯跑了。锈迹斑斑的楼梯被她踩得百般呻吟。一口气冲出校园到了街上，她才抚着心口放慢了脚步。

他活该。活该被捉弄。他欠她的情债，耍他一下不算啥。这么想着，还是战胜不了心虚，她迅速回家，趁着田遂心伏案备课，快速洗漱上床。

门外的孔妍妍抛出个恶作剧，门内的江彪却被那4个字搅动了心思。田遂心居然喜欢他？活见鬼，田遂心咋可能喜欢他！她今年28岁了，从不急着找对象，为这个还逃离父母家，到外面租房住。后来在父母促成下相亲数次，连留美回来的医学博士都不入她的法眼。他江彪何德何能？

万没想到第二天，田遂心竟笑嘻嘻地出现了。她在食堂端着餐盘四顾，跑过来往他对面一坐。江彪不敢说话，只好埋头苦吃。

"江老师，昨晚门外有动静吗？"天，她居然主动问他。

他没想到她还有这么淘气的一面，是想让他主动说点儿啥？

"遂心，我的情况你也知道，虽说现在是自由身，可还拖着孩子。比我条件好太多的人遍地都是，怎么会……"他想说"怎么会看上我呢"，话到嘴边赶紧咽下，唉，别拿自己太当回事儿了。

"那要是人家就喜欢您呢？"田遂心边喝汤边问，依旧俏皮。真奇怪，她说这些竟没半点儿娇羞。太出人意料了，果然真汉子。

江彪如坐针毡，含糊说了句"下午见"，端起餐盘向残食台逃去，嘴里还嚼着最后一口饭。

"我等您信儿啊。"假小子越发来劲，字正腔圆冲着他喊。

江彪脚下都快拌蒜了。

田遂心目送江彪腼腆地踉跄离去，忍不住笑出声。

孔妍妍说她夜敲江彪门，看来不是吹牛啊！

5

江彪正在单身宿舍整理教研组文件，克明推门进来了。他刚从理科教研室出来，借着问题和张静娴说上了话，才知道她和江彪半月来总共约会那一次。

这还了得！克明是个急性子，他不能允许这样的低效率发生在自己家中。不等上完晚自习，就来给江彪上课了。

"老江，"克明坐到床边脱掉篮球鞋，苦口婆心地说，"你是男人，不能等着人家约你啊。"

江彪听着想乐："你不怕我忙着搞对象，不管你了？"

克明冲他做了个鬼脸："老江，你知道谈恋爱最忌讳啥吗？腼腆。不是我说你，换成我遇到这么靠谱的，还是老张的大媒，这会儿可能婚都结了。"

江彪哭笑不得。

"哎，你不会嫌人家丧偶拖个孩子吧？"

江彪坐到他身边，拍拍他的后脑勺："小脑瓜天天在想啥？我哪有资格嫌人家。"

"那你得热情点儿，"他换上了严肃而凝重的语气，"张老师也腼腆，你也腼腆，那怎么行！"他朝江彪伸出手："手机给我，我帮你发个热情的微信。"

江彪赶紧摆手加摇头。

克明自封恋爱专家，就此问题一对一给江彪面授，越说越兴奋，像小时候一样在床上横躺竖卧，一会儿就把大臭脚搭在江彪肩上，江彪一翻白眼，倒在床上假装被熏死了。这是他俩以前经常玩儿的小把戏。

"老爸，你不该只为我活着。"克明突然又凝重了，"我叔说得对，你得为自己活。"

这句话差点把江彪的泪催下来。

这几天，孔妍妍的反常连自己都察觉到了。恹恹的不爱去单位了，车都懒得摸，杜渐很快打来电话，说几天不见要到家里看她，她狠兮兮从牙缝间挤出两个字"别来"。闭门不出没事干，奇怪的举动就出来了——要么现放着洗衣机不用，玩儿命手洗衣服，搓到两手发红脑袋发木；要么买一堆稀奇古怪的食材研究烹饪，手艺太差做十次倒九次；要么拿起闲置已久的日常彩妆，精致地脸上涂抹。真美啊，镜子里换像了个人，陌生又美艳绝伦的脸，是她孔妍妍的吗？

如果单恋也能算初恋的话，她的初恋是江彪。也是她唯一上赶着追求的人，16岁的纯情啊，他不稀罕。被拒后，她不会再追别人了。大二一开学，别人追上了她。真正意义上的男朋友她工作后交往过一个，男方连订婚的钻戒都备好了。可她的心总是渺渺茫茫没个去处，一听"结婚"二字就头皮发胀，他还得寸进尺提"生孩子"，这不是要她的命吗？幸亏双方家长会面，她眼里不揉沙子的法官妈看出了男方无数破绽，出面棒打鸳鸯，她竟大大松了口气。在老妈看来，女儿是个没眼光没主意的窝囊废，她哪知道女儿千回百转的微妙心事是从16岁那年带过来的，经久不灭啊。田遂心那家伙倒是早看出来了。孔妍妍毕业后从不参加高中同学会，有意躲避江湖上仇家似的，田遂心观察数年才明白，其实真正的仇家不过一人而已。

孔妍妍的美艳彩妆忘了卸，一直挂到田遂心回来，吓了她一跳，她"啊呀"一声京剧老生的惊呼，反过来又把孔妍妍吓一跳。田遂心说她"思凡""怀春"，可以学学昆曲的程式化动作"磨桌"，以后的职业生涯没准儿能用得上。她的话总让孔妍妍半懂不懂，但知道那肯定不是好话。

看着孔妍妍半疯魔的样儿，田遂心坐不住了。晚自习趁着办公室一时没别人，田遂心叫住了即将离去的江彪。

"江老师，那天晚上的事，就不算数了？"

其实江彪一进办公室，就感到一双眼睛在盯着他。同事们陆续离开，那双眼更显得灼灼逼人，他赶紧收拾东西准备逃走。

可听了这话，再逃避就太不男人了："遂心，该说的话那天中午我都说了。"

田遂心抬高了调门："人家是真心的。您不能丝毫机会都不给吧？"

江彪脸一红，索性回身直面她："不可能，万万不合适。"

"只要是真心，就没啥不合适！"田遂心眼神坚毅理直气壮。

江彪只想找个清静处坐会儿，关于感情问题，他真的怕了。他甚至想到倘若生硬拒绝，和她三年师生、六年同事积攒下的情谊怕是要破灭了。但此刻却没别的路径。

"你把真心，留给那位医学博士吧。遂心，人家条件那么好，还是你妈妈以前的学生，更关键的，和你有共同爱好，这不容易。你为啥、为啥这么轴呢？"

田遂心的嘴都快成"O"形了："您，您在说什么啊？您、您说我？"

她似乎明白了什么，突然大笑起来，都快前仰后合了。

江彪被她弄愣了："你说的是……谁？"

"江老师，我被骗了，天！您……您也被骗了！"

江彪丈二和尚摸不着头脑，云里雾里愣在那儿。

她却彻底明白了：孔妍妍是话剧院台词能力最强的演员，各国外语也好，各地方言也好，只要听上一遍，准能模仿得八九不离十。她尴尬地想钻地缝，实在、实在、实在太不成体统了。

她沉着脸进家，孔妍妍笑着迎接她，举手投足都让她格外恼火。

她把老式铃铛闹钟上好了弦："三分钟，认真交代栽害我的罪行。"其实从田遂心一进门，孔妍妍就明白东窗事发了。她一口咬定只为捉弄江彪，田遂心只是遭殃的池鱼。

田遂心冷笑："聪明误啊，事到如今，他都不知道这世上有个你，盘在这儿虎视眈眈盯着他。我看这个场你怎么开！"

"有啥可开的，躲在暗处时不时出来扎他一下，多好玩儿！"

"弱智。"田遂心话音刚落，闹钟"哇啦"一声响，把俩人都吓一跳。

"你看着办吧，再拖几天，他可跟别人领证了。"

"领呗，22 岁就领了，再领一次又何妨？"

"死鸭子嘴硬。江克明可下手撮合了，再渗着真没你的……"

"田遂心，你有完没完？"孔妍妍抬高了嗓门，"一个离异带崽老男人，你以为我稀罕？我愁的是那个死剧本明天要对词儿了！"

田遂心一愣，转瞬又明白了什么。和她合租三年，这家伙成天叽叽喳喳没心没肺，更没为排戏的事儿烦过。对这个内心已分裂、精神乱如麻的人，还是暂时不去招惹为妙。

孔妍妍也明白不能这样耗下去了，要出问题了。这几天她竟两次把削好的苹果往垃圾桶扔，回身一看桌子上只剩苹果皮；去超市买水果却总忘了称重，到收银台排了半天队才想起来；在加油站自助加油，油枪没拔就差点把车开走；单位打电话让她上班，她忘性变大，第二天想拿去单位的东西，必须前一晚收到包里，不然早上一起床啥都不记得，包括剧本。

杜渐最近越发癫狂，微信电话狂轰滥炸不说，还说冒就冒出来，害得她只好紧闭屋门，让遂心出去轰他。

不能再这样下去了！

江彪按儿子的心思，跟张静娴第二次约会。他们还没吃完饭，克明的微信进来了，发的是两张电影票的二维码。二人去看了。

电影一开场，江彪心底叫苦不迭，上了这小子当了。这电影算啥类型？爱情激情片？几分钟就热吻，张静娴坐在旁边默默看着，江彪余光偷瞄，银幕上一有过分动作，她就不自禁地低下头。他明白她内心的尴尬绝不比他的少。奇怪了，怎么只有尴尬，丝毫没有心动？这样的电影，不就为催化爱情，银幕上一吻，银幕下就拉上手的吗？

嘴上没毛办事不牢，轻疾下猛药，治一经损一经啊。熬过了尴尬的100分钟，江彪回到小白楼，克明刚下晚自习，困兽一样在单身宿舍走来走去，一见他进门，立刻扑上去："浪漫吧?"

江彪哭笑不得："你让两个老帮菜看那样的电影，你说浪漫不?"

克明正要说啥，敲门声响起，孔妍妍毫无预兆地出现了。

江彪开门后一愣，之后立刻认出她并叫出名字，孔妍妍大感意外，鼻子竟有些酸。他还能准确说出她是03级的，高二分到他的文科班，06年考上戏剧学院。接下来一瓢冷水，又把孔妍妍刚冒头的想入非非浇熄了："我00年进校，送走一届高三，你们是我带的第二届，那时当班主任还在兴头上，谁都记得牢。"

克明冷眼旁观他们寒暄，直到江彪说："克明，叫姐姐。"

你才是他姐呢！孔妍妍心底诅咒江彪。

江克明莫名警觉起来。现在除了张静娴，任何一个出现在他爸生活圈子的女人都会引发他一级战备。有他在，谁都别想让他爹重蹈覆辙、再受伤害。

晚上散戏，孔妍妍没直接回家，把车开到附中门外，直接上小白楼堵江彪，没想到"堵一送一"，把父子俩一网打尽了。说真心话，一别十年，江彪没她想象得老。她们单位40岁上下的男人，除了当演员的每天健身节食管理身材，其余的大都挺起了或大或小的啤酒肚，在她的想象中，可恨的江彪啤酒肚不会小。

她感到失望。江彪还是国字脸，眉宇开阔鼻梁高挺，圆眼双眼皮，后背直挺硬朗，站在她面前小山一样，一如当年。看得她脸红心跳，花痴的老毛病都快犯了。他看上去再老点儿、丑点儿就好了，又老又丑最好没脸见人，更没脸见当年的女学生。但他真的没让她如愿。

他一脸坦荡又有意疏离，看起来和蔼却不可亲。那个叫江克明、当年三岁的坏小子，如今跟他爹差不多高了，虎视眈眈在一旁审视她。哼，我孔妍妍干的就是让人审视的工作，还怕你个小崽子？

克明礼貌地指指书桌，示意他要去做功课了。

江彪让座泡茶，款待十年不见的老学生，老干部一样询问工作上的事，其实心里也打鼓：这些年信息发达，学校的校友会又常组织活动，毕业后远走异国的都算上，从不联系的学生似乎只有眼前这位。消失多年突然冒出来的，要么是发迹辉煌了过来炫耀，要么是人生遇到难处需要温暖。江彪觉得眼前这位两点都不沾边。

孔妍妍连喝了三杯茶，还是止不住口渴，感觉嗓子在冒烟。江彪看似嘘寒问暖实则百无聊赖的问题让她没有回答的兴趣。他竟然问她"今年都演了什么戏，演了哪些角色，有什么心得"，可笑，年终总结吗？

"江老师，我真有事要麻烦您。"随她而来的，还有一封话剧院关于"体验生活"的公函。孔妍妍本想拿它做杀手锏最后亮相的，却没想到江彪的官方辞令味同嚼蜡，令人度日如年，只好把亮相时间提前。

江彪拿过公函认真看起来。

介绍信

尊敬的江彪老师：

　　兹有我院演职人员孔妍妍同志到贵处体验生活，请与接洽为荷！

　　此致
敬礼！

下面是话剧院的公章、日期，还有艺术总监的签字。

江彪微微皱眉："我可以带你去找年级组长或校领导，你在学校活动起来也方便。"他不好意思地说："我这学期连班都没带……"

他还是没忍住，指出了介绍信写法上的问题："一般来说，介绍信要写清接洽的具体事项，只写'体验生活'太笼统，对方不知该提供哪方面的帮助。"孔妍妍脸一热，感到被羞辱了，介绍信本就是她在网上找了个模板，自己瞎写的。

她从后面看到江克明的肩膀在耸动，这家伙在笑她！

她只能继续喝水："不是到学校，是到您这里体验生活。"她说着自己也脸红了，"到您家里……"

江彪一惊，难道她要演一个高中老师的戏？那也该去女老师家里体验吧？孔妍妍从包里掏出一份新打印好的剧本《别时何易》。

江彪接过来刚翻开，孔妍妍把茶杯放下："我走了，您慢慢看吧。"匆匆告辞离去。

6

《别时何易》，这戏的剧情把江彪吓着了。

尘封的记忆被打开。他当然记得她高考前给他写过一封信。在附中，孔妍妍的文笔中等偏下，但那封信感情饱满真挚，一看就不是小女孩的胡闹或恶作剧。他至今记得她写道："今年寒假后，我知道你的婚姻出了问题，你并不幸福。孩子的妈妈做了对不起你的事，深深伤害了你。如果你能重获自由，我愿一直等着你。"没受过婚姻荼毒的人，看不出这话的分量。他眼泪都快出来了。

一失足成千古恨，再回头已百年身。自己的婚姻是自己选的，过得不幸福怨不得旁人，更不能抛妻弃子另起炉灶。孔妍妍这份情义太重了，他只能放到心底暂时感动、温暖一下，日子不可能因插曲而改变。从 2000 年 7 月 30 日芦苇荡事件发生后，他的后半生就已注定。没插曲、没变奏曲，只有主旋律，那就是和老婆孩子一路走下去，头破血流也无怨无悔。

他若有半点异志，或意欲徐图再举，也不会快刀斩乱麻，回绝得毫不拖泥带水。对于当年拒绝孔妍妍，他一直问心无愧，才有了今日以长者身份面对她的尊严和勇气。至于那封信，阅后即焚，眼看它痛快地化灰化烟，心底虽微微疼痛，但踏实和坚定感更让他满足、舒服。

"昨天走得匆忙，领导今天给我要回函呢。"孔妍妍公事公办的口气，她真的一下班就来体验生活了。来得还很巧，正赶上要开晚饭。她从没见过扎着围裙的江彪，认真多看了几眼。上学的也回来了。孔妍妍把一包酱肘子递给江彪，鸭脖子给克明当零食。

江彪指着桌上的菜，问她合不合胃口。孔妍妍乐了："全是我爱吃的！"江彪只当她是头一次端饭碗的客气。上了饭桌才知道，这丫头是真不挑、真能吃，吃着还情不自禁地夸："真好吃真好吃！"江克明都顾不上自己吃了，一门心思看着她。他头一次见到这样吃饭的人：速度快却不是狼吞虎咽，小嘴紧闭着几乎不出声，更不吧嗒嘴，但就是让人觉得香甜。

江彪都疑惑自己做的饭菜有那么好吃吗？一见她吃饭，他所有的烦恼都没了。

"你们每天都这么吃吗？"孔妍妍终于腾出嘴问了一句。

父子俩同时一愣。看她往吃得见了底的盘子上指了指，似乎明白了。

"那我交伙食费每天来蹭饭吧。"她生怕被拒绝似的，拿起手机就要给江彪转账。这才知道别说微信，她连江彪的手机号也没有。

把该加的都加上了，她又开始算伙食费。江彪不好意思地笑笑："你要是不嫌伙食粗劣，来吃就好了。"

"那不行，"孔妍妍说，"我是奉单位指派体验生活，这钱得剧组出。"

江彪摆摆手连说算了。孔妍妍算了一会儿，给他转了一千块钱，江彪没收。

父子俩心照不宣开始"石头剪刀布"——推举洗碗的人。后来她发现，不光洗碗，刷马桶、擦玻璃、拖地……爷儿俩也都猜拳定输赢，其实有时猜拳也白猜，克明那小子输了就耍赖，必要攀扯江彪多干点儿。

小孔见他们猜拳洗碗，也乐呵呵加入，她当然玩不过每天都玩的老手，江彪赶紧宣布游戏结果无效，他去洗碗。克明不干，说愿赌服输，其实最不愿赌服输的是他自己。

"那你们也别石头剪刀布了，我每天洗碗，抵伙食费吧。"孔妍妍笑着。

克明背着她吐吐舌头。越说越像真的了，每天蹭饭、每天洗碗……老江莫不是被人盯上了？要不是他之前约好老师讲题，说啥也得留下来守土尽责。

克明走后，孔妍妍就在90平方米的屋里转着参观，东看西看。江彪认为这是她体验生活的一部分，任由她去。

看够了坐回到沙发上，她掏出笔和笔记本，采访一样："这十年你是怎么过来的？"

江彪头皮一炸。她体验生活，还要过他的堂？

"您别多心，我只是想多了解一下，男一号的心态和动机我真的不太能认同。"

江彪心想有啥不能认同的，稍有家庭责任感的男人都会这么做，甚至没责任感的也可能这么做——怕另起炉灶麻烦。

"你现在对剧本的理解可能有误区，"江彪说，"说起心态和动机，世界之大无奇不有。我们教研组有位女老师，她头婚嫁给了二婚的丈夫，几年婚姻生了一个女儿，去年离婚时判给她两个孩子。"

孔妍妍皱起眉，以为自己听错了："两个？"

"一个是她亲生的女儿，一个是她前夫和前妻生的儿子，都给了她。"

"神经病啊！"她喊起来，"那儿子没跟着有血缘的爹，倒跟着和他爹已离婚的后妈？"孔妍妍检讨起自己，身为演员，对生活的复杂和人性了解不够啊！

"这件事遂心没跟你说过？我们教研组和她要好的人都劝她，养孩子责任重大心力交瘁，这一步迈不得。可她翻来覆去只有一句话'跟那孩子有感情了'。"

江彪看着剧本："写得没错啊，这世上，谁是谁的谁呢？"

"是啊，"孔妍妍冷笑，"许一竹是裴文宇的谁？苦等他八年？他一离婚就往上扑？"

江彪起身去厨房洗水果去了。

哼，逃也不行，这个问题她务必弄明白。孔妍妍执拗起来，江彪端着一盘切好的橙子刚出现，她就把刚才的问题又抛给他。

"吃橙子吧。"

"这个烂剧本，本身就是男女不平等的产物。"孔妍妍莫名一阵委屈，极力憋着要夺眶而出的泪。

江彪叹口气："男权社会，很难做到男女绝对平等。但这个剧本更多的不是男女不平等，而是情感不对等。许一竹爱裴文宇更多。"

孔妍妍点点头："裴文宇他凭什么？"她索性不憋着了，任由眼泪流下。

江彪又想着逃走了。气氛太压抑了，压抑到想起小时候他妈手里拿着板子，盯着他回课，稍一不小心，那东西就落下来了。

谢天谢地，张静娴的电话到了。她约他到操场上走走。

"不好意思小孔，"江彪盼来了救星，都有些喜形于色了，"今天就先到这里吧，改天再聊。"

孔妍妍拿上外套和他一起下楼。又跟着他拐进操场。

"不好意思啊，我有点私事。"江彪本以为早摆脱她了，赶紧挡驾。

"这也是我体验生活的一部分啊。"孔妍妍才不管。

张静娴走到眼前，看江彪身边还有一位，疑惑立刻写上了脸。还不等江彪尴尬着开口介绍，孔妍妍甜笑着就拉上人家的手了："您是张老师吧？我是江老师以前的学生，孔妍妍，话剧院演员，工作需要来找江老师体验生活了。"

孔妍妍的坦荡和无与伦比的笑容实在让人无法拒绝，张静娴微笑着看江彪："那就，一起走走吧。"

孔妍妍大方地后撤，让出江彪身边的位置。她跟他们保持半米之差，这个距离正好能听到他们的谈话内容。她一边听着，一边不露声色地给田遂心发短信，让她到操场上找她，两人可以一起回家。

江彪问张静娴："明天周六，你带孩子过来，咱们四个一起吃个饭？"

张静娴笑了："想到一起去了，我今天约你出来就想商量这事儿。我经常见到克明，你还没见过我家小囡呢。"

"小囡"让江彪感到亲切，他妈老家就在上海。而上海也是张静娴的第二故乡，因此闲扯了一会儿。

"到我家去吧，"张静娴说，"尝尝我的手艺。你厨艺好得出名，我也是下了很大决心才敢来班门弄斧。"

江彪摆摆手连说"不敢"，但要是打个下手的话，他的切工还凑合。

田遂心的回信进来："形迹可疑，耍什么花招呢？"

孔妍妍正要发信解释，结果田遂心没盼来，倒来了个人高马大的，一言不发上来一把拽住她的胳膊，把她拽走了。到光亮处一看，江克明！岂有此理！

被他挟持到再也听不到二人谈话的地方，孔妍妍沉下脸："干什么呀你？"

"让您别当电灯泡啊。"克明满意地笑了，他现在可是他爹的半个红娘，谁也别想干扰他这份工作。

孔妍妍心想还指不定谁是电灯泡呢。

田遂心可算来了，江彪那边也聊得差不多了。遂心拉上小孔就走，小孔还要去找张静娴打声招呼，遂心说"没必要"，跟克明一边一个，把她架出去了。

"你这样不道德，江彪刚离婚我就告诉你了，你按兵不动。人家有张静娴了，你再插一杠子？"

"我得给他搅黄了，"孔妍妍眼里放着凶光，"不然难消心头之恨。"

"你就缺德吧。"

孔妍妍磨着遂心要张静娴的电话，遂心死活没给她。

我必须搅黄他。孔妍妍躺在床上想：他毁了我的初恋，我不能让他好过。

第二天上午十点，孔妍妍准时出现在附中门口，江彪父子俩在路旁打车，手里都拎着礼物。她下车打招呼，说是正巧路过："你们去哪里？……哎呀刚好顺路，我正要去再往东的牡丹园呢！"

父子俩面面相觑，只好连连道谢。周六这一带不好打车，唉，谁让江彪在学校逍遥惯了，压根没学车呢！

眼看着离张静娴家小区也就两个红灯的距离，孔妍妍一个刹车不及，"咣当"一声跟前车怼上了。她脸"刷"一下白了，解着安全带，对后座俩人说："对不住了，没能把你们送到，前面不远了，你们下去走几步吧。"她拉开车门下去，前车的人也下来，是个膀大腰圆、袖口文身若隐若现的大老爷们儿。

江彪二话没说下车。但他没按孔妍妍说的带儿子走人，而是和她站到了一起。

"不好意思啊，刚才净顾着看红灯，分神了。"孔妍妍连连道歉，"我还得赶时间，您看看咱别走保险了，私了怎么样？"

文身男上下摸着爱车："你能出多少，我这保险杠可是快下来了。"

"这个到店里能直接托回去。"孔妍妍一副行家派头，"给您五百，您看？"

文身男摇摇头："那甭说了，还是走保险吧。"他说完这话就寸步不让，催着她打电话报保险。江彪在旁边低声说要不多给他几百，他来出。她摇头说不划算，突然明白过来："你俩怎么还没走？"

她赶着他俩快走，打电话报案、拍现场照片、把车开到路旁。

江彪看看时间，把手里的礼物递给克明，让他先去张家。克明见孔妍妍折腾得一脑门子汗，也不好拉上江彪一起走了。

警察来定责，孔妍妍全责，只能跟文身男去4S店修车。她越驱赶，江彪越不走，好像不放心她独自跟文身男打交道一样。一应手续办妥，午饭时间都过了。

"对不住，耽误你约会了。"孔妍妍没修车就掉头回去，坚持把他送到张静娴小区门外。

张静娴操办了八个菜，等到他出现的时候，菜色已远不如刚出锅。江彪连连告罪，第一次登门就闹这出。他很喜欢小囡，几分钟就熟络了，小姑娘把自己的作文、画作全拿给江彪看。吃完饭四人分工合作刷锅洗碗，其乐融融地聊天，小囡碰巧在学小提琴，江彪一看乐了，简单比画几下就让她崇拜得五体投地。

聚会挺愉快。可在回去的路上，克明还是忍不住冒出一句："我怎么老觉得，孔大姐是故意的呢？"

江彪没想到几小时过去了，儿子的心思还在之前打转儿。

"别胡说了，多往好处想人。"

"您干吗非陪她啊？今天的主题是啥？"

江彪解释："咱要是不搭人家的车就罢了，出了事不能让她一个人折腾啊。"

"老江，你就是活得累，顾忌太多。"克明恨铁不成钢。

孔妍妍修完车回家，一进门就堵住遂心问张静娴的电话。

"你不给我，你上厕所我都跟着，说到做到。"她急了。

遂心直皱眉："你给句实话，我这人一向敬重真爱，只要你承认真爱江彪，张老师手机号双手奉上；可要还是你之前说的，见不得他好，想毁他生活，那对不起……"

"你管我呢……"孔妍妍口气软下来，"我什么人你还不知道，好不？"

第二天一早，张静娴接到了孔妍妍的电话，约她上午在她家附近茶楼见面。

茶楼里静得有些阴森。一个穿着汉服的女大学生，在茶座不远处弹古筝。孔妍妍神色凝重，点了一壶苦丁。

张静娴第一次见孔妍妍恰逢晚上，没看清她的容貌。现在正对面坐着，她精巧的小脸一览无余了。她肤色瓷白五官漂亮，小脸滑嫩得一捏就能涌出水来。

无须女性的敏感也能猜到，她哪是什么"体验生活"，明明就是盯上了江彪嘛。江彪离婚带着孩子，却被年轻美貌的女子盯上了。这世上，哪有男女平等可言？

张静娴心上掠过一丝酸楚。她丧夫三年，没有哪个男的主动接近她，见过面的，都是相亲对象，包括江彪。这世道总是男人好混，男女平等都是哄鬼的。这三年，她见过奇奇怪怪的各种男人——有的宁可找离婚的，也不要丧偶的，怕她命里克夫；有的明明自己也有孩子，听媒人说她有孩子倒不乐意了，面儿都没见。还就是江彪，知根知底没有一眼可见的怪毛病。

没想到，他也不作数。

孔妍妍给她倒茶，从2004年高二一开学爱上江彪讲起，一直讲到高考前她给他的那封情书。讲到后来先把自己感动得哭了。

张静娴不但耐心听，而且听得眼圈都红了，和她寡淡的爱情之路相比，艺术类女生的爱情，简直是惊天地泣鬼神。

她稳了稳心神："你对江老师的情义我知道了。可眼下我对他印象也不错，我家小囡也喜欢他。你年轻漂亮，可以有更好的选择。"

孔妍妍听明白了，张静娴不想放手，换成她孔妍妍，也不会轻易放手啊。她呷了口放凉的茶，苦丁是真苦啊，一苦苦到了心里。

"张老师，他现在不接受我，只是因为自卑。"孔妍妍说，"我希望时间能给他答案。"

张静娴勉强笑了一下："你让我再想想吧。"

7

上午大课间，一辆路虎揽胜停在附中门对过。杜渐从后座下来，摘下墨镜朝校门口张望。他有着典型的南粤人相貌，中等身材，留个两边铲的飞机头，浅褐色皮夹克和脚上那双同色皮鞋相映成趣。

身为上市涂料公司的少东家，他追女仔的多样武器归结起来就一样：钱。其他都是钱的衍生物。在他30年的人生历程中，钱什么都能买到，那些说"有钱却买不到真情"的人，我呸！啐他一脸。有钱就有真情，他坚信。情是个很怪的东西，能莫名其妙滋生，权和钱都是情的催化剂，所以情这东西没啥了不起。

然而一年前在孔妍妍这里，他多年的信念崩塌了。他们经人介绍认识，见过几次面后他发现孔妍妍并不讨厌自己，就提出花钱捧红她，前提当然是她要做他的女朋友。这对他来说再正常不过，简直是一个富二代应该做的。但她，她一听居然骂他暴发户，还让他去死，受了天大侮辱和委屈似的。

他起初以为她家和他家一样富甲一方。然而不是。孔妍妍从小没爸，老妈倒是个人物，法院院长。杜渐请人专门调查过，孔妈妈虽然位高权重，却是个两袖清风的铁面包公，这倒找出孔妍妍视金钱如粪土的根源了。

得知孔妈身份后，杜家父母对儿子追孔妍妍大加支持、额外特批经费。天子脚下，中院院长，说出来面子不小，对已经不缺钱的人，面子比钱还宝贝。

但对孔妍妍越是砸钱，越得不到，就像人能被钱越砸越远一样。咄咄怪事。她连一管几百块的小口红都不收他的。他跟她套近乎，提过买房的事，她五官扭扯地变了形："我求你包养了吗？"

那张脸难看得像鬼一样，令他至今想来心有余悸。最近这一个月，他去剧场和她家围追堵截，总让她望风而逃，有一次还被她那个不男不女的合租室友抢白，让他"得放手时且放手"，怪声怪气害他好一通反胃。

这几天，他带着兄弟们几次偷偷跟踪她，在夜晚拍下了江彪几张模糊照片。终于明白她不理自己的原因了！他笨拙又诚心地追了她一年，啥都没到手。原来这个难追的女仔另有新欢！他承认自己是剃头挑子一头热。他得不到她，哪个混蛋捷足先登？心不甘，心不甘！

不可思议，太不可思议了。孔妍妍这样小有名气的漂亮演员，竟喜欢上一个高中老师？他一定要来会会他。为了能见江彪一面，他让兄弟们在附中门口蹲守打探几天了。

没多久，一个高大魁梧的男人从校门口出来，跟保安、卖烤红薯的、修单车的一路招呼，之后沿着学校围墙大踏步行进。杜渐赶紧穿过马路，在他身后跟着。

好个有精神的北方佬！在他面前山一样挡着，步伐有力脚下嚓嚓，一直没有停下的意思。杜渐也不知疲倦在后面跟着。

江彪习惯每天上午跟学生跑操，跑完后余兴未了，会出校门沿大操场花墙走两圈，"放风"。今天天气晴好，冬日暖阳，他就多走了一会儿。

没一会儿，尽兴了转身往回走——活见鬼，迎头撞上了快步前进的陌生人，撞得太急竟发出"砰"一声闷响，他的45号大脚也不偏不倚踩在那人脚上。这一踩分量不轻，被踩的"啊"一声惨叫。江彪赶紧扶住他连连道歉，问他疼不疼。

江彪可算不再模糊了。轮廓清晰的国字脸，一头浓密的黑发，双眼皮荔枝眼，刮完不久的络腮胡依稀可见。不得不承认，这混蛋长得颇有阳刚气，踩到他立刻谦恭道歉，那一瞬他都有点喜欢他了。他为啥不长得丑点儿、猥琐点儿，秃顶、发福都来点儿？他为啥要有优点？孔妍妍放着杜渐不要，就该找个一无是处的人！

虽然江彪全身行头都买不了他刚被踩的那只鞋，给他残存了一点有钱人的尊严，但不更印证了钱没用吗？就因为个子高长得好看，钱都被踩在脚下了？

杜渐心里翻江倒海时，江彪也犯嘀咕。这人为啥死盯着他？素昧平生的，快把他看毛了。不小心踩他一下——天晓得他跟得这么紧，追尾都是后车全责，还要他带他去医院检查被踩的脚吗？

"江——老师？"杜渐开口了。

江彪一愣，这人居然认识他。

"我是孔妍妍的男朋友。"杜渐说着，认真看他的反应。

"噢，有事吗？"

杜渐被这轻描淡写激怒了。胜出者对失败者的蔑视深深伤害了他。

江彪见他气鼓鼓地不说话，绕过他自顾往前走，杜渐一路小跑都跟不上。眼看江彪快要进校门，杜渐大喊："站住！"

江彪头也没回。杜渐从后面一把揪住他的羽绒外套。

江彪转身怒斥："干吗？"

"干吗？跟学生谈恋爱刺激吧！"

"胡说八道！"江彪像猫被踩了尾巴一样叫起来。

"孔妍妍，"杜渐斜着眼，二流子样儿，"我玩儿剩下的，送你了。"

突如其来一巴掌，打得杜渐头一歪，脚下直踉跄。

几乎与江彪出手同时，路虎揽胜突然三门大开，三个二十岁出头的"莫西干头"火急火燎冲过来，和杜渐四面围攻江彪。

江彪没想打架。上次打架还是高中时代，一群社会青年到学校闹事，与他们几个男生狭路相逢，那一架打得天翻地覆差点出了人命，他妈提心吊胆半天，发现他只擦破了几块皮，放心地把他锁在门外，家都不许他回了。真让人血脉偾张！离开内蒙古小镇进了北京，越来越文明，体内粗蛮的血几近凝固。

可这几个愣头青自己送上门来。江彪来不及多想多说，就被四人围攻了。只有努力应战。他一时忘了为啥打起来，甚至忘了这几个人是谁，就想痛痛快快打一架。

校门口乱成一团，江克明和同班几个男生闻讯飞奔加入战局，不会打架的队伍又壮大了，乱打一气不成体统。

一看见克明，江彪瞬间吃了解药一样，清醒过来。老天，本校教师带头在校门口打架斗殴，还上阵父子兵！

"停下、都住手！"

江彪的喊声被110警车的刹车声碾碎。所有人都被带进派出所。

没几分钟，田遂心急匆匆赶来，认罪画押先把学生领回去上课。

一出派出所，克明就给江悍打电话，让他赶紧过来。

田遂心一路训这几只小公鸡："千金之子坐不垂堂。你们跟混混打架斗殴，真是自讨下贱！"心里琢磨的其实是另一个问题：江彪咋跟杜渐搅在一起了？

二主犯此刻都老实了，挂着彩黑着脸，对打架的事实供认不讳，却都不肯招供起因。询问杜渐的是江彪07级的学生王小毛，他装作和江彪不认识，明里暗里催杜渐招供。杜渐担心说了实话不利于自己，一口咬定让警察查监控。监控只录到江彪率先动手，根本听不清杜渐说了啥。

江悍一赶到就跟几位警察热情招呼，递上了律师证。王小毛一看乐了："牌儿挺大啊，刚出事儿律师就到了？"

江悍把江彪拉到门旁座椅上，心疼且不说，更多的是惊诧。

"哥，那小子到底说啥了，你火气这么大？"

江彪低头咬着嘴唇，对他也不肯说，被问得急了，脸红脖子粗低吼："他骂孔妍妍！"江悍问："哎，孔妍妍是谁？"

急匆匆的脚步从门外响起。门开了，带进一股寒风，江悍一抬头，来者梳着周润发式的大背头，穿一件男式灰色长款羊毛大衣，个头大概165厘米，风风火火进来，一看到门旁座椅上的江彪，利索地坐到他身边。

江悍糊涂了，这人乍一看是个男的，一开口却是女人，尽管她声音充满磁性又略显低沉。身形轮廓也像女人，骨架纤细，鹅蛋脸上细皮嫩肉。这是……孔妍妍？引发校门口战争的美女海伦？

不细看就雌雄难辨的"海伦"——江悍暗暗吃惊，正肆无忌惮观赏着，江彪开口为双方做了介绍，田遂心和江悍礼貌地点头致意。

她脱去外套放到旁边座椅上。活见鬼！江悍差点喊出来：她居然和他撞了衫！男式西装三件套，从款式到布料甚至到颜色，一模一样！

遂心似乎没注意到撞衫问题，还在问江彪事件经过，目光炯炯地听着。对她，江彪自然把杜渐的那些难堪话省去了，只说他讨打。

江悍想起那句"女人要是帅起来，就没男人什么事了"。田遂心毕竟是女人，装成男人也没他骨架开阔硬朗，但奇怪的是，她把三件套穿得有型有款，往那儿一坐后背挺直双肩平展，说不出的独特气质。他哪知道田遂心六岁痴迷京剧，研习老生的唱念做打二十又一年矣。

当他好奇地看向她的胸部，想知道那里是双峰还是平原，田遂心突然盯着他："您怎么看？"

江悍心一慌，完了完了，看了不该看的，让人家发现了？却见她目光柔和，满眼征询的意思，心就放下了，装作一直倾听的样子："对方不老实，得走法律程序。"

田遂心摇摇头："投鼠忌器，赶尽杀绝没意义。"江悍还在脑海里翻腾"投鼠忌器"的意思，她转头对江彪说："我刚才没敢告诉您，孔妍妍已经知道了。您别怪我。她听说杜渐带人打您，要宰了他。"

江彪一起急，伤处疼得直咧嘴。

"她应该很快就到。"

江彪心发慌："老二，咋能最快结案？"

"你表面伤估计轻微伤都达不到，可我担心你有内伤，得法医鉴定……"

"离死远着呢。"江彪大踏步回询问室找杜渐。杜渐见他急火火来势凶猛，双眼一闭捂住自己的头。

"和解吧，条件你提。"

杜渐仰脸看着他，眼神里尽是嘲弄和怀疑。他很快站起来，显得非常懂礼貌，其实他只是受不了江彪人高马大俯视他的样子。

不该来招惹这位高中老师。要不是那几只童子鸡冲进来乱了江彪的阵法，他们丢人就丢得更大了。居然遇到个会打架的高中老师！他还养了个随叫随到的律师！杜渐不甘示弱，已发信给公司的法律顾问，让他也即刻赶到。在律师到来前，他只需拖住他们就可以。

杜渐稳了稳心神——江彪想和解，他偏偏不，他为啥要顺着公孔雀的心愿来！

"给你脸了，别来劲啊！"江悍理解他哥为啥会动手，这家伙头一甩嘴一撇，活脱脱一副欠抽的模样。

没人注意孔妍妍已经进来了，在众人中拿着手机对着杜渐拍呢。

"哎，你干什么呢？"杜渐一急，胡同味儿出来了。

"你继续，我给你个出名的机会。"孔妍妍气定神闲，仿佛拍的是自家客厅。

"妍妍，你听我说……"

"闭嘴！"孔妍妍突如其来的一嗓子差点把派出所的房顶掀了。其他房间的警察以为出了什么警情，纷纷跑出来。

"他先动的手……"

"你配吗？你配他动手？我这就带他上医院检查，你等着吃官司吧！"

孔妍妍简直不知自己是怎么来的派出所，她一接田遂心的电话就气得直哆嗦，想拿车上防身用的大扳手打死杜渐。他是贼、是恐怖分子，居然盯上了江彪！有钱有闲到了这种地步，盯她的梢！

而江彪这傻瓜，居然想和解。和解个鬼！他外套上全是鞋印，划破了好几处，羽绒都露出来，左颧上一块栗子大小的淤青，离眼睛那么近。和解！

她抓住江彪胳膊的时候，他站着不动，也不看她。她知道他生气了，这段时间遭遇这么多是非，他肯定烦死了。孔妍妍在心底哀求：求你了，给我点脸面，别让杜渐看出我在你面前啥也不是啊！

"妍妍，"江彪突然开口了，和颜悦色地说，"我可没你想得那么弱，去哪门子医院，回家。"江彪问杜渐："你需不需要去医院？"

杜渐一直死盯着这两个人。他对孔妍妍的心还没死透，哪怕她刚才吼他、羞辱他，他仍盼着她和江彪不是真的。

杜渐左等右等的大顾问终于冒出来。他一气之下想把这个没用的家伙辞了，想到合同没到期对自己不利，只好恨恨地瞪他一眼。

所里领导指派王小毛对这一干斗殴分子进行"批评教育"，王小毛推辞无效，又不好说破他和江彪的关系，只好硬着头皮上场，把话说得格外温柔动听，深刻体现了"警民一家亲"。在民警们看来，一场聚众斗殴以各治各伤结束，是再省事不过了。孔妍妍却气不过，四个打一个，太便宜他们。杜渐也气不过，他们这边四个伤员呢。法律顾问告诉他可以到法院起诉，可他总觉得北京的法院都是孔妍妍她妈开的，只好气哼哼坐上车，到医院拍片子去了。

江悍和田遂心半张着嘴看了半天戏。江彪和孔妍妍挎着胳膊并肩走，看上去竟然很般配。

"啥时候开始的?"江悍朝他们努努嘴,问田遂心。

田遂心直摇头。

"嘿,我哥可以,开窍了啊!"江悍右嘴角上扬,眼神犯坏,还有点羡慕。

田遂心"哼"一声:"你怕是想歪了。"

"他们是最近才……咋就有这么现成的?"

"现成的?都现成十年了。"

江悍让田遂心给他细讲,田遂心还没理出头绪,前面那一对突然分开,触了电似的。

快到附中门口了。

"你别再谢我了,要不,做个交换吧……请你以后别来体验生活了。"江彪低声对孔妍妍说,语气坚定而冰冷。

"不可能,那是我的工作,您签了回函的。"孔妍妍说,"我是能做到工作和生活分离的,看来您不能。"

校门口的安保因上午的斗殴事件立刻升级,孔妍妍见状故意没进门,潇洒地向兄弟俩和田遂心挥手,又潇洒离去。

一到单位,她第一件事就是把即将到来的全国巡回商演辞了。关系好的同事都傻了:年年最大经济收益就指着这个,为什么啊?孔妍妍神秘一笑:"当然是为更重要的事。"

同事们都以为她破戒接了电视剧,开始赚大钱了!

8

进家后，江悍小心翼翼给江彪处理伤口："哥，不给我细讲讲桃色事件？"

"没你想得那么龌龊。"

"这世上就三种关系，一种是血缘关系，一种是经济关系，一种是……"

"行了，你净是歪理。"

江悍一提孔妍妍或杜渐，江彪就顾左右而言他，他索性打开天窗说亮话："这妞儿不错，就是凶点儿，'嗷'一嗓子吓得我直哆嗦。"

"你要是再提她，我连你也送出去。"江彪一瞪眼，伤口又抽动一下，疼得直咧嘴。

"好好，我不说了。田遂心这妞儿不错……"

江彪点点头，目光往江悍脸上一扫，似乎看出了什么。

"就是眼界高啊。"江彪故意说。

"哼，又不是啥天姿国色的绝世美女。"回忆在派出所观赏田遂心，江悍嘴角上扬，"不过她穿男装真帅，还跟我撞衫了！哥，她为啥穿男装啊？"

没等江彪回答，克明回来了。叔侄俩勾肩搭背打了招呼，克明就坐到江彪身边，认真地上下揉捏，试探他的负伤情况。

"咋不上课？"江彪问。

"这节自习，跟田老师请假了。"克明笑得阳光灿烂，"您都英勇负伤了，我不得回来慰问啊？"

江彪哭笑不得："瞧把他乐的，多少天都没这么乐了！"

"老江，连我都不知道，你还会打架啊！"克明竖起大拇指，"你得教我啊！"

"打架有啥好！"

"老爸，"克明眨着眼一脸好奇，江彪做贼心虚，总担心他下一句就要问打架起因了，没想到他问的是，"你这么厉害，当初咋不揍我妈一顿呢？没准儿她吃这套，你对她太客气了。"

江彪松了口气，正色道："小子，你记住了，男人这辈子绝不能打女人，气死了都不行，听见没？"

"没听见。"克明低声说，"气死我可不行。"

"哈哈！"江悍一把搂住克明肩膀，"这小子随我！哥，你干吗朝我们瞪眼珠子？男人这辈子，不能让女人降服了！"

"你就别教他好。"江彪本想再教育几句，可他看儿子高兴，而且没追问让他羞于启齿的问题，也打心眼里高兴起来，赶紧让克明回去上课，就和江悍操办起晚饭来。

就着几道小菜，和江悍美美地喝了三两小酒，江彪当夜竟失眠了。上午的一切开始在脑子里过电影。怎么就被盯了梢，怎么就被激怒动了手，怎么就看出孔妍妍的难处，陪她演了场戏？他只想赶快睡着，好驱散这荒唐的一切。但他管不住自己的大脑，越想躲开啥，神经元就越向那里延伸去。他想到他为了把戏演足，示意孔妍妍挎上他的胳膊，她眼里热辣辣的意味绝不止感激。想到那双好看的大眼睛，他浑身发热，那显然不是三两酒的余威——他多年冷冰冰的心好像也热了。

心啊，这很难死透的心。看着克明，他觉得自己的心都奔着慈祥老爷爷、准备抱孙子去了；可看见孔妍妍——只有他知道他那些庄严肃穆大都是装出来的——他的心重焕生机，变成小伙子，青春萌动热烈多情。

不行，不行。成为老爷爷指日可待，变成小伙子已无可能。他又想起张静娴，生平第一位相亲对象。想到她，内心平静而踏实，跟想到孔妍妍正相反。她眼里没有那些光啊、星星啊，脑袋里也没有稀奇古怪的想法，可又能怎样？婚，又不是没结过，锅碗瓢盆在婚姻中的份额远远高于风花雪月。拜拜吧风花雪月，贪心会害死人！他很羞愧，要拿张静娴当挡箭牌，可没这挡箭牌，他更不敢想如何抵御孔妍妍的进攻。她已经吓过他几次了。还有一种可能：小公主费劲把他擒获，爱的就是擒获的过程，玩儿腻了就扔了，像她小时候玩儿娃娃一样。

他不想成为江芭比。

可邪门的是，他第二天再约张静娴却被拒绝了，在校园不期而遇，江彪热情上前，她竟自行恢复到之前的点头之交，仪态笑容都拒人于千里之外。江彪猜到人多嘴杂，校门口打架的事传到她耳朵里，都不知走形成啥样了。他更想跟她解释一下。微信发了几条，后来把张校长都抬出来，她才答应出来"小坐"。

"江老师，是我不对，应该把话说清楚。"张静娴真不含糊，上来就控制了局面，"我们都以为离婚丧偶后拖着孩子，就没资格再挑剔了，是，多少人就是这样，找个条件相当的搭伴过日子。可我最近想，咱们的视野是不是太狭小了？世界这么大，世间这么多人，一定要在小圈子里找吗？"

句句都是吹灯拔蜡的意思。江彪脑海里滚动着他们三次约会的画面。此刻的她活像换了个人，情态、说辞全然不同。

江彪强笑一下："你是有更好的选择了吗？"

她莞尔一笑："也许。"

跟她这算……分手了？只约会三次，似乎不算牵过手，也就算不得分手。江彪既不解又不甘。"条件相当，搭伴过日子"——如今这资格也没了！正郁郁不平呢，张德祥打电话喊他过去。

江彪想着张静娴的事，一厢情愿以为张红娘要从中撮合传书递简了，心里一喜。没想到老张又是来骂他的。

"江彪啊江彪，你让我说啥好！你、你老夫聊发少年狂，打架打到校门口了！听听都传成了啥，'冲冠一怒为红颜'，两天没见你还成了吴三桂了！连着出事儿，你让我这嘴咋张啊！"

江彪的头快挂到胸前了，认罪态度良好。但他实在想不通这些事咋还跟校长的嘴扯上关系了。老张继续训他，他才听明白，现任教务主任要调走另谋高就，也就个把月的事了，最迟寒假过完，新学期得有新官上任，老张还想抬举他。江彪刚一摆手话还没说，老张就把手一指，示意他闭嘴："别假清高了，不就是怕累吗？眼下学校要奔市级重点示范校，你不出山作贡献，成天锅台转？"

江彪纳闷老张为啥就盯上他了。附中硕士以上学历教师足有百位，和他一样的博士也有二十几位，人才济济为啥就盯上他。仅仅因为他是老张招进来的又和他对脾气？还是升了教务主任能提薪水，老张在不露声色精准扶贫？

"昨天要不是田遂心替你到处负荆请罪，说有人来学校堵你才打起来的，我看你咋收场！"

江彪明白了，这么快风平浪静，果然是有好心人助了力。也就她，有这份古道热肠；人缘也好，不争不抢还乐于助人，很多人买她的账。

老张起身走到他面前，切换成家常面孔，脸上有了点笑容："静娴也不知咋了，唉，苦命人，你多担待吧。"

闹了课堂离了婚，打了架又挨了训，日子还得过下去。

与张静娴的机缘来得快去得也快，孔妍妍也突然销声匿迹。江彪回想失眠那晚，哑然失笑：最多情的竟是他！眼下爪干毛净，早点把毛长好是正经。

前两个月教育出版社联系他，让他出一本《江氏高中语文教学法》的专著，他差点没忍住在电话里乐出来：媒体乱说的话也能做学术标题？他不假思索拒绝了。如今为了早日把薅光的毛长好，他靦着脸不顾清高，主动联系了之前的编辑。

清高这东西需要资本，是给羽毛漂亮的人准备的。他还没修炼到"宁死不食周粟"的地步。

三天了，孔妍妍按兵不动。田遂心了解她，能让她唠唠叨叨的事，都不是大事；真出了大事，她反而没话了。

田遂心率先沉不住气："感动了吧？准备以身相许了？"

孔妍妍摇摇头，眉头紧锁："我当时都迷糊了，以为他对我……结果到了校门口，他眼睛往我手上一瞪，就像高中时他突然看见我没听讲一样，吓得我赶紧松开他。"

田遂心哈哈大笑。

"又把我计划打乱了。"孔妍妍叹口气，"我还没报完仇呢。"

"你以身相许，不是最大的复仇吗？"田遂心逗她。

"不行，还远没到火候。"孔妍妍心事忡忡。

从派出所出来的那天晚上，孔妍妍心潮澎湃一夜没合眼。为她而挥动拳头的江彪实在太帅了！她恨自己为啥要上班，为啥不在母校门口盯着，目睹江彪为她而打架。她才不管打架的起因呢，她只管他为她挂了彩，这是一个男人能给女人的最好礼物了。他沉稳斯文的身上还有原始野性，想想就激动不已。

她应该一直挎着他回家，亲手为他消毒伤处，再贴心地抚慰他。可惜这些戏码只能存在于想象中了。

甜蜜的想象带来的是恐慌，她对他的恨意随着他挂彩大幅消退。这可不行，心软可是爱情的大忌！但她已然管不住自己，带上礼物又去江家体验生活了。

她进家没多久，江彪就被年级组长叫走了。剩下她和为了"陪她"特意没去上晚自习的克明。

"张老师也不理他了，您是不是挺满意？"克明盯着她，能把她看穿了似的，"去张老师家那次，我一直觉得奇怪，怎么我们急着打车，您就出现在路边；快到了，您就跟前车撞上了？"

孔妍妍把挡到眼前的头发拢了拢："按你的说法，是我处心积虑拆散他们？"

克明冷笑："我可没说，不过谁干的谁心里清楚。我爸心眼儿少，配不上您。"

"你放心，我也没你想的心眼儿多。"孔妍妍心想，我在你爸这儿，已经透支了一辈子的心眼儿了！

"姐，您是我亲姐，算我求您，"克明改了路数，开始哀求，"我爸够苦的了，您放过他吧，他要是被害出个好歹，我可咋办啊！"

"别胡说了，你爸一个大男人，我能拿他咋样？"孔妍妍摆出长辈脸孔，"高一了，管好自己吧，当心我告诉你们田老师！"

孔妍妍小时候，抚养她的姥爷给她起过一个绰号"包公儿子"，说在民间传说里，包公有个儿子性情倔强，让往东偏往西，让撵狗偏赶鸡。孔妍妍就是这个脾气，她再不积极的事，只要有人出来反对，就会让她积极起来，更何况这件事她本来就积极着。

你个小兔崽子，你等着，我非把你爹收入囊中，到时候再收拾你！孔妍妍在心底说。

9

江悍这几天有点烦，分手三个月的前女友小丽又回来找他。俩人是酒吧买醉认识的，江悍看她长得顺眼，主动帮她解了个小围，两人就走到一起了。

她是个刚赋闲的"麻豆"，最风光的时候，同时给几家服装网店做模特。这工作忙起来连轴转，遇到个爱挑刺儿的店老板，还难免受气。她干了三年多，烦得要死，有段时间只想着赶紧嫁掉，要是能找个特有钱的，当情人都行，只要别再做该死的"麻豆"。

江悍是天上掉下来的馅饼。当然，她意识到这一点是见了他的房子、了解了他的大体收入后。初见那一刻，江悍卷着袖子流里流气，倒没给她留下啥好印象。

但同居了不到半年，江悍就把她撵走了。她邋遢、起居没规律江悍都忍了，太黏人实在没法忍，好像他是块唐僧肉，她一不在身边，就会被随便哪个女妖精抢走似的。江悍去事务所她跟着，见委托人她也要跟着，气得他七窍生烟。他心甘情愿白养她，她不工作天天上网、大手大脚乱开销都行，可她不能老跟着他。说了无数次，好容易人不怎么跟着了，电话微信如影随形，江悍索性把她拉黑，回来就大吵一架。一次江悍去外地监狱会见刑案嫌疑人，晚上11点进家累得腿都站不稳，小丽请来开派对的朋友们还在狂欢，江悍身心俱疲被吵得无法入睡不说，邻居上楼敲门都有三次了。第二天接近中午他才睡醒，小丽却在打游戏，一客厅一露台的垃圾是她给他的见面礼。见他起床了，小丽喊着："你点外卖啊！"就继续战斗了。

那一刻，江悍突然觉得一点儿也不好玩儿。他成了别人的免费旅店和提款机，还得不到丝毫的维护和保养。

小丽可不想离开，但江悍有办法治她，把家里的网络和她的所有开销一刀切断，自己搬进律所住，雇了关系好的保洁大姐到家里 24 小时监视，短短两天她就自动离去了。

活神离开后，女友不断的江悍破天荒"空窗"了。实在腻烦，一算自己已三十二，不像二十几岁那会儿扛折腾了。

谁知才三个月，她杀了个回马枪！本以为她和另几位前女友一样，从此可以一辈子相忘于江湖。江悍换了门锁，小丽进不了门就去事务所找他，非跟他重新开始，吓得他没敢细问就逃之夭夭，让合伙人替他挡驾。他逃到附中，住进了江彪家。

住了也就两三天，出来进去跟田遂心碰上过两次。有一次看她往地铁走，他顺路带上她，说好先去律所拿文件，再跟她去票房开开眼。

到了律所门外，遂心在车里等他，十分钟不见人影，拿个文件会那么久？她没记他的电话，就下车进了事务所。好家伙，真不该来，这位仁兄沉着脸刚把一位女子推开，左腮帮子上还印着鲜红的唇印。田遂心转身就走，江悍紧随其后。

小丽跟出来，指着遂心问："她是谁？"

"要你管？"遂心和江悍异口同声。

小丽哭开了："你为啥不信我？"

江悍拉着遂心往车那边走。小丽大喊一声："你有了新欢，连亲骨肉都不要了？"

江悍看了小丽一眼，对遂心说"甭理她"，拉开副驾驶车门请她上去。她看小丽蹲在车前哭，把车门又关上了。江悍头直疼，从手包里摸出烟斗烟丝，开始吞云吐雾。

遂心走过去，蹲在小丽身边，活像个帅小伙在劝跟自己耍赖的女友："你打算怎么办？"

"关你什么事！"小丽很不友好，江悍咬牙没发作，恨不得一巴掌把她打消失。

"我妈是这方面的专家，你需要的话，我现在就可以带你去找她。"

"那也轮不到你，"小丽哽咽一下，指着江悍，"得他！"

江悍不紧不慢吐着眼圈："我也轮不到，你找该找的人去！"转身问田遂心："田老师，票房不去了？"

遂心抬头看了他一眼，炯炯目光把他的烟斗吓得都不冒烟了，他懂她的意思——出这么大事，你还想着去票房？

"差不多行了啊，"江悍悬空磕了磕烟斗，对遂心说，"您再不走我可走了。"

遂心压根不管他，还在安抚小丽。

江悍来了股无明业火，对小丽吼起来："你有完没完？日子我都记着呢，你要真有了，现在至少五个月，你自己看……"田遂心太讨厌了，虎视眈眈看着他，那目光真比审贼还厉害，直盯得他声音都不由自主低下去了。

遂心扶小丽站起来，帮她拍拍沾了土的大衣衣角："这个月份的话，可以抽羊水测 DNA 了，再简单不过的事。"

江悍立刻明白过来，一生气就蠢，咋没想到这招？

"走吧。"江悍上来拉小丽，"钱我出。"

小丽又哭起来，就是不上车。她不上车，遂心也不上，结了盟似的。江悍被她们激怒了，真的上车轰了油门，绝尘而去。

晚上回附中，江悍想着能碰上田遂心，请她讲讲后续。盼着见了，却一连几天没捞着人影。这件事越沉淀，江悍越觉得自己有问题，不是对小丽，而是对田遂心。小丽曾是他的人，田遂心呢？跟他萍水之交，更不欠他的，却弄得像在帮他收拾残局。这事儿做得不地道！

于是装作轻松地，和江彪要她的电话和微信。

"她是学校唯一不用智能机的，没微信。"江彪说，"你找她有事？"

江悍叹口气："一言难尽啊！"

听江悍讲完，江彪抬手指着他，手和声音抖得跟衰派老生似的："你呀你！你真是……要不是你这么多年不着调，我早想把她介绍给你的！你是真不争气！那点破事儿全抖搂出来了！"江彪一连声埋怨，絮絮叨叨。

江悍被他弄得一会儿瞪大眼，一会儿心烦意乱。

"哥，你觉得我俩，有门儿？"

"现在彻底没了！"江彪气恨地说，"你趁早跟她联系吧，她心实，别让人忽悠着替你倒贴钱……"

江悍"噗嗤"乐出来，摇着头："那不可能！"

"咋不可能？我刚离婚那会儿，她听克明说我这儿一干二净了，怕直接给我我不要，还伤面子，塞给克明一万块钱。"

听得江悍瞠目结舌。

"你那傻侄子真就给拿回来，后来我想方设法给她退回去了，费了牛劲。"

不可能，世上不可能有这样的傻女人。男人干这事儿他信，女人，呵呵，他见过倒贴的女人，但不多。以他们目前的素淡关系更不可能。

为了验证这一点，他也得跟她联系。

二人约在周末，在票房附近吃饭。

一见面，田遂心就把一张收条拍在他面前。

"今收到江悍分手费两千元整。"这是他十年来此项费用中的最小一笔。他掏出手机给她转钱，才想起她没有智能机。

"有点儿拖社会后腿啊。"江悍调侃她，"你这年龄就用上老年机了？"

"我拖社会后腿，你败坏社会风气，半斤八两。"田遂心眼睛又亮又干净，看得江悍英雄气短。他担心小丽翻脸无情会胡说八道，颇想跟她解释一下。

"她没怀孕。你走后她跟我说了，就是想留住你。"田遂心说。

江悍稍稍放了心："你咋劝走她的？"

"我说你也看到了，他心挺狠的，干的又是打官司的营生，你斗不过他，白白耽误青春。"

"你这么三言两语就把她打发了？"江悍不信。

"女人跟女人之间好说话，我跟她说，你知道我为啥穿男装吗？还不是被男人伤透了？"

江悍差点把嘴里的食物喷到她脸上："真的？"

"你管呢？她走了不就行了？我那天没带银行卡，正巧身上有邻居刚还我的两千，就都给她了。"田遂心笑了，"人家嫌少，说她干得最好的那会儿，一下午能拍20套服装，五六千到手。我说那你何必理他呢？花谁的钱也没花自己的硬气啊！"

江悍撇撇嘴："她两千都不值。"眼看着她沉下脸，他补了句，"该给的我都给了。"

"我主要是为了这张收条，你就算跟她两清了。你要是觉得不值，这钱算我送她了。"

江悍赶紧摆手："我早没有带现金的习惯了，下次提前准备好还你啊。"他还在回味之前的那句："你真被男人伤过？"

田遂心努力做出严肃相："可不是，伤得可惨了。"

江悍一听就明白了。他倒希望她也在感情上被伤过，他俩的共同话题就多了。

"那你为啥穿男装？"江悍依旧好奇。

田遂心吃得差不多了，掏出手帕擦嘴："找乐子。"

"讲讲呗。"江悍眼里直发光，兴趣益然。

"有啥好讲的，再聊戏该开锣了。"

江悍跟着她来到票房。没想到离他律所这么近，曲径通幽藏着这么个古香古色的地方。虽说外墙和门楼是几年前重修的，但门楼后面的院落可是货真价实建于清朝中期的，市级文物保护单位。院落中央矗立着鼎鼎有名的古戏楼。田遂心带他前台后台走了一圈，热心讲解。他坐在茶座上，宽大的太师椅实在舒服，心境也闲散下来，回到了戏楼初建时的生活节奏，神奇地把角斗场上的撕打、拼杀都暂时忘了。身边早进场的戏迷老大爷，手里拿的是老式收音机，里面咿咿呀呀唱着"我本是卧龙岗散淡的人"。怪不得一见田遂心，就有种说不出的独特感受，她和他就不是同一时空的人，经常在这样的环境里熏着，不仙气飘飘才怪呢。

票房给他揭开了这个城市的另一面，他平日走得太急，连扭头多看一眼的闲心也没有。他沉沉睡去，倒茶小妹没敢惊扰他，乐池的锣鼓也没能把他唤醒。

打发走小丽，江悍本可以回家住，却不知怎么在附中住上瘾了，每次吃饭聊着聊着，总会问起田遂心，没几次就让克明看出了破绽："叔，你喜欢上田老师了？"江悍竟有点脸红："就觉得她挺有意思……"

"你叔做梦呢，"江彪给叔侄俩夹菜，"别叫醒他。"

江悍不干了："哎，你们等着，不出仨月，我让她服服帖帖跟了我。"

父子俩同时撇嘴。

"叔，您别连田老师都祸祸啊，总得给世上留片净土吧！"

江悍作势拿筷子打他一下，克明笑着倒在江彪怀里。

周六晚上，孔妍妍探望母亲回来，喊了两声后发现屋里没人。奇怪了，这时间遂心从不出去，除非她也回父母家了。

没一会儿门开了，遂心一个人走进来，面对孔妍妍的殷切询问，她目光呆滞一言不发，身体僵硬着走到沙发前坐下。孔妍妍没见过她这样情状，被她吓着了。

"现在的人都这么玩吗？"她幽幽吐出一句，没头没脑。

"怎么了？"孔妍妍以为出了事，赶紧上下打量她，她衣着整齐干净，毫无异常。

田遂心挺直身子把呼吸调整均匀，才慢悠悠给她讲了今晚的事。原来，江悍约她出去吃饭，吃完饭把她带到三里屯一间酒吧，里面"灯红酒绿、纸醉金迷"，江悍的一群"狐朋狗友"喝酒、吹牛、讲"下三烂笑话"。

一提他，遂心一肚子气："他要送，我没让，坐地铁回来的。"

正说着，江悍的电话进来，田遂心不接，孔妍妍替她接了，告诉他遂心已到家，让他放心。

从认识江悍那天起，田遂心就在琢磨"龙生九种"的问题。江家兄弟俩太不一样了。外形乍一看很像，都是国字脸，笑起来的样子如出一辙，可仔细看的话，五官大有不同，江彪是圆眼剑眉，一眼看去为人端方；而江悍生了副一字眉桃花眼，活该他烂桃花一堆。他们的嘴型也不同，江彪的四方口稳重大气；江悍的嘴倒也不小，嘴角自然上弯，笑不笑都像在笑，这张嘴，跟他的桃花眼简直是绝配。身形上看，江彪比江悍正好大一圈，个头也高5公分，可那小一号的偏偏长了个大脑袋，大头儿子似的。

江彪怎么看都比他弟弟强。如此温良恭俭的谦谦君子，这么多年她咋没像小孔一样对他动过心呢？真的，她发誓一点没有。

可是，偏对他那不着调的弟弟有了好感！每次见面回来都傻高兴，竟也不知为啥。包括这次，明明生着气，一回味却又乐了。

江悍挂断电话躺到床上，一直咂摸晚上的事，哭笑不得。他的朋友们一见田遂心，都把她当成了长得女气的男孩子，有个大胆的女孩还上前动手动脚，把天不怕地不怕的田老师弄得很不自在，悄声告诉江悍她想离开。后来稍微熟络了，田老师又唠叨身边两个年轻女孩，说她们不该到这样的地方来。那俩女孩年纪不大脾气不小，当场顶撞为她们人生担忧的好心人。江悍看不过去挺身而出，自称是田遂心的男朋友，让她们闭嘴，谁知田遂心反倒生气了，当着众人的面否认他刚说的话，弄得他下不来台。她实在要走，他就准备开车送她，结果人家死活不让他送，自顾拂袖而去。

"你就继续堕落吧！"这是她临走送他的话。奇怪了，听起来竟有些耳熟。

他慢慢想起来了。初三那年，他跟几个同学逃课来到县城外河边，互相撺掇着练起抽烟来，他哪能想到他妈妈黎珍从市里开会提前回来，把他逮了个现行。押送回家后按着他跪在墙角，拿竹板狠狠给了几下。他爸心疼出来制止，黎珍当时吼了句："你就看着他继续堕落吧！"

江悍至今也不服气：他抽个烟咋就堕落了。他爸当年是县文化馆馆长，小有名气的诗人，不抽烟不创作，咋就堕落了？他如今熬夜看卷宗，也全靠那口烟撑着。父子三个，就江彪不抽烟，可这位大哥都给管成啥了啊！江悍至今认为，兄弟俩人生走的弯路，黎珍功不可没。

不想了。好几年没想了，不知怎的，自打认识田遂心，老会想到自己刻意遗忘的妈，包括现在，他眼前交叠的是黎珍和田遂心两张脸。不能想，不能想她，说好了再也不想的。江悍费了很大力气，把两张脸合而为一，只变成田遂心的脸。

"这丫头有点儿意思。"江悍嘴角上扬，又浮起坏坏的笑。

第二天一直在忙，中午接到江彪的电话，劈头问他："你咋能第一次带她出去玩儿就下猛药啊。"

江悍乐了："诉状递得挺快啊。"

"不是她说的，是小孔担心你俩误会，让我跟你说说。她说，遂心这丫头没见过你那些阵仗，你可别把她一下吓跑了。"

"哥，甭操心我了，多想想小孔吧，错过了你上哪儿找去啊？"

江彪嘟囔一句，把电话挂了。

田遂心是江悍迄今见过的最独特的女子，正统古板、不知社会深浅，也没谈过恋爱，十有八九黄花大闺女一个。

遂心自己也纳闷，明明不喜欢江悍这样的人，嫌他不检点，为啥一见到他、一想起他却不反感？还觉得挺有意思？真邪门，一成不变的日子过惯了，人就会向往另一种生活、另一类人了？他俩也实在不一样。第一次坐他的车，重金属音乐让她受不了，他嘴上说着京剧锣鼓更闹腾，还是停车到路边找了半天，翻出来他从江彪那儿搜刮的小提琴曲。吃的方面也不同，江悍喜欢吃辣，她喜欢吃素淡的；江悍吃东西如风卷残云，她却小口小口细嚼慢咽，他只好故意放慢速度等她，总之，不合拍。可这些，似乎也不重要，两个人都不在意。

　　江悍以还钱为由再约她，她没拒绝。

10

　　孔妍妍到江家明显来得频繁了。话题也不在"体验生活"上打转，似乎进入了更高级的新阶段。对此，父子俩都有察觉。

　　有一次她看江彪洗好草莓，又在切水果的案板上逐个把它们拦腰斩断，她不明白了："你们家这是什么吃法？"

　　端上茶几她才明白，上半段甘甜红透的部分儿子吃，下半段发白不甜的爹吃。"我吃哪部分？"孔妍妍抗议了。她可没见过这样的吃法，气她这个没爹的人吗？

　　"你随意。"江彪笑着。

　　因为这盘草莓，聊起了各自家庭和小时候。孔妍妍说她三岁时父母离婚，到现在早忘了父亲的长相，只怪她妈太狠，一离婚决绝地消除往事痕迹，害得她连张亲爹的照片都没有。

　　江彪心头一凛：怪不得她16岁时会看上他，缺父爱啊！眼看她伤心低沉起来，江彪赶紧引开话题，讲起自己小时候，试图用自己的悲惨童年冲淡她的不幸。

　　"父母双全也不一定幸福。"江彪痛心地讲述着，"为了学琴，我差点被我妈打死……"

　　孔妍妍突然破涕为笑，哈哈一声，倒吓了他一跳。他以为她没听懂或觉得他有意夸张，就细致讲述起往事。谁料他描述自己越惨越可怜，她乐得越欢，活生生把自己的快乐建立在他儿时的痛苦之上。他轻易不跟别人讲这些陈芝麻烂谷子，给她讲是为了安慰她，内心也有点拿当她知心人了。讲的时候心还挺疼，心疼当年的自己。

　　她乐够了，还会追问一句："你妈妈总有优点吧，说说优点。"

　　江彪认真想想，认真回答："不偏心。"

　　她微皱眉看着他，不太明白。

"她也没少揍我那倒霉弟弟。"江彪脸上一丝笑意没有，小孔已经乐得倒在沙发上了。太好玩儿了，他当年讲课时就这样，动不动把全班人逗笑，他还板着脸。和他在一起多有趣啊。

她由衷的喜悦却让他始料未及。别说共情心，连基本的同情心都没有。也许她从小没挨过打，不知道那种从皮肉到内心的苦痛，那是难以磨灭可能会带进棺材的；也许她根本就不爱他，他的遭遇就引不起她的心疼，只当个笑话。

克明也受不了她笑起来斯文全无、五花八门，估计专门练过。内敛点儿不好吗？有一回小孔笑够了离开，他对江彪嘀咕："孔大姐十有八九是个傻子吧？"

江彪赶紧让他别胡说。

傻子不傻子不置评，但她对他的感情，到底是真是假，又是多大分量啊。

第二天她上门，拎着五斤草莓。精美包装的10盒，气壮山河地码在茶几上。

"你们今天不用借着草莓秀恩爱了，敞开了吃吧。"

克明被气乐了："你以为我们切开吃草莓是吃不起啊？"

孔妍妍撇着嘴："不是显你们父子亲爱吗？"

"我喜欢吃甜的，"克明说，"我爸喜欢吃略酸的，我们俩各取所需分工合作碍你什么了？"

孔妍妍心底"哼"一声，去厨房洗草莓，学着江彪的样子把它们逐个拦腰斩断。

她发现江彪还在穿那件打架时弄破的羽绒服，就给他要针线，缝补起来。她流畅利索地穿针引线，江彪起初以为她只是简单把口子缝上，谁知她的手上下翻飞穿来绕去，不多一会儿，一个漂亮的白五角星密实地盖住了破口处，和他衣服胸口上的图案相得益彰，织补功夫一流。江彪没想到她还有这手艺，连连称赞、道谢。

"穷学生那会儿，我们排戏的服装好多都是租、借来的，开线了或不小心弄破，都是我帮大家缝补的，他们都说我将来要是不演戏了，到街上开个织补摊儿也能活。"她说着轻轻咬断线头，三处破口补缀得圆圆满满。

江彪莫名竟感动了。缝衣服——他没见刘美美干过，也没咋见他妈黎珍干过，唯独见他奶奶——最疼他、无条件宠他的老太太经常干。晚饭后看奶奶戴着老花镜在灯下为他织补因淘气而磨破的衣服，那是何等温暖的一幕。

看着低头缝补的孔妍妍，她认真而投入的样子像极了奶奶，只少一副老花镜。他一激动，脑子里冒出一句"空床卧听南窗雨，谁复挑灯夜补衣"，一冒出来就觉得不对，天哪，这是贺鬼头悼念亡妻的词句啊，胡思乱想个啥！她把衣服递回他手上，他脸竟红了，好像脑子里那首悼亡词轻薄猥亵了她一样。

补衣服的时候，孔妍妍摩挲着这件衣服的布料，可有些年头了，磨损得颜色都不正了。也不知他是节俭还是恋旧，何不更新换代呢？

她决定替他干这件事。拉着遂心到大商场千挑万选，把不爱逛街的假小子烦得要死。

小孔却不放过她，隔一会儿抓她试衣服，拍着她的马屁："哪个男的穿男装也帅不过你！"

难得遂心清醒着："我比人家小好几号呢，试不出效果。我请个专业的过来帮帮你。"

没多久，江悍过来了，他和遂心有限的几次约会里，他经常给她讲服饰，讲得还挺有门道。遂心真找对人了，一听说是给他哥买衣服，江悍不但帮忙参考，还不厌其烦地试了一件又一件。他除了比他哥略小一号，从身材到骨架，无不是他哥的翻版。

可架不住小孔太挑剔，试到后来，遂心生无可恋地坐下旁观，小孔还在跟江悍一件件研究。最后终于，老天爷保佑，挑了件款式、剪裁、料子都能入孔大小姐法眼的派克服。

江悍悄悄一看标签，打折后三万多！

孔妍妍肉眼可见地嘴一咧。她也没想到。她常穿的外套都是一千以内的，贵的不是没见过，衣柜里也有，可那都是特定场合下穿的，日常穿可就没意思，担心划破蹭脏顾忌太多，不如便宜衣服爱护主人天性。

可她实在是相中这件了！折腾江悍试了又试，就这件效果好。贵有贵的道理啊，水貂皮的能不贵吗？

"穿着不合适，能随时退吗？"眼见着孔妍妍豪放大气地举起银行卡，江悍赶紧问导购员。

导购员笑了："女朋友这么好的心意，先生何必想着退呢。"

江悍一听这话，不知怎么突然想起田遂心，回身一望，她正坐在不远处座椅上休息，不知怎么也傻盯着他呢。二人目光一碰，竟都有些不好意思，尴尬地招招手。

"别瞎说，这是我未来嫂子。"江悍乐呵呵看着孔妍妍。

"真买了？"田遂心走过来，瞪圆眼睛，"这么贵！"

孔妍妍脸色潮红，女人败完家的激动神色。她说难得来趟商场，还要四处逛逛，他俩要是没事儿可以聊天等她。

"大手笔啊！平时也这样？"江悍十分好奇。

田遂心直捂脸："她贼抠儿，能让她掏三万多买件衣服，绝对是过命的交情了！"

她说小孔是那种不该拿的钱一分不拿，不该花的钱一分不花的人。不缺钱但也不贪财，过日子喜欢精打细算还自得其乐。今天这么花钱真是看呆了她。

"我哥要走好运了？"江悍说，"不过这衣服十有八九还得退了。"

田遂心不解。

"我哥是阴虚内热体质，穿貂儿还不捂出白毛汗啊。"

"那你刚才怎么不说？"

"人家在兴头上，我为啥要说？"江悍乐了，"穿不了他俩一起来退，不挺有意思？"

11

离婚以来，刘美美第一次给江彪打电话，想和克明一起过元旦。

克明一见刘美美，就开始了恶作剧。先是点菜都拣贵的点，然后开口要三要四，列举了好几样。刘美美笑着听他说，心里一路"咯噔"。最后爹着胆子问："一共要多少钱?"

克明翻翻眼睛，很认真地算着："大概要一万吧。"

刘美美松了口气，这孩子跟着江彪没见过啥大世面，没一口把她吞了。

娘俩不咸不淡地聊着。吃得差不多了，刘美美放下筷子说："妈又结婚了。"

克明咀嚼的动作暂停了几秒，头也没抬："是那个上下半身把黄金分割整颠倒了，黑得像非洲人，六十多的猥琐男吗?"

"别胡说，他才五十二。"刘美美惊讶不已，"你咋知道的?"

克明"哼"一声："想不到您还挺专一呢，我今年暑假见过你们在一起，在双安商场。"

刘美美早不记得了，但看他笃定的样子，心一沉："你告诉你爸了?"

"我要是说了，"克明歪着头，"你还能从我爸那儿弄到那么多钱?"

好歹是亲生儿子，关键时刻还向着妈。刘美美被母子之情感动了，一把拉住他的手："好儿子，妈给你两万。"

克明喝了口汤："有本事你给我三万，我来者不拒，最好马上给。这黑哥们儿挺有钱吧?"

刘美美点点头："他自己没啥钱，但他老家儿有钱，拆迁分了好几套房子! 儿子，妈弄来他家的房子，最后还不都是你的?"

克明一口汤一下喷了出去，刘美美赶紧掏出纸巾擦自己的貂绒坎肩，哀怨地看着他："至于吗? 笑成这样?"

"我妈这么疼我，离婚都是为了打入敌人内部给我弄房子，我不笑难道还哭？"

刘美美当然能听出儿子的嘲讽，哼，让兔崽子尽情嘲讽吧，他现在年纪小，不明白他妈走到今天多不容易，但早晚他会明白，他妈从内蒙古一个偏远小县城走出来，大专学历却轻松拿到北京户口找到本地工作，如今又顺利改嫁了本地郎，眼看着一步步活成了人上之人——总有一天他会崇拜他老娘，并以老娘为荣！

克明回家见到江彪，郑重问他："老江啊，你可啥时候才能结婚啊？"

一下把江彪问蒙了，尴尬地笑笑。

孔妍妍就是这时候上门送的礼物。

如果她提前四小时登门，克明肯定是另一副面孔。

克明给她开的门。她这些日子差不多天天登门，这一次见，明显殊于以往。奇怪，和刘美美见了一面后，看她竟顺眼多了！

江彪和往常一样拿起茶壶去厨房泡茶，谁知刚起身就被克明拦截了。克明泡好茶给他们各自倒上，鬼头鬼脑溜回屋写作业，有意给他们腾地儿。

孔妍妍献宝似的从时装袋子里拿出派克服："得尽快穿，不然冬天都快过去了。"

她担心他嫌贵，提前撕下了价签。谁知他还是坚决不收，一再说她已费心劳神帮他补好了衣服，何必多此一举。二人推拉起来，眼看着她脸上挂不住了，他还不知进退，要不是克明及时闻声出来，下一秒她脾气发作，能把衣服摔地上。

"怎么了？"克明一下看出问题，小孔眼里都噙上泪了，他爸还沉着脸。

克明惊叹着拿起衣服左看右看。

她眼泪掉下来，强咬牙关，努力不露一丝哀戚。活该，白给东西人家都不要，真是贱。

江彪一瞟她泛红的眼圈，几滴眼泪就把他硬似铁的心泡化了。他开始任克明摆布，由着他给自己穿上大衣、推到落地衣镜前转来扭去。

"老爸，给你量身定做的！"克明上下打量着，"太帅了！以后你买衣服，就得照这件的品位买。"

眼见着孔妍妍含泪出门，克明后脚把江彪也推出门，又是努嘴又是皱眉，弄得江彪都糊涂了：今晚这孩子是咋了？

二人走在路上，刻意保持着距离。江彪不知该说啥，冷了半天场冒出一句："你何必破费呢。"

不提还罢，一提倒勾起她的伤心。为了给他买这件衣服，她费了多大功夫！把这份热情的十分之一施舍给追过她的狂蜂浪蝶，他们还不乐死！可眼前这位，送他衣服竟如同割他的肉。

她"哇"一下哭出来，还有刚才在江家没哭够的，也都补上。

江彪没想到她心里这么多苦水，顿时手足无措，近前一步低声安慰。他也不会安慰，翻来覆去说"别哭了"。她突然一把抱住他，哭得梨花带雨气噎声绝。他心一软，身体又不受控制，之前规规矩矩乍在两旁的胳膊和手环绕过来，小心翼翼把她抱住。她略弯腰，耳朵正好贴到他胸膛上，听着他坚实有力的咚咚心跳，世间万物也归于平静。她止住哭，江彪的胳膊就赶紧拿开，身体也有意远离。她毫不松懈地抱紧他，索性把他的胳膊也抓回来，重新放在自己后背上。

江彪挣扎着推开她，落荒而逃。他不知道挣脱一个女人的怀抱会这么难。

江彪暗自运气要跟克明算账，臭小子今晚吃错了药，要不是他推波助澜，咋也到不了这一步。没想到他一进门，克明已在门厅等他，迎头数落着："注孤生啊注孤生，老江，我看你这辈子悬了！"

"注孤生是谁？"江彪想到的是《西厢记》里的张生、《画皮》里的王生。

江克明叹口气："注定孤独终生！"

"那也不至于。"江彪拍拍儿子的头，"我就是纳闷你小子咋想的。前几天不还找人家谈判让人家别缠着我吗？"

"哼，此一时彼一时也。"江克明一脸坏笑，"我想通了，老江你老大不小了，需要个女人。"又摆出恋爱专家嘴脸："其实感情的事你不用想那么复杂，一件一件解决就行。眼下当务之急是啥？"

当务之急？江彪只知道今晚这一搂一抱，以后永远说不清了。孔妍妍似乎真的爱他，可他明白这爱是十年前带过来的，时过境迁，就算她现在仍然真爱着他，心底的爱和拿出来过日子的爱也是两回事。

克明指了指那件派克服："你是不是该想想回赠礼物啊？"

江彪点点头。除了他妈和刘美美，他没给任何女人买过礼物，他也完全不知道她喜欢啥。更何况，他现在的经济情况也买不起啥像样礼物。

八字没一撇，他已经感受到没钱的窘况。他现在真是要啥没啥，除了一副躯壳，想不自卑都难。

江克明变戏法似的变出一张银行卡："三万，放心啊，都是你的钱。"

江彪猜到他去盘剥他妈了，但眼下已无力教育他："下不为例。"

"那不可能，我且得从她那儿往回刨呢！"

江彪沉下脸，把卡还给他，"不行，人得有志气，男人更不能手心向上！"

"哎呀行行行，"克明把卡又塞给他，"春节前能结婚吗？"

江彪一副嫌他"有病"的表情，笑着在他头上轻拍一下。

孔妍妍送他衣服的用意，江彪心里明白，她不想让他穿挂了补丁的衣服。但从这件衣服上，他看出她对他一无所知——他对她也一样——他怕热啊。他也真心不喜欢皮草，跟价钱无关，他从小爱小动物，貂毛能让他联想出很多不舒服的画面。

江彪的不情不愿逼出了孔妍妍的斗志，她嫌进展过慢，明显把拿下他提上日程，要打一场硬仗似的，只是没啥战略，战术也十分笨拙：每天下班必去江家，哪怕有演出，散戏后已十点也要去，打卡签到似的。话剧院周边好吃的已经买遍了，有一次实在不好意思空手登门，竟给克明买了两串糖葫芦！自己都觉得可笑。

可要想天天见，哪有那么多事由啊？只有一次，是送话剧票。这是遂心给她出的主意："他在你眼里有光环，你的光环也不弱啊！"

戏是《北京人》，孔妍妍演愫方。这是江彪头一次进剧场看她演出，900人的剧场，座无虚席。江彪和克明的票在楼下第三排偏中间位置，足见她对此次赠票的重视。

愫方一登台，有观众叫好，男观众的声音为主。第三排真是最佳观剧位置，他们离愫方那么近，一伸手就能够着似的。戏很好，张力足，父子俩看得都很投入，愫方对文清说"飞不动，就回来吧"，江彪的眼泪都在眼眶里打转了。

还当人家是那个高中生，人家早不是了，在台上光彩四射众人瞩目，不是凡人能望其项背的。真以为世上有狐仙爱上穷书生的聊斋故事啊？江彪在心底朝自己撇撇嘴，不知天高地厚的多情种，人家明明有更好的选择，你偏偏插一杠子。

孔妍妍要是知道献宝不成反把江彪弄得更自卑了，肯定悔青了肠子。

谢幕时愫方出来，特意朝他们这边看看，可把克明激动坏了，生活中求着他还被他看不上的人突然戴上了舞台的巨大光环，他好像也跟着沾了光，扯着老爸的胳膊："咱就没想着带束花？"起初他担心没人给她献花，后来又担心献花的人太多，她都抱不住了。小伙子急得快跳起来，其实心里急的可不是献花，而是没把刘美美拽来，她应该看看江彪找了个啥样的神仙女友，江彪离开她不是没人要，而是瞬间登顶人生巅峰。她以为自己是谁？

粉丝们上台找各自偶像合影，几位主演只能微笑奉陪，等她忙完再朝台下看去，父子俩已经不见了。回到后台一看手机，江彪的微信进来了："演得非常精彩，感动。祝贺演出成功！辛苦了，早点回家休息。谢谢。"

还是距离感，没完没了。瞬间的失落，再加上一整晚台上的高度紧张突然消退，孔妍妍一看这两句鼻子一酸，眼泪下来了。她本想散戏后开车带他们一起走的，肯定能有不少话题可聊，他连这么一个小小的机会都不给她！

她哪知道江彪心里也不好受，一直煎熬呢。37岁的离异男人，拖着个快16岁的儿子，跟小自己9岁的漂亮女演员谈恋爱，已经不是般不般配的问题，这是玩火自焚的绝佳方式。

他的不主动她全看在眼里痛在心上，可她舍不得就此离去啊！于是第二天她又来了。江彪自从看了昨晚的演出，不般配的感觉在心头愈演愈烈。他担心局面越来越失控，不打算任由她来家里了，于是提前去校门口，一路鼓舞自己见面就跟她摊牌"请别再来了"，可一见她瓷白的脸上笑意盈盈，他觉得那句话实在造孽，不忍出口。结果就由不欢迎来家，变成远远迎到校门口，一路陪着来家。

男人啊，女人给个好脸都不知自己姓啥了。

"那件衣服你怎么从来不穿啊?"一问问到痛处，他想说太热，怕她再给他买件薄的；也不敢说舍不得穿，她再买件同款的，让他换着穿。江彪只能一拍后脑勺，顾左右而言他："呀，校长让我晚自习找他，我给忘了。"急匆匆就要走。

孔妍妍拉住他："下次说教学楼着火了，不比这个强?"

江彪一脸真诚说没骗她。

"我看你能躲到什么时候!"孔妍妍离开附中没直接回家，拐到商场选了个本子，硬壳，面和底全黑，为的是记黑账。她默默告诉自己：每次低头让步，或他让她感觉不舒服，就在上头记一笔，所以她不怕他冷落她、慢待她，她有账，让他慢慢还，还一辈子吧!

眼见着江彪收了银行卡却迟迟不着手物色礼物，克明不干了，他要回卡，亲临大商场挑选，兴冲冲回来，还对江彪保密。江彪说："我必须得知道，万一你买的是炸弹，把人炸了咋办?"

"老爸，你以为我还是三岁小孩儿，你一反着说我就上当?"

小孔再次登门，克明直接把礼品袋递到她手上。她绽开樱桃小口说了句"谢谢"，学着西方人当面打开礼物。

"啊"——一枚两克拉的名牌钻戒!她不是没见过钻戒才惊呼的，实在只是太意外了。

这——江彪买的?再仔细看看，哦，看起来像两克拉，其实最多80分，不到一克拉的主钻边上紧密团结着一圈小钻，造成了两克拉的效果，不过切工很好，亮闪闪的特别漂亮。虽说80分，但按这个品牌的价位，也足以抵得上她送的派克服了。不过无论钱多钱少，无论80分还是两克拉，这样的礼物现在不能收。戒指不比别的啊。

克明眼神热切，盼她收下。孔妍妍看向江彪，只见他呆若木鸡，显然哪里出了岔子。她明白了，戒指跟江彪无关。瞬间松了口气，夹杂着一点微妙的失落。

这孩子，葫芦里卖的什么药?

"克明，"孔妍妍说，"你送我的?还是你爸?"

克明早有防备，滑头地说："我爸呗，我不过奉命执行。"他说着，递眼色让江彪来救驾，江彪假装看不见。

"江老师，这算什么？求婚吗？"孔妍妍意味深长看着江彪，"诚意不够啊。"

克明急了："怎么不够？我选了好半天呢！"

孔妍妍暗笑："你诚意够了，你爸呢？"

克明直想捂嘴。

"克明，你眼光真好，谢谢你的心意，可……"她把钻戒放到茶几上。

"可你不是喜欢他很多年了吗？"克明的小脑瓜理解不了了。他恨礼物没送出去，也恨江彪不帮他说话，赌气回次卧把门"啪"一关。

"孩子自己安排的，我事先真不知道。"江彪窘得直看自己脚尖，"这孩子总拿自己当大人，其实特幼稚。让你见笑了。"

江彪越客气，越跟她疏离，她心里越不是滋味儿："你呢，你是怎么想的？"

"我条件太差，连想的资格都没有。过日子是需要各种基础的，单就经济基础来说，我也差得不能再差了。"

"哼，你跟杜渐也没什么本质差别，开口闭口都是钱！"

江彪反倒笑了："你终于开始了解我了。"

孔妍妍被他的漫不经心激怒，"突啦"一下就要夺门而出，手搭在门把手上觉得不对："呸，我才不上你当呢！"她回来坐下，继续质问他："干吗故意气我？"

"没有，全是大实话。"

"你怎么从来不问，我为啥一直喜欢你？"

"瞎了眼呗。"江彪苦笑，"你相信一见钟情？"

孔妍妍坚定地点头："我相信。"刚说完又沮丧起来，"我是真没招了，表白、送衣服、送戏票，只剩下……"

她意味深长的表情弄得他一愣，赶紧低头假装不懂，又招呼她吃水果。

小孔抿嘴一乐，像清楚了他的软肋似的，奔四十的大男人，娇羞什么呢？

"我没收下戒指，不是不想和你在一起，只是觉得太快了。"

江彪摇摇头："和我在一起，这句话听起来就特别造孽。"

孔妍妍恨不得上去捂他的嘴，骂他胡说，可看他一脸沉重，这样的亲昵此刻又做不出来。

临走，江彪把他的藏书《飘》拿给她，厚厚的上下两册，掂在手里像砖头。

"这是我回送的礼物，别嫌菲薄。"

她当然不嫌菲薄。回去就开始头悬梁锥刺股了。遂心乐坏了，在一旁说着风凉话："'刘项原来不读书'，哈哈，现在读书了。好好看啊，先生检查功课不合格，可要打手心。"

孔妍妍狠狠瞪她一眼。

小孔一离开江家，克明就从次卧蹦出来，怒火冲天："老江，她没诚意！你得赶紧快刀斩乱麻！"小斗鸡似的嘶吼半天。

江彪气乐了："谁让你擅自行动？八字没一撇送钻戒，跟哪儿学的？"

"那不是钻戒，是试金石！"克明不承认自己计谋落空，更不肯直面失败。

之后连续两三天，孔妍妍进进出出坐立不安，一会儿嫌留声机声大，一会儿嫌邻居家用电钻；声称要屏蔽手机，却忍不住一会儿一看，然后又恨自己意志不坚。

"你怎么慌得跟抱窝鸡似的。"遂心也怪江彪存心难为她，早不是你学生了，你还给人家布置作业？

也不知从哪天起，孔妍妍突然安静了。遂心去卫生间经过她的屋子，看她坐在书桌前台灯下，宛若一尊美神雕像被柔和灯光包围，遂心忍不住惊叹，她竟没察觉，依旧沉迷书中。

田遂心当然不知道，孔妍妍七死八活看到二十几页，发现了江彪的字条。心跳啊，相隔十年再看他的字，孔妍妍依旧满怀小鹿乱撞，自己都不好意思。

"等你读懂了斯嘉丽对艾希礼的感情，我们就可以深入聊聊了。"

她的心终于定下来。

把近百万字的《飘》读完，孔妍妍底气十足来找江彪论战了："你不是艾希礼，我不是斯嘉丽；你那位前妻，更是给梅兰妮提鞋都不配。"

"不要对号入座……"江彪慢条斯理。

"哎，你先搞对号入座的啊！"孔妍妍瞪着他，"那你让我看什么？"

江彪心里一乐，这丫头倒不傻。

"'飘'的原文是'Gone with the Wind'，字面意思是随风而逝。人生的大多数东西都随风而逝了。斯嘉丽14岁爱上艾希礼，到28岁时发现自己爱的并不是他，而是掺杂着对逝去的时代、少女情怀的……"

"你有没有勇气给我14年，让我看看是不是真爱你？"孔妍妍狡黠地笑着，"你不要自比艾希礼，那家伙虽然没用又多余，可比谁的命都好，金不换的梅兰妮给他撑着精神，能干的斯嘉丽给他撑着物质……"

孔妍妍思索着："你倒有几点像白瑞德，无依无靠、自立自强、善良、真诚、爱孩子。"

她这么明着夸他，把他的脸都臊红了。白瑞德情深义重一直爱着斯嘉丽，孔妍妍这样说，是有意把他提到真命天子的位置。

他连连摆手："白瑞德是完美男人，我可没法比。"

"爱孩子的男人，肯定坏不到哪儿去。"孔妍妍眨着大眼睛，调皮地看着江彪。

12

拒绝了克明精心选购的戒指，孔妍妍把小伙子大大地得罪了。

在这个 15 岁男孩的心目中，世间还有一些事他是可以掌控的，比如不需太努力就可以拿到物化生满分，不用太多练习就能把篮球投进筐里，完全不费心思就能得到老爸的爱。14 岁之前父子俩一直睡在一张床上，后来他意识到自己的身体正在发生某种变化，才面红耳赤回到自己屋里。相依为命的日子让他跟老爸之间的辈分界限越来越模糊，有了"多年父子成兄弟"的意思。对于父亲的事，他总觉得他不但可以参与，甚至可以掌控一二。但无论是面对刘美美大闹课堂还是父母离婚，他都显得苍白无力，那时他才明白自己啥都不是，不过是个身高像大人的小屁孩儿罢了。

孔妍妍来送衣服的那个晚上，他的行为改变了两个大人的走向，这让他深以为傲。15 岁的男子汉就应该这样！能想到买钻戒做礼物，他江克明是个天才，老江那样的死心眼儿肯定想不到。他想象着孔妍妍戴上钻戒喜极而泣，然后他就拉着他们俩，欢天喜地去见刘美美和那个黑货……那场面不能想，一想自己都能飘起来——太爽了！气死刘美美真的不难，孔妍妍这样的姿色绰绰有余。让那个轻薄肤浅没心肝的女人知道江彪不是没人爱，只能跟她纠缠，还得要她大闹示范课才肯离开她。

可是、可是孔妍妍竟然拒绝了！

但他发现，拒收钻戒后，老江和孔妍妍开始交往了。以前还有个啥"体验生活"当幌子，现在连幌子也扯下去不要了。老江甚至为她办了张校门出入证，她炫耀地挂在脖子上，恨不得天天晚上来家蹭饭，倒也不白吃，回回买菜买肉，还经常给他带些小礼物。但这都是"糖衣炮弹"，休想攻下他！

两个人还是不般配！上次看《北京人》，害得他激动半天，可回到家静下心，女明星岂是他们这种家庭养得下的。虽说孔妍妍一再强调自己只是个演员，跟售货员、饲养员、炊事员差不多，跟女明星反倒差着十万八千里，一辈子也够不着，可人家的好条件明明在那儿摆着呢。老爸的反应也让克明看不懂。老爸看完演出垂头丧气陷入自卑，可孔妍妍一登门，他又顺从了，再次跟着人家思路走了。受了漂亮女人一次害还不够，火坑还能连着跳？

要说气他妈刘美美，孔妍妍肯定是最佳人选，一气一个死。可她不收下戒指，说明不想跟他走入婚姻，这一点远不如张静娴啊！唉，别提张静娴了，听说人家都快结婚了，要不是孔大小姐横插一杠子，新郎百分百是老江啊。

克明越想越坐不住。周六一大早起来去了通州。之前有事找他叔，都是打电话，可这件事事关重大，必须当面说。

他一按门铃，搅了江悍的清梦。江悍开门一看是侄子，一把拎进来骂一句："雷公不打睡觉人啊！"

"叔，我爸在你心里排第几？"

"吃错药了，大老远跑来问这个？"江悍揉着眼睛，一半脑子还在睡梦中。他还真没排过。父母都去世了，无妻无子，江彪应该排第一。

克明满意地笑了："现在我爸要跳火坑了，你想不想拉他一把？"

江悍一听他说的火坑是孔妍妍："这算哪门子火坑？你个臭小子，搁我我也跳。"江悍一头扎回主卧的床上。

"对，我就是让你跳。"克明爬上床，摇他，"你去追孔妍妍。"

江悍一把推开他："我现在有主儿。就算没主儿，我也不能对嫂子下手。"

"哎，她是你哪门子的嫂子？"克明跪在床上给江悍揉捏肩膀，"叔，放过田老师吧，她跟你不是一路人。我觉得孔妍妍这样不结婚只恋爱的适合你，同道中人嘛。田老师要是愿意，她跟我爸倒合适。"

江悍回头给了他一下："让你小子乱点鸳鸯谱！"

克明急了："我就想知道，她对我爸是不是真心的！"

他连周末作业都拿来了，铺开摊子做起来。江悍心想这样的馊主意我要是真照做了，以后还有啥脸见我哥？万一日后小孔真成了嫂子，岂不是更没脸？

他心里盘算着，小家伙说得也对，社会上的花花草草他见多了，他哥哪是对手啊，被人卖了还帮人数钱呢。可就算答应他，也得找个人替他去，他可万不能亲自去。这人不好选，毕竟这世上花痴并不多，还得从少见的花痴中选个知根知底人品有保障的，万一出了事不是好玩儿的。

这样的人，让他上哪儿找去啊！

正琢磨着，手机响了，接了才知道是刚结案的一个委托人，问他今天去不去律所，他要亲自给他送锦旗。

"米大夫，心意我领了，知道您忙，就别来回跑了。"江悍客气着。

聊了一会儿，挂了电话。江悍突然想到这位米大夫，恰是试探孔妍妍的最佳人选！

米大夫叫米若虚，是个唇红齿白、英俊挺拔的大帅哥，产科的优秀大夫。半年前他给一个孕妇做产前检查，孕妇丈夫突然破门而入，上来就打。院方出面找到江悍的律所，由江悍亲自打的这场医患官司。

米若虚是个大善人，官司打到后来，他倒替打他的人说好话，说只要他能认真悔过不再伤人，赔偿可以不要。江悍暗地里没少笑他傻，表面答应他，却没跟被告松这个口。

米大夫比江悍大一岁，功成名就的33也没成家。正打官司那会儿他请江悍吃饭，喝多了跟江悍说过，他遇到过志同道合的，可人家没看上他。他目前的最高理想是找个痴情的绝色女子，找到了就结，找不到就永远单着。

江悍笑了："绝色女子有几个痴情的？就算痴情，能偏偏让你碰上？"

他当时就劝米若虚，现在所谓绝色女子大多是整形医院挨过刀的，找个没挨过刀，看上去顺眼的就行了。谁知下次见面再提这事儿，米若虚矢口否认他要找绝色女子的话，跟江悍争得脸都红了。江悍明白了，这是个老实的正经人，可越是老实人，酒后的话才越是发自内心的。喜欢绝色女子咋了？哪个男人不喜欢绝色女子？

把他介绍给小孔，就算此计不成，以他的老实本分也不会坏事。

第二天一到律所，江悍就把电话打给他。

"若虚兄，还单着呢？"

米若虚在电话那头笑了："等你给介绍呢。"他说话永远不紧不慢，甚至还有些女里女气，跟急性子的江悍是两股劲儿。

江悍点头称是："那你可别急，有合适的我一定给你留意着。"

没两天，孔妍妍给了江彪两张话剧票："明天晚上七点半，带观众彩排《别时何易》，带你儿子捧个场吧！"

她说着笑了："这戏要是能立住，你们爷俩功不可没啊。"

江彪赧然一笑。

为了改善儿子和小孔的关系，江彪献宝一样把票给了克明。第二天上午，克明不辞辛劳，拿上票跑到通州，把票给了江悍，江悍立刻约好了米若虚。

下午三点，身在通州的克明准时肚子疼了。

江悍赶紧打电话给江彪，说他宝贝儿子病了。江彪刚换上熨好的西装，还没穿鞋就接到了电话，急三火四去了医院，克明正在急诊室躺着喊疼呢。江彪赶紧向医生问情况，医生把克明的五脏六腑看了个遍，也没查出啥毛病。做完了 B 超休息，一看表都快六点半了，就算他现在立刻不疼，话剧也肯定看不成了；更何况他还一直捂着肚子"哎哟哎哟"。

江彪一看时间彻底错过了，只好给孔妍妍打电话，估计她在扮戏，没接，发微信道歉："对不起妍妍，太对不起了。克明下午一直肚子疼，我带他在医院呢。"

大概七点，小孔的回电进来了，关切地问克明情况，嘱咐他好好陪孩子，想看的话明后天还有正式场。

一过七点，克明的肚子准时不疼了："爸，我怕浪费，把票给我叔了。他也没时间看，给别人了。"

他说饿了，想吃饭。江彪似乎明白了什么。吃饭时他欢欣鼓舞香甜无比，哪像刚刚腹痛如刀绞的？江彪忍不住问他："你演这么一出，把我从海淀折腾到通州，就是不想看话剧？"

克明一看小把戏被识破，嘿嘿笑着："爸，我真肚子疼，不过可能是饿的，吃了饭就好了。"

江悍从医院出来，把票给了米若虚。昨天通电话时，只说是朋友送了两张话剧票，他没时间去，所以给他，现在见了面，他又加了一句："除了看戏，你留意下演女一号的孔妍妍，你不是想找个痴情的绝色女子？

她就是。"

米若虚再次对"绝色女子"的话嗤之以鼻，问："你认识她?"

江悍说得有鼻子有眼："不瞒老兄说，她是我哥以前的学生，喜欢我哥好多年。我哥呢，给不了她婚姻，把人家伤了。"

江悍尽力说得贴近事实，越贴近事实，万一日后事情有变，越能多条退路。

"江律，你确定她跟你哥已经分了?"

"分啥分，听我哥说，他们压根儿就没开始。我哥那条件，儿子都快16了，就算女的痴情，她家人也不能答应啊。"

米若虚回味着他的话，似乎有了点兴趣。

一个半钟头的戏，许一竹把他感动得默默掉泪三次。她真是个绝色的痴情女子! 兼有杜丽娘的至情执着、吉卜赛姑娘卡门的热烈奔放，真不知这么矛盾的特征，孔妍妍是如何揉捏妥当又集于一身的! 谢幕时许一竹一出来，米若虚立马站起来鼓掌。他热泪盈眶了。他爱许一竹，也因此爱上演许一竹的孔妍妍。他能感觉许一竹朝他这边看了两眼，水灵灵的大眼睛顾盼神飞。戏一散，他就随着要签名的粉丝往后台涌去。

米若虚才不屑上前挤着合影签名，多傻呀。他静静地、站在门口看着她。等着粉丝们逐渐散去，他轻轻走上前，慢条斯理说："演得太好了! 如今这世上什么都不缺，就缺这份长久的痴情。"

他说着，眼圈又红了。孔妍妍很少见到入戏这么深、这么感性的男观众，心里热了一下："谢谢您，看这么认真。"

她没忘克明生病的事，想着赶紧回附中看他。抱歉地对米若虚一笑："以后请您多指教，我还有事，失陪了。"

她来不及卸妆就离开后台。米若虚快步跟上去，问她的联系方式。孔妍妍当然不会把自己的手机号给他，匆匆留了个剧院的座机号："我们现在每天排练，打这个电话就能找到我。"

米若虚笑了，心想这女孩儿还挺有心眼儿。

第二天刚到剧院，同事就告诉孔妍妍，有人打电话找她，还给她留了手机号。

话音未落，电话又进来了，果然是米若虚。他问她中午是否有空，他想请她吃顿便餐,聊聊昨晚的戏。这类邀约她司空见惯,想也没想就说:"谢谢您,导演中午要给我们说戏,离不开。"

米若虚也不强求:"吃饭倒无所谓,我昨天看你气色不太好,买了两盒阿胶,一会儿给你送去。"

她连连道谢,不要他麻烦。但一到中午,米若虚真的来剧院门口给她送阿胶了。她受之有愧,找借口不出门接收,米若虚等了一会儿,把阿胶放到了传达室。

米若虚加大了追求孔妍妍的马力。他还跟江悍深入探讨追女孩儿的技巧。江悍心里直打鼓,这场戏真的往克明想象的方向发展了?孔妍妍到底爱不爱江彪?

他开始替他哥难过了。哥俩运气不好,世上那么多慈母,偏偏最严厉的妈让他们遇上了,唉,小时候是咋过来的啊!他哥好容易考进北京留下工作,居然杀回马枪到老家娶了个刘美美!这女人连他们严厉的妈都不如。妈虽然打骂他们,可嘘寒问暖和疼爱也不少,他们病了,她不眠不休守在床头。刘美美是个啥东西?他想都懒得想这个死女人!

他哥可算逃离魔爪自由了,他盼着他能擦亮眼睛找个地道的、跟他一样温良敦厚的好好过日子——他哥就是个过日子的男人嘛,何必找个大明星给自己徒增负担呢!可他又替他哥不平。他哥也是个大才子,但这辈子呢,先毁在他妈手里,被管傻了;又毁在刘美美手里,男人第二次的家庭温暖也没能体会到。倘若把这两个女人都换成好的,他相信他哥的人生是另一副样子。

唉,他英雄气短了:看戏流泪替古人担忧,他还没人疼呢!可恶的田遂心一直对他不冷不热,他都奇怪自己阅人无数,咋偏偏对她有兴趣了?

孔妍妍收下了阿胶。类似的礼物她也不是没收过,心里总不踏实:凭什么啊?就凭干了本职工作,观众喜欢就把东西白送你?姥爷和妈从小教导她"无功不受禄",所以只要送东西的剧迷再联系她,她都想方设法回送。

她回送米若虚的是两盒西洋参切片。他乐呵呵收下了,很快又送了她顶级藏红花和润喉的罗汉果。她拒辞不受,却耐不住他坚持,迫不得已又收下了,只好找机会回送他几克冬虫夏草。二人哪像送礼物,分明在倒腾药材。

米若虚的礼物送了几个回合，却只字不提"我喜欢你"，"做我女朋友吧"。完全不是杜渐的风格，看上去像个情场老手，精明又沉得住气。

鬼才知道他根本没那个心机，更不会"润物细无声"地持续渗透，只怪他太腼腆，连个"我喜欢你"都说不出口。

孔妍妍不明就里，却盼着他能早点儿亮出底牌，她就能名正言顺地告诉他"我有男朋友了"！可他偏偏不说，她总不能上赶着说吧？万一人家对她没有男女间那份心思，显得自己多自作多情呢！

13

这段时间去江家，克明倒是对她热情得可以。孔妍妍一感动，提出请他俩去吃一家五星饭店的海鲜自助。

江彪和孔妍妍在窗旁座位坐好，让克明先去取自己爱吃的。整个大厅用餐的人不多，顾客鸦雀无声，工作人员彬彬有礼。

克明正在选餐，闻见一股熟悉的香气，一扭脸，日思夜想的刘美美就站在右边两米开外，她52岁的现夫肖春秋陪伴在侧。

克明没来由心跳加快。刘美美夫妻俩其乐融融选着餐，没看到不远处定格的小伙子。他端着盘子走向母亲，她的手伸向哪儿，他就也伸过去，故意要抢她中意的食物一样，逼得她看向他。刘美美当然看见了儿子，但她很礼貌地笑笑，把手缩回来，示意他把东西拿走。那情状就是在对陌生人！

克明立刻猜到：他的后爹肯定不知道他的存在。

认清这一点，15岁的小伙子火冒三丈。他一直被她当累赘，现在又成了她难以启齿的过往。刘美美在跟肖春秋耳语，姓肖的直摇头。克明猜她是遇见儿子又不能相认，深感别扭，想要离开但那黑货不干。

冉冉一股恶意在心底升起。克明一边假装挑选，一边紧盯着他们，眼见他们落了座，他走回江彪身边，闷头说了句："换个座位吧。"

在克明的指引下，他们坐到了刘美美与肖春秋的邻座。

等到江彪二人选餐回来，克明起身迎上，就在刘美美座旁，脆生生对孔妍妍喊了声"妈"！这一声石破天惊的"妈"，不说孔妍妍，江彪手边的叉子都"啪"一声掉在地上。

刘美美左胸腔内如遭重捶，条件反射地差点儿答应。死孩子，你有几个妈？好好的一顿海鲜大餐，她却要在儿子给她设的私刑中度过，还无法拒绝——谁让她不义在先？可她也没办法，肖春秋要是知道她有个十几岁的儿子，打死都不会为她离婚。他家三代单传，京郊父母手握拆迁落下的几套房子和大把钞票，就希望有个孙子来继承。刘美美和肖春秋好上以后，在他父母跟前许诺能为他生儿子，这才在二老支持下，顺利让肖春秋跟前妻离了婚。

克明像个大孝子，帮孔妍妍殷勤端托盘，坐在她身旁，"妈"长"妈"短无比热络，一会儿抄起剪子为她剪螃蟹腿，一会儿帮她剥扇贝柱，八爪鱼的腿太韧，他就用刀叉帮她切好。

想着自己每句台词每个亲热动作都能气到邻座那位，克明越演越兴奋，进入了胶着状态，频频给搭档江彪"递肩膀"："爸，您也帮我妈弄一下啊，别光顾着自己。"

这样的高级场所高级顾客，只有他，发出了与文明世界不一样的声音。

他甚至能听到肖春秋在评价他："现在的中学生素质真低。"

江彪不知他葫芦里卖的什么药，但他真快看不下去了。作为职业演员的孔妍妍也早就识破了他——演得火候太急也太假了。二人面面相觑不知所措，吃饭的兴致因疑惑而大打折扣。

克明问身旁站着的服务员："红酒在哪儿？我怎么没见着？"

服务员拿来红酒和分酒器。克明给三人一一倒酒，之后举起酒杯，学着电视里那些人的样子："爸、妈，现在的日子真是太幸福了！"说到这儿提高了声音："我妈年轻漂亮家世又好，话剧台上的皇后！人家可是屈尊下嫁，老爸你……"他在脑海里搜索词汇，本想找个更贴切更有底蕴、更能打击邻座的，可惜一时找不到："苦尽甘来了！一定要珍惜我妈，不然我可不答应！"

孔妍妍下巴差点掉下来，自她第一次登江家的门，他对她的态度时好时坏有如过山车，如今怕是撞到制高点了。什么意思？怎么回事嘛！

江彪注意到克明说话时头往外偏，可能连他自己都浑然不觉。循迹望去，这才发现了邻座的刘美美。江彪倏地明白了：这才是本场戏的真正观众啊！

刘美美夫妻还是中途撤退了。两桌的人都听到了肖春秋临走的抱怨。他一边优雅地用毛巾擦嘴一边说："地儿是你定的，来了就横挑鼻子竖挑眼，我这儿还没吃利索呢……"

刘美美呵斥他："大老爷们儿叨叨啥！"

克明往靠背上一倒，疲惫地闭上眼。孔妍妍不明就里，给他夹了块鱼肉："你再吃点儿。"

"吃你的吧！"江克明冷漠烦躁，与刚才判若两人。怎么翻脸比翻书还快？这些天，特别是今晚，给她来了多少个变奏曲？让她措手不及、无所适从！孔妍妍强忍着即将涌出的眼泪。

江彪全看明白了。克明夸张不实的表演和眼下倒在靠背上的情状，江彪知道他一口恶气还没出尽。

孔妍妍不再说话，也不再吃东西，拿手机当幌子闷坐着。江彪知道她不可能明白这里的故事，她不当众爆发大小姐脾气，没让所有人都难堪已太不简单、太有素养了，他将为此感激她一辈子。

三人在死寂中坐起了不知多久，孔妍妍拿起外套打破僵局："走吧。"

她开车把他们送到附中门口。江彪想请她也下来，她摇摇头扬长而去。

进校园走到僻静无人处，江彪开口了："依着你的心思，你的戏也演得差不多了，可你想过别人没有？"

"别人，哼，不就是孔妍妍吗！"

"是。你但凡有一点共情心都不会这么干！"江彪声音高起来，"所有的事她都不知道，迷糊着陪你演戏、陪你气人，演完了还要继续看你的脸色受你的气。而我，我还要护着你的脸面，对她受的委屈假装没看见！"

"她这么委屈，你去找她啊，干吗还跟着我！"克明梗着脖子吼起来。

江彪气得一阵头晕，他小时候要是敢跟他妈这样说话，恐怕真被打死了。可他还是强忍着："因为我知道你也委屈。"

克明的眼泪"刷"一下掉下来。他想抱住他大哭一场，又觉得没面子，正好说话间走到一棵梧桐树前，他一把抱住树干哭起来。

把儿子护送回家，江彪去找孔妍妍。

田遂心本来在客厅沙发上听留声机，一见江老师驾到，赶紧退避三舍让出客厅。

得知今晚自助餐厅的邻座竟是江彪前妻和前妻的现夫，孔妍妍"啊"

一声叫出来。她瞬间明白，江克明今晚是拉她在演戏，竟把她这个职业演员当陪演，玩弄于鼓掌之间！

她真是缺心眼儿，早该猜到他不是真心奉承她！可真有那么一瞬，她恍惚了，以为他为了他父亲的未来幸福，全盘接纳了她！

她突然想到，在她被人当枪使的时候，江彪在哪儿？她不明就里，他却心明镜儿似的在一旁听着看着！他干吗不当场戳穿他？戳穿这对母子心照不宣的鬼把戏？他就忍心让她当傻子，去维护他前妻和儿子的面子？

孔妍妍爆发了："你心里没我，只有你儿子！"

江彪想辩解，仔细一想她说得也没错。他婚是离了，现在差不多每天都能见到她，心却还没真正扭过来，依旧停留在当年刘美美长期缺席、他既当爹又当妈的状态里，很自然就把孩子当成了中心。前几天演出的事也同理，那是孔妍妍最近最上心的新戏啊，她盼他去看，再跟她探讨，却被克明略施小计给搅了。他对不起她，他之前以为自己已做好迎接新恋情的准备，可经过今晚这件事，他才明白他还差得太远。

江彪低头认罪的样子让她愈加生气。她十二年前爱他一场，又默默惦记他十年，心底最温暖、最柔情的那一块始终为他留着。到头来发现他竟是个窝囊废。身为父亲，他溺爱娇纵儿子也就罢了，居然心也被儿子控制了。她要这样的男人有什么用？

孔妍妍一跺脚，开门扬长而去。

田遂心听到客厅的响动，开门看时，已空无一人。

晚上十点，都市人的美丽夜生活才刚开幕，江彪却只剩下透骨寒冷。他跟在她身后，一言不发追着她。他不说话，说啥都觉得没脸。他这样的人，真不配有爱情，就沿着先前的生活轨迹，带着儿子了结后半生得了。

发现江彪在后面跟着，她的心又软了。容不得多少心理活动，二人就走到她车旁。她拉开车门上去，"啪"一声关上门。

那一瞬，车里车外两个人都流了泪。她没给他说话的机会，绝尘而去。

江彪原地呆立，看着她离去的方向。他不知站了多久，后来竟下起了雪。雪花很大，落在他头上、脸上、身上。没多久，他变成了一个雪人，一个黑灯瞎火傻站着、不肯离去的雪人。

　　孔妍妍不再和江彪联系了。他给她打电话，她忍着不接，微信也不回。却一有时间就翻看他的微信和照片，盯着手机屏幕上"江彪"那两个字发呆。

　　剧院中午的盒饭也来凑趣，那两天顿顿都有一份莴笋，想到这是江彪最爱吃的菜，她当场就哽咽了，眼泪滴到莴笋上，胃口一下子消失了。

　　她骂许一竹是傻帽，她竟比许一竹还傻，守候了十年，爱情刚刚有了点眉目就耍性子跟他散了。可她受不了，接连几晚梦见他。实在矜持不下去了，抹着眼泪求田遂心帮她看着他。

　　遂心听得摇头叹息。孔妍妍真是疯了，学校放寒假了，她怎么帮她盯梢？

　　"你现在有了江悍，不然我还不放心让你盯呢。"

　　遂心一听，立马想起上次孔妍妍报她名姓戏弄江彪的乌龙事件，骂她丧心病狂。

　　她一吼，竟把孔妍妍吼哭了，抽抽搭搭说自己以前一直没自信，怕江彪喜欢遂心。他俩是同事，近水楼台；遂心上高中时就是江彪最得意的弟子，他每周都把她的作文贴在三个文科班的后黑板上。孔妍妍也想让他贴，可她写不出好的。

　　田遂心简直不知说啥好，运了半天气冒出一句："好一个'惠子相梁'啊！你也来'吓'我吗？"

　　孔妍妍抽搭着开始了触及灵魂的自我批评。她小时候一见她妈对邻居家孩子好就妒火中烧，她妈抱着别的小孩照相，她气得把那孩子照片上的眼睛都抠掉了。

　　"遂心，你知道我从小没爸，没安全感啊。"

　　"放心吧，没人跟你抢。"遂心表明立场，"江彪是你的，这话早把我耳朵磨出茧子了。只求你别对他始乱终弃，对得起你这要死要活的疯样儿就行。"

14

米若虚又打电话约孔妍妍吃饭，破天荒的，她答应了。反倒弄得他一愣。

挂断电话，米若虚情绪一下高了，把头发精心抹上发蜡，从头到脚捯饬个遍。还给江悍打电话汇报进展情况，请教哪家饭店适合宴请大美女。

江悍随口说了两家，心却打起鼓：才几天她就投降了？这么快能被追走，果然靠不住。克明那兔崽子有几分眼光呢。

克明收到叔叔微信的时候，江彪正在喝感冒冲剂。三天前在孔妍妍家楼下化作石像，不知多久才游魂一样回了家，第二天一早就开始感冒发烧。

克明心疼他爸，后悔那天冲动之下一心气刘美美，没有顾及别人感受，害他两头受气。现在好了，收到他叔的情报，他负罪感消失了，分开两天就能投入别人怀抱的女人，失去了有啥可惜？

"叔，咱俩去盯梢吧。"

"要去你去！"

"咱裹得严严实实进去，坐个背对他们的位子，还真能给认出来？"

叔侄俩进了餐厅，一眼看到孔妍妍和米若虚，令他们意想不到的，同坐的还有田遂心。克明的细长眼睛滴溜溜乱转，正想按原计划找个不易被发现的位子，江悍一把扯住他，低声说："赶紧走。"

克明不解。

"他俩没那种关系，你放心走吧！"江悍急了。

克明眨眨眼睛："就因为田老师也来了，你就得出这结论？"

江悍分明看到田遂心往他们这边看了一眼，吓得话也不答，拉上他就走，可田遂心的大长腿已经迈到他们面前了。

"克明！"田遂心喊着她学生的名字，眼睛盯着的却是江悍。

克明早知道她眼尖，没想到她眼这么尖。只好硬着头皮打招呼。

江悍心一沉。完了完了，出师未捷身先死啊。扭头对她笑着："真巧啊，你亲自来吃饭？"

遂心正要开口，孔妍妍过来了，朝二人脸上各扫一眼，又落到克明身上，微微冷笑着："气色不错啊，眼前清静了就是不一样。"

对江悍话里带刺："来了就一起吃吧，还等我下请柬啊？"

她不咸不淡地说完，回座位上去了。米若虚正在座位上点菜，也抽空抬起头，对他们招了招手。

众目睽睽之下，逃走是不太可能了。叔侄俩来到桌旁，孔妍妍大大方方向米若虚介绍："这位叫江悍，我男朋友的弟弟；这位，江克明，我男朋友的儿子。"

米若虚听江悍说过孔妍妍和他哥的事，心里自然早有准备，却没想到孔妍妍比他想象的更坚若磐石。他劝她改换思路，退一步海阔天空。她对他说："我和他还没真正开始，我不可能会先爱上别人。"天哪，这不就是话剧《别时何易》的情节吗？孔妍妍不光台上，生活中也是许一竹啊！

"我随便点了几个菜，江律内行，再点几道吧。"米若虚笑着，把菜单递给江悍。

田遂心和孔妍妍都愣住了，异口同声："你们认识？"

米若虚笑了，对田遂心说："不止我认识，你回家问问我师父，她也知道大名鼎鼎的江律师。"

这么一来江悍也愣了："你们也认识？"

田遂心笑而不答，何止是认识，认识快 10 年了。米若虚是她妈妈林东晗的硕士，三年多前他留美读博一回来，就被林东晗撮合着，和田遂心相亲见面。林东晗把学生夸上了天，说此人博士论文已发到美国权威医学杂志上了；平日走火入魔地钻研业务，他矫正胎位的能力，他们科室没一个能望其项背。

田遂心白眼一翻："我又没有胎位可让他矫正！"根本不买他的账。

倒是米若虚一见田遂心，紧张得手都不知该往哪儿放，拘谨得让她不舒服。她聊了聊二人之前的几面之缘，凑了会儿话题后又冷了场。三分钟后，她决定结束这场不愉悦的会见，想到了一个能吓走他的绝妙话题。这话题替她吓跑过好几个她看不上的相亲对象。

"'四大须生'里你喜欢哪个?"

田遂心见他放下手里的茶杯,眼睛都不转了,不由暗暗得意:料你连"四大须生"是谁都不知道!

"你问的是'前四大'还是'后四大'?"

轮到田遂心眼睛不转了。

米若虚一扫刚才的拘谨,开始滔滔不绝,说到兴奋处,还连唱带比画。遂心完全没有插话的份儿。

"说了这么多,我还是最喜欢青衣,跟京剧院的老师学过几年梅派。"米若虚说自己周末有时间就去票戏,一聊才发现遂心也是票友,很遗憾二人不在同一家票房,米若虚说:"有机会能在一起票戏多好,你是坤生,我是乾旦……"他一激动,就差把"天作之合、天生一对"之类的说出来了。

果然,米若虚对师父说愿意发展关系。林东晗喜出望外,怎么看都觉得弟子像自家女婿了,只要一见女儿,就催促她跟米若虚尝试相处。

就为这个,田遂心到附中附近租了房子,没两个月,孔妍妍也加入进来。

今天孔妍妍拉她过来,明说是让她当电灯泡。米若虚不知根不知底的,孔妍妍要防着他。联系得仓促,田遂心没问男方姓名,一见竟是米若虚,立刻笑出声。米若虚却尴尬地红着脸,好像他是田遂心的正牌男友,背着她约了别的女孩,被她当场捉了。

孔妍妍水灵灵的杏核眼把桌上的人逐个一扫,心里就明白个大概。她隐而不发,招呼大家努力加餐饭。米若虚一看势头不对——这是谁请客?莫非孔妍妍为了撇清和他的关系,要做这个东不成?

菜品依次端上,江悍为了转移视线,就拉着他们闲聊。吃得差不多了,冷不丁的,孔妍妍跳出了闲聊话题,问米若虚:"前几天您来看戏,票是网上订的?"

江悍反应快,立刻伸腿碰了碰米若虚的脚。米若虚摘着鱼刺头也不抬,气定神闲地"嗯"了一声。

孔妍妍笑了。

"江悍，果然是你。当着米大夫和你大侄子的面，你能不能跟我说说，为什么要撮合我和米大夫？"

江悍和米若虚面面相觑，田遂心和克明也愣住了。江悍笑了，摇着头："啥叫撮合啊？我自己还没人要我撮合谁呀？"

他说着，再次伸腿碰了碰米若虚。米大夫不紧不慢说："我的票确实是网上订的，业余爱好嘛。"

"米大夫，您被利用了还反过来替他圆场？"孔妍妍眨着大眼睛。

米若虚不好意思地笑了："我说的都是真的。"

孔妍妍看了江悍一眼："你们都没认真看票面啊。带观众彩排场，全场都是赠票。我倒是问问您，赠票您是怎么从网上订到的？"

江悍倒吸一口冷气，怪自己粗心啊。克明装模作样拿上两张纸巾，起身离去。

米若虚也坐不住了。江悍突然出现，已经让他觉得不对味儿。经孔妍妍这么一说，他才确认这局就是江悍做下的。这小子给谁做局不好，偏要给他做。他米若虚爱慕美女，却不是贪图美色的登徒子，搞不了逢场作戏那一套。

但米若虚是个顾全大局的人，他在这桌上最年长，不能眼看着局面失控。

"江悍，你哥给你的票？"孔妍妍没好气地说。

江悍硬着头皮说："唉，一切都是机缘巧合。要不是克明肚子疼，这票也轮不到给我。"

孔妍妍想着，这里头有文章啊。转头对米若虚说："今天对不住您，款待不周，下次我和我男朋友一起请您吧。"

米若虚一听这是下了逐客令，起身拿起衣服，愤愤然看了江悍一眼，转身离去。

"遂心，你帮我看着江先生。我出去送送米大夫。"孔妍妍说。

米若虚到前台结账，服务员看了眼孔妍妍，说已经结了。

他叹口气："许一竹还是属于裴文字啊。"

孔妍妍低头笑笑。

江悍一想克明上洗手间快半小时了，难不成掉马桶里给冲走了？他起身要去看看，却被田遂心拦下了。江悍说她拿鸡毛当令箭，要硬闯，她把他推坐到椅子上，手劲儿还挺大。

她得意地告诉他："我不光练了 21 年京剧，还练了 20 年太极。"

孔妍妍黑着脸回到座位上。她的表情让江悍觉得眼熟，却想不起在哪儿见过。

江悍赔着笑："二位姑奶奶，放我走吧，我还一堆事儿呢。"

"你以为这事儿能这么就完了？"孔妍妍说，"你哥马上赶过来。我让他评评理。"

江悍心想完了，得罪了委托人还不算，还要当面得罪亲哥。图的什么啊？

有那么一瞬，他想把克明供出去。后来一想不行，看小孔对他哥这劲头，万一他们成了，她和克明就是继母和继子，这关系可比叔嫂关系难处多了，她要恨，就恨他吧，反正他又不跟她过日子。

江彪接到孔妍妍十万火急的电话，让他立刻、马上过来，不知出了什么事，赶紧打车飞奔。到餐厅一看，三个人相安无事，聊得正欢呢。江彪这才松了口气。见到分开几天的孔妍妍，心里暖暖的，像见了久别的亲人一样。

他没好意思主动开口，想等她先说。

"知道你弟干了什么吗？"孔妍妍不像刚才电话里那么生气了。江悍已用他的三寸不烂之舌、谈天说地之功，把她哄乐呵了。

江悍一看他哥的眼神，就明白这家伙是坠入情网了。他哥太苦了，现在好容易有了新恋情，他怎么忍心搞破坏呢。

"哥，我就想着你要再婚的话得慎重，准嫂子条件太好了，我得帮你把把关啊。"

江彪听不懂："你咋帮我把关？"

孔妍妍嫌江悍啰唆："他撮合我和他的委托人，试探我。"

江彪一愣，紧接着脸一红，像自己做了亏心事。皱眉看着江悍："你小子还有这心思？"他看着弟弟，突然想到了什么："妍妍，我明白了。你让江悍走吧，不关他的事。"

"不行，你得替我教训他，让他知道自己错了。"孔妍妍不依不饶。

"准嫂子，我错了，咱不能得理不饶人不是？"江悍装可怜地哀求着，"田老师，你也不给说句好话？"

遂心笑了："妍妍，要不你赦他无罪吧。"

孔妍妍得了台阶，正准备下的时候，江彪开口了："江悍别的心眼儿倒有几个，这种事儿他不会。"

孔妍妍一听又不高兴了："他自己都承认了，你还给他打掩护？"

"你错怪江悍了。我知道是谁干的，你给我点儿时间，我一定让他跟你道歉。"

她这才想到了江克明，她不敢相信不到 16 岁的男孩，会有这么多心眼儿。

江悍心里直骂他哥傻，他有心舍得一身剐，当哥的却不领情，非把孔妍妍的视线引到克明身上。这事儿搞砸了，关系怎么处？

江彪却铁了心，跟他们告辞回家。

看着江彪的背影，孔妍妍倒担心起来："他不会打他吧？"

"这号熊孩子，打他一顿也不为过。"遂心没想到自己的学生居然是事件的始作俑者。

江悍哭笑不得："放心吧，我哥气急了能打自己，但肯定舍不得打他。"

江彪回到家，克明还没回来。给他打电话，他说在中关村看电脑，得晚上才能回家。

"小兔崽子，你一小时之内不回来，后果自负吧。"江彪挂断了电话。

半小时不到，他回来了。江彪给他开门，抬起手作势要打。克明赶紧配合着抱住自己的头，蹲到地上。

"嬉皮笑脸的！"

父子俩到沙发上坐下，江彪开口了："你知道唐太宗试赂的故事吗？《资治通鉴》里的。"

克明当然知道，他们语文课本里有。可他哪好意思说呢？

"为了试探官员能不能拒绝贿赂，唐太宗派亲信给人家行贿，人家收了，他就要杀人。裴矩说他'陷人于法'，你觉得说错了吗？"

克明嘟囔着："那他要是不收呢？还是他经不起考验哪！"

"道德感只能用来要求自己，不要拿它要求别人。你这事儿做得不地道，别看你是为我才做的，可我没法儿领情。"

克明气得站起来："我不想你吃亏！你吃的亏还不多？"

"我能吃啥亏？和我在一起，她吃的亏远比我多得多！"

"那要是她也像我妈那样，也不跟你好好过，你不吃亏？"

江彪被他气乐了："让她写份保证书？有用吗？两个人在一起，你就保证自己认真负责、全身心付出就是了。"

"我妈跟你在一起的时候，你也是这么想的吧？"

江彪点点头。

"所以你才吃了大亏！"克明痛心疾首，"我不能眼看你重蹈覆辙！真出了岔子，你还输得起吗？"

江彪感激地看着儿子："真喜欢了，可能就顾不上患得患失了。"

克明看着他心一沉：天哪，他果然陷进去了！

15

当天，孔妍妍约江彪晚上九点在小白楼见。

吃完晚饭，江彪来到单身宿舍等她。他坐在电脑前整理即将付梓的书稿，心却不知飞到哪里去了。隔一会儿看看手机微信，隔一会儿看看时间，莫名心慌。十年前的学生突然重逢，搅进他的生活，他起初懵懂，后来抗拒，如今却动了心。他都不明白动心的那个点在哪里。跟杜渐打架那次？还是海鲜自助那次？或者根本没啥"点"，十年前知根知底的人，每天到眼前晃着晃着就动了心？

怪自己意志不坚定！芦苇荡的教训啊，都就饭吃了！

接近九点，楼外金属梯上响起了脚步声。神奇了，他心跳都加了速！这是克明这么大孩子才有的悸动啊。

她一推门进来了。他早已站在门前不远处等她。二人相隔两米，中间点是房顶上那个老式小吊灯。吊灯的光有些昏黄暧昧，把他们罩进光束里。

谁都不说话，整个小白楼静得古庙一般。

孔妍妍脱掉了外套。里面穿着的，是附中当年的校服。那年代的校服都不太好看，蓝底白道肥肥大大，可穿在毕业十年的美人身上，却有了别样味道，说风韵都不为过。

江彪笑了。他的圆眼眯起来，慈祥地看着她。

"是不是想起当年了？就在这里，我穿着这身校服，你请我坐到书桌前，把房门大开着，"孔妍妍神情复杂，"你三言两语拒绝了我。我开口说话你都不听，说走就走了……江老师，你陪我重来一遍吧。"

他窘得恨不得钻地缝："对不起，我……我不太记得了……"

孔妍妍舞台上练就的爆发力突然大爆发："可我记得！"她字字铿锵道："你那天说的每个字，你的每个表情、动作，丁点儿不落跟了我十年，凭什么你这么健忘，你不记得了？"

她发泄完就不再吵嚷，却更灼灼地逼视他："凭什么，你说凭什么?!"

他咬了咬下嘴唇，抬起头迎上她的目光："你告诉我，除了那些话，我那天还能对你说啥？"

她没想到他这么勇敢，还敢反问她，一时语塞，是啊，他还能说啥啊！

"我确实不对。"江彪说，"我那天只管做了我应该做的事，虽然想到了对你造成的伤害，可我顾不了那么多了。我当时想……"

"想什么？"孔妍妍红着眼。

"我想等你上了大学，学了擅长和喜欢的专业，有了新一批同学好友，自然会把高中这段忘了的。"

"可我没忘，我忘不了。"她终于忍不住，呜呜哭起来，"整个大一，身边全是你的影子，课堂、食堂、排练厅……你像鬼一样缠着我……我实在受不了了，大二以后我有了男朋友，可我总觉得你还在，他大三去俄罗斯做交换生，大四回来跟我分了手，明明是他爱上了一个洋妞，他反咬一口说我一直不爱他。他说对了，我就是不爱他，我爱的是谁我心里最清楚……"

江彪的眼泪无声流下来，他在心底说，何德何能，造的什么孽啊！

"高三时你妈妈去世，我听高老师她们说，你老婆不但不陪你回老家奔丧，还背着你报团到桂林旅游，后来你无意间发现了报团的发票，想和她离婚……我才知道你过得并不好，你为什么死守着，就为了孩子？"

"你死守着你愿意守的，可我不愿死守着你，我最恨一头热的感觉，没尊严。我必须找个人爱我，我也爱他，如果我有一份爱情，一定得是爱意满满的，少一点都不行。可我渐渐发现，我爱不上别人了……"孔妍妍掩面痛哭，江彪想抱抱她却没敢，依旧傻站着听她说，"我去看心理医生，她说我可以制造机会再找你谈谈，哼，怎么可能，我一辈子都不想再见到你，有病就有病吧，我知道我有病。"

"你死守着就一直死守着，有本事你守一辈子。"孔妍妍上前一步，照他胸前捶了一拳，眼泪滚滚而下，"为什么你又自由了？凭什么你想拒绝就拒绝我，想扰乱就扰乱我？你到底凭什么？"

江彪张开双臂想抱住她，孔妍妍突然"吱啦"一下拉开校服上衣的拉链，利索地把一身校服脱下。他起初一惊，定睛看才发现她里面的衣服很齐整。她把两件校服搭在椅背上。

"你现在可以抱抱我了。"孔妍妍说，"我恨你十年前的样子，我要抱十年后的你。"

江彪想哭又想笑，紧紧抱住她，反复说着同一句话："对不起，对不起……"

他的怀抱不再僵硬，敞开而温暖，身上不是中年男人油腻厚重的味道，而是一股沁人心脾的松香味儿。在她心中，这是君子的味道，让她十年欲罢不能。

她贴着他的胸膛呜呜哭着："我怎么会恨十年前的你啊，你那天要是真的遂了我的愿，而不是直接拒绝我，我以后反倒会恨你啊……你真是个混蛋，可恶的混蛋……"

"谢谢，谢谢……"江彪喃喃着。

"除了对不起和谢谢，你还会说什么？"孔妍妍又捶了他一拳，"你愿不愿意和我重新开始？"

"我还是觉得我不配。"江彪说。

她指了指椅背上的校服："我现在就烧了它，让十年前的事都见鬼去吧！"

江彪点点头，又摇摇头："民间传闻啊，烧活人的衣服不吉利。"

她瞪他一眼："还信这个？我不怕，阳气最旺了，鬼也打不垮我。"她一提"鬼"，江彪心虚起来，她刚说大一一年，他像鬼一样缠着她。

这个傻丫头，咋就爱上他了，江彪此刻满脑子写的还是"造孽"。

他们到楼下找了个空旷地方，真的把她留存了十年的校服烧了。她不错眼珠看着棉涤面料浴火瓦解，十年前的不愉快顷刻间化灰化烟，消失在隆冬的暗夜里。

孔妍妍把黑账本递给江彪："以后就放你这里了。"

江彪把她送回家，独自回到小白楼。他纳闷黑本子里写了啥，翻开后给逗乐了。这是他这四个月的黑账，离婚才33天就和张静娴约会、答应看她演出却没来、不穿她买的衣服……事无巨细件件在榜，连离婚了没主动告诉她，她还得通过田遂心得知都写进去了。江彪哭笑不得——那时候我哪知道你在啊。

　　照她记黑账的密度，厚厚的一本估计不到一年就能记满。

　　江彪抱着黑账睡着了。

16

江彪的生日在一月中旬，恰是他母亲黎珍的忌日。他从2006年起，整整11年没过生日了。这次孔妍妍张罗着给他过，还要把江悍、遂心都请来，热闹一场。

江彪把邀请的任务给了克明，提醒他先请孔妍妍，并为上次试探的事向人家道歉。克明挠头不已，躲进次卧给江悍打电话，悄声说："叔，你替我跟她联系一下吧。"

"'她'是谁？不认识。"江悍故意逗他，他这次可不会再帮兔崽子。

克明只好硬着头皮拨了孔妍妍的号码。

弄巧成拙，活生生的弄巧成拙。要不是他这个试探的馊主意，孔妍妍还跟江彪冷战呢，冷战久了，也许就真吹灯拔蜡了。克明悲哀地意识到，这两人冷战后心里都不好受，最需要的就是找台阶下，他真欠，欠死了，给了他们一个大大的台阶不说，还让江彪对她心怀愧疚，越发离不开她了。

江克明啊江克明，你真是成事不足败事有余，干的都是啥啊！

道歉，他哪能心甘？冷冰冰地邀请后、挂电话前，生硬冒出一句："对不起啊！"

哪像道歉，分明是在赌气。孔妍妍觉得好笑，立刻学他的声音，惟妙惟肖回敬："没关系啊！"

克明听出她学他，学得还一丝不差，气急败坏把电话挂了。

生日当天上午，孔妍妍第一个到了。一进门给江彪递上礼物，是个有些发黄的老式日记本，线装软壳的，10年前最高级的货色。

江彪正要翻开，孔妍妍凑近他低声说："我高中时的日记本。没人的时候再看。"他赶紧合上，当宝贝一样放到主卧抽屉里了。

克明本来在厨房帮忙，孔妍妍敲门时匆忙溜进了次卧。没过一会儿，他听到江悍也来了，他们在客厅里热闹地说着话。趁他们进了厨房，他溜出家门。

田遂心拎着两瓶红酒走到篮球场附近，看见克明一个人在投篮。她喊住他："他们都到了吗？"

克明一边跑向她，一边帅气地把篮球收到手里："都到了。"

"你怎么不给你爸帮忙？"

克明把食指横着往鼻下一划——这是班上一个男生的习惯性动作，传染病似的普及到班上所有男生，当他们想表达不屑一顾或愤怒时，就用这个动作："人家有红袖添香呢！"

田遂心笑着："这红袖咋样？"

"跟我想象的不一样。"克明接过田遂心手里的红酒，一起向楼门走去。

"田老师，女人对男人，是不是只要纠缠就能得到？"克明问。

她摇摇头："那可不一定。"

克明撇撇嘴："我爸就不懂拒绝，不就是看她漂亮吗？"

"你放心，你爸没那么浅薄。"她说，"孔妍妍的好，你得慢慢去领会。她的优点里，漂亮其实是最不值得一提的。"

克明撇撇嘴。

二人聊着进家，就听孔妍妍大呼小叫。江彪一身油烟味儿从厨房出来，灰头土脸的："让她打个下手，差点儿没火烧连营。"

大伙儿忍着笑问怎么回事。江彪说："我倒了油热着锅准备炒菜，正在一边切蒜呢，锅里的油起火了，这位从水龙头底下接了一碗水就过来了，幸亏我一眼看见，不然她得把厨房给我点了。"

田遂心笑了："大小姐家解放前都是有厨子的，能点您厨房是您的造化。"

孔妍妍捶了她两下，两个女人乐成一团。

克明来了一句："初中物理啊，连'隔绝空气能灭火'都不懂？盖上锅盖就行了！"

小孔倒也不生气："我物理本来就不好，你学好就行啦。"

江彪给大家安排座位。安排到克明的时候，他按了按儿子的肩膀，暗示他别胡闹。克明瞟了他一眼，坐下了。

江彪一左一右坐着孔妍妍和克明，江悍和遂心自然就挨着了。

江悍给江彪和自己满上白酒，给其他人倒上酸奶。给田遂心倒的时候被阻止了，她给自己倒了白酒。

"你不是不会喝酒吗?"江悍想起她那天在酒吧滴酒不沾，似乎也反感喝酒。

"朋友面前总可以喝点儿吧。"她主动碰杯，意外之喜把江悍乐坏了。

江彪用公筷给大家布菜，孔妍妍大夸他的厨艺，遂心逗她："你是为继续蹭饭吧?"

江彪笑着："欢迎蹭饭。"他知道孔妍妍喜欢吃他做的红烧肉，殷勤地给她多夹了两块。

"哥，眼珠子掉人家脸上了。"江悍不失时机地加把火。

江彪窘得脸发烧："你要是吃得这么香甜，我也看着你。"

大家边吃边聊，各自讲亲历或听闻的趣事，谈笑风生热热闹闹。克明不喝酒，吃得又快，就放下筷子听他们聊天。

孔妍妍说她有个女同事，研究星座研究得走火入魔，一次去相亲，她上来就问人家相亲对象："你什么座的啊?"相亲对象是个拘谨的理工男，认真想了想说："我70%是水做的。"

大家都笑了。克明问孔妍妍："你什么座的?"

孔妍妍莞尔一笑："你看我像什么座的?"

克明先说双子，再说天秤，又说射手，孔妍妍都摇头，她把食指放在唇前，要遂心别泄密，之后看了看江彪，意思是：你也来猜。

江彪笑着摇头："我哪懂啊。"

孔妍妍抿嘴笑了："我是双鱼。"

克明"噢"一声，恍然大悟似的："像，真像。双鱼和摩羯不配啊。"

孔妍妍不笑了。全桌只有江彪不明就里，还在傻笑。

"那你说，摩羯和什么配?"孔妍妍喝了一大口酸奶，赌气似的。

"摩羯和摩羯啊!"

孔妍妍立刻想到遂心就是摩羯，这小子是成心怄她。遂心也难免一脸尴尬，但她对星座一知半解，不知如何回击。

"爷们儿，"江悍问，"摩羯跟金牛咋样？"

"绝配啊！"

"那，摩羯跟摩羯更配，还是摩羯跟金牛？"

克明低头琢磨，得不出结论。江悍趁机嘲讽他："小子，充啥专家呢。我告诉你，当然是摩羯和金牛更配了。"

"谁说的？"克明不服气。

"两只山羊到一起顶架啊；山羊和金牛在一起，才能互相照顾，那才是真正绝配呢！"

"你是金牛？"孔妍妍问。

江悍坏笑着看遂心，点头。

遂心瞪他一眼。他为孔妍妍解脱尴尬，却扯上她胡说八道。

孔妍妍乐了，举起酸奶，"祝金牛和摩羯早日修成正果，"她俏皮地自嘲，"祝我啊，跟摩羯不般配的双鱼，早日被摩羯的白羊儿子认可。"

江彪神情尴尬，他对星座一无所知却也看出席间的微妙气氛。

"哥，你喝了多少？"江悍突然发问，率先打破了尴尬气氛。

江彪看了看自己酒杯，一杯还没完呢。

"不对呀。我也才喝三小杯，这酒哪儿去了？"江悍拿着快空了的酒瓶，傻眼了。

"我也喝了啊。"田遂心故意逗他，"舍不得啊？"

江悍目瞪口呆。不显山不露水的，田遂心喝掉了大半瓶酒。他凑近看看她，发现她思路清晰言语利落，那酒似乎喝进别人肚子里了。

江悍不服气，一连声喊着要给她倒酒。遂心有心治他，给他满上，又喝了一回。这回真的喝趴下了。

江彪喊上克明，一人搀一边把江悍架起来，扶到了主卧。江悍眼睛都快睁不开了，还嚷着："我没醉，还能跟她、再喝三百回合……"

遂心指了指一桌子杯盘碟碗，示意孔妍妍跟她一起收拾。

"咋能让你们收拾呢？"江彪上前阻止，"那就不多留你们了，回去好好休息。"

推让了一会儿，小孔和遂心穿起外套告辞了。从刚才聊起星座，江彪就看出小孔面露不悦。他出门送她们，悄声对她说："我晚一点联系你。"

"江克明！"江彪送客回来后，冲主卧喊，"你给我滚过来！"

克明立刻滚过来了。

江彪揉捏着太阳穴，酒虽喝得不多，但席间气氛并不和谐愉悦，让他头有点疼："我真搞不懂。小祖宗，你对孔妍妍到底是啥态度？时好时坏抽风一样。"

克明一脸不悦："我能有啥态度？谁在乎？"

"我。"江彪看着他，目光柔和坚定，"儿子，我在乎。"

他本为兴师问罪的，突然抒起情来，倒让克明无所适从，起了一身鸡皮疙瘩："老江你醉了。"

克明回到次卧床上，回想刚才的一幕幕。

他发现自己有点儿损。

小孔一路跟遂心声讨江克明。一进家就倒在沙发上。

"我从没见过这样的父子关系。"小孔说，"我那个前男友，平时闹得欢，他爸一瞪眼他大气都不敢出，连我妈都看不下去了。江克明这小崽子，把他爸辖制得死死的，我这八字没一撇，先跟着认了个祖宗。"

遂心笑着："一手带大的不一样啊，我们班48个学生，高一开学我逐一家访过，这爷俩的关系确实少见。当妈的不着调，爷俩是相依为命过来的，你突然进来，孩子的反应也正常。"

她努力宽慰着，孔妍妍反倒摆摆手："你放心，不看僧面看佛面，我只能包容他。"

田遂心翘起大拇指。

"不是，"小孔说，"我是说这孩子虽说挺差劲，但至少有他在，就算我俩结婚也不用生孩子了。"

"啊？"遂心一愣，"你说的这'佛面'，是拿克明当不生孩子的挡箭牌？"

"我不能一点私心没有啊。"

"嫁给江彪能逃避生育，亏你想得出。"遂心直摇头，"我都差点忘了，你是个不婚不育主义者。"

"我可以婚啊，育就算了，自己还没活明白呢。"孔妍妍冷笑，"不都说孩子是累赘和绊脚石吗？"

遂心冷笑："哼，好像没孩子他们就万事大吉、能光宗耀祖似的！哪天我带你到我妈那儿看看，温馨死你。"她乐了："让米大夫给你上上课。"

孔妍妍翻了个白眼："我想都没想过，未来会抱个孩子？"

"你就是怕麻烦，"遂心说，"以前教我们教育心理学的老师评价过你这种思想，叫'为个人而活的进步和怕为人付出的退步'，你说对不对？"

孔妍妍争辩不过，无理取闹起来："江彪这么教育我我就忍了，你个大姑娘凭啥动员我生孩子！"

遂心急了，上来轻轻打她一下。

跟孔妍妍约好晚上在小白楼见面，江彪认真洗了澡，把衣服从里到外换了个遍。他捯饬完出现在克明面前，小伙子两眼一亮，之后就警觉了："你要干吗？"

江彪刮着蓬勃生长的络腮胡："你惹的祸，我替你擦屁股。"

孔妍妍一见他也两眼发亮，他就真的怀疑自己打扮过头了。而她，不加修饰风尘仆仆，两相对照，他就显出刻意了。

但她对他很满意，拉着胳膊绕着转了两圈，"啧啧"称赞。

"孩子不懂事，你们走后我狠狠训了他，要不是他连连告饶，我就揍他了。"江彪豪壮地做出一副严父嘴脸。

孔妍妍哈哈直乐，坐到椅子上。

"太不像话了这小子，好好的生日宴也让他搅和了。"江彪义愤填膺。

她乐着乐着突然不乐了，来之前想的是一见面就先发制人讨伐他和他儿子，结果一见他捯饬得怪好看的，想法又被带跑了。他要是不主动提起，她可能真就忘得一干二净。这该死的健忘症！

"其实我有个问题，一直想问你。"孔妍妍慢吞吞说。在他面前她依旧放不开，她盼着能早点达到无话不谈的境界。

看她神情严肃，江彪有点紧张却嘴硬地："你随便问。"

"你干吗那么早结婚，又那么早生孩子啊！我的天，22 岁，刚到法定结婚年龄，你那时刚到附中一年吧？"

江彪无奈地叹口气："要没有这个孩子，能那么早结婚吗？"

"哇！"孔妍妍从椅子上蹦起来，眼睛和嘴都圆了，"看上去最传统古板的，其实内心最洒脱奔放，这就是人物性格的复杂性！"

"哪儿跟哪儿啊！"江彪哭笑不得。

"你结婚就是为了对她负责任？我说了你别生气啊，'做了'不就行了吗？"

江彪摇摇头："那是条生命啊。"他说着，脸上越来越温馨，圆眼都弯起来："婚姻没弄好，可这孩子留下来我从没后悔过。"

"我没看出有多好。"孔妍妍嗤之以鼻，"遂心说他就是捣蛋，没坏心，可你要是没有他，该多自由、多洒脱啊！"

江彪"噗嗤"一声笑了，脸上分明写着"你懂个啥"，演讲似的抑扬顿挫："相比自由和洒脱，孩子给你带来的爱和温暖更值得。都说养孩子累，要付出，可孩子从小到大给父母的，一点不比父母给孩子的少。世上的父母，不一定都能真正体会养孩子的乐趣。像我妈，她养孩子就太累了，简直把自己搭进去了，那不是养孩子，完全是扼杀天性重新打造；还有你妈妈，对孩子放任不管，只忙自己事业。现在的年轻人，更是……"

江彪说着，发现她开始斜眼看他，忍着闭嘴不说了。

话题是她挑起来的，但此刻她只想聊点别的。"讲讲你们奉子成婚吧。"她坏笑着，"在哪里？那么年轻，是不是很刺激？"

她啾啾个不停。可奇怪了，自打闹离婚，他一想到夫妻关系源头的这件事就羞恼不已，恨不得拿块橡皮擦把它擦去，好一了百了，离婚那天在法庭门外，他也是想到这事，恶狠狠抽自己一耳光。可今天不知咋了，她这么聒噪着揭这块伤疤，他竟没生气。

"你好奇的太多了。"

"讲讲嘛，"她撒娇地晃着他的胳膊，"你要什么我都给。"

"这可是你说的啊！"江彪邪气地看着她，像雄狮看向猎物，"我的正经可都是装出来的，骨子里邪恶得很。"

孔妍妍嘴一撇："这种事，谁怕谁啊！"

他们吹起牛来，一个比一个高明厉害，俨然两个风月场上老手。可谁也不行动，从见面到现在，唯一的接触就是拉拉手。

拉手——还当自己是情窦初开的初中生呢！

江彪要是能预见"芦苇荡事件"成为日后孔妍妍经常调侃他的把柄，打死也不会告诉她。缺心眼儿啊，这种事咋能说啊！

但把最私密的经历分享给她，二人就成了肝胆相照的密友，关系瞬间拉近。

"我得跟你坦白一件事，你知道张静娴为啥不理你了？"孔妍妍调皮地笑着。

江彪细看她的眼神，思索一会儿恍然大悟，刮了一下她肉乎乎的高挺鼻子："好你个孔克明，是你坏了我的好事！"

她突然一把抓住他的手："重来一遍。"江彪就又刮了一下。她撅起嘴："光有形体没台词不行，重来。"江彪哭笑不得。她一口气让他刮了快十次，像小孩子让大人讲故事一样没完没了，江彪大笑她怎么好这一口。

他还没笑够，嘴突然被一缕温热封住了。她闭上双眼搂住他，小嘴在他唇间忙碌，像好容易逮着花粉的小蜜蜂，冒冒失失又孜孜不倦地要采蜜。

他绽放着欢迎她，让她采。

"对不起，"他像犯错的孩子，低头望着她，"我咋能不明不白就玷污你呢？"

她起初一愣，之后乐得蹲到地上。她每天跟遂心这样的古人生活在一起还不够，又来了一个说怪话的。

"你说，怎么能明明白白？现在就去领证？"

江彪愧疚地笑了："套牢你一辈子，那是另一种玷污。"

看他为难的样子，她心里倒踏实了。他尊重她，什么都不会强求。

送走她回到家，克明出来认真审视他半天，被他推回屋里睡觉去了。

第一次婚姻是钻芦苇荡的自然结局，又败得格外凄惨，像遭受了诅咒。容不得江彪不多想，他甚至想到，他命中注定要做个守规矩的人，上天给他一个格外注重道德品行的妈；又降下个刘美美来考验他，就是想成全他这一点。但他没做到，上天格外失望，罚他受了16年的苦。这种惩罚会不会一直进行下去，他认为全部取决于他日后的行为。

正因此，他格外看重第二次婚姻的庄重。宁可暂时委屈一下欲望，万不能再委屈自己灵魂了。

17

自从和孔妍妍交往，江彪有了很多发现。

他当她的班主任时，曾把她归入贪玩儿不爱读书的行列。她还隔段时间把接到的情书或字条上交给他，事后还追问他的处理情况。江彪是接到她那封情书后才明白她此举的用意，当时觉得这女孩有点肤浅和无情——人家喜欢你并非罪过，何必交给老师呢？他从来没管过，就像他也同样不管其他学生早恋一样。他只能内心怜悯这样的女生，毕竟随着年龄增长，容颜老去内心又苍白是件要命的事。

看来是自己错了——跟学生打了这么多年交道，还是犯了以貌取人的错误。她的内心并不苍白，好像还有不少内容值得他发掘呢。

这丫头不像他之前想的那么有心眼儿。平日里二人有点儿小摩擦，都会不约而同让一步。她表面上小气计较，其实只为撒个娇耍个赖，实际上大大咧咧缺根弦儿。

她是个有脾气的人，生起气来会吼叫，一如她那次在派出所吼杜渐。她的吼声气沉丹田，是专业的、深具爆发力的吼。她不止因琐碎小事吼过江家父子，还吼过邻居。有一次江彪往墙上钉钉子，只凿了几下，楼下一个新搬来的邻居就上楼敲门警告，说"声音太大"。江彪解释他只需要再钉五下就完活了，麻烦他们忍一下。男人还在门口磨叽，甚至威胁要报警。孔妍妍急了，一把把江彪推到一边："小心翼翼钉个钉子，你还来劲了，你家是活在真空啊？"她连珠炮似的又吼又教训，楼下的根本不是对手，嘴都插不上，只能恨恨地转身离去，她还没说够："我没别的本事，专治各种矫情！"

她一把关上门，这才发现父子俩看怪兽一样看着自己。

"爸，引狼入室了，这是条母狼啊。"她钉钉子时，克明悄悄对江彪说。

这家伙的记忆力也不太好。似乎对啥都不太在意，生气了就发泄，发泄完就无缝对接地哼起歌。前一晚离开前跟江彪赌了很大的气，睡了一宿觉第二天醒来竟忘了，给他打早安电话谈笑风生，直到下午才突然想起来——咦？昨晚我生气来着，今儿早上怎么忘了？恨自己记性坏，不想白白便宜了他，于是特意打电话骂，弄得江彪经常哭笑不得，为了避免她后反劲儿，他会一大早不打自招，提醒她："姑奶奶您昨晚生气来着。"

可她在台上那些词儿是怎么记住的?!

时近阴历年底，孔妍妍的工作日渐忙碌，她受不了他放着寒假却不能陪她，恨不得把他装进兜里带走。他们一起出入剧院，看戏、看排练。她给同事介绍江彪，总是大大咧咧三个字"我男人"，竟把一个大男人羞得低头脸红。

江彪是个安静的陪伴者，总在不近不远处默默看着她，她需要什么，根本不用多说，只要一个低头寻找的动作或一个疑惑的眼神，就能让他大体明白她的需求，总能第一时间赶到；不需要时，他就化作一缕暖光，默默辐射着她，给她恰到好处的温度，却不觉得炙烤。

他也终于知道了职业演员的辛苦。他读本科时在北大话剧社混过，还登过台，客串了一个会拉小提琴的流浪汉——但那都是半吊子，跟专业的没法比。孔妍妍是个正宗"体验派"，排一上午戏，肝肠寸断了好几次，必要时跪地呼号，他看着都难受。哪一行都不容易啊！跟她在排练厅席地而坐吃了几次盒饭，百感交集。

有一天江彪有事不能陪她，临近中午，她刚闲下来准备吃盒饭，同事给她拿进来一个保温饭煲，说是"她男人"给她送来的。

她打开饭煲，肉、菜、汤、饭分层放置，最上层还放着折叠筷子和汤勺。

这一饭煲的分量沉甸甸的，唯恐她吃不饱，或是把她跟同事分享的量也做了出来。孔妍妍吃遍了各色馆子，能带她去最高端餐厅的男人却从不给她做饭，她自己也不做。上一个这样给她做饭的男人是她姥爷。但她姥爷是晚年丧妻后才学着下厨，比江彪起步晚多了，看着姥爷切菜，她总担心他切到手；江彪切土豆丝却能切出匀称韵律的"沙沙"声，像他拉小提琴一样让她着迷。

这份人间烟火气她太爱了。有一天她看着江彪突然掉泪："我怎么觉得这日子特别假？"

江彪吓一跳："怎么了？"

孔妍妍抱住他，泪眼婆娑地："你真是我的了？真的吗？"

这个寒假，江彪被她拉着走遍了北京城，隆福寺、王府井、后海、大栅栏、前门、琉璃厂……江彪1996年到北京上学，到现在整20年，除去出差开会诸多公事，脚丫子的辐射面几乎没越过海淀学院路。她带他到处走，他也觉得新鲜。她走得兴奋了，孩子似的站在小店前："我不想吃糖葫芦！"他就得赶紧给她买一根。走得饿了，二人就找个干净的街边小店，坐下来吃饭。

有一次二人并肩坐在公交车上，孔妍妍坐在靠窗位置，车正开着，对面车道上一声刺耳巨响，一辆轿车把斜穿过来的电动车连人带车撞出去五米远，摔落砸地声和急刹声让人不寒而栗。

江彪的第一反应是捂住了她的眼睛。公交车开过去才挪开。她醒过神，问怎么了。他摇摇头，叹口气："生命太脆弱了。"

她抱住他，虽然他还不能接受在公共场合这样亲密，整个人都显得僵硬。迷人的松香味儿，他捂住她眼睛的下意识反应，都让她幸福得无以复加。

回到单身宿舍，她问他："你知道我为啥带你去那些地方？"

江彪想了想，摇摇头。

"哼，不好好看我日记！"她撅起嘴。

哦，江彪恍然大悟——这些天走过的地方，都是她之前在梦里跟他一起走的，现在终于能在现实中重来一遍了。何德何能，让她如此青眼有加啊！他一问她这个问题，她就惟妙惟肖学着他的语气："瞎了眼呗。"他尴尬地直傻笑。

她磨着他，要他教她拉小提琴，江彪每次都一乐："学这劳什子干啥？"

"高二上学期国庆汇演，我光顾着给你鼓掌，把自己后面的独舞都忘了，哈哈，不敢相信学校里居然藏着个小提琴家。"

"啥小提琴家，就是个解闷儿的方式，很多难熬的时刻都是它陪着。"

她撅起嘴："那你干吗不教我，是不是得掏学费啊？"

江彪乐了："丫头，最初至少三个月，抹鸡脖子一样，几乎拉不成调，你熬不过去的。"

"哼，就你有天分，我是笨蛋。"

江彪哭笑不得："天分没有，可我受的罪你还真受不了。"他耐不住她的纠缠，只好实言相告："我真是被打出来的，你总以为我在逗你。"

"要不，你也打我？"她转转眼睛，"像你妈妈打你一样？"

江彪看看她，突然哈哈大笑，她缠着他说清楚，他就附在她耳边低声说了一句，她立刻羞红了脸，在他后背上拍了一巴掌。

也不知从啥时起，孔妍妍就在江彪的心上安营扎寨了。上次她们同事聚会，晚上10点手机就开始打不通，江彪急得像热锅上的蚂蚁，开始不往好处想了。到这时，才发现虽然这段时间他经常往她们剧院跑，跟她的同事们都混了个脸熟，却没记任何人的电话，以致遇事连问询的人都没有。度日如年熬到第二天，他一大早跑到她的住处。田遂心已经起来吊嗓子，"啊啊啊"一声高过一声，卧室的孔妍妍一身酒气，依旧熟睡如婴儿。见到她的一瞬，江彪长出了一口气，觉得自己活过来了。

她刚一醒，他的醒酒汤也出锅了，一勺勺喂给她，看着她傻笑。

等她彻底醒了酒，他拿手机逐个记下了她同事的电话。她笑他："我又不是小孩儿，还能丢了？你遇事就不能往好了想？"

江彪突然声音发颤："你忘了我跟你说的，我妈是怎么死的？"

她流着泪抱住他，说对不起。以后她长了心，每次外出记得多带一块满电的充电宝，出门前告知聚会地点，且尽量不再喝酒。

被人挂念的感觉真好。

她想起类似的事也发生在前男友身上。她相信他的惦记也是出于真情实感，但那时她还年轻，好自由、太贪玩儿，掂不出那情意的分量，她冲他大喊大叫，嫌他多管闲事。如今她默默回头，对前男友说了声："对不起，愿你幸福。"

自己都不敢想，她这一叶漂泊无依的扁舟，最终能停靠在初恋的港湾。

"妍妍，"江彪抿了半天嘴唇："这些天我一直在想，不知你是啥意见……"

"嗯？"

"咱俩天天在一起，不告诉你妈妈是不是有亏情理？"

"我妈忙着呢，她才不管咱们这些事儿。"她一想老妈，快乐指数直线降低，直怨他不该煞风景。

"真这样我倒要偷着乐了，"江彪说，"可哪个父母能省得下这份儿心？"

她妈孔宪愚的厉害，她心里最清楚。能在她妈洞若观火的目光下逃脱的人还没出世。前不久有个下属要结婚，请孔宪愚当证婚人，她不顾得罪人死活给推了，回到家跟女儿说："好好一个姑娘家，又不是走投无路了，非嫁个二婚，还带个孩子。让我证婚，我可装不出她想要的祝福样儿！"

孔妍妍当时就打了个哆嗦。

不行，还没到见面的时候。眼下很快过年，她要回家陪她，先探听一下口风吧。

18

江悍把一个鼓鼓囊囊的档案袋拍在江彪面前。江彪打开一看，一沓沓粉红色百元大钞，一共五沓。

"你这是?"江彪疑惑不解。

"上次看她居然用老年机，把我给惊过一回了，这次她居然取现金!"他拍拍档案袋说，"取得少也行，足足五万啊!"

江彪一下明白了，哈哈大笑："别回避重点啊，她这是?"

"你上次不是说了吗? 这家伙当自己是救世主，到处散财。"江悍控诉着，"上周六我约她出来吃饭，闲聊啊，就聊到学历的问题了，我嘴欠，问她都读到硕了，咋不一口气读博，人家说了，看书当个乐子，这才是最佳状态;为学历搜肠刮肚完成论文，那才没意思呢!"

江彪连连点头："一点没错啊!"

"她就问我，你读完本科没继续吗? 我故意问她为啥问这个，是不是嫌我学历低，她说她不在乎学历，但我要是需要读书充实自己，她会支持我。"

"她咋支持?"江彪问。

"对啊，我也是这么问她的，她还不好意思了，说该咋支持咋支持。我就叹口气，说人在江湖，身不由己啊。她再问，我只好说，读书的成本太高，奢侈品，享用不起。她当时脸上就不好受了，可怜我一样。看她那样子，我就故意逗她，'还是女人好啊，没这么大生活压力，想读书多半还有人供着。'"

江彪笑他淘气："那是个书呆子，你没事儿逗她干吗?"

"我也没想她呆到这个地步啊!"江悍也乐了，"她当时就不高兴了，说'我读硕是在职，自己供自己，没花父母一分钱'。逗死我了，她以为我说的'有人供'是父母供呢。这傻东西。"

"那，这钱？"

江悍又哭笑不得起来："拿我当失学儿童捐的。她当时就跟我说，你尽快考个法硕吧，我帮你。我当时还琢磨她还能帮我考试咋的。我哪能想到第二天周日，人家主动约我了，一见面跟黑帮接头似的，塞给我一大包。"

江彪又笑起来。

"我当然不能要啊，追着还她，人家很郑重地告诉我，说她家一直有个传统，对读书的事绝对支持，她要用实际行动支持我，还特意说，'你要是心里不舒服，这钱算借你的，等缓过来再还我'。"江悍无奈又气恨，"听听，缓过来，她以为我是窒息了还是咋，还得'缓过来'！"

"人家好心好意，你别辜负了。"江彪直乐。

江悍说："你别光顾着乐，我直接还她咋样？估计三年内我也上不了法硕，这现钱不能白白放着啊。"

"随你啊。"

"哥，她也太……小看我军实力了吧？"江悍说，"说实话，我当时想的是考法硕费时费力，我手头案子都忙不过来，她咋想的，会当我是缺钱？我真以为她在开玩笑，她不知道当律师的收入吗？"

"哈哈，我说你一直愤愤不平的，敢情是为这。"

"你说我是不是该向她展示一下我的段位啊，太不拿人当盘菜了。"

江彪一听赶紧摆手："没必要没必要，别弄巧成拙！"

"咋？她再清高，至少知道有钱才能上学啊，我们本质能差到哪儿？"

"还有一定差距的。"江彪微笑着，弟弟嘴里的遂心简直太可乐了，跟他平日在教研组接触的那位，绝对是两个人，这样的反差又徒增一份乐趣。

他也看出江悍特意跟他说这事，不是只当个乐子。臭小子被感动了。这十年他取次花丛，没哪个花花草草关心他的职业发展，跟他探讨读法硕的问题。

现在回想跟杜渐打架，觉得自己蠢死。但要是因为那次事件促成了弟弟的姻缘，让他再打十次他都愿意。

江悍没能克服雄性动物好显摆的弱点，还是找个机会和借口，带田遂心去了他的通州大本营。不让她见识见识，他卷宗都快看不下去了。这套通州老城区中心的房子是前年买的，做律师八年的积蓄倾囊而出，勉强没贷款。220平方米的跃层，因为是顶层，还带了个漂亮的大露台，请一帮狐朋狗友搞个派对烧烤之类的，地儿足够。买完房继续攒钱，随后大兴土木，把这220平方米装成了皇宫。装修风格不但奢华，还香艳。他大手笔地把浴室独立成屋，跟厕所分开——这倒挺科学，讲卫生。但吓人的是，他的浴室是明光锃亮透明玻璃的！里面一个特大号浴池，也是透明玻璃的！他真的太会琢磨太会享乐了，自己都佩服自己。

就像他小时候搭好积木必须得有人参观一样，不仅参观，你还得夸他。此刻他带田遂心满屋子转，想听的就是赞美。到过他家的人，还没有不赞美的呢！

田遂心跟那些人的反应都不同。她背着手，活像个来视察的老干部，转来转去，转到后来都有点摇头叹息的意思了。江悍这才惴惴不安起来，一定要她说点啥。她先告罪："按理说这都是你的心血，我不该泼冷水。可我知道你请我过来，不是让我说假话的。"

江悍赶紧抱拳："当然当然。"

她这才慢悠悠说："广厦千间，容身者八尺；食前方丈，充饥者二升。"

江悍彻底蒙了。

她接着说："一箪食，一瓢饮，在陋巷，人不堪其忧，回也不改其乐。还有老杜，他的茅屋为秋风所破，茅草都让小孩儿抱走了，他想的却是'安得广厦千万间，大庇天下寒士俱欢颜'。看颜子和老杜的境界，你我都是大俗人罢了。"

"人生的境界，压根不在于住什么样的房子、开什么样的车、穿什么样的衣服，没人因为颜子身在陋巷、杜甫住茅屋而轻视他们高贵的灵魂。"她瞥他一眼，"不过这些道理得超脱了物质层面才能懂，看你居室的样子，显然你还没超脱。"

她还补充一句："戏曲服装有个讲究，'宁穿破、不穿错'，这里头是有哲学的，你得慢慢品。"

"不在于穿什么衣服？那你为啥穿男装？"江悍竭力掩盖着自己的羞恼，还不忘攻击她言语间的破绽。

遂心一愣，脸红了："两回事……"

哼，她就是嫉妒他！这种人见不得别人好，见不得别人房子大，什么粗茶淡饭布衣菽粟，全是扯淡的。江悍难免流露出不屑，但还是守住了待客之道的底线，没撕破脸。

这女人对这一切并不满意！

真是撞上鬼了！江悍睡前躺在床上，愤愤不平。什么年代了，跟我提颜回杜甫，颜回英年早逝，杜甫晚年贫病，青史留名又如何？他真不想理她了，道不同不相为谋。可越这么想，越满脑子都是她，人这东西真是奇了怪了！

白天身为地主，没好跟客人吵，这场架当夜睡梦里补上了。江悍振振有词反驳她，她毫无回嘴之力，他心里高兴啊，结果一转脸，她不见了！他反倒慌了，没头苍蝇地乱找。220平方米的熟悉场地变成了迷宫，绕来绕去不见人影，江悍急得一跺脚，醒了！惊出一身冷汗。

她说的没错啊！这房子前年才买的，之前他住哪里？

他曾在事务所 15 平方米的隔间里一住八年，直到新房装修好才搬走。他从不带女人到那里过夜，只睡素净觉，其实以他的收入，在附近租个两居不在话下，合伙人更是盛情邀请合租，但他偏不，他住事务所除了省钱，更有卧薪尝胆枕戈待旦的意思，不然他咋能吃喝玩乐都没耽误，还接了比大多数律师多两倍的案子？

15 平方米和 220 平方米是否有本质区别？这需要仔细想想。不过不是现在，现在他被田遂心弄得脑壳疼。

上次去酒吧，遂心和江悍的圈子格格不入，江悍说他圈子多，为了田遂心，以后不理酒吧那些人就是了。遂心就带他进入她的圈子——周末去京剧票房票戏。江悍一看遂心登台，鼓掌鼓得比谁都欢，结果一段不到十分钟的《捉放曹》，就能让他打起呼噜来。遂心在上面唱，他在下面太师椅上仰着脸张着大嘴，旁边只剩三颗牙的戏迷老大爷气得要拿拐杖打他。

江悍还经常不守时。当老师的大多无法忍受这一点。就连这次大年三十下午，算是票房的封箱演出，他都能迟到。他匆匆买票进场，一看台上都演上了。

那个身穿红袍戴着黑长胡子的就是田遂心吗？江悍只知道她演男人，

还都是中老年男人，不过之前她上台都是清唱，穿长衫或西装，扮成这个样子他还没见过。低声问身边的老大爷，老大爷嫌他打扰自己，没好气地吐出两个字"坐宫"，就让他闭嘴。

做什么工啊！江悍恨自己咋不像哥哥一样雅好文艺，弄得如此被动。

穿红袍的架不住大家的掌声返了场，老戏迷在台下喊着："加一段慢板！"

"感谢大家的厚爱……"穿红袍的一正常说话，江悍就听出是遂心！她唱起那段西皮慢板转二六转摇板："杨延辉坐宫院自思自叹。"满场的老戏迷都跟她唱了起来，江悍身边的老大爷也摇头晃脑唱得欢。

田遂心鞠躬退场，江悍就赶紧奔后台去了。

他站在后台门边，静静地看她忙活。管服装的帮她脱下红蟒，取下雉鸡翎和狐狸尾。

"遂心，看我今天还在调上吗？"旁边座椅上那张姹紫嫣红的脸出了声。江悍认出来，这是刚才她在台上的搭档，穿着"花盆鞋"一扭一扭的，怀里还抱着个假孩子。这人声音怎么还有点熟悉？

全乱套了：演女人的是男的，演男人的是女的！

田遂心拿起一大盒猪油样的东西，挖一把往脸上抹："你，忒谦了！"

"花盆鞋"也往脸上涂"猪油"，他们脸上的油彩被"猪油"搅和得一塌糊涂，看着这两张混为一谈的脸，江悍心想真是有瘾，卸妆上妆俩小时，台上唱几分钟，换成他，倒贴钱也不干。

"遂心，有别的事吗？我请你喝茶聊天去。"搭档从水池边踱回来，是个和江悍个头差不多的细瘦汉子，长得眉清目秀唇红齿白，竟是米若虚。

"若虚兄，好久不见，"江悍上前跟他招呼，"没想到你还有这等才华！"

米若虚他乡遇故知似的，"哎呀"一声带出了梅派的小嗓，赶紧请江悍坐下："感谢赏光，多提意见。"

江悍连说"不懂"，偷眼看他的化妆包，真比女人的还齐全，鼓鼓囊囊的。他往脸上依次喷爽肤水，涂精华液、面霜，每个步骤都精心无比。田遂心胡乱抹几下，连日常衣服都换好了，米若虚还在那儿对镜拍打。

米若虚一直盯着田遂心和江悍并肩离去。

出了票房，江悍说附近有家烤肉馆不错，只是再不许跟他抢着买单，不然他就不吃了——好像谁怕他不吃似的。他还凑近她耳边低声说："今天非给你喝趴下，一雪前耻。"

三个多月了，田遂心还没习惯接受一个男人这样的亲近，假装不经心地抬手在耳边拢了两拢，似乎这样拢着，就能把江悍喷出的气息拢没了。

到烤肉馆坐下，江悍装作漫不经心问："米大夫怎么跟你一起票戏了？"话一出口就后悔了，这么多年的泡妞经验告诉他，不能太在乎，谁在乎谁先输——搞对象从本质上跟打官司也没啥区别。

"他一直去的那家票房倒闭了，我就请他到这儿来了。"

"当心他把你这家也唱倒闭了。"

田遂心笑着不说话。

"你怎么认识他的？"江悍还是管不住自己的脑子和嘴，他对她的一切都处于好奇阶段，"那天见到你们我就想问了。"

"他是我妈的硕士，三年前和我相过亲。"遂心又补一句，"他现在和我妈在同一科室，估计咱俩在一起的事我妈很快就能知道。"

咱俩在一起，江悍咂摸着这句话的味道。"在一起"是个有歧义的词组啊，他们在一起了吗？这才哪儿到哪儿啊。以往三个月能干多少事？他的最快记录是认识五天拿下，对方还嫌他慢了。现在可好，手还没拉呢。怎么就算"在一起"了？她总是不冷不热，很少主动约他，每次吃个饭还抢着付账。

拒腐蚀永不沾，努力跟他划清界限——他从没交往过这样的女子。

"相亲对象，咋没成呢？"江悍还在米若虚的话题上纠缠。

"干卿底事啊。"田遂心瞥他一眼，"相亲对象有几个能成。"

江悍的好奇心没能满足，心有些痒："他一个大男人学啥妇产科啊？哪个男的愿意自己老婆被男大夫接生？"

"大夫就是大夫，没有男女之分。"田遂心意味深长看他一眼，"那你别在法庭上义正词严给人家辩护啊。'被告人私心醒醒，视妻子为私有财产，以令人发指的暴力行为，伤害救死扶伤的产科医生'——是谁说的？"

江悍傻了，这家伙，怎么连自己的辩护词都知道，还能背下来？这该死的辩护词写得太矫情，从她嘴里抑扬顿挫地念出，让他汗颜无比。

"反正，"他给自己找了个台阶，借着看菜单低头嘟囔，"我老婆将来不让男大夫接生。"

田遂心觉得好笑，逗他："你老婆在哪儿？是小丽吗？"

江悍瞪她一眼："骂人不揭短啊。"

他亲自为她把盏，生怕她玩儿调包计、声东击西之类的。遂心被他的严防死守逗乐了。几杯酒下肚，江悍开始话多了，话题渐渐聊到"钱"上。

遂心说："天下熙熙皆为利来，你忙得晕头转向就为了多赚钱，可你花起钱来也狠。那能不能换种方式——少打点官司，别再花天酒地，收支还是差不多。"

江悍心想真是个傻丫头，人在江湖，多打少打或不打官司，哪是自己说了算的？跟他哥一样都是学校圈养的小白兔，不知道社会的复杂险恶，人一旦被推到一个位置，就身不由己了。他故意把话题岔开。

"你可能觉得我是个钱串子，其实我打过不少免费官司，有时还费力不讨好。"

她相信。上周末她和他走在街上，正遇上一个丈夫当街暴打妻子，围了一圈看客，还是他俩一起上前，费劲儿把他们拉开了。田遂心眼看着江悍攥起了拳头，咬肌也鼓出来了，担心他替天行道知法犯法，没想他很快恢复神志，掏出一张名片递给那位妻子，问她要不要先去医院验伤。临走，他特意交代只要她愿意，他会随时给她提供法律援助，免费的。那一刻的江悍委实很迷人。但那迷人总是转瞬即逝，生怕别人知道他是个好人似的。

田遂心故意逗他："那你图什么？你这种人，不图利，必图名。"

"在你眼里我就这么浅薄不堪？哪个学法律的，不是怀揣着正义理想？"

"那你给我细说说，你都有啥正义理想？"

"我的理想……远大！是为了教育我妈，她打我也算家庭暴力，你懂吧？"

田遂心一乐，这不是又醉了吗？这种不到四两就大舌头的，为啥敢来挑衅她？

"我以前的事，一言难尽。没跟谁说过，我都他娘的想忘了，可老也忘不掉，没意思……我妈这人哪儿都好，就是手欠爱打人……不瞒你说，我小时候几次都想跟她同归于尽……"

遂心看着他在酒精催化下悲戚的眉眼，按理说她该怜悯他，可不知怎么，她只想笑。

江悍再睁开眼的时候，已经躺在江彪家的床上。

"叔，上次让人喝倒，还没长教训啊？"

江悍晃晃脑袋，中午吃饭的事历历在目，后来提到他妈，再后来他就不记得了。江彪端来醒酒汤，看着他喝下去。

"酒神呢？"

江彪叹口气："还有脸提呢，让人家女孩子把你扛回来。"

"她能扛得动我？"江悍不信。

"哪天你再让她扛一次，试试。"

"叔，跟你说真心话，我还是受不了你祸祸田老师。就像我受不了孔大姐祸祸我爸。依我的心思，真想把你们这两对都拆散了。"

"小兔崽子，"江悍让他赶紧闭嘴，"大过年的真不吉利。"

江彪拍拍克明："别胡扯了，跟我去采购，回来跟你叔一起包饺子。"

包着饺子，克明突然问："你们发现没有，家里真安静。"

兄弟俩一想还真是，江彪生日那天，满屋子叽叽嘎嘎，热闹无比。

"世上还真是需要女人啊！"克明由衷感叹，"女人更需要男人呢，还是男人更需要女人？"

江悍哈哈大笑："臭小子开始思考两性哲学了。"

"男人跟女人，本是互相需要的关系，为啥到后来都变成尔虞我诈了呢？"克明摇摇头，迷惑不解。

"哥，你这儿子可成精了啊，咱15的时候可没这脑子。"江悍作势拍他的头，手上的面粉下雨似的掉在他头上，叔侄俩打闹了一会儿。

吃着饺子闲聊天，三个光棍的话题还在女人身上打转。江彪给他们讲孔妍妍从小父母离异，她和姥爷、妈妈相依为命的事。

"她妈在中院工作，她随母姓姓孔……"江悍一拍大腿，"哥，她，她不会是孔宪愚的女儿吧？"

"对，就是。遂心跟你聊过？"

"哼，我俩可聊不到这儿。三个多月了，我都不知道跟她聊了啥。"

"你认识她妈妈?"

"认识? 那是北京司法界有名的灭绝师太,'黑脸老孔',圈里谁不知道? 她家是司法世家,她爹解放前就是法官。这人哪,经历一传奇人们就把跟她没关的事儿也安在她身上,她就更传奇了。"

江彪饶有兴味地听着。

"前几年有个经她判刑的罪犯,出狱后跟踪她几天,终于等到她加班没坐小车,悄悄跟上她,从后面给她一板砖。老孔也不知练过铁头功还是咋的,回身一把把肇事者抓住了,死死抓住不让走,那人以为见鬼了,就是挣脱不了她。后来碰上好心人送她去了医院,还要替她报警,她不干,问拍她的人是不是有冤情。给人家普法半天,还自己掏了医药费,旁边的人都看不下去了,让拍人的掏钱。老孔说:'他刚出来哪有钱,我就当自己走路掉井里了。'"

"你这绘声绘色的,听谁说的啊?"江彪担心这段子来自司法系统的对外宣传。

"送她去医院那夫妻俩,就在离中院不远的街上卖早点,我筹备开事务所的时候出的事儿,他们亲口给我讲的。"

江彪不解:"这不是灭绝师太,是圣母玛利亚啊!"

"哼,什么圣母玛利亚! 这几年我因为办案子,没办法,逼得给法官送礼,有的是能送出去的,可只要赶上她经手的案子,铁板一块,不但送不出手,还得挨顿狗屁呲。我千辛万苦打听出她家地址,人家门儿都没让我进,出来直接把我轰走了。你就想想她那副凶相吧"——江悍说着,学孔宪愚拉下脸:"'年轻人不学好,再敢来这套,吊销你执照!'"

江彪拍了弟弟一下:"你小子确实不学好!"

"啥呀,要是所有法官都这样,我们倒省心了。问题是这队伍也参差不齐,大家都怕万一没使力会出岔子影响判决。"

江悍说着做了个鬼脸:"哥,不定多少人想跟灭绝师太攀亲呢,咋就便宜你了?"

"叔,我看你是头一个想跟她攀亲的吧?"克明在旁边挤对。

江彪开怀大笑:"恶人还需恶人磨,活该。"

江悍推了侄子一把:"你个坏种,随谁了你?"

19

孔宪愚看女儿回家陪她过年，心里高兴，越高兴就越说不出话。孔妍妍用两个月的演出津贴给她买了条藕荷色的羊绒大披肩，孔宪愚很喜欢，眼里闪着光。女儿很少送她东西，她激动得一时不知说什么好。

沉寂了5秒，孔妍妍就听到了这句"你们单位还发这个？"。

孔宪愚把全盘智慧都献给了工作，生活方面的情智就缩了水。

别人家热热闹闹欢天喜地的时候，母女俩开始默不作声地做饭、吃饭。孔妍妍知道母亲胃不好，一切都得等她踏踏实实吃了饭再说。

坐到客厅看电视，两个人也看不到一块儿去。随她吧，孔妍妍想，不管看哪个频道，一会儿一开口，就都没意义了。

"妈，您当初跟我爸恋爱结婚，我姥姥同意吗？"

女儿突然冒出来的问题，让孔宪愚愣住了。紧接着她浅淡地笑了一下："同意。你姥姥为什么不同意？"

孔妍妍窃喜，想着这句答话是个好开头"那我……"

她本想往下说，没想到孔宪愚上一句话还没完"就因为她同意得太快了，我们离得也快。"

话锋急转直下，把她要说的话给堵住了。

孔妍妍识趣地往母亲身边凑了凑。从她记事起，母亲就没跟她显露过多少温情。她小的时候，母亲的事业正在爬坡，白天上班，晚上点灯熬油复习考研，沉浸在各科题海之中，出来进去都在默背，上厕所就算休息。有时孔妍妍试探着仰脸看她，发现她也盯着自己，心里一乐叫声"妈妈"却没人回应，原来她的真魂仍在背书，盯着女儿的那个人，不过是她不带心和脑的躯壳罢了。年幼的孔妍妍当然不解这般自强不息，索性一天到晚跟着姥爷不往她屋里去。随着孔宪愚事业越走越顺，母女俩的隔阂越来越深。孔妍妍小学初中成绩很好，进了附中高手如云，再加上姥爷去世，成绩就一败涂地。孔宪愚这才警觉起来，体验到家庭事业难以兼顾的辛酸。

"丫头，能让我看完春晚吗？"

"不能。"孔妍妍之前一直暗地抱怨江彪，何必八字还没一撇就一定要通知家长，后来想到他初婚时对父母先斩后奏，后来悔青了肠子，也就理解了他的苦衷。就成全他做君子吧！

今天看到母亲鬓边又多了不少白发，心里有些发酸。江彪做得对，她应该提前告诉她，而不是准备结婚的前一秒。

孔宪愚叹口气，拿起遥控把电视改了静音。她每年都盯着春晚，却从没把它看进心里去。花红柳绿和莺啼燕啭，全被她脑袋里的案子、案子、没完没了不因过年而终止的案子切得支离破碎。

"妈，这次是，是结婚对象。"孔妍妍酝酿半天反倒结巴起来，"他尊重您的意思，希望能……"

"哦，我终于被尊重了？"孔宪愚不咸不淡地问，"什么人？"

"妈，您认识。"

孔宪愚警觉起来："谁？"

她的神色，让孔妍妍突然想起江彪特意给她放进包里的速效救心丸，"行走江湖吓人必备"仙丹，要不要现在就拿出来？

"我高二以后的班主任，江彪。"

孔宪愚的鹰眼眯起来，像要穿透十年前的岁月，看出点什么。

"离婚了？"

孔妍妍点点头。

"我怎么记得他还有个孩子？"

孔宪愚此刻的脸色太难看了。表情跟职业是相关的，"黑脸包公"当久了，人好像不怎么会笑了，再加上这么恶劣的消息。

孔妍妍胆怯了。一瞬间像被魔鬼攫去了良知与坦荡："没有啊。"

"没有？你以为我不会打听吗？"

孔妍妍知道她真不会打听，她没时间，也没闲心。只是，自己这样骗人，怎么跟江彪交代？他会怎么看她？克明被他亲妈对外隐瞒，伤透了心，如今她又说他不存在，这孩子真有点可怜了……

"什么时候离的婚？"

"去年9月。"

"跟你有关吗?"

"您太高看我的魅力了。是他老婆跟他分的。"

"哼,别听他一面之词!"孔宪愚声色俱厉,"有几个女人结了婚还作死?都是男人逼的。我最恨自己有了外心,还把罪责推在老婆身上的男人!"

"妈,您断案30年就断出这逻辑?全凭想象?"她提高了声音,赶紧又低下来,"妈,您不信我,可以去问遂心,他们是同事,彼此了解……"

孔宪愚冷笑:"这男的要是好的,她怎么不要?"

"妈!"爱哭鬼竟然情绪崩溃,抽搭着往卧室跑,到门前站住,回头看着孔宪愚,"您别这样说他!"

偌大的客厅,只剩下沙发上形影相吊的孔宪愚,和改了静音一直没改回来的电视,荧屏上几个满脸喜庆的主持人嘎巴着嘴,不知在说什么。孔宪愚叹口气,说到底,她残破的婚姻影响了女儿,父亲的长期缺席让女儿爱上了自己老师——她对女儿关注太少,不懂也不多问,她有责任啊!

"让他抽时间到家来,我要见见他。"孔宪愚走到女儿门前,直到她说完,女儿也没给她开门。

大年初一上午,孔妍妍把江彪约到小白楼宿舍见面。

"我妈说要见你了。"

"真的?"江彪一下抓住她双肩,满眼激动喜悦,好像再做新郎指日可待了。

他这么欢喜,她更不知该如何开口了。

"怎么了?"江彪察觉出反常。

"你得保证别生气、别怪我。"

啊,出了啥乱子?

"我妈太凶了,你知道我怕她。"孔妍妍难以启齿,"她逼问我,我跟她说你没孩子……"

肩膀上的那双手放下了。江彪转过身。

"你答应不生气的。"孔妍妍走过去从后面抱他。

"你不该撒谎。一个谎言,需要另外二十个谎言去找补。"

门外突然"哗啦"一声。江彪赶紧出去看，楼梯拐角处一个花盆碎了，泥土撒了一地。穿着校服的背影一闪而过。孔妍妍也跟出来看。

二人同时心一沉。

孔妍妍不敢久留，让江彪回去安抚克明——她暂时不好意思见他了。

江彪进家时，克明在卧室书桌前凝神思索，似乎连他进来也没察觉。

"克明，请你原谅她，过两天和我一起去吧。"

克明摇摇头："有人是不是天生遭人嫌弃？是宿命？"

"儿子，她不是嫌弃你……"

"我不在乎。连我亲妈嫌弃我我都不在乎，还会在乎她？"

江彪心乱如麻。也许压根别动关于女人的心思就好了，这一天是应该提早想到的。克明难过还有他这个当爹的来安慰，他自己呢？

终于迎来了过堂的日子。

孔宪愚直视江彪几眼，把他请到沙发边坐下。这是江彪第二次登门，却与第一次的情境大相径庭。第一次他作为班主任来开导学生，被待若上宾；这一次却活像即将受审的囚犯。

江彪和孔妍妍把孔宪愚夹在中间。三人在客厅干坐着。

"阿姨，"江彪硬着头皮叫一声，"我要先跟您承认错误。我是个缺乏勇气的人，知道配不上妍妍，所以我……我错了，上次是我让妍妍先瞒着您的。"

孔妍妍一听不对，正要开口，江彪赶紧使眼色让她别说。

孔宪愚的剑眉皱了起来。公平地说，她长得不难看，但因为不苟言笑，一眼看去有点凶。天生两道浓密的剑眉，这两道眉长在男人脸上会显得英气逼人，长在女人脸上就剑拔弩张，很难亲近。

"其实，我有个儿子，快 16 岁了。"

孔宪愚的剑眉反倒松弛下来，整张脸和缓许多，似乎没感到意外。

"江老师果然是君子。"孔宪愚开口了，"别的都先不说，我就问一件——你怎么平衡你儿子和你未来后妻的关系？"

问话来得如此突然和直白，把江彪噎住了。

孔妍妍这个爱哭鬼更是瞬间鼻子发酸。后妻！多讨厌多恶心的词儿！她咋就成后妻了！冷静想想她妈也没说错，谁让他们的缘分就该如此呢！

别时何易 \ BIE SHI HE YI

"阿姨，我并不觉得孩子和妍妍的相处会是个问题……"

"38 岁的人，如此欠考虑。"孔宪愚打断他。

江彪赔着笑："现在的孩子很开明，有自己的生活，我们能做到互不干涉。"

孔宪愚冷笑一下："听你这么说，倒是天下太平了。我还真不知道，如今继母继子都和谐成这样了？"

"妈——"孔妍妍无法沉默，"我自愿的，他起初还一直不乐意……"

"你出门右拐走两站地，到同仁挂个号看看眼睛。"

孔妍妍被噎得直翻白眼。

"阿姨，是我考虑不周。……我确实太自私，只想着自己高兴。"江彪灰头土脸挨了顿批。回想曾这样批他的人，除了黎珍和张德祥，只有眼前这位了。

很快，孔宪愚向江彪下了逐客令，把孔妍妍留下了。

离开孔家，北风卷着零星残雪迎面扑来，把江彪吹清醒了。孔宪愚的话听着不顺耳，细想却一句没错。

20

江悍实在受不了田遂心的老年手机了。

聊这个话题的时候，他正开车带着克明散心兜风。

"知足吧叔，你要是去年这会儿认识田老师，她连手机都没有。开始带我们这届，学校逼着她用的。"

江悍一惊，方向盘都差点打了出溜。

"现在学校发通知之类的不都用微信群吗？没有智能机咋行？"

"我们班家长都进了全年级大群，班级群真没有。高一一开学田老师挨家家访，她说她喜欢古老沟通方式，能让内心更贴近。家长们觉得她人品好会带班，也没人跟学校捅这事儿。有事都是群发短信打电话。"

"作茧自缚，有病。"江悍无法理解。

克明不喜欢他这样说，瞪了他一眼。

江悍对田遂心颇有点不满。认识将近 4 个月，关系没多少进展，她的态度也一直不冷不热。他想借酒降服她，结果被降服的总是自己。这女人真狠，太不好追了。

"我们田老师只是兴趣爱好比较小众罢了，她可不是清末脑壳，也不是只会自娱自乐，上次帮她去传达室拿信，我才知道她一直资助着几个失学儿童呢。"

江悍"噗嗤"乐了："在她眼里，都是失学儿童，连我都是。"

克明没刨根问底，自顾说："她还特有正义感，我们班有个高干子弟，附中高干子弟挺多的，没几个他这样的，特浅薄，跟同学打架，把人家鼻子打出血，还不道歉。田老师反复调查，就是他的错，坚决让他道歉，不然上报学校记处分。他家长偷偷找田老师，田老师把他们连人带东西直接赶出门，说我们班没有高衙内，不道歉就转班，没回旋余地！看看，我们老田多帅！"

江悍沉下脸："以后不许叫老田，叫婶子，听见没？"

克明左右看看："我还有别的叔吗？"

把克明送到家，江悍拿出一部没开封的最新款手机："小子，这个任务交给你了。"

克明恍然大悟。"嘿，在这儿等我呢，我说你咋突然带我兜风！"然后亮明态度，"你也就是我叔，对你这种想祸祸田老师的行径，我不当法海就已经心痛如绞了，绝不会再助纣为虐！"

江悍只好再约田遂心。在附中校门外一见面，江悍就把手机递给她。

"显摆你有钱？"遂心看上去并不开心。见鬼，这是个啥女人？

江悍正色道："开什么玩笑，还用老年机？你怎么当班主任？"

遂心坚决不要，二人推拉起来。

"校门口拉拉扯扯，让我学生看见，以为我遇着歹人了。"

江悍停住手："我就是歹人。"

遂心推开他要进校门。江悍追上去，把手机往她怀里一塞，转身就跑。

"拿走，不然我扔了！"遂心喊着，真把手机放在地上，进了校门。

江悍眼看着校门从她身后关上，校门前人群川流不息，他只好小跑着回来，把手机捡起。他真想把这东西摔了。但他终究舍不得，乖乖开车走人。

哼，跟我装什么装！老子见过比你更会装的，扒光了都一个样儿！江悍恨恨地想，这世上，谁比谁高尚几分？干净几分？不过是掩盖得多少的区别。田遂心，你越跟我掩盖，我越想扒下你的皮，看看你的瓤比别人高贵多少！

江悍没多久消了气，就也越发着了魔。给女人送东西，他一直所向披靡，这样的别扭还没经历过。她就像个难打的官司，把他的不服输、不甘心都挑起来，让他莫名兴奋跃跃欲试。

仔细想过，还得求助江彪。

"真心喜欢上了？"江彪惊喜不已。遂心知根知底，要是真成了弟妹，岂不是江家的造化。

江悍心说，现在还是好奇。要说喜欢，还真谈不上。他担心江彪啰唉，违心点头。当哥的眉毛都乐得跳了起来，亲昵地拍他一下："你小子就这次眼光不错！"

江悍问孔妍妍："她是不是从来不收人家礼物？"

"我们平时互送些小物件，她一般不拒绝。你上来就送她六七千的，人家当然不收了。"

"她喜欢啥礼物？"

孔妍妍哈哈大笑："她喜欢的，都是老头儿喜欢的。"

江悍傻了："老头儿喜欢什么？老年手机？"

江彪笑了出来："你非走手机这一经啊？"

孔妍妍也笑了："你刚才猛地问我，我有点儿蒙，仔细想想有几样是她喜欢的，第一……"

"等等。"江悍打开手机备忘录，准备记笔记。

"第一，京剧唱片，她最爱的是余叔岩和言菊朋，不过估计她手里全都有。她还喜欢紫砂壶，票戏时饮场用，不过这东西她也有好几把；第二，她喜欢鼻烟壶，遇上图案漂亮的就会买下来。她不喜欢看上去俗艳的，喜欢黑白两色的山水图案。这东西你不能瞎买，有些大路货她看不上。"

小孔说到这儿，才发现自己说的一点参考价值也没有。

"她休息时喜欢盘核桃。她那些核桃不是到大市场淘的，她一到初秋坐车到郊区山里，亲眼看着农民从树上打下来，跟云南那边赌玉似的，盘腿坐那儿隔着青皮儿选……"

"我的妈，听着都累。"江悍放下手机，叹了口气。

"她喜欢一切天地之间长出来的东西，越天然越野生的，她就越喜欢。你要是削上一刀，或涂上一点点漆，她就得摇头叹息，说你把东西糟蹋了。你有机会去野外，碰上好看的鹅卵石、树根树枝、奇怪的叶子，捡破烂一样捡回来，在她眼里都是宝贝。我们剧院有个同事在郊区山里养狼，给我一颗狼自然掉下来的乳牙，我转送给她，爱得什么似的。"

江悍心想，这都是些啥，怎么拿得出手啊！追个妞这么费劲，也真是前所未有了。

送手机的事最终还是落到孔妍妍头上，有些事，闺蜜的死磨硬泡是最有效的。

田遂心默默抵制着一切高科技产物，活在自己的小世界里。她一度是附中唯一一个上课不用 PPT 的教师，板书写得规矩方正，字也独具特色，瘦金体的味道。后来学校一律要求 PPT 教学，投影屏幕一拉下来，黑板就给挤成屁股大小的两块，不够她挥洒。黑板本是教师神圣的一亩三分地，科技手段却妖风般无孔不入，连这块圣地也要侵占。学做 PPT 也让她头疼不已，技术完全压倒内容，有时气得想砸电脑。

她到手机店查了，这款手机标价 6600，回送他什么，能抵上这个价钱呢？绞尽脑汁想了半天，头绪全无。后来去超市买东西，听到广播里推销超市购物卡，这东西谁都能用，还没啥暧昧意味。她一高兴买了 7000 块的，约了个时间地点，给江悍送去。

江悍一看这家伙的"回礼"竟是超市购物卡，气乐了。想起近四个月不紧不慢的交往，他决定加把火力："田遂心，你对我一点儿想法都没有？"

她把他推回来的购物卡又推给他："你想让我对你有什么想法？"

"就是，你觉得我这个人咋样？"江悍问。

"还挺好，你有一颗正义的心，慷慨大方还讲兄弟情义。"遂心一脸真诚，播报新闻似的。

江悍被气乐了："你，你能不能从一个女人的角度评价一下，就是……"

遂心脸一红："我就是从，从女人……女朋友的角度评价的。"

"胡说，"江悍见她竟露出难得的娇羞，故意板着脸，"女朋友该做啥，你不知道吗？女朋友会回送超市购物卡？"

"那，女朋友该做啥？该送啥？"

田遂心学着他的口音，好奇地看着他，把他弄得越发糊涂。这是装的还是真的榆木脑袋，咋做女朋友还要他来教？初中生都无师自通！

临走，遂心还不忘把超市购物卡推给他。他急了："手机是我送你的，不要你回礼。"

她笑了："无功不受禄。"

老天爷，跟她在一起真是既别扭又欲罢不能！

她终于启用了江悍送的手机，整个班的学生和家长有福了，寒假里大家奔走相告："田老师用智能机了！我们班也有微信群了！"但她经常忘了它的存在，任由它响上半天，直到江悍用京胡曲《夜深沉》给她设了来电铃声，她才对新手机亲近起来。

江悍还把设铃音的法子手把手教给了她，她设上了瘾，把他的来电铃音改成了杨派《大保国》那段二黄快三眼过门，弓法快得让人心急如焚。江悍听一回就跟着起急一回，还吓过他的好几个委托人。他要求换一段，她却说他爱着急，提神醒脑的节奏适合他。江悍这才明白她是故意提醒他放慢节奏呢。

为了帮她提高使用率，江悍给她下载了余叔岩的"十八张半"，趁她高兴搂了她一下，她没啥反应。江悍心里一喜又照她脸上亲一口，她看他一眼，没厌恨也没鼓舞。他就大胆地扳过她的脸，盯着她天然红润的樱桃口。他从她身上闻出了小时候的味道，是淡淡的玉兰香，可亲可近。

"这样不太好。"遂心轻轻推开他，手有些抖。

江悍突然明白了：这丫头不是装的，怕是真没接触过男人，28 岁了，他都替她心疼错过的青春！

他决心好好调教她，把她轻轻搂在怀里，却像抱着一根僵硬的树干："放松点儿，你没有过青春萌动吗？"

谁料一句话把她惹恼了，一把推开他，"你以为我真是傻瓜？我什么书没读过？"气恨地看着他，小脸涨得通红，"我连《金瓶梅》都读过，我什么不知道？"

江悍只敢在心里乐。

"我只是觉得，还没到……那个时候……"

21

没能过妈妈这一关，在孔妍妍意料之中，因此并不难过。江彪却一直蠢蠢欲动，想着哪天再厚着脸皮登门讨骂。他每天料理家务、忙着继续出书，还不忘提醒小孔回家探母，以便打听孔宪愚对他态度的动向。孔妍妍总是说："我回家也很难见到我妈，在单位加班呢。"

孔宪愚极少给女儿打电话。所以只要看到母亲来电，孔妍妍必定如临大敌。

"让他这周六到家里来，他一个人来。我有话跟他说。"

说完这句就挂断了，领导给下属布置任务一样。

初次见面，孔宪愚对江彪印象不错。他举止得体教养良好，一看就是传统良善人家出来的孩子，符合她对唯一女婿的想象。单看他自己，配孔妍妍足矣。

可惜他有儿子。

这些天她成夜睡不安稳，神经衰弱的毛病又犯了。睁眼闭眼心里想着这件事，把一直占据内心的案子们都暂时挤出去了。她还询问了几个携子再婚的同事朋友，说啥的都有，把她的心搅得更乱。当初对女儿付出太少，现在操心实属活该。

江彪得知消息又惊又喜，夯着胆子一副且向虎山行的架势。

和上次遭遇的清冷不同，客厅茶几上，放着洗好的水果和煮好的茶。孔宪愚穿着浅黄色高领毛衣，深蓝色休闲裤子。脑后盘着圆圆的发髻，横插一只暗红色木簪，打扮很知性，依旧不怒自威。

她引江彪在客厅坐下："今天之所以不让她来，是想跟你说几句私房话，这些话跟她也没说过。"

"您请讲。"江彪微微低头聆听。

"上次你来，我态度不好。知识分子脸皮薄，坐了一回冷板凳，以后就不登门了。"

江彪笑了："您看我这不是厚着脸皮又来了。"

"这几天我没少想你们的事，单说你不好不公平。妍妍这个人你了解吗？她从小没受过苦，没啥应对风浪的本事。对到手的东西和人都不珍惜。江彪，你静下心来想想，真敢接受她这样孩子似的、还没定性的女人？她兴头过了就会改弦更张，闪你一下怎么办？"

江彪凝神想了想，认真地说："阿姨，感谢您能站在我的角度想问题。我得跟您表个态——别说她日后后悔了，就算她现在不是真心待我，是要我骗我，我也愿意接受。要不是她，我现在也走不出离婚的阴影。她对我的这份心，算是我的恩人了。"

不管孔宪愚怎样，江彪把自己打动了。怪不得他蠢蠢欲动总想接纳她，他骨子里是把她当恩人看的。

"感恩，其实跟真正的爱还是有差距的。"孔宪愚叹口气。

江彪想说他是真爱孔妍妍，一想到她，他的老心脏就奋不顾身地加速跳动。可他是个保守派，不敢在未来岳母面前"情啊爱啊"地造次。

"我只是没想到妍妍千挑万选绕来绕去，绕回到你这里，还要给那么大的孩子当后妈。"

江彪刚要说什么，发现她还没说完。

"她姥姥就给人家当了半辈子后妈，那滋味儿，我太清楚了。"

孔宪愚苦笑着，脸上布满了与56岁年龄不相符的沧桑。

"这些事我没跟妍妍说过，担心破坏她姥爷的完美形象。其实是她傻，这世上哪有完美的人呢。我妈从小有肺病，十几岁时差点儿死了，在娘家养到27岁还没嫁出去，她父母只好退而求其次，把她嫁给死了原配的我爸。"

"我爸跟他原配生的我哥。我妈嫁过来时，那个活宝才两岁。都说'有了后娘就有了后爹'，我们家可不是。我爸是老知识分子，解放前就在法院工作，处理过不少棘手案子，但在家里他可没啥公正，公然偏心那个没娘的儿子，活活把他惯成家里的霸王。我两个弟弟都不敢招他，要不是我不信这个邪跟他对着干，他就得蹬鼻子上脸，骑到我妈头上了。我妈这人嘴笨心实，受了气就知道哭。"

"你知道我为什么离婚后一直没再婚吗？就是受够了小时候复杂的家庭关系。可这孩子……"

江彪知道又到了表态的时候，可面对洞悉世态的明白人，表态显得太苍白。

"你儿子叫什么？"

"江克明。今年上高一了。"

"你回去问问他，敢不敢来见我？"

江彪心一抖。自从上次在小白楼，他和小孔的私房话被克明意外听到，这孩子现在还懒得理他呢，他记仇。

"怎么？怕我为难他？"

"没有，您定个时间，我送他过来。"

"你看他的时间。我这几天安排一下，晚上尽量不加班。"

江彪赶紧先打"预防针"："这孩子让我惯坏了，他要是出言无状顶撞了您，您千万多多包涵。"

孔宪愚笑了："我在基层法院的时候，就在少年庭。"

江彪回去跟克明一说，这孩子细长眼睛一瞪，脖子一梗："不去！"

"冤有头债有主啊，你对小孔不满，人家妈可没说你啥，好像对你还挺有兴趣的。"

克明转转眼睛："我叔早说过了，她那么厉害，训我咋办？"

江彪哈哈大笑："你小子就会跟我胡搅蛮缠，遇上个厉害的就尿了。"

找个合适时间，江彪把儿子送到孔家，又赶去剧院陪孔妍妍演出。演出结束，孔妍妍边卸妆边忐忑不安。

二人纳闷这一老一小能聊点啥，个性还都强，别三言两语再吵起来。

他们去接克明回家，敲门时听屋里谈笑风生，男孩子兴奋地喊着："不是，这是麒麟，那个才是独角兽！"

江彪从未见孔宪愚笑得如此灿烂，小孔也不敢相信自己眼睛。克明坐在电脑前指点江山，此刻幽怨地看了江彪一眼，责怪他打断了他们，转身凑近孔宪愚："您下周六真能带我去看展？"

"当然能了。"她慈祥地笑着，不再像目光凌厉的大法官，还主动举起手，跟克明击了掌。

离开孔家，江彪长长地松了口气。可以更放心地和她在一起了，日后风吹雨打遍地荆棘，也努力一起走下去吧！

一路上，江彪一直好奇地探问儿子和孔宪愚都聊了啥，克明眨眨眼，神秘兮兮只字不提。

这对忘年交谈心，当然不能谁都告诉，亲爹都不行。那涉及他保守已久的秘密啊。他进孔家家门的前一瞬，心里想着她肯定是要为她女儿出头，来灭他威风的，毕竟他知道自己对小孔不怎么客气。可没想到，她所有的话题都是围绕他，唯一提到小孔的只有这句"她是我女儿，你欺负她我肯定不干。但她要是欺负了你，或有意在你们父子间制造事端，我也不会祖护她，会为你主持公道"。

他给她讲了很多以前的事，有的甚至他对江彪都没法说，却愿意告诉她。他从没这样盲目地相信过谁。去年暑假他知道他妈有外遇，憋屈地无处可诉，就大晚上对着操场的大树说了半天。孔宪愚跟大树的相同点是不会给他说出去，她虽没跟他赌咒发誓保证啥，但他就是信她，说起来也没理性，好像她生就一张守口如瓶的脸；她跟大树的不同是有回应，她红着眼圈说"你小小年纪吃苦了"，哪怕她是为安慰他而随声应付，他也不在乎，因为他的心被打动了。

让孔宪愚一直悬心的事，就是江彪离婚的原因。她提出见克明，不只是为傻女儿把关，会会她未来的后儿子，看他是人是鬼；还为从他口中得知他父母离婚的原因，问他比问江彪合适。她没想到竟揭了孩子的伤疤，一米八的大小伙子，讲着讲着讲不下去，呜呜直哭。她反倒愧疚了，为之前对孩子的算计和对江彪的猜忌。

她很喜欢这个孩子。他身上有江彪的温文尔雅知书达理，也有江彪缺少的热情爽朗，是个聪明又善良的年轻人。她相信自己的识人慧眼，她看人，确实很少出错。

还没出春节，话剧院领导班子调整，台下的戏多了，台上的戏少了，孔妍妍闲了下来。同事们都在议论，"走关系""站队"之类的传闻被传得沸反盈天。她作为台柱子之一，也成为被大家猜测的对象。有人传吴副院长即将被排挤出朝，而他正是最赏识她的领导。

孔妍妍很少拿单位的事烦江彪，就像车祸一瞬江彪捂上她的眼睛一样，都觉得不宜观赏。但这次确实心里不好过。江彪安抚她一会儿，她反过来又安慰他："你好好混吧，你混好了，我就安心回家当全职太太了。"

江彪第二天主动给张德祥打电话，说他愿意等现任教务主任离开后接任。老张连说"早该如此"，接下来是一堆鼓舞他的话，把他当接班人看之类的……江彪至今骨子里不喜欢这一套。但似乎，他又一次燃起了生活和工作上的斗志，他并不是不能干，他自觉有很多切实可行的方案，可以进一步提升附中的教育质量。

老张给他打完气，就布置了一堆任务，包括要认真准备开学前竞聘演说——有了一把手的首肯，竞聘当然只是走过场，可也得走得大家心服口服。

就这样，孔妍妍最闲的时候，江彪反倒忙起来了。她万没想到好日子刚冒个头就销声匿迹，忍不住怨声连连。

她很少这样闲，闲得能细细观察身边的人：遂心是个戏虫书虫，一个人能玩儿出无数花样，所以对江悍忙里偷闲的邀约和讨好，永远不太上心。热恋期似乎已过的男友江彪，唉，她找他，是奔着持久的浪漫去的，她不在乎物质，这是真的，如果有谁说她是因不缺物质才不在乎，那就错了，她是觉得人生一世草木一秋，差不多得了。可是江彪，江彪太让她失望了，他给她的浪漫日子屈指可数，其余就是坐在电脑前，像一只疯狂的猴子"噼里啪啦"敲击电脑，坚定认为可以源源不断敲出功名利禄来。太蠢了。发现自己当年一门心思暗恋的男人竟然也是一个"禄蠹"，个中酸楚只能自己回味。

钱这东西，真是狗日的万恶之源！江彪现在这副嘴脸，简直连杜淅都不如。

她想找个没多少物欲，能给她做做饭、拉拉小提琴、陪她逛逛街的穷男人，就这么难吗？她真的不嫌他穷啊！

还有江克明。她不就是曾经想隐瞒他的存在吗？对比他海鲜自助那次给她的伤害，她这点过错算什么！可他就一直不咸不淡了，记仇的家伙。活见鬼的是，他居然跟她妈相处很好！哼，还不是装乖卖惨，跟刀子嘴豆腐心的孔宪愚兜售了自己的不幸成长史。不幸成长史，谁没有呢？

闲下来的孔妍妍，看啥都不顺眼。她想到 KTV 去唱歌发泄一下，可这类夜店她早就玩儿腻了，玩儿的时候有多疯狂，玩儿过之后就有多失落。她倒是非常佩服遂心第一次去就反感，连再体验的心力都省了。

真烦。该死的剧院别再纠缠人事，继续排戏演戏吧，再闲下去不光事业，怕是连生活也要崩塌了。

这个寒假让克明开心的有三件事：他妈刘美美约他出来，听到了添油加醋版的孔妍妍的事儿，对江彪有这么好的艳福气恨得要死；交到了忘年交孔宪愚；在 QQ 上认识了一个网名叫"蜉蝣累死"、真名叫韩莹，在农大读大二的女孩。

他没跟江彪隐瞒交女网友的事，江彪逗他，那头电脑前坐着的，没准是个满脸横肉像他一样长着络腮胡的老男人，但克明不信，他坚信他对女人的直觉比他爸强。

22

阳春四月，江悍跑过来诉苦了。

江彪想起昼夜繁忙冷落的不止女友、儿子，连弟弟的消息也许久不闻了。

"哥，我受不了了。田遂心她……她不正常！我把我一辈子的耐心都透支给她了。昨天我可算请动这尊活神去了家里，结果她从布袋里掏出那把紫砂壶，慢吞吞开始泡茶，我当时说了句啥我自己都忘了，她就开始给我讲庄子，说我对老庄哲学的理解太浅薄，她得给我好好上上课……"

"哈哈。"

"我为了她，可把莺莺燕燕都赶走了，她不能这么对我！"

江彪笑着："你乐意呀。得接受她这速度，这世上有人节奏快，有人节奏慢，其实，我倒希望她把你的节奏往慢压压。"

江悍不屑："不都这速度吗？她的速度倒反常，让我开了眼了。"

没两天，江悍又高兴起来，遂心邀请他看演出了。他至今没感觉到京剧的好，对她的痴迷无法理解。这世上没啥让他痴迷的，实在要说大概就是女人，但这和她对京剧的爱完全是两回事。他一次次去看她票戏、演出，实在是醉翁之意不在酒。

这次演出不是在票房，而是在人民剧场。演的是全本《四郎探母》，三个四郎，三个铁镜公主。只有田遂心和其中一个四郎是票友，另外几个全是名演员。

田遂心票戏十几年，从未这样紧张过。

她的戏份是《回令·斩辉》，戏到这儿已接近尾声，"坐宫"的苦闷、"见娘"的感伤都淡了，多了戏谑的味道。

她给江悍要的是第二排的票，锣鼓喧闹可以提神醒脑，免得又给他催眠了。

候场时，江悍跑到后台帮她泡茶，还安慰她别紧张，说就算演砸锅他也看不懂，照样给她鼓掌叫好。田遂心瞪他："那就是叫倒好，乌鸦嘴没好话。"

遂心早早扮好戏，戏还没开锣，她就踏踏实实走到台幕边，静等专业演员上场。唱到"坐宫"流水板时，她一边在心里跟着哼唱，一边向台下第二排看去。江悍紧盯台上一动不动，似乎入了戏，真是太阳打西边出来了。

唱到"见娘"，第二位四郎一声哭头"娘啊"，催人泪下。"老娘亲请上受儿拜，千拜万拜也折不过儿的罪来"，迂回婉转的唱腔字字直抵人心，听得人魂灵儿不知不觉跟着走了。全场观众鸦雀无声，只有台上的锣鼓和唱腔。这就叫压堂，多少戏曲艺人追求一辈子的本事！

遂心更是如痴如醉，忘了自己也是四郎。直到舞台监督急火火地通知准备上场，她才醒过神来。再往第二排那个位置上一瞟，人去座空！

她不自觉地咳了两下，掩饰心头脸上莫大的失落。他就这么走了？"千拜万拜"的时候还在，听得全神贯注的，这会儿她该上场了，他倒走了？上厕所？接电话？还是彻底回家？她请他来干吗？就为看他在她临出场时起堂？

遂心勉为其难地调整心情，努力不受他中途离场的影响。

等她演完，二排那个座位还是空的。

回到家，一眼看见躺在桌上的手机，屏幕上一条未读消息跳出来：对不起，我有事先走了，再叙。

再叙个屁！不想和你再叙了！遂心都纳闷她怎么找了这么个男朋友。她心目中的男人是什么样的？至少善良、真诚、有学识。这三点，他都不突出。一想到他去票房动不动迟到、今晚又提早退场，她就气得睡不着。

何必如此生气？难道她真的……喜欢上他了？

周六下午，他叼着烟斗嬉皮笑脸等在楼下，说要请她吃火锅。

吃饭时他拉拉杂杂找话题聊天，却不提那晚的事。田遂心心想，我看你什么时候提。

结果直到吃完都没提！还乐呵呵没个正行。

"你……不该当面解释一下吗？"

他还愣了一下："哦，那天我们事务所出了状况，他们解决不了。"

他轻描淡写又自视甚高，让她格外气恼。她果然白气了大半宿，人家根本不在乎！

她什么也没说，拿起外套走了。

之前有几次，她觉得他内心和外表不太一样，甚至觉得他用吊儿郎当的做派遮掩着什么，如今看来他没遮掩，就是个吊儿郎当的人！她开始认真思考，这份感情还要不要继续下去。他的确有活见鬼的、吸引她的魅力，但她断不肯为这魅力委屈了自己心性。

江悍的联系倒是从未断过，有时凌晨加完班，还给她发一条"晚安"微信。

果然不是同一时空的人！

没几天，忙得晕头转向的江主任问起他们的情况。

遂心趁机亮明态度："我和令弟不是一路人。"

江彪一愣："咋了？"

"我觉得重要的东西，他觉得无所谓；反过来也一样，怎么相处呢？"

江彪听不明白。

"您去问他吧，多重要的事儿，一台戏没看完就起堂？过后也没个像样的解释，跟他无关一样。"

江彪皱起眉："不对，他做不出这么没礼貌的事。这里面是不是有误会？"

遂心冷笑一下，没搭话。

"你们那天唱的什么戏？"江彪追问。

"《四郎探母》。"遂心把具体情形说给江彪，还自嘲等她能挑大梁唱"坐宫"和"见娘"了，江二爷才能来捧场。

"等等，你说'见娘'的时候他还在？"

遂心点头："其实'见娘'那段还没彻底结束，座位上就没人了。"

江彪紧皱眉头，似有所悟："你有时间吗？有些事我想跟你细说一下。"

"说来话长，你不爱听了可以随时打断我。"江彪开了个头，"说这些难免让你觉得是为他开脱，不过，我只说事实。"

江彪开讲了。他脸上平淡如水，讲得慢条斯理，却在遂心面前把江悍剥开了——

2002 年 9 月，江悍高分考进政法大学，这小子生性多情，大一就有了女朋友。这个叫陈菲的同班女孩是他真正意义上的初恋，文静端庄从不多话，见人总是抿嘴一笑，江悍当了班长后查看同学的家庭联络单，才知道她是他的内蒙古同乡。两家离得还不远，江家在呼市下属的县城，陈家在呼市市内。

大一那年寒假前，陈菲主动找江悍搭伴回家，他一路帮她跑前跑后拿行李，就这么悄悄好上了。那时听江悍的意思，是要把这个初恋往结婚对象上使劲呢。陈菲也很爱他，学校有哪个男生给她递情书，她都告诉他，傻小子被感动地五迷三道。

他们相处了三年，大四寒假前，陈菲父母突然来到学校，找到系里领导，跟他们说了二人恋爱的事。还让辅导员把他俩找来对质。陈菲当着系领导、老师和她父母的面，哭诉是江悍每天缠着她，让她不能好好学习，导致每次大考都有挂科，英语四级也一直没过。江悍自己的成绩倒好得很，摩拳擦掌准备一拿到毕业证就参加司考呢！到这时傻小子才知道，陈菲家世很好，父母是呼市市政府的官员，对女儿要求很高，不许她大学期间谈恋爱，对她的未来，他们早有谋划，怎能允许他们下属县城的小土包子来玷污清白。

江悍百口莫辩，任由陈菲把他们原本美好的恋爱说成是他一厢情愿的追求。后来有几个本班同学来系办公干，出于义愤揭穿了她的说法。江悍见她在父母面前抬不起头，主动承认她说的都是真的。在陈菲父母的干涉下，江悍的初恋惨淡痛苦地结束了。陈菲在父母走后也没跟他解释半句，反而像躲瘟神一样躲开他，上课都有意离他八丈远。

田遂心实在忍不住了："令弟的眼光有问题啊！"

江彪起身走到窗边："说起这件事，我也有责任。那时克明才 5 岁，我在职读博，各方面压力最大的时候，忽略他了。他死要面子，跟家里报喜不报忧。陈菲父母找到学校的事，全是后来听他同学说的。等我发现他手机打不通了，赶紧跑到法大，到那儿才知道，他们全班人，正由辅导员领头满世界找他。"

田遂心一愣："离校出走？"

"嗯。他室友告诉我，陈菲的事出了之后，他一直闷在心里，表面上并没多大反常。室友安慰他，他反倒拍拍人家，说没事儿。有一天辅导员找他召集大家开班会，发现他不在，电话也打不通。全班人开始找他，除了陈菲。我和他们班同学一直找到夜里，能找的都找遍了，也没见着人影，大冬天的夜里啊……"

"他到底哪儿去了？"

江彪没回答，自顾说："他们辅导员那时顶多二十几岁，沉不住气，怕出意外，问我能否通知家长。我坚持不能通知。以我对江悍的了解，他应该只是一时想不开，找无人处躲躲，等想明白就出现了。我这么说，辅导员并不认可，她担心出意外，没法跟家长交代。"

"第二天中午，她往我们家打了电话。我妈转头儿就把电话打给我，我那时刚下课，我妈严厉惯了，我本以为她会劈头盖脸骂我没照顾好老二，没想到她那次特别温和，说我爸下午还有要紧公务不能同行，她会赶四点多那趟火车到北京。"

"我一听不行，我们那儿冬天的雪能没膝盖，她独自一人急着赶火车，我不放心。我妈一听我这么说，突然叫了我一声'巴日斯'，这是我的蒙古语小名，她早就不叫了。她说，小时候妈对你太凶，你从小倔得跟小驴子似的，我就怕你将来到社会上吃亏。我一直放心你弟，他天性圆滑，不像你那么犟，没想他反倒……说得我眼泪都掉下来。我坚持让她别来，她没再说话，把电话挂了。等到最坏的消息传来，已临近傍晚。才知道那天午后我妈等不及去坐长途车，搭了熟人的一辆小卡车往呼市火车站赶。路上风大雪大，对面一辆大货车……"

田遂心听得心惊肉跳。她没想到事情曲折迂回，最后竟是这么个惨烈结局。

"我妈的消息传来不到一小时，江悍就蓬头垢面小鬼儿一样出现了。我上前问他去哪儿了，他还吊儿郎当的，说去了颐和园，从昨天上午一直待到现在。我全身的血都往脑子里涌，骂他啥我都忘了，只记得我给了他一巴掌。从小到大我都没动过他一根指头。他同学拦着不许我再动手，这小子还拧着脖子跟我吼：'你凭啥打我？你没离家出走过？'辅导员拽住他，哭着告诉他家里出事了。江悍的表情我都忘了，我只记得那个小辅导员，她说完这句就蹲在地上，当着学生的面哭起来，说她不该打那个电话……"

"我立刻带他和克明回家奔丧，后半夜一睁眼，他的铺位上没人。我吓得汗毛倒竖，赶紧起来找他。他正在车厢连接处发呆，我拉他回去睡觉，他含着泪浑身颤抖，说想去死。"

"寒假后，他办了休学，到我们老家乡下种了一年土豆，才回校上课。"

"我和我爸当时都以为他把这件事放下了。我爸临走都没敢再提我妈过世的事。"江彪看了遂心一眼，"今天听你说，我才知道他压根没放下，整整十一年了。他那道疤落下后，知情的人都替他捂着盖着，怕伤着他。可越是这样越没法治愈——创面本来没长好，只在回避和粉饰下，给最上面涂了层漂亮的浆，里面一层层还烂着呢。自打他休学回来，我发现他转性了，对很多事满不在乎，有时还表里不一，看不出他真心想的啥。"

田遂心低头不语。早知如此，她打死也不会请他看《四郎探母》。这戏从"坐宫"开始，就左一声"老娘"，右一声"老母"，还"千拜万拜也折不过儿的罪来"，这不是成心折磨他吗？

23

田遂心主动约江悍出来吃饭。他有点受宠若惊，仔细看她的脸，似乎不再生他的气。何止不再生气，她看他的眼神都不太对劲了，之前总是大睁着眼，目光凌厉；今晚她清澈有神的大眼睛突然小了一半，光芒柔和不少，他倒无福消受，总觉得不对劲："田遂心，你是不是要打官司？"

她顿时哭笑不得，脑子里一遍遍想着陈菲会长什么样，怎么个仪态，能把当年的江悍迷得神魂颠倒？想着想着，她恨不得把这个人揪出来，扔到他身边，亲眼见她向他道歉。这跟她处置学生之间的纷争是一个道理，做错事、伤害了别人就该道歉，天经地义。但这个可恶的陈菲，她一雷二闪、足足遁逃了十一年！

这个想法刚冒出来，倒把她自己吓了一跳。

她竭力压制它，它却不服气地往上冒。在月考家长会后，在票房，甚至在地铁、公交车上，这念头执着地跳进脑袋、冲出嘴巴："请问您认识法大 02 级法律系的陈菲吗？"

大家摸不着头脑，有人甚至当她是精神病。

她一旦下定决心，就会走火入魔。读书、票戏是这样，寻人也是。明明是大海捞针，她却天真地想，北京再大，两千多万人盘根错节，不定哪块云彩就行了雨呢。念念了一个多月，回响竟在米若虚这里。他堂姐在司法部工作，隔壁同事就叫陈菲，法大毕业的，但拿不准具体是哪届。

为这个，米若虚还被他姐好一顿盘问，以为他瞄上了已婚有女的少妇。他只好坦言是受人之托，死磨硬泡才要到了电话，他姐还一再叮嘱，不能告诉陈菲手机号是她给的。

拿到这串来之不易的号码，田遂心反而不知该怎么做了。她为什么要给她打电话？让她给江悍道歉，才能解开他的心结、减轻他的痛苦。可她会承认吗？十一年前就是个不敢说实话、不敢认账的孬种，你敢指望她十一年后脱胎换骨？

等她编好谎打通电话，约陈菲在司法部楼下见面，陈菲当天早上又推说孩子不舒服，她今天不去单位。如此反复了两次，田遂心这位一心要"采访校友"的冒牌"法大团委干事"快受不了了，陈菲倒答应赴约了。

遂心见到陈菲那一刻有些失望。她想象陈菲会是何等颠倒众生的神仙模样，结果一见面，不过泯然于众的俗世女子，个不高，披肩直发、淡妆，穿着打扮上刻意往减龄上努力，比如牛仔裤膝盖上的破洞，外套上卡通风的图案，但回避成熟韵味的装扮显然并不适合她。

二人在大厅窗边坐下，遂心开门见山问："您还记得江悍吗？"

陈菲的微笑瞬间搁浅，但她还竭力保持着风度："我的直觉是对的，你从一开始就在骗我。你到底是谁？"

"我叫黄衫客。"《霍小玉传》里爱管闲事打抱不平的侠客，是田遂心最喜爱的文学人物之一。

"江悍让你来的？"

"笑话。你以为他还牵挂你？"

陈菲低下头，过了一会儿才问："他现在好吗？"她稍抬起头，目光迷离幽远。大四时和江悍在系办三曹对案后，还没等他离校出走，也没等他母亲的噩耗传来，全班就与她为敌了。不知是学法律的都正气凛然还是怎么，室友的洗漱用品都不屑和她的并列摆放。她以为时间能冲淡一切，没想到大家如此决绝，毕业后第一次聚会就没叫她。十一年后的现在，她似乎被大家彻底遗忘了。

"你找我，想干什么？"陈菲心底一阵阵冒凉气，这凉气倒让她无所畏惧了。

"我想让你向他道歉。"遂心也没跟她客气。

陈菲站起来，田遂心也站起来。两个人面对面，陈菲的心形脸冰冷到扭曲丑陋："我没有跟人道歉的习惯。再说，你凭什么？"

陈菲大言不惭，扭头就走。

田遂心快步紧追，陈菲放慢脚步，担心走到电梯口，出来进去的同事就多了。

"请你离开，不管你是谁，无权干涉我的隐私。别忘了我是学什么出身的，你这样穷追不舍我会起诉你。"

遂心忍不住一笑。她是这世上最不怕威胁的人，跟她好言好语，万事好商量，想威胁她，没门儿。

"你去起诉吧。我猜你丈夫肯定不知道你的初恋秘史，你起诉我，正好让他了解了解。"

陈菲气得发抖："无耻！"

田遂心坏笑着："我当然无耻。不无耻怎么管闲事？现在你提醒我了，我准备去了解一下你丈夫。你要是知道我是怎么从茫茫人海里把你搜出来的，就知道我黄衫客什么都干得出来。"

陈菲心一沉，两个大字从脑海里蹦出：报应！

十一年来，在父母的安排下工作、结婚，想要的都有了。可她总觉得生活缺了点儿什么。相比旁人，她该知足。但午夜梦回时抚今追昔，万分落寞。大四寒假前的历历往事，像用刀笔镌刻在她心中，记忆的橡皮擦根本擦不去。

相信了因果报应的陈菲开始活在了黄衫客的眼下。"姓黄的"隔三差五到单位楼下等她，给她打电话，后来还知道了她办公室的电话。敌人在暗处，她在明处，她想报警，想告她，可一想往事，残存的良知又让她气短。她开始做噩梦，梦中的她不是杀死了黄衫客，就是被她所杀。

她终于向黄衫客示弱，想结束被骚扰的生活了。田遂心把江悍的电话给了陈菲，她性子急，限期三天打给他，不然就继续出现。

陈菲没打电话，而是发短信约江悍见面。那天上午，江悍出庭辩论，休庭时收到了这条信息。他深感意外，却又出乎意料地镇定。陈菲，这个久远而深刻的名字。她再找他会有什么事呢？

二人把见面地点定在了远离内城的五环外。江悍提议去茶馆，他先到了，点了壶信阳毛尖。点完之后他笑了，这是田遂心那缺德东西喜欢喝的。

陈菲晚五分钟到。当年就是这样。

十一年间，二人都曾憧憬再见的场面，却和这次真实发生的大相径庭。他们平静地见了面、点了头，平静地坐下各喝各的。各自心头都诧异对方容颜改变，却断不肯说出来。他们没话说，又都不肯没话找话。就那么僵着。

江悍头一次把信阳毛尖喝出了味道。之前喝时，满脑子都在对面的田遂心身上。这次他慢条斯理轻呷着，让一缕缕的暖流慢慢滑进嘴里，再慢慢入喉，然后空口细品，体味回甘。

陈菲也在没完没了地喝，卫生间都去了三趟，黄衫客给的任务还没完成。看着江悍一直不开腔，也没有要开腔的意思，她自然又想到了当年。那时江悍是她的开心果，无论遇到多不高兴的事，只要一见到他，听他一开口，烦恼就烟消云散了。他当年那么年轻，却那么懂感情，那么会宠她……陈菲苦笑，这样的快乐是她自愿不要的，怪谁呢？

"江悍……"陈菲终于开口，却不知怎么往下说。

江悍终于不忍心了："你找我有事？"

"我……我……"陈菲"我"了半天，猛想起黄衫客说的"你不道歉，我天天到单位找你"，心立刻抽搐了一下："我向你道个歉。"

她双手合拢，不自在地搭在桌上，看上去局促不安。

江悍听了这话，以为自己听错了。他比她还不自在，手里的茶杯静止般缓缓落下，平日里的铁齿铜牙全成了废铜烂铁。二人又开始僵持，许久，江悍说话了："没必要。十一年了，该忘的早忘了……"

那句话说出来，陈菲感到胸腔间一阵异样，热流似的往下卸去，没来由一阵轻松。她低下头不去看他："我虽没正式道过歉，但我这十一年过得不踏实……特别是当了妈……"

她哽咽着说不下去，江悍挥挥手，示意她不必多说。

"你怎么想起说这些？"江悍问。

陈菲把目光移向别处："我觉得欠你一个道歉。"

江悍轻笑一下，显然他并不信。

"那大概要问你自己了。有人替你打抱不平。"陈菲抬起头，泪眼汪汪，"我从来不跟人说往事。"

"我也没说过。"江悍直纳闷，"谁？谁找你了？"

"她不让我说。"陈菲说，"我怕她。我知道我伤你很深。可咱们在一起那三年，现在想来还是幸福更多。"陈菲用纸巾抹着眼泪，"你跟她说一声，我已经道过歉了，希望她以后别再纠缠我。"

江悍心想她真是糊涂了，又不告诉他是谁，让他跟谁说去？

陈菲咬咬嘴唇："她说她叫黄衫客，其他我就不说了。"

江悍回味这三个字，竟不知后两个字怎么写，他想问陈菲，又觉得没意思。

临走，她还喃喃地："十一年了，咱们这次见面就算清了吧。"

江悍苦笑："清了，早清了。"

24

五月底是附中一年一度的戏剧节。只有高一生有资格参与，每班出一台戏。

遂心邀请孔妍妍帮他们班排戏，这段时间孔大小姐无聊得紧，便一口答应，她千挑万选，最后瞄准了笑点多舞台效果又好的《钦差大臣》。跟玩儿沾边的事当然少不了江克明，他捐弃前嫌来跟孔妍妍套近乎，想靠巴结她换来个男一号，但孔妍妍物色演员时相中了另一个男生，把男二号扔给他。

克明虽有些心不甘，但二号就二号吧，只要能逃开晚自习去活动室排练，几号都行。

孔妍妍导戏导得尽职尽责，需要示范的时候在舞台上摸爬滚打毫不含糊，让学生们见识了"术业有专攻"。

韩莹就是这时候暴露的。

孔妍妍发现晚间排练时，有个明显比高一生年龄大的女生过来，她不施粉黛却天生轮廓清晰，五官生得精致耐看。学生们排练，她就在门边静静看着，休息时间她一出活动室，不出半分钟克明准出去。看到的次数多了，小孔就把动向告诉了江彪。

江彪略一思索，想起来了，这该是克明那位叫韩莹的网友吧？看来不是满脸横肉络腮胡子，真是个漂亮的女大学生。

"你笑什么？"孔妍妍莫名其妙，"你儿子挺时髦，还知道网友'奔现'呢！青出于蓝胜于蓝，比你恋得还早。"

"咋又说到我身上了？"江彪一听就知道，她又想起芦苇荡了，该死的芦苇荡！

找个只有父子俩在家的时候，江彪小心翼翼问起了韩莹的事，为了避免出卖孔妍妍，江彪假装突然想起，随便问问。

"孔大姐告诉你的吧？"克明故意狞笑两声，"她总是虎视眈眈盯着我，不如你俩赶紧领证结婚，让她生个自己的孩子好好盯着吧。"

"你和韩莹目前是……普通朋友？"

"友情以上，恋人未满。"克明出乎意料地襟怀坦荡，"我才多大啊，就算真谈恋爱也是体验生活吸取经验，老江你放心，我绝不走你老路，这年头谁这么想不开啊！"

这话看似不起眼却很高明，江彪登时哑口无言，噎了半天最后憋出一句："我不多说，人的命运是攥在自己手里的……"

"你已经开始说啦，老江。"克明转身要走。

"我还得说一句，身为男孩子要讲恋爱道德……"

坏小子歪头看着他，假装听不懂，示意他把话说全。

"别装了，你啥都明白。"

"我不明白。"克明一口咬定。

"别冒犯人家。"江彪憋红了脸。

克明一听倒消受不了了，低头红着脸回屋。

江彪自己上床的事还没解决呢。

得到孔宪愚的首肯已有三月，二人情意绵绵如胶似漆，却始终没迈到真正夫妻那一步。江彪对22岁的自己视若仇雠，绝不重蹈芦苇荡的覆辙；小孔倒没此类禁忌，她又不是遂心那样的穿越分子，什么年代了，至于吗？

江彪不敢造次，也不敢催她去领证，就这么熬着耗着。孔妍妍有时性子上来十分调皮，在她的软磨硬泡下，他开始教她小提琴，拿弓姿势光示范不行，必须站在她身后将她环抱过来，手把手地给她矫正。这哪是教琴，分明是再亲昵不过的爱抚了。

有一回教着教着入了夜，孔妍妍干脆问："有多余的被子吗？"江彪顿时一惊，这才注意到时间。

"我还是送你回去吧。"他嗫嚅着。

"你在怕什么？"孔妍妍扬起脸挑衅他。

"不想犯错误。"他老老实实说。

"挑逗我？谁怕谁？"孔妍妍突然问，"牙刷有吧？洗面奶？"

江彪打开杂物柜子找被子和牙刷的时候，全身都在颤抖。今晚注定是他平生最难熬、最纠缠、身心格外辛苦的一夜了。

他深深知道自己的底细。他就是个普通动物，天生少病少灾，从小壮得像头猛虎。他要是像江悍那样不排斥做个浪子，女友可能比弟弟的还多。他人五人六地教育江悍要走正路，鬼知道他要不是死死克制着自己，早走了歪路甚至掉进沟里了。他一唠叨这个，江悍就一脸烦，或故意挑着眉毛看他，一脸"你就装吧"的怪异表情。

孔妍妍那坏蛋趿拉着他的大拖鞋去洗漱了。

怎么看她都是故意的。上天啊，你老是考验我干啥啊?!

现在床上有两条被子，有一条是夏凉被，五月初的夜里还是不合时宜的。江彪担心她冻着，一定要自己盖这条。小孔有点急了，她本来有心跟他继续猫鼠游戏的，却很快顾不上了："两条被子合着盖，不好吗?"

他沉着脸上床，率先用夏凉被把自己裹成了粽子，该死的面料弄得他全身不舒服。

调皮鬼倒不再客气，把大棉被往身上一盖，惬意地："好舒服呀!"

她以为他会投降，他偏不让她得逞。

她还在不知进退地絮叨："你真是朽木不可雕，非要领了证才行? 自讨苦吃、作茧自缚、画地为牢……"她努力调动生平所学，把近义成语全搬来，刺耳的唠叨登峰造极，"冲这点，你跟田遂心倒是挺配，都是从清朝穿越来的……"

"你给我闭嘴!"虎啸声传来，唠叨立刻停了。没一会儿，嘤嘤的哭声把江彪包围了，哭得那叫一个惨，像小女孩儿受了极大委屈："你、你吼我，你不爱我了，你要向我道歉，呜呜呜呜……"

江彪真想一头撞墙。可她这么哭，他的心还真疼。只好侧身去抱她，隔着被子开始哄："不哭了不哭了，丫头，我错了，不该吼你……"她凑近他，一半身子进了夏凉被，他没敢阻止，任她在怀里抽搭。他给她擦眼泪，把糊到脸上、沾上眼泪的头发往后拢。她渐渐安静下来，顺势平躺在他的怀里。她的姿态，就像一个吃奶的婴儿被人横抱着。江彪看着她，不由自主地哼起了舒伯特的《小夜曲》。

她前世，肯定是他的女儿，上辈子没被他疼够，这一世投生到他身边，让他继续疼。两遍《小夜曲》唱完，刚才还哭得撕心裂肺的孔妍妍竟然睡着了。

天哪，你是睡着了，我呢?!

第二天一早，她还在熟睡，几乎一夜未眠的江彪已经起来了。没一会儿，克明来拿东西，一进门就看见床上还有一位，他赶紧低下头找东西，匆匆离去。

她起来了，等她吃饱喝足，江彪把两把椅子面对面摆好，请她坐下，一副正式谈判的样子。

"归根结底，我就是个禽兽，你偏要拿我当柳下惠，公平吗?"

"你本来就是柳下惠，当年就是。"孔妍妍忽闪着长睫毛，嘟囔一句，"熬不住了就早说嘛。"

江彪残存的一点曾为人师的面子彻底掉落。他调整好呼吸，运足了气，可算冒出两句："你愿意嫁给我吗? 现在时髦的事我不懂，是不是要有一场求婚仪式?"

孔妍妍可不想要什么求婚仪式，她当初就是被前男友突如其来的求婚仪式弄得百般被动，此刻一回想还头皮发麻。

但她还是想逗逗他："你打算怎么设计求婚仪式?"

江彪显然已有准备，侃侃道："为了让更多的人见证，咱们去你们剧场吧? 我打听过租借舞台的事，还可以请舞美师帮忙设计……"

"你!"她差点跳起来，"你往我们剧场跑，就是设计这个去了?"

"我也没想到我的独占欲会这么强。不是想把你早点娶回家吗?"

"你觉得我是注重求婚仪式的人吗?"她说，"只要我高兴，结婚证我都不在乎，什么形式上的东西我都不在乎。"

他狠狠心，下了最后通牒："要么领证，要么你每天十点前从我眼前消失。"

孔妍妍不说话。

她回家后，把江彪想求婚的事告诉了遂心。遂心乐得直鼓掌。

"可我不想这么快就结婚。"

遂心直翻白眼："就为了你那个苍白的不婚理论? 我看你改名叫'孔婚育'得了!"

"哼，我追他费了那么大劲儿，自尊心都不要了，投怀送抱不说，送衣服、送戏票，还劝退了静娴姐……凭什么他一句话我就嫁给他？没门儿！"

"大小姐，你连这都要争啊？你那么爱他，退一步能怎样？"

"不能退，我不惯毛病。"孔妍妍神色冷峻，"他告到我妈那儿我也不会退。"

"可那一纸婚书，不也是捍卫你的权利吗？"遂心搞不懂。

"遂心，那玩意儿能捍卫啥？"孔妍妍说，"你知道现在咱们国家离婚率有多高吗？"

遂心一时说不出话，只能在心里骂一句"世风日下，人心不古"。

"要不你去帮我劝劝他，没领证也能做夫妻。"小孔轻推了她一把。

田遂心生硬拒绝了她，却总觉得心里不踏实，她愿意帮她呀。如果能行，她愿意帮到所有人，更别说相熟十三年的闺蜜了。

没两天跟江悍见面，她思来想去还是想替孔妍妍求助他，结果把简单的一件事说得拐弯抹角，完全对不起优秀语文老师的语言水平。

"你到底想说啥？"江悍一阵阵发蒙。

田遂心把心一横，也不要面子了——呸，本来就不是要面子的事啊！

"你哥想先领证，小孔想先做事实夫妻，俩人谁也不让，杠上了。"

江悍立刻懂了，这样的话从之乎者也的女夫子嘴里说出，莫名可笑。他先哈哈乐了一分钟。

她脸上一阵红一阵白："傻笑什么？除了你，谁能跟江老师说这私房话？"

"我笑你一个大姑娘，自己还没明白呢，管这闲事；更笑我们家傻老大，他小时候挺聪明的，硬是让我妈打成了榆木脑袋。你放心，找对人了，这事儿包在我身上！"

周末，江悍拎着好酒好菜走进哥哥家，他要好好教育他。江悍进门第一件事，就是把克明轰到篮球场上打球去。

他给江彪倒了杯"迷魂汤"，喝着，装作漫不经心探问："哥，你最近跟小孔处得咋样？"

江彪笑了："挺好的。"

"哥，我最近对咱家族史有了点儿兴趣，我发现咱江家男人的命运是有规律的。"

"嗯？"江彪来了兴趣，"啥规律？"

"你回忆回忆，爷爷那一辈谁当家？"

"奶奶。"

"咱爸这辈儿呢？"

"废话啊。"

"对呀，这规律不是明摆着吗？咱家就是女人当家，命里注定。要指着逆天改命，也就只能指望我了。"

他刚说完，江彪就乐开了，江悍立刻想到田遂心，天哪，他要是最终真的掉入她的魔爪，这丫头比孔妍妍更厉害、更有手段，一准儿能当他的家。

"女人当家咋了？"江彪还是不太懂。

"还能咋，当就当吧。咱妈当了一辈子家，累死累活讨人嫌，一个南方人最后也没回自己老家……女人这辈子不容易。"江悍又先把自己灌醉了，他每次想灌别人，先醉的准是自己。多愁善感起来，"你一个大男人，跟女人杠个啥？这么漂亮的妞，你为了她委屈自己又能咋？再说了，这事儿能叫委屈吗？"

江彪哭笑不得——咋让他知道了？

"未来丈母娘也见了，除了那张证，啥都有了。我可早跟田遂心打听了，人家小孔对你是真心的，16岁开始的感情啊，还没那张纸重要？"

江彪不语。

"我知道你的心思，不就是跟刘美美那事儿让你恶心了吗？再不想重走一遍，对不对？可你知道，奉子成婚的多了，人家也不都这样。"

"哥，我知道你心最好、不自私，小时候见我挨打，你回回要替我，看见我疼，你掉的眼泪比自己挨打都多。可不是我说你，这事儿你做得太自私了，害人害己，放着好日子不过，非要折磨自己，你还嫌自己苦得不够……"

江悍哭着说着，最后又被江彪架到床上睡去了。

江彪坐在床边看着他，他睡得呼哈呼哈，嘴却还在一张一合，没说够似的。

他感慨自己真是个耳朵根子软的人，竟被他疼爱的弟弟说动了！

他本想一直坚持下去，看最终谁能扛过谁。夫妻之间经常博弈，他身为过来人，懂。上一次婚姻里，他就从没取胜过。唉，也别说没取胜，刘美美从孩子半岁第一次跟他闹离婚，到孩子十五才真正离，他取胜的次数也不少。但朝吵暮闹，婚姻的日子也真难熬。就这样，人家孔妍妍不追着他要求领证，他反倒哭着喊着让人家对他负责任！是不是挺可笑？

没羞没臊地在一起吧，谁怕谁啊？

没两天，孔妍妍又到单身宿舍找他，江彪这次没让她白来。

25

一年多了，刘美美总觉得有人在跟踪她。有一次她猛一回头，恍惚看见个人影，明明在她身后不远处，一闪身不知躲哪儿去了。她起初以为看花了眼——自己又不是啥重要人物，还值得人跟踪？后来越琢磨越不对，心里就犯起了嘀咕。

会是谁呢？

她一度想到有人追她，上学时琼瑶小说看多了，一有个风吹草动就往风花雪月上想。但这似乎不是艳遇的套路，有这个时间，八场艳遇也摊牌了。她憋不住，还是告诉了肖春秋，并忧心忡忡提到了香港首富长子被黑社会绑票的事，差点把肖春秋乐得背过气："你算老几，跟人家比！绑了你能得几个亿？人家跟踪你总得图点儿什么，你说你有什么？"

说到这儿突然灵光一现直拍大腿："做亏心事了吧？"

刘美美突然恼羞成怒："你他妈也算个男人？老婆让人跟踪你没个屁放，有脸在这儿满嘴胡吣！"

肖春秋没提防她又翻脸了，他不过开个玩笑而已。想跟她继续骂战又怕骂不过，摔门走了。

2014 年夏天，一个下着大雨的中午，肖春秋停车在路边等战友，战友迟迟不来，倒等来了被淋得花枝抖颤的刘美美。她坐着他的顺风车一路聊天，聊出了各自的大致情况：刘美美，37 岁，未婚，身体健康，大学专科学历；肖春秋，50 岁，有老婆孩子和 3 套房子，爹妈的房子不算。祖居京郊，父母健在，复员军人，市属事业单位在编后勤人员。开的这辆宝马528 是爹妈掏钱买的。二人互留电话，以备日后联系。

分开之后冷静了，回顾这次搭车的缘分，刘美美有些失望，肖春秋别的还好，出身和职业却让她看不上，他不高贵的做派更令她齿冷——开着几十万的车，按下车窗就吐痰；抽惯烟的嘴，一咧开就一股浓烈的烟臭，口香糖都遮不住。车里放的歌净是什么《纤夫的爱》《大花轿》，俗气又闹腾。

本指望躲雨躲出场艳遇，现在看来艳遇不成，回想起来倒有些恶心了。

她自己都没想到，没几天会主动给肖春秋打电话。

事情还得从江悍买房说起。一听弟弟要买房，江彪蹦跶得比他还欢，非要帮他掏首付，跟刘美美商量。刘美美起初以为最多掏一万意思一下，一旦江彪说出他想掏的数目，吓得她差点儿坐地上。好家伙，30万！你家是有造币厂还是印钞机啊！要钱没有，要命老娘有一条。

对老婆大人，江彪很多事都退让了，唯独这件，就是不松口，扯什么"父母双亡，长兄如父"的屁话，鬼知道他才比江悍大五岁。刘美美气得跟他闹离婚。好在后来江悍及时宣布已掏了全款，她才松了口气。谁知一波刚平一波又起，江彪不顾她生气，依旧跟她要那30万，给他弟弟装修！还有完没完？刘美美大骂："老娘要是有钱，就给自己买套房子，何必给小叔子买！"

可她拗不过江彪。他那会儿刚得了单位下来的住房补贴款，有10万；近几年的各类进项他心里也有数，这30万是他心知肚明家里能拿得出的，所以他不怕她闹，反而耐心开导她，说他弟弟这些年白手起家不容易，从没沾过他光，他是他唯一的亲哥，关键时刻兄嫂不帮忙，谁帮他？

刘美美僵持不过，只好把一张30万的卡甩给他。心里越想越气不过，转头把电话打给江悍，说着说着就不争气地哭了，说这30万有20万是他们借的，江彪虚荣，不许她跟他说。江悍哪受得了这份敲打？不待她说完，赶紧主动表态："嫂子你放心，钱你踏实拿着。回头我跟我哥说。"

一听这个，刘美美又不放心了，她怕兄弟俩一对案把她供出去，反复嘱咐江悍别跟他哥通气。她悬着心等江彪找她吵架，甚至连骂他的词句都想好了。谁知兄弟俩见面后，江彪垂头丧气地回来了，进门就把银行卡还她，还一再跟她抱怨："这老二虚荣的，30万都不够他装的！"

江悍倒也乖巧。刘美美这才彻底把心咽下肚。

江悍买房子，倒提醒了她。家里大头的钱都是江彪赚的，看他给她要钱时那份理直气壮，她必须给自己铺好退路，不能任人宰割。

她是在打定买房子的主意时想到肖春秋的。他们单位对口土地开发，能跟楼盘开发商递上话，房价降个几万不在话下。为了这几万，姓肖的满嘴烟臭也不能嫌弃了。

他倒是挺办事，二话没说就给她找了自己顶头上司，请人家吃饭喝酒，上司喝美了，亲自出面说情，当真给刘美美省了7万块钱。

这年头，没有白得的道理。刘美美静等着肖春秋来占她的便宜。他却没了声息，连电话都没一个。倒弄得她坐不住了，主动打电话请他吃饭。

肖春秋来了，吃完抹抹嘴就走，并没有接受她倒贴的意思。刘美美烦了，主动跟他渐行渐远。

可这个男人，偏在她心凉之后又约她，问她愿不愿配合他演场戏。

最近，他爹妈想在没病没灾时把后事安排好，免得日后上演争家产的狗血闹剧。于是，说了十几年的那个老话题又来了——三代单传的他得生个儿子。他父母不说，他自己也上火。他虽然生在红旗下长在春风里，但传宗接代的心并不比生在旧社会的父母少。

十几年间，他没少纠缠他老婆生二胎。他老婆怕被人举报开除公职，想都不敢想。

肖春秋混社会这么多年，早明白循规蹈矩是干不成事的。他的战友王大为还没他有钱，已经养二奶生儿子了，他何苦非被计划生育辖制了呢？

刘美美的未婚身份让他眼前一亮。

没多久，刘美美"怀孕"了。她给他看了验孕棒，肖春秋一乐，趁着春节带她到父母家亮相，特意安排老婆和女儿出国旅游，免得凑他们的热闹。肖家父母乐得屁颠屁颠，把验孕棒上的两道红杠当孙子看了。

肖春秋难得热心地主动陪她办房本，借机翻阅她的一应证件，特别是她单位的集体户口卡。她知道他不过是想印证她未婚的真实性罢了。真可笑，这么大的尾巴她咋可能藏不好，让他给揪住？她把单位户口卡拿出来，复印后作为样板给了办假证的，别的不动，单把"已婚"二字改成"未婚"，再依葫芦画瓢做了个比真的还真的。为了不露破绽，房子没敢贷款，把婚内积蓄倾巢而出，又找娘家亲戚东拼西凑，甚至把肖春秋也变成自己大头债主，付了全款。

刘美美艺高人胆大。房产证瞒着江彪暗度陈仓，跟肖春秋的结婚证也是按"未婚"走的。

二人终于走到一起了。又一出"奉子"成婚，外加各自婚内出轨。

谁知婚后不久，刘美美还是去流了产。二人领证后不久，刘美美出差到外地，打电话宣布孩子掉了，还不是自然流的，是她不想让他难过，独自一人去医院打掉的。因为请高人看了B超上的胎囊，高人一口咬定是个女孩。肖家盼男丁盼得眼蓝，她得不负众望，一举生个儿子出来。所以还是得讲科学。肖春秋怀疑她骗他，她就给他带回了外地医院的B超单子，给他科普了半天胎囊的形状和性别之间的关系。肖春秋当兵出身，受党教育多年，压根不信这玩意儿，要是看怀孕六周的胎囊就能看出男女，大家还不心想事成，想生啥生啥？他满腹狐疑，看她难过得鼻涕一把泪一把，又说不出什么。

这次堕胎事件，成了肖春秋心头的一个结。从刘美美宣布怀孕，就没请他陪她去过医院，她也没怎么去过医院，倒是去外地出了一个多月的长差。拿给他看的仅是一根验孕棒和一张B超单子。他越想越不对，怎么都觉得是刘美美自导自演的闹剧。

肖春秋经常后悔地翻小肠，之后迁怒刘美美。她莫名其妙钻进他的车躲雨，开启了这段孽缘，摧毁了他平静安生的日子，可她一早许诺他的"儿子"，却迟迟生不出来。他生气了跟她对吵，才发现她吵架很在行、很恐怖，和平日的柔媚判若云泥，语速一快嘴不兜风，吐沫都溅到人脸上，招牌表情高高挂起——两个嘴角同时往下撇，眼角却往上扬，这么一弄她的脸就延长了将近5公分。她骂起人来，尺度之大让男人甘拜下风，口齿利落语速极快，吃脆萝卜似的嘎巴作响。肖春秋每次跟她吵架，都被她骂得灰头土脸。

她还爱动手，骂赢骂不赢都有动手的可能，完全看心情。这就让肖春秋心里不踏实，安全感全无，总恍惚着，怕她出其不意的巴掌随时糊上他的脸。

受了不少打骂的痛楚，但他终究不肯去单位调查她，对她的历史心存疑窦却故意不捅破，甚至对某些传言不深究。自有他的苦衷啊：他舍不得她凹凸有致的身子往那儿一站，对他连抛媚眼。

这对冤家也有和平的时候，在一起研究股票、买基金，赚了钱就结伴四处旅游，被套牢就一起愁眉苦脸。打打闹闹的，结婚已有一年多，认识也快两年半了。

26

没羞没臊在一起大半年，领证一事早已按下不表，江彪心底这根弦却从没松过。但他换了种探问的方式："啥时候能有个孩子啊？"

孔妍妍一听，首先想的是大事不妙，她选择他的原因之一是可以躲避生育压力，万没想到，他这方面的心可不小，竟不是一个江克明就能满足的。

她讽刺他是个想传宗接代的小农；损他是非洲草原上的雄狮，恨不得全草原的小狮子都是自己的种；质问他是不是怕她跑了，生个孩子想拴住她。数月间，江彪受了她千奇百怪的质问，很纳闷她的思维都绽放成奇葩了，为什么就不能往好处想想：他没那么多坏心，只是渴望与深爱的女人有个共同后代。

"后代？我的基因没你优秀，至少没优秀到一定要延续后代的地步。"她依旧冷嘲热讽。她当然明白他跨越了结婚证直接跟她要孩子，目的其实是同一个。

不过江彪爱孩子，有时也会打动她。

他俩一起坐地铁，上来一个抱小孩的，江彪赶紧给人家让座，那妈妈抱着小孩坐下了，他就蹲在那儿逗人家孩子，说来也怪，那孩子进车厢时正在大哭，江彪一逗她就笑了，笑得叽叽嘎嘎，连她妈都纳闷，说孩子不是跟谁都这么开心。江彪看孩子那眼神，孔妍妍直担心他要下手偷了。

这是个真爱孩子的男人，连别人家孩子他都爱。说他只为传宗接代真的冤枉了他，他总说想要个女儿，要是这辈子上天真能赐他个宝贝闺女，他肯定往死里宠。孔妍妍骂他就是个劳碌命："克明被你一手带起来了，又不死心地想带下一个。你倒是歇两年啊？"

江彪立刻抓住："说好了两年后？"

她一翻白眼，不再理他。她想起自己早已不记得的爹。她咋就没个江彪这样的爹啊？她知道她妈厉害，凶她爹，但孔宪愚肯定坏不过刘美美，为啥江彪为了儿子可以忍痛不离婚苦熬着，她爹就不行？离了还不要她了，真就远走高飞了。

有时她真想成全江彪，给他个女儿，可她真的嫉妒这个未来的孩子。

临近寒假前的期末，高二的生活不再有戏剧，只剩下书本，也不欢迎爱情。田遂心这个老古板没有效仿江彪的"不拆"政策，她认为对爱情这种琢磨不透的东西要有敬畏心，小小年纪瞎胡闹，劳心耗神是不行的。

克明觉得江悍迟迟不动婚，是受了女友在高中带班的害——田老夫子既不许州官放火，也不许百姓点灯。

全班一共48人，从高一带到高二，田遂心对他们的一举一动洞若观火，江克明周记里文风的转变、日常举止的变化，都被她看在眼里。小伙子目光变得温和，对女生有了绅士风度。这些都是上高一时没有的，排《钦差大臣》时还没有。前几天他跟班里一个女生同时走到门前，都谦让着让对方先过，谦让三次还是同时起步撞在了一起，引得全班哄笑。谁知他没来由生气了，凶他们："笑什么笑！"

田遂心找江彪沟通。江彪对早恋异常宽容，他当初要是能在高中来一场，对恋爱与婚姻的态度也许会发生彻底改变，从而改写人生。但他身为学生家长不敢护短，只好耍起了滑头，把眉毛皱得义愤填膺："这孩子，高二了还弄这一套，看我不好好说说他！"

田遂心一声冷笑："您别演戏了。我早问过孔大小姐，她都招了。"

江彪没想到她会先侦查后院再来质问他，既如此，她之前就是明知故问，故意试探他的诚实度了。

"嗯，哦，"江彪尴尬地吭哧两声，认真起来，"这事儿我确实知道，还答应他向你保密。我是这样想的，在不影响学习的前提下，谈恋爱倒也……"

田遂心提高了声音："您的观念真前卫！亏您还是搞教育的。不影响学习就万事大吉？这是什么逻辑？"

江彪反躬自省，发现自己的教育确有失职之处。他惯于给他自由，自由到16岁，再想约束也难了。世间万物都是双向的，给孩子自由从长远看是好事，但在现阶段只显出我行我素、自以为是的一面。

江彪一见孔妍妍，就连连说田遂心厉害，抱怨她怎么把克明恋爱的事告诉她了。她立刻瞪眼："胡说！这段时间我俩都忙，有日子没联系了，我怎么可能告诉她？"

好个田遂心，竟然诈他！

寒假临近，学生们都在认真备考，克明却三天两头找田遂心开出门条，到后来期末考试都留不住他的脚步，他能在考物理时早交卷40分钟，之后狂奔离去。

田遂心看着他的背影直摇头，到讲台前拿起他的卷子，去理科办公室找物理老师孙郴。

孙郴50岁上下，头发已花白。他拿过考卷认真看起来，起初一直打对勾，看到后面大题就开始摇头。

"您看看，这题并不难，并不难咯！"孙郴一口"湘普"，"江老师的公子啊，聪明有余努力不足，踏实的时候想考多少考多少，难题也难不住他。可我看他最近一个月，心都飞啦！"

他大笔一挥，在卷首写下"72"。

临放寒假，期末考试成绩出来了。田遂心把学生各科成绩汇总，发现一直待在前5的江克明，飞流直下滑到了第30名。她直接给江彪下达了任务："让江克明在家反省退步原因，不痛改前非就不许他出门。"

她义正词严："你们怕得罪他，我不怕。不服气，让他来找我！"

到了傍晚，克明才一身疲惫回来。江彪端饭端菜伺候着，父子俩踏实吃完了，江彪才说了他成绩的事："你这段时间到底在忙啥？"

克明有些不好意思："考物理那天，韩莹的妈妈做手术。太可怜了，乳腺癌。"

江彪心里"咯噔"一下，你小小年纪能帮人啥呢？弄不好还添乱。但他知道这话只能想不能说，这么大的孩子听这个能跟你玩儿命。

"既然她妈妈快出院静养了，你就别折腾了，在家安心看书，这次成绩下滑太快，我也着急啊。"

爷俩正说着，孔妍妍下班回来，正听到克明说："老爸，你也知道这次考试我确实没太用心……"

"你干吗不用心？"她的火"噌"一下窜起来，"怪不得田遂心下午给我打电话，劈头盖脸训我呢！说我不但不帮你爸管你，还支持你搞对象。小同志啊，你就不能给我长长脸吗？"

江彪一听，这里头还有你呢！

为了搭孔妍妍的顺风车，克明冒着被她出卖的风险，早早告诉她韩莹妈妈住院的事。孔妍妍还几次按他要求，帮他给韩妈妈买各种奇怪的吃食，还一直对田老师和江彪保密。

有一天克明忍不住问她："你为什么愿意帮我？"

孔妍妍说："我就是在你这个年龄喜欢上你爸的。"

初尝恋爱滋味的克明突然鼻子一酸，他想郑重对她说声"对不起"，却又没勇气，就在心底默念了几遍。

江彪没收了他的电脑和手机。

断了这两样可真是要了命。他不能聊天不能打游戏，连邮件也发不成。最让他难过的是不能跟韩莹联系。他就这样莫名消失了。"要是她像我这样消失了，我肯定会出去发疯地找，她为什么不找上门来？"

"她一直嫌我小，正好趁此机会把我甩了，反正她最艰难的时候已经过来了，我没用了。"克明独处时寂寞地跟自己说话，心底是难以名状的沮丧。

好在他有个外放的 Mp3 没被收走，他就听最劲爆的音乐，把声音开得震天响，他也跟着大声嗷嗷，引得邻居来拍门。

他正掰着指头算相见何期时，韩莹上门了。掐指一算，分开还不到七天，已是寤寐思服辗转反侧。

江彪来开门。韩莹二话不说，先给江彪和孔妍妍弯腰深鞠躬，十足讲老礼儿，之后才自报家门。小孔见过她多次，没觉得惊诧；江彪竟有些手足无措，脸上挂着年纪轻轻就做了公爹的羞涩。小孔暗地里直乐。

韩莹换好拖鞋，颓废几天的克明闻声从次卧迎出来。他支棱了几天的短发已在见人前抚平，龇着一口整齐的小白牙，伸手领韩莹进了次卧。他的房间不大却异常整洁，床头贴着科比的大幅海报。

韩莹发现克明把门关严了，上前又打开。

主卧那两位蠢蠢欲动，想听听俩孩子在说啥。

"都是我害你考糊了。我一会儿就去跟叔叔说，从明天开始我白天照顾我妈，晚上早点儿伺候她上床休息，就来陪你学习。"

克明窃喜，却摇摇头："还是别了，他不可能答应。"

"你一个人闷在这儿，效果能好吗？"韩莹眨眨眼，"你别为难，我去说。"

门外听墙根儿的江彪一听，吓得立刻踮着脚回了主卧。轻轻的敲门声响起。韩莹很有分寸，她并未进卧室，站在门前向江彪请示，要给克明当陪读。

"不行，人的精力有限，你太辛苦。"

"叔叔，您就答应了吧，他没考好，我心里比谁都急！"

江彪一听心又软了。卧室里的小孔咳嗽了一声。

江彪对韩莹说："谢谢你的心意，我再考虑一下。"

韩莹回屋对克明吐了吐舌头："你爸可真听话啊！你后妈一咳嗽他就……"

"她还不是我后妈。"克明低声道。

江彪走到次卧对韩莹说："你还是先别过来了，等快过年再聚。"

他话里没有回旋余地，韩莹却还不死心，缠磨了一会儿，最后只好叹口气，把带来的好吃的拿给克明，之后告辞离去。

谁也没想到，韩莹第二天傍晚竟不请自来了。她算好了时间，赶在他们吃完晚饭收拾好，她出现了。江彪没想到这孩子看上去聪明乖巧，骨子里却这么犟。她拎了沉甸甸一大袋子书，一进门就赶紧放下。

"叔叔，对不起我还是来了。"韩莹规规矩矩站在江彪面前，"我高中时用过的好书，课堂笔记和错题集，幸亏当年没当废品卖了。"

江彪摊开手叹口气："你这孩子呀。"

克明被意外之喜撞晕了，看着不期而至的韩莹半天合不拢嘴。他起身把她故意打开的次卧门关上，把椅子往她那边挪了挪，之后含情脉脉看着她，怎么也看不够似的。

韩莹拍着手里的书："往哪儿看？看这个啊！"

克明笑眯眯地，以为她在欲擒故纵，大着胆子摸了摸她的手。韩莹立刻把手缩回来，低声呵斥他："再调皮捣蛋我可喊了！去，把门开了，从现在起，叫我韩老师。"

第二天天还没亮，江彪起来做早饭，从次卧门下看到了台灯光。他推门进去，克明也不看他，摆着手急匆匆地："先别说话，等我把这题做完了。"

他做完这道，才全身放松靠在椅背上歇一会儿，又急着做下一道。

"你还是得慢慢来，跟吃饭一个道理，别撑个死饿个昏。"

克明直挠头："她说了，光做对了不行，得给她掰开揉碎讲思路。"

终于有人来降伏妖猴，江彪心里直念"阿弥陀佛"！

27

　　小年那天，韩莹妈妈请克明到家里吃饭，感谢他这段时间的照顾。小伙子理直气壮要回手机，捯饬一新乐呵呵赴宴了。

　　江彪和孔妍妍为此开了半天玩笑，说克明真像个新上门的小女婿。又彼此叮嘱，千万别让遂心知道。

　　谁也没想到，江克明压根没赴成宴。

　　他走得急，眼看快到韩莹家小区了，突然接到她的电话，让他先别过来。

　　克明疑惑着走到小区门口，远远见一个中年男人急匆匆跑出来，后面跟着一个梳马尾、40岁上下的女人。他赶紧闪到大门旁。女人追着喘着，伸出右臂使劲儿一抓，抓住了中年男人的后衣襟。

　　"赶紧拿走，别闹不痛快！"女人把手里攥着的牛皮纸信封塞进男人怀里，转身就走。

　　"一家子犟驴！"男人脸色铁青，抓着信封的手都在抖。

　　克明傻了。这一男一女，他都认识。女的是韩莹的小姨。男的，他目前还不知道他跟韩莹小姨的关系，他只知道，这男人是他妈刘美美的现任丈夫肖春秋。

　　第一次见他，是中考后的暑假，他跟同学到商场游乐厅玩电游，亲眼见刘美美挽着一个男人的胳膊从电梯上下来。她甜笑着，摸一下那男人的脸。那一幕，回想起来还让人浑身发抖。这个叫肖春秋的男人，他总共才见过三次，但他化成灰他也认得。

　　他和韩莹小姨什么关系？和韩莹又是什么关系？

　　克明满腹心事在街边乱走，看着来往的人流和染上春节气息的小店铺。他走上人行天桥，扒着护栏看下面的车流。眼睛自顾发呆，心里却紧锣密鼓，梳理着与韩莹相识这一年的事。

他越想越不对味儿。她总是那么神秘，在网上跟他神秘了几个月，即便见了面，神秘感也没消退。要不是他真心喜欢她，愿意往她身边凑；要不是她妈妈动手术确实需要人手，估计她到现在都不肯带他去见家人。

家庭是他们聊天的禁区。韩妈妈手术住院那段时间，他没见过韩莹的爸爸，别说她爸，所有父系的亲戚都没到场。他疑窦丛生，以写小说的想象力猜过无数个版本，却从不敢向韩莹核实。

他没见过韩莹这样沉得住气的女孩，似乎没好奇心，从不主动问他什么。

他正在胡思乱想，手机突然铃声大作。他一惊，满心以为是老爸打来的，紧跟着一阵委屈，想哭。掏出手机一看，不是，是刘美美。她问儿子在哪儿，想和他一起吃中饭。

克明刚见过肖春秋，正对刘美美一肚子不满，说起话来没好气。刘美美说："眼看着过年了，妈想看看你。"

听出可能有压岁钱，克明才气哼哼地答应了。

吃着饭，刘美美提到她过年的安排。她不想回老肖的爹妈家，他们一见面就催她生儿子，烦死人。老肖破天荒答应带她出国过年，弄得她心情大好。

江克明突然问："姓肖的肯定有孩子吧？"

刘美美没料到他突然问这个，愣了一下："有啊，比你还大呢。"

"男孩女孩？"

"废话，跟你说过是女孩，要不一家子土鳖想儿子都想疯了。"

江克明心里一惊："他女儿叫什么？"

"小名叫胜男，大名没问过。"刘美美一提她，心里就没好气，"哼，那丫头可不是好东西，第一次在他爷奶家见我，把屋子都给砸了。"

就在刚才，克明怀疑韩莹是肖春秋的女儿，一听这个又觉得不像。

"那时候你跟姓肖的结婚了？"

刘美美低头搅了搅饮料："还没，正闹呢。要是已经结了，我非得跟她对打不可。"

"你知道姓肖的前妻叫啥？"

"韩丽琴。"

江克明的筷子差点从手里掉下来！

生性多疑的他还想再确认一下："你手机里存她的照片了吗？"

刘美美直撇嘴。

"没她的，他女儿的也行。"

她一口饮料快喷出来："我疯了，存她们照片？"

"他女儿在哪儿上学？"克明一计不成又生一计。

"姓肖的成天吹她闺女应该上清华，呸，谁知道她在哪儿上学？"

刘美美觉出儿子不对劲。之前见面，她哪敢提肖春秋？提一句都能让他噎半死。今天他怎么上赶着，还提他女儿和前妻？

"儿子，你咋了？"

江克明装作若无其事地转移了话题："你们俩去哪儿过年？"

"机票都订好了，马尔代夫。"刘美美抑制不住喜悦，"妈还没去过呢！前几天特意买了套高级泳衣，进口的防晒霜，妈还……"

看她兴奋得快手舞足蹈了，一个歹毒的念头闪过克明脑海："肖春秋刚才去给人送钱了，我路过一个小区亲眼看到的。"

刘美美满面笑容立刻僵了，眉头不自觉地皱了起来："怎么那么巧？让你碰上了？哪个小区？"

克明故弄玄虚："小区名我没注意，离这儿不远。我没一个字骗你。"

刘美美气得把筷子"啪"地拍在桌上，拿起手机就拨号。

克明想要的，就是这个效果。但他还是颇有耐心地指了指桌上的菜，示意刘美美吃完了再算账也不迟。刘美美可等不及，肖春秋背着她给人送钱，这可不是小事，这是日子快过不下去的大事。

电话接通了，刘美美听出肖春秋情绪不高。他情绪如何，开头一个"喂"字就听个一清二楚。

"你咋还不回来？"

"五环边儿上修车呢，下午回。"

刘美美心里暗骂一声，明面上还竭力忍着："你去的不是翠岛小区嘛，三环边上的，咋又跑五环了？"

"我去什么翠岛小区啊！"肖春秋先爆炸了，声儿还不小，对面坐着的江克明听得一清二楚。

"都离了还偷鸡摸狗!"刘美美粗俗地骂着,对方立刻挂断了。

小饭店虽嘈杂,但刘美美还是吸引了很多目光。搁在以往,克明肯定撒腿就跑了,这次却气定神闲听她骂,她骂得越狠,他越解气。

刘美美怒从心起,立刻又拨过去,他关机了。她气得把手机拍在桌上。

克明拿起瓷勺敲碗边,听起来刺耳得很。

刘美美瞪了他一眼,对着他的瓷勺努努嘴。

"我就爱敲。"克明敲得更响。

刘美美急了:"大过年的都来气我,要饭花子才这么敲!"

"我还不如要饭花子呢!你作孽让我背着!"克明吼出来,起身就走,临走还不解恨地踹了椅子一脚。

他一路往家走,越想越不对:韩莹的亲爹,是他的后爹。他妈刘美美,就是韩莹的后妈,也是她家的插足小三。好在现在韩莹和她爹都不知道他的身份,要是她知道自己的小男友居然是拆家仇人的儿子,心里什么滋味儿?

孽缘!

回到家,他反锁门一头躺倒,却没有一分钟能睡着。

第二天一早,克明对江彪提出想去孔家住几天。

考虑到孔宪愚独居惯了,去这么个大小伙子多有不便,江彪劝他先不要添乱。

二人还没商量通,门铃响了。克明一把拉住江彪:"爸,要是韩莹的话,务必说我不在。"

江彪开门,果然是韩莹,挂着两个吓人的黑眼圈,嘴唇干裂。

江彪把她请到沙发前,她却不坐下,站在那儿默默垂泪。

没一会儿,克明从屋里出来,走到她面前说:"能给我点儿时间吗?"

"到底怎么了啊?"她急得快要跺脚了,"不可能因为昨天让你中途回去吧?"

江彪这才知道,去赴宴的儿子没进韩家门。

"莹莹,别逼我。"克明咬着嘴唇,眼泪在眼里打转儿。

江彪见势不妙只好劝走韩莹,把儿子按到沙发上坐下:"跟我说实话

159

吧！从小到大，什么事儿不告诉我？"

克明终于哭出来，双手捂脸："韩莹她爸，是我妈现在的……"

江彪愣住，像被人突然打一闷棍。咋可能！这么离谱的事情咋可能！

一时间，他不知该怎么安慰孩子。

"韩莹不知道？"

克明点点头，其实这件事他也拿不准，昨天的事猝不及防，让他无力招架。就像眼看着幸福来临，又亲眼看着它被摧毁。他多想回到前几天！哪怕前一天也行，回到韩莹给他补课、监督他做题的时候……

"上一代的恩怨，要是别管上一代的恩怨……"江彪低声自语，他也久久回不过神来。

"爸，你以为这么简单啊。我妈是假装未婚嫁给她爸的，那家人不知道世上有我，以为她能给他们传宗接代呢。我要是挑明这层关系，我那个妈不就……"克明说到这儿把脸别过一边，似乎"那个妈"的罪行里也藏着他一份原罪，让他羞愧难言。

果然刘美美藏着掖着假装没孩子，是由利益驱使的。他早该想到。江彪在心底冷笑一下。对"那个妈"，克明心底厌恨，却仍为她保有一席之地，生怕拆了她的台。

当夜无眠。离婚一年多了，江彪又想起叫刘美美的人。想到她，竟出乎意料的平静。像在想别人家事，像要写一篇分析文学人物的论文，这人物深邃久远，是上辈子认识的。江克明，是他俩唯一的瓜葛。生孩子是件多奇异、多离谱的事！兹事体大啊！22岁的自己懂个啥，只知道该死的责任！哈哈，责任，责任那时也不过是个概念，他多骄傲啊，以为自己能承担这一切，他哪知道怀里那团粉肉的分量，不是五斤六斤，而是千斤万斤！奇怪的世人，争先恐后生孩子，他尤甚，想再生一个都想疯了！

第二天，克明收拾好东西，搭孔妍妍的车去了孔家。

克明第一次见孔宪愚，就对她产生了崇拜，接下来是难以阻挡的亲近。他之前的生活中，没有这样的人物。她在他面前不是以女性形象存在的，带给他的也不是温柔母性那一套。但她分明给了他力量！认识近一年，她潜移默化影响着他。她高而瘦，肩膀柔弱，但她的眼睛和心，千锤百炼坚不可摧。没人能打倒她。她也从不婆婆妈妈，说话点到为止，如高僧棒喝。她是上天派给他的引路人，让他别扭磕绊的青春期，能少摔几次跟头。

克明到孔家后，俨然长大成人了。孔宪愚和他约定，他不必照顾她，但要照顾好自己。暂别江彪保姆式的呵护，他没觉得多难过，家务他都会，只是干不干的问题。他一直喜欢把家务推给江彪，然后在旁边看热闹。勤劳的爹就一边絮叨着"慈爹多败儿"，一边把活儿都干了。但孔宪愚几乎不做家务，她的家不像个家，倒像酒店套房，只有基础设施基本电器，其余一概没有。小时工登门，都感慨这个家啥都没有，好收拾。哪像江彪，厨房各司其职的刀和菜板都各有六种。

克明每天帮孔宪愚做早晚两顿简餐，一早起来扫地拖地，把孔家收拾得比小时工刚走时还干净。他很有分寸，别的地方都收拾，唯独她的书桌，碰也不碰，不管上面如何杂乱。孔宪愚暗自赞叹不已。

"能吃上家里的饭是福气，可福气都是有代价的。以后咱俩可以出去吃，或者叫外卖。"孔宪愚过意不去。

克明听了，憨憨一笑。

他研究食谱并非全为她，也为自己排遣苦闷。这几天表面上逃离了韩莹，心底里她却从未离开。只要翻开练习册、考卷、错题录，她的容颜就浮现出来。在孔家还好些，在自己家次卧就全是她，连她头上淡淡的洗发水余香都一直弥散着，每一寸空气里都是，逃也逃不掉。

晚饭后难得空闲，忙碌一天的娘俩坐在沙发上看电视聊天。孔宪愚很纳闷，她跟亲生女儿不是没话说，就是话不投机半句多，跟克明却总有说不完的话题，二人有时见解不同，也能求同存异，像一对默契多年的好友。

28

大年三十，江彪和孔妍妍也赶到孔家过年。孔宪愚想到了去年这时候，虽只有一年光阴，却恍如隔世。去年的春节不但冷清，还因江彪的突然出现，空气里满是敌意。如今想起来，竟有些好笑了。

江彪进门把东西一放，就扎上围裙进了厨房。

自从得到未来岳母的默许，无论多忙，江彪都隔三差五拉上孔妍妍回娘家。小孔嫌老娘的长脸难看，江彪就说："我老娘的脸比你老娘的还难看，可我再也看不着了。"

起初，江彪跟孔宪愚生疏，和孔妍妍说说笑笑一路，一进孔家就谨言慎行非礼勿视，孔宪愚也端着长辈身份不苟言笑。几个月后，孔宪愚突然讲老理儿不让没过门的娇客下厨，非要自己做饭。女儿背着孔宪愚哭丧着脸嘟囔："您做的饭怎么吃啊。"

江彪板着脸训她："不许污蔑我准丈母娘！"就听厨房里"啊"一声惨叫，江彪赶紧冲进去。孔宪愚做着炸酱接了两个工作电话，愣是把好好的一口铁锅烧煳了，情急之下脑筋搭错，不知怎么又摸到锅边上，手指头立刻两道红印。她闻着一厨房的煳味儿直骂自己："废物，真是废物！"

"您别这么说。"江彪立马拉她到水龙头前冲烫伤处，孔妍妍急着去找烫伤膏，孔宪愚扬言要把烧煳的锅扔了。江彪不让，锅里锅外看两眼得出诊断结论："还有救。"他把锅用热水泡上，拿一把木铲来回铲，又没多久，黑炭似的煳底就分散到水里，没多久，一块洗碗布就让锅光洁如新。孔宪愚看着他忙，想起了离婚二十几年的前夫，一个爱做家务的上海男人，当年被她瞧不起。这么多年世道好像起了变化，会做家务的男人成了宝贝。

孔宪愚自认到这个岁数，很多想法跟年轻时反着来了。

江彪一边干活一边跟她聊天："常在厨房做，哪能不煳锅？我前两天刚扔了口高压锅。"

小孔一听愣住，好你个白脸奸臣，为了献殷勤信口胡诌。

江彪给母女俩讲他刚工作的时候，在单身宿舍用"热得快"，水还没烧开他有事出去，"热得快"变成了"忘得快"，回来时见宿舍门口围着一群人，他的宿舍着火了！他最心疼烧毁的那半柜书，现在一想都要掉泪。

聊着，手下也不停，连炸酱带面变戏法似的出了锅，菜码拾掇了4样，还用剩下的半根黄瓜，顺手做了个蛋花汤。孔宪愚一看表，前后半小时还没耽误聊天。

此刻，江彪和克明在厨房筹办年夜饭，小孔洗水果，老孔坐在饭厅椅子上剥蒜。

"让你弟今晚过来吃饭。"孔宪愚笑着，"人多更热闹。"

小孔洗水果的手停住了，回头看向母亲。这话怎么是从她嘴里出来的？她一直烦人多，嫌闹腾，说人多了心跳都不对。

天哪，她老了！孔妍妍鼻子突然一酸，再强的人也禁不起岁月的消磨啊，一股没来由的悲悯袭上心头。

想起弟弟，江彪忍不住笑。十一假期里，孔宪愚让他喊江悍过来，这小子当时一口答应，事到临头又怯了，打电话说肚子不舒服来不了。江彪去看他，他正苦着脸跑厕所呢。说原本只想编个谎，结果老天爷惩罚他，真让他拉肚子。江悍还叨叨"黑脸老孔"有神灵，以后再不敢骗她了。

江悍一进孔家，孔宪愚热情迎接，刚一四目相对，她就愣住了，抬手指着江悍，发现不礼貌又把手放下，接着笑了起来，连说："是你啊，是你啊！"

"早就想来看您，怕您又把我打出去。"江悍笑着。

"净胡说。"孔宪愚笑着请他坐下，孔妍妍端来精心切好的果盘。

孔宪愚对江彪说："之前听你说你弟是律师，我都没多问。居然是他！你这弟弟是年轻律师里有名的小滑头、小刺头！鬼主意最多，胆还大，敢在法庭上抢法官的手机。"

"你抢法官手机干啥？"江彪不解。

江悍不说话，脸红了。

孔宪愚替他说："有的法官混油了，庭辩时不好好听，在那儿看手机。律师们也都不好说什么。这小子可不干，直接窜上去把手机抢了，法官气得要发作，他打开窗户说，你再看我把它扔了！扔了给你换新的！"

江彪赶紧摆手解释："我那时刚毕业，不知天高地厚，让您见笑了。"

孔宪愚笑了："我倒是喜欢刚毕业的孩子们，血气方刚一身正气，混几年就让社会教坏了。"

孔妍妍一听，前面说得还挺好听，最后一句又不行了，过来提醒："大过年的，莫谈公事啊！"

自孔姥爷过世后，孔家就没这么热闹过。孔妍妍本是个小疯子，唯独在她妈面前疯不起来。有了江家三个男人，情况大不相同，江彪会照顾人，江悍能逗乐子，克明讨人喜欢，他们的加入让这个家变了气氛。

年夜饭的饭桌上，孔宪愚禁不住感慨起来，问孔妍妍："过日子过的是什么，你知道吗？"

孔妍妍正在研究炸丸子的配方呢，头也没抬："过日子过的是吃，吃遍人间美味。"

孔宪愚脸都红了："让你们见笑了。"她瞪女儿一眼，"过日子过的是'人'！你们年轻人没法体会。"

孔妍妍此刻又开始研究那道软炸里脊了。孔宪愚摇摇头，问克明："你想不想要个弟弟妹妹？"

桌上除了说这话的人之外，所有人都惊了。江彪被汤呛得直咳嗽；孔妍妍的软炸里脊从嘴边掉到盘里；江悍半张着嘴；克明脸都红了，也不知替谁在害臊。

他们还没结婚啊！是跨过这一步，直达下一步了吗？

小孔赶紧把一块糖醋排骨夹给她："妈，快吃。"

"想堵我的嘴？"孔宪愚看看女儿，又看看江彪，"你们在一起快一年了，之前又知根知底。"她故意不往下说，剑眉下一对鹰眼光彩射人。

"阿姨，我想等基础再牢固一点儿。"江彪怕孔妍妍难为情，赶紧出来堵枪眼。

"这都是说辞。我跟她爸那会儿有什么基础？"孔宪愚说，"她选择你，也不是为了'基础'。"她有些得意，似乎很欣赏女儿的择偶标准。

孔妍妍恨不得一口吃完赶紧逃离现场，但她舍不得满桌子美食。杏核眼眨巴着乞求老妈别再说了。

吃完饭，孔宪愚示意江彪和她一起收拾，趁机问他："不结婚是她的意思吧？"

江彪只好点点头。

"哼，"孔宪愚义愤填膺，"上赶着是她，到手了又开始拖。你就是好脾气由着她来，回头给你上房揭瓦。"说得孔妍妍对江彪始乱终弃似的。

"不着急，阿姨，我正好也缓缓。"江彪和稀泥。

"她这行我不放心，总有些狂蜂浪蝶绕着。你也得为人师表，这样下去不是个办法。"

江彪感激地诺诺连声。

江克明没守岁。全国人的热闹都与他无关。他在床上辗转难眠，不知过了多久才算睡着了。

他做了个梦，梦见他和韩莹去登山，白皑皑的雪山。韩莹背着沉重的大包，全副武装挂着登山杖，健步如飞走在他前面，偶尔回过头催促他跟上。他紧赶慢赶又冷又累，一屁股坐在雪地上。等到他喘息平复，重整旗鼓开路时，茫茫雪山下起了鹅毛大雪，哪里还有韩莹的影子？他大声唤着她，使尽全身力气却听不到半点回音，此时脚下开始颤动，石崩山裂，雪山顶连同顶上的积雪，一齐向他压过来，他大喊着坠下深渊，手臂无助地乱舞乱抓，却什么也抓不住。不晓得坠了多久，也不晓得撞上了什么，短暂的碰击之后，便向更深处坠去。他"啊"了一声，惊叫着坐起来大口喘气。没几秒，江彪披着睡衣冲进来，一把将他搂进怀里。

他小时候偶尔做噩梦，就这样大喊大叫，然后突然惊醒，有时醒来还要大哭一场。那时江彪就这样搂着他，嘴里轻声抚慰，直到他重新睡着。

心跳得像鼓点一样。克明还没醒过神，就重回父亲宽阔温暖的怀抱了。渐渐安静下来，噩梦带来的惊恐逐渐退却，他真想就这样睡下去，别醒，别醒……

江彪还是感到怀里挣扎了一下。如今抱着的，与当年抱着的尽管是一个，却又不是同一个——十几年前的小人儿做了噩梦，总爱死死抓住他，小指甲在他身上抠出印记。可眼下这个喉结突出、嘴边萌出一圈青色的小大人儿，老母鸡似的怀抱不再是他最舒适的港湾。

江彪拍拍他的后背，放开手让他躺下。径自离开。

29

大年初一，田遂心赶到孔家会合，大家商量着要去北海滑冰。

孔宪愚到单位值班。克明自愿在家复习功课。田遂心逗他："做给我看的吧？"

克明做个鬼脸。

到了冰场，两个女人傻眼了：兄弟俩真是冰天雪地里长大的，穿着冰刀在冰面上左冲右突、纵横驰骋，偶尔还花样翻新，来个劈叉或转圈。

"看我老情人儿多帅！"孔妍妍欢腾地指着江彪。

"还是他弟弟更灵活，动作更舒展。"遂心说，"冰场上要是人少点儿，他都快上天了。"

二人只能评价着过嘴瘾，冰刀都没敢租，拎个小冰车进场，一手执一铁棍，坐在上头慢慢滑行。

兄弟俩回头找，找了半天才发现她们，被逗得前仰后合。

他们划过来各自拉起自己的那位。屁股一离开冰车，孔妍妍就吓得"嗷嗷"大叫，江彪一把揽住她的腰："就你这分量，两个我也托得住。"

江悍扶着心惊胆战又一声不吭的田遂心，让她去把冰车退了改租冰刀："这都是十岁以下玩儿的。今天我包教包会包分配，还免费。"

遂心小心翼翼往前走，两腿直打出溜，江悍从身后揽住她胳膊："你不抱着我，摔掉门牙我可不管。"

他殷勤地帮她租了全套护具，她摆手说不要，江悍说："我可不想看着你摔傻了，将来有个傻老婆。"

他嗓门大，前面排队租冰刀的人都回头看他。一位三十岁上下的男子笑逐颜开地喊田遂心："老黄！"

江悍自来熟地跟人家握上了手。这人是遂心师大同班同学，她向他介绍江悍是她的男朋友。这让江悍莫名心情大好。

"我的天！"老同学哈哈大笑，"你告别千年单身啦！"遂心跟着傻笑。

"老黄是个金不换，你老兄捡到宝了。"老同学一边穿冰刀一边对江悍说。

江悍邀请他："一起滑？"心里可不这么想。

老同学乐了："我不当电灯泡。"他一步划出老远，冲他们挥挥手。

"哎，他咋叫你老黄啊？"江悍帮她绑护具，穿冰刀，忙得不亦乐乎，"我们老家那边给粑粑叫老黄。"

"你才是粑粑呢。"遂心哭笑不得。

黄衫客?！江悍灵光一现，突然把思路搭上了。这三个字他怎能忘呢？怕是要记一辈子了。那天见过陈菲回到车里，他就用手机查了这三个字，输入拼音直接联想出来——原来是这三个字，这么个人。他把范围一再缩小，还是想不出谁有这份闲心，来管他多年前的闲事。那段往事知情者太少，知情的又都认识陈菲。谁呢？

他打死也不会往田遂心身上想啊！她在这个圈子里人脉全无，怎么把陈菲挖出来的？这中间，要经历多少艰难曲折？她费了这么大劲，就为了要一句道歉，她深信这个迟来的道歉会让他好起来。

天下哪有这样傻气和执拗的姑娘啊。

其实陈菲道不道歉，江悍不在乎，他甚至该感谢她推他走上弯路，助他成长，而好女人只会惯坏男人。初恋3年，之后游戏人间10年，如今似乎有股力量，要把他掰回初恋前的样子——相信爱，相信女人——而他比初恋前多了几层铠甲，成熟、坚韧、眼光锐利，哪怕再出现陈菲式人物，也休想打垮他。

遂心穿上冰刀半步不敢挪动，可怜巴巴看着他。而他愣在那儿一动不动，宛若冰雕。她试探着颤巍巍走过来，江悍突然上前抱住她，低头把双唇压过来。

完全不知所措，她那冻得本就发麻的嘴唇顿时酥麻一片，通电般传遍全身。

江彪和孔妍妍在不远处看到了。小孔急得喊："你弟该挨嘴巴了！"

江彪拉着她，让她别坏人好事。

遂心果然猛烈挣脱还抬起手，结果手还没落，脚下一滑就要仰面摔下。江悍赶紧揽住她的腰："我亲你一下，这才哪儿到哪儿啊。我发誓，有朝一日我把你上上下下都亲遍了，我看你怎么打我！"

遂心涨红脸，憋了半天吐出两个字："流氓！"

江悍到她身前端起她手肘，他戴着皮手套的双手有力而温暖，他退后一步，她就近前一步，二人像在跳冰上华尔兹，只是她的动作生疏笨拙了点儿。

"流氓，如今都是爱称。"江悍含情脉脉看着她，"以后就叫我流氓吧。"

遂心忍不住乐，把脸别了过去。

兄弟俩各自带徒弟带得差不多了，就放任她们自己练习。

"哥，你跟这傻东西说我以前的事了？"

江彪尴尬一笑："哦，她问你了？"

"没有，"江悍的眼睛一直追光一样，追着不远处的田遂心，喃喃着，"这傻东西，这傻东西。"

江彪看着他，莫名其妙。

遂心正划着，身子一仰又要倒下，江悍"呜"一下冲过去，正好扶住她。孔妍妍立刻也倒在冰面上，江悍伸出胳膊让她抓，她不干，冲着江彪喊："还不赶紧过来！"

江彪知道她又在耍赖，过来扶她。小孔不让他碰，嫌他救驾慢了。她赌着气，手脚并用一点点撑起来，快站直的时候又一滑，好在江彪手疾眼快扶住了。

从冰场出来，江悍陪遂心去票房，孔妍妍拉着江彪回单身宿舍。她拉开抽屉拿出黑账本，郑重记下一条："孔妍妍滑倒，江彪无动于衷。"写下日期地点。

"不能乱写啊，我可扶你了。"江彪眼看着自己的黑账日渐增厚，无可奈何。

"呸，你是自愿的吗？看看你弟多会疼人，凭什么我就不如遂心？"

江彪故意逗她："谁让你鬼迷心窍，看上个没情没趣的穷男人呢？"

没想到小孔登时火了："你混蛋！"她拉开门往外冲，江彪拉都拉不住。他只好锁了门，一路跟屁虫一样跟着，一直跟到她和田遂心合租的家里。类似的话他逗过她，她都一笑而过，没见生气呀。

"好了好了，不生气了，"江彪像哄孩子一样，"冰场那么多人，我不是脸皮薄吗。"

孔妍妍不理他，任由他低声下气地哄。她想的完全是另一回事。

他们之间虽已有夫妻之实，却依旧少点什么，今天跟江悍一对比，她明白江彪缺的是那股子热情。江悍冲遂心划过来的那一刻，她在他眼里看到的是江彪没有的那把火。这把火，她相信江彪骨子里也有，只是不肯轻易烧起来。

光跟他赌气没用，她得亲自烧火啊！她突然坐直身子，诈尸似的。

"江彪，我要跟你领证去！我要成为你真正的老婆，看我再摔了你扶不扶我！"

就像先挨了冰霜雨雪，一转瞬冬日暖阳高照，这冬日暖阳还不是一般的，是能把他暖化的那种。被暖化的江彪第一反应是呆愣，他以为听错了，准丈母娘说得对，这丫头没定性啊。

孔妍妍唠叨着："只领证，不办婚礼，婚礼就是演戏给人看，算上大学我演了整整12年戏了，没意思。"

明白她心如磐石并不是逗他，他认真地研究黄历，定下了黄道吉日。他不是迷信的人，但这是他唯一能为第二次婚姻献上的敬畏与慎重了。谁也别想让他玩儿一样结婚。

他们上午去民政局领了证，签字时江彪激动得手都抖了。反观她，一脸淡漠，甚至有点哀戚。工作人员挨个例行询问："是否自愿结合"，江彪点头如捣蒜，孔妍妍昂首天外，最后实在无法蒙混过关，"是"了一声。

她想的是，这是一场豪赌啊！如果结婚了他仍没点起那把火，她能怎么办?!

后面的事情很快印证——她赌对了。

江彪竟然提前订好了京郊一个高端度假村的房间。领完证就拉上她入住了。她连连惊叹，这样的浪漫他以前从没有过。他们一起享用了五星饭店的下午茶，到湖边骑了双人自行车，之后相偎沿湖漫步聊天。这样的行为出自江彪，给她的感觉首先不是浪漫和温馨，而是惊诧和可笑。她忍了好一会儿才克制了想大笑的冲动。

江彪走到湖边岩石上，看她畏缩着不敢跳过来，又后退一步一把抱起，一时舍不得放下，凑到她耳边低声喃喃："老婆……"

在此之前，他从没叫过她"老婆"，好像这词儿多金贵似的。现在这算个啥，满大街人都乱叫，谁也不知哪个是真哪个是假。

领证前，他总是"丫头丫头"，好像国家不给他发许可证，他就不能叫也不敢叫。这回可算熬到能叫了，就言必称"老婆"，叫起来没完。江彪是个讲究的人，女友就是女友，老婆就是老婆，差一时一刻一分一秒都不能变换称呼。

真是个傻瓜蛋。傻透顶了。

当天夜里，在宽大舒适的鹅绒暖褥上，孔妍妍成了世上最幸福的新娘，想着今夜就是真死了，身为女人这辈子也值了。江彪不知该怎么奉承她，就想着把自己能给的一切全给出去，让她一辈子也忘不了这一夜。他像个誓死捐躯的战士，在自己的阵地上玩儿命冲锋。

她真切地尝到了不同。她瞬间比"女友"提高了、尊贵了、升级了，眼看着凤凰涅槃浴火重生，她性质都变了。极乐的一瞬，他还在她耳边呢喃："老婆，老婆……"

她的泪无声滑落。她哪知道他这么想有个老婆！早知道的话，她就不跟他拧着，早点给他就是了。

她坚决不办婚礼，倒投合了孔宪愚的意思，大法官慈爱地看着女儿，好像生平第一次看她办了件漂亮事。

二人请至亲的几个人一起吃了饭。克明把之前买的钻戒赞助给江彪，让他郑重给人家戴上。江悍趁机起哄让克明改口，不然不给"改口钱"。江彪看儿子发窘，正想上前救驾，孔妍妍先开口了："克明就叫姐，这可是某人当初郑重交代孩子的，不改口也给钱啊！"说完拎过手包，把准备好的大红包递给克明。

大家哄堂大笑，江彪羞愧着傻乐。孔妍妍突然又从包里变出两个大红包，把矛头转向江悍和田遂心："江悍，你这当叔叔的净逗孩子，你可还没改口呢。"

江悍起立立正："嫂子！"孔妍妍夸他痛快，乐呵呵把红包赏给他。

"遂心，"孔妍妍奸笑着，"你的，改口的干活！"她拿红包诱惑她。

遂心起身，帅气地抱拳："师母！"

大家都哈哈大笑。

孔妍妍沉下脸："改错了，红包可没了啊！"遂心羞红了脸："小疯婆子，没个人样儿。"

江悍着急了："提前叫一声呗，早晚的事儿。"

"去你的。"她还是不叫，见满桌人都看着她，心里过意不去，只好自己找个台阶，"我自罚三杯。"

江悍不满意："你喝酒跟无底洞似的，不算数。"

田遂心只好示弱："再唱段《龙凤呈祥》，江二爷满意了不？"

30

三月中旬，克明在自家楼下的信箱里，发现了一封挂号信。现在写纸质信的人很少，家里偶尔有信，都是他爸的。信封上赫然出现自己的大名，让他有些激动。但仔细一看就扫了兴，地址、收件人都不是手写的，是在白纸上打好贴上去的。他撇撇嘴拿着信上了楼，丢在书桌上。

经过一寒假的努力调整，大家也没少开导他，小伙子的心慢慢踏实下来。新学期开始，他打算重整旗鼓，把自己年级前20名的头衔再赢回来，每天加倍努力，跟住校生一起上晚自习。下晚自习回到家，洗漱完毕准备休息，看到了书桌上的那封信。

信的正文和信封一样，也不是手写。冷冰冰机打出来的楷体，看上去没一丝温度，信也很短，略一扫不过百字。

　　江克明：
　　你好！
　　冒昧给你写信，是要告诉你一件事，此事事关重大，望你能引起重视。

刚看到这儿，克明就不愿看了，这是谁在逗他？故弄玄虚，他能有啥重大的事？

　　江彪不是你的亲生父亲，你的生父另有其人。
　　为你不继续蒙在鼓里，特此告知。
　　若有半字谎言，写信人天诛地灭。

　　　　　　　　　　　　　　　　　　　　　知情者

"去你的！"克明把信往桌上一扣，咬牙切齿骂出了声。谁这么无聊，离愚人节还有半个月呢！他没法不联想到愚人节，他的生日就在那天，大家给他过生日总要调侃一番，说他的出生就是个"愚人节玩笑"。

拿起信就要撕，动手的当口又瞥见"写信人天诛地灭"几个字。再通读一遍，这封信虽短，却不像愚人节的口吻。又读一遍，又读一遍……

"你的生父另有其人"——要死人了！他还是没能忍住，把这封信撕了个碎粉粉，还没撕够，捡起小碎屑再往碎了撕，直到完全捏不起来才罢手，似乎把它碎尸万段，它的内容就不算数了。他甚至想拿火烧。

他倒在床上，能听出自己的喘息比平时粗重。他想到父母结婚证上的日期和自己生日之间的玄妙——但这能说明啥？父母说他早产，他怀疑他们奉子成婚。血型又看不出问题。现在结合匿名信所述，第三种答案出现了。

离谱的事怎么又发生在他身上？

这个说法解决了他困惑已久的问题，他终于明白他"那个妈"不爱他的原因，他压根就是多余的，不该来到这世上。可是她知道他的身世，离婚时竟放心大胆把他留给江彪，就不怕天网恢恢疏而不漏？

江彪的很多行为也不合理。克明从小就知道，父亲的智商远远高过"那个妈"。他一点破绽都看不出？还是吃错了药？

就算最毒妇人心，敢拿亲子血缘开玩笑的母亲也不多吧？

克明颠三倒四想着，想得脑袋直发酸，想睡又睡不着。

第二天一早见到江彪，匿名信又浮上脑海。不知咋了，互道早安时他故意没看父亲的脸，进卫生间关上门，酸甜苦辣一起涌上心头。

已被撕成粉末的匿名信，却在克明心里扎下了根。他本没有过目成诵的本事，却莫名其妙把这近百字背熟了、记死了，种进脑子里，怎么甩、怎么抖都掉不出去。

看着江彪有条不紊地忙着做早餐，总觉得他今天跟以前不同。至于这个不同在哪儿，他又说不出。

"爸，您长得像我爷爷还是奶奶？"

江彪看着他笑了："我随你爷爷，你叔像奶奶多一点儿。"

"那您看我长得像谁？"

江彪笑了一下："你谁都不像，像你自己。"

克明心想，还笑呢！天都要塌了你还笑！

江彪催他快吃饭，发糕都快凉了。克明看着他，心突然疼起来——发现养了17年的儿子不是亲儿子，比发现爹不是亲爹更难受吧？

克明决定不问他了，明知道问不出结果。他但凡有半分疑心，这种事十几年前就暴露了。

他只管问刘美美。

这是父母离婚后，他第一次主动联系她。没想到回信姗姗来迟，"暂时无法见面"。她曾再三叮嘱他，只能发信不能打电话，微信她都得随看随删。

他又气又急，直想跳起来，立刻回信："今天必须见面。你下午过来，我请假出去。"

这次回信很快："妈在外地，3天后才回。回来后第一时间联系你。"

世上哪个儿子想见娘还得没完没了预约？他朝天上看去，春寒料峭的3月延续着冬日的萧瑟，一如他的心。女友是后爹的女儿，爹不是亲爹，老天爷为啥可着他一个人开玩笑？

掰指头数日子，期待与刘美美见面，他从小到大都没这么想过她。三天时间度日如年，终于约好就在附中旁边那家茶楼见面。

克明在包间等了一会儿，刘美美才到，她穿的是暗红色连衣毛裙，裙长及膝，脚上蹬一双长筒黑皮靴。脖子上的围巾挡住了整个下巴，连嘴都遮住了，她只在喝茶时才会小心地把嘴前的围巾往下拉拉。

她今天太别扭了，外面虽冷，可这茶楼里很热，喝着热茶把自己围那么严干吗？

"你不热？"

克明看着别扭，但他始终想着今天约见的主题。临开口才觉得难以启齿，后悔把那匿名信撕粉碎了，不然让她自己看多省事。

"我有个问题。"

"说吧。"刘美美平静地喝着茶。

"我，希望你如实回答。你要是不告诉我真相，我以后都不会见你了。"克明一字一顿，怕她听不懂似的。

刘美美看他神色不同以往，不知发生了啥事。

"我，我到底是谁的儿子？"

她的茶杯停在了通往嘴边的半路上。她看他一眼："废什么话，你是我儿子啊。"

他低下头咳了一声："谁是我爸？"

这一下，可捅了马蜂窝，她把茶杯重重一放，骂开了："哪个挨千刀的胡说八道？！"

克明赶紧让她低声。

"你跟我说这个还不许我回嘴？谁说的你告诉我，我打上门撕烂他的嘴！你也是，连这个都怀疑？准生证和出生证明你没看过？你还要看啥才能不疑神疑鬼？说出来我给你找去！"她一急，呼市远郊的口音都出来了。

几个服务员到包间门口往里张望，又都赶紧离去。

克明被她一迭声的嚷嚷弄得无比头疼。

"妈！"

自打父母离婚，他就没给她叫过这个字。刘美美一愣，再加上自认受了天大的委屈，眼泪夺眶而出。

"你别跟我喊，就一五一十告诉我真相就行。"

"我还要咋一五一十？他是你爹，你是他儿子，哪个王八蛋再跟你胡说八道，你就打他的嘴、敲碎他的牙，看他再敢胡说八道！"

她的嘴也撬不开。相对闷坐了一会儿，刘美美抽泣起来。克明以为她还在为刚才的盘问难过。她抽出纸巾擦鼻子："以后你见我不用偷偷摸摸了，发微信打电话也随便了。"

克明端着茶杯的手停住了，不敢相信的样子。

"3天前你跟我联系，我跟他正闹着。我低估他了，这王八蛋一提到钱和房子寸土不让，可不像你爸。本来离婚我能分走一半家产，可王八蛋不知使了啥手段，知道了我瞒着的那些事儿，还偷拍了一堆我跟……更不要脸的，他还不声不响告到我单位去！"

她又抹起眼泪："就因为他实名举报我伪造户口卡和身份证，我们单位给了我处分……还算老娘有手段，没让他们往派出所送。会叫的狗不咬

别时何易 BIE SHI HE YI

人，这条狗悄没声息就把我咬了！他还闹到法院去，说我是纯过失方，想让我一个子儿也得不到！"

克明懒得听她说这些，穿好外套准备离开。

她不甘心在儿子面前没脸，嘟囔着："离了也好，本来就是跟你爸过得没意思，一时高兴玩儿过火了。"

"那你有真心爱过的人吗？"

她倏地明白了，这小子真滑头。她真心爱过的似乎唯有一人，但那是上辈子的事了，这辈子的他，就是个自以为是的人渣。

"没有。这辈子白活了。"她说起来无限怅惘，"儿子，初恋一定要认准人，头儿开错了，步步都错。"

"你初恋不就是我爸吗？"

刘美美一惊，言多语失！只好将错就错，含糊着说是。

"我爸哪点不好？啥叫没认准人？他比姓肖的强十万倍！"

刘美美强硬起来："他再好也没用，我跟他不是一路人！"

"不是一路人，为啥在一起，为啥生下我？"克明一想匿名信，追根问底。

她明白克明每句话都是陷阱，都是请君入瓮，她再也不会上他的当。她借口回去有事，到前台结账。

克明站在她身边，发现她裹着围巾的左耳颜色不对，趁着她专心付钱，他猛地把她的围巾往下一拉，她靠近下巴的半张脸连同耳朵红肿如熏猪头。她瞪他一眼，赶紧把围巾拉上去。

"他打你？"克明厉声喝问。他明白3天前刘美美不见他的原因了。

她匆匆交完钱，拉着他走了。出茶馆他一把甩开她，细长的眼睛快瞪圆了："把姓肖的电话给我！"

他发起怒来像头疯了的老虎，刘美美怕他惹事，更不敢给他了。

克明不再问她，一把夺过她手机。他气得直抖，电话一接通就毫不客气："你现在在哪儿？"

刚说一句，电话就挂断了。克明正要再拨过去，刘美美突然碰碰他，用手指着他们刚出来的茶馆。华灯掩映的夜色下，肖春秋叼着根烟钻了出来，像来去无踪的神秘幽灵。

有儿子壮胆，刘美美迎上去骂："臭不要脸的，再跟着我我就报警！"

肖春秋并不理她，微笑着对克明说："小伙子，听你刚才的意思，是想找我打一架？"

克明拳头攥起来了："对。你以为我妈就一个人？任你欺负？"

肖春秋笑得眼睛眯成了一条缝："你妈当然不是一个人！你认识刘小丽吗？"

克明心想刘小丽是谁？他妈小名叫大娟啊。

"你妈买的身份证。这个倒霉的刘小丽估计也不知道自己的身份让人给盗了，赶明儿要是办结婚之类的大事，准发现自己黑案底一堆。"

刘美美拉着克明就要走，却被他甩开。

"你把我妈打成这样，跟没事儿人一样。有本事跟我打一架，打女人算什么本事！"

"打女人，我活到 54 岁倒开始打女人了。来，小伙子，别气哼哼的，让你看个能让你高兴的东西。"肖春秋把皮衣拉锁往下一拉，毛衣和秋衣往上一撩，在寒风中当街露了肚皮。借着路灯，克明看到他紧致结实的肚皮上好几个花生大小的痂，跟肚脐眼凑在一起，快成北斗七星了。

"小伙子不抽烟吧？"肖春秋笑得很开心，"这是烟头烫的……"

刘美美想把克明拉走，却依旧拉不动他。

"我得让孩子明白，"肖春秋压低声音温和至极，"我跟你妈认识三年，她对我了解得底儿掉，我连这世上有你都不知道。小伙子，你觉得我跟你妈，哪个更不是东西？"

克明被说中痛处，恨恨地看了刘美美一眼，走开了。

真相，不管怎样他要真相。人类总是欠缺直面真相的勇气，但他要勇敢起来！他锁着屋门上网，遍查关于亲子鉴定的案例，心越来越沉。从没想过的事落到他头上了！他每次上网，都要对搜索内容"毁尸灭迹"。其实江彪从不动他屋子任何东西，包括电脑。但他怕出岔子。这几个月的事让他感受到"一切皆有可能"的压迫感。

有次他正上着课，突然想到搜索历史忘了删除，心顿时一沉，老师在讲啥全然听不进去，一心只想赶紧下课回家。却没想到江彪在家里。他只好编谎说练习册没拿。

"你小子咋魂不守舍的？"江彪看儿子找个练习册还要反锁房门，迷惑不解，"和韩莹又联系上了？"

克明摇摇头，心想跟我现在愁的事相比，韩莹那都不是事儿。

晚上他下自习回来，江彪端着盘切好的水果进来，把门带上。

"儿子，最近有事？"

克明心里一阵烦，想先发制人让他免开尊口，却缺乏力量似的啥也没做，眼看着他还是说上了。

"跟我说说，你一直都信得过你老爹。"江彪尽量让口气轻松。

克明心想，这件事最不能告诉的就是你！

"我俩净顾着自己高兴，对你关心少了，爸不对……"

"我接了行政工作，太忙了。"

"那还是韩莹吧？"

江彪知道儿子在抗拒，乱猜一气。

他说一句，克明就摇一次头。想不出还能问啥，冷场了几秒。

克明的目光从手里那本书移到江彪脸上。他发现老爸和孔妍妍结婚后气色好了很多，脸是红润的，之前和刘美美在一起，特别是闹离婚那段时间，他的脸经常发青。他好像还比以前年轻了，毕竟另一半小他九岁啊！克明盯着他高大魁梧的身躯，盯一会儿就头晕目眩。17年了，他竟不是这高大身躯里出来的？

"爸，我听有人传，您要当副校长了？"

这是今晚克明第一次开口。江彪一愣："没影的事儿。你是不是跟她一样，不喜欢我干这些？"说得好像当官儿有罪一样。

克明摇摇头，又点点头："您都有白头发了。"他起身站到江彪身边，"我帮您拔了。"

"糙老爷们儿，几根白头发没啥。"江彪知道儿女心疼父母，大多是从发现父母变衰老开始的。虽说39岁华发早生并不令人愉快，但儿子的心疼让这件事变得值了。克明拔下一根就放到白纸上，不一会儿，纸上就有了十几根。

31

去年的大年三十上午，江克明一边念着韩莹，一边在孔家准备过年的时候，肖春秋再次出现在韩莹母女面前。刚离婚那会儿，他一口气消失了三个月，三个月后就找由头经常登门。韩丽琴阻拦不住，一气之下把门锁换了，叫门也不给开，这才来得少了。

连续三个凄凉冷清的春节。前年此时，为了带"怀了肖家太子"的刘美美见父母，肖春秋把母女俩送到泰国旅游，谁知韩丽琴到泰国就水土不服上吐下泻，娘俩提前回国，没提防在肖家把刘美美逮个正着。婚外情就是那时公开化的。

而韩莹，正是那年6月高考。

在此之前，韩莹一直有种强烈感受：父亲很顾家，很爱她。2015年春节，她所有关于家的感受都坍塌了。她劝过他——大哭、下跪、绝食。世上没有哪个子女能像她一样勇敢强硬地阻止父母离婚。但都不奏效，她不顾高三课业繁重，三天两头去找肖春秋，盼他回心转意。他却刻意躲着她，害得她魂不守舍，直到被母亲发现。韩丽琴担心女儿前途被两个不值得的人毁了，以死相逼劝她回归正轨。这个善良的传统女人说，他要是实在想要个儿子，就成全了他吧！

我的天，凭什么?!

肖春秋大年三十登门，韩莹早有防备，门都没让他进，他只好站在门前抽闷烟，跟闺女谈判。他此行目的有二，一是想把上次那笔钱给出去；二是想请韩莹母女俩今晚到他父母家吃饭。

"不去。"韩莹回答得斩钉截铁，还嘲讽着，"姓刘的呢？肖家传宗接代的大功臣，她怎么不去?"

肖春秋当然不敢说他们要去马尔代夫："今晚我去单位值班，你跟你妈去看看你爷爷奶奶。"

韩莹心头的火"噌噌"往上冒，眼前站着的要不是自己亲爹，她肯定一个大嘴巴就赏到他脸上了："我去看他们，可以。谁让我是你闺女，得任你宰割呢！你凭什么让我妈去？"

肖春秋自知理亏："你妈这次做手术，需要调养，你奶奶和三个姑都能照顾她……"

不提这句还罢，一提韩莹火气更大："我谢谢您！您竟然知道我妈刚做完手术！她这病咋得的，你们称心如意了吧！"

肖春秋自知理亏，没好接茬。

"您就带着姓刘的和您那宝贝儿子去继承老肖家皇位吧！我去年就改姓韩，不姓肖了。对了，您那大宝贝儿子，我记得是我高考前怀上的，一岁多了吧？"

她改姓的事，肖春秋第一次知道。他竟寸心如割，紧接着暴跳如雷。他一直认为闺女迟早是别人家的，但她居然这么早、以这种形式背叛他，实在让他忍无可忍。

"韩丽琴，你给我出来！老子还没死呢……"

韩莹气得浑身颤抖："你立刻离开，再来气我妈，我跟你拼命。"她声音不大却透着阴狠，眼神也阴鸷诡异，让人不寒而栗。

肖春秋坐到车里直犯恶心。他闺女居然改姓了！

他憋着气回家，一进门就看见刘美美撅着屁股在沙发旁收拾东西，两个大旅行箱塞得满满当当，她还在往里塞。

"别收拾了，今儿走不了了，待会儿还得去我爸妈那儿。"

啥？这话从肖春秋嘴里说出来，棉花一样轻飘飘，进到刘美美耳朵里，却堪比晴天霹雳："订好的机票呢？"

"退了呗。"

"我买的东西呢？你明知道我可没少准备……"刘美美说着竟要哭了，像个没被兑现承诺的、委屈的小姑娘。

他冷笑一下："早跟你说别瞎折腾，你非满世界乱买东西，干我什么事儿？"

他说着往沙发上一坐，正压在她的衣服上。

他估摸着她就要跳上来挠他的脸了。

谁知，她一声没吭，打开箱子把夏装一件一件挑出来，印度抛饼似的往沙发上扔。打开衣柜挑拣着自己的冬装重新装箱，穿上貂皮大衣，拖着行李箱就出门了。

"你自己去？"肖春秋愣着神，眼睁睁看房门"砰"一声关上，才喊出这句。他想跳起来拦住她，从沙发上起猛了，早年伤过的腰又扭了一下，疼得龇牙咧嘴，像一匹众叛亲离只能朝着月亮低嚎的野狼。

刘美美出门后叫车不顺，气急败坏地去坐公交。她两年多没坐过公交车，跟售票员问了半天，倒了两趟车才到了北京饭店。按手机短信上的房间号摸了过去，开始砰砰地敲门。

一个男人打开了房门。

站在刘美美面前的，是她的初恋周明。

周明身后，洒满冬日暖阳，刘美美抬不起眼皮似的，侧眼看他。就像隔了17年半，她的眼睛已不好聚焦了。从脸看起，目光迅速往下扫——没错，是周明。他只是从当年的精瘦小伙，变成了眼前这个腆着啤酒肚的中年男人。他的穿衣打扮还像当年那么讲究，那时他家很穷，生活费少得可怜，他却从不去大市场随便买一身胡乱穿了，而是把有限的钱攒起来，去商场里买打折名牌。在衣服上，他讲究宁缺毋滥。

周明也愣神定睛看了一会儿，在心底感叹一番岁月无情后，就把他的细长眼睛笑成两弯月牙，像暂别数日的老友："我就知道你会来，早约你你不理我，现在想通了？"

刘美美进来前，周明也在收拾行李箱。

她把长靴脱下，推开他，径直躺到床上。

周明放下行李箱，到床旁坐下，看着她傻笑："你当年可是一天到晚活兔子似的，咋，这个点儿就困了？"

她两眼望天，沉默不语。

周明回到箱子前继续收拾，一边跟她闲扯："刚到北京就约你聚，让胖子传了好几次话，可你就是不来……"

"你下午几点的飞机？给我也订张票。"

周明一愣："跟我回包头？"

"废屁少放。"

181

周明发现她十几年间改变的不仅是容颜、精力，还有她的语言风格。当年在大专读书，她是他后届师妹，因同在学生会而相识。那时她清丽可人言语得体，从不像现在这样把"屁"挂在嘴边。

"跟我回去没问题，反正我姐不回，我跟我爸也冷清。"

"谁跟你回家？我今晚住宾馆，明天上午我想带你走走。"刘美美气息微弱，真要睡了。

周明一听有意思，还要故地重游呢。

从北京饭店离开，到机场上了飞机，起飞一小时到包头，刘美美几乎没说一句话，都是听周明说。他讲述自己在美国的奋斗史，他舅舅把他带过去才5年就去世了，之后全靠自己奋斗，现在已经在得克萨斯州的休斯敦开了两家规模不小的中餐馆，这次回来最主要的任务就是考察国内的蒙古族特色旅游，雄心勃勃想把内蒙古大草原搬到休斯敦的太空城边。刘美美一直不说话，唯独听到这里冷笑了一下。

"你笑啥？我可不是只敢吃土豆丝的穷小子了！以为我背井离乡去美国白去了？将近18年哪……"

刘美美倚在靠背上，眼神呆滞空洞，复读机似的跟着来了一句："将近18年哪……"

到包头一落地，刘美美就在网上找到一家不错的酒店。周明只好拖着箱子送她，心里一阵后悔，该请她回家住的，省钱省力省时间，没准还能玩儿个破镜重圆。他离婚快一年了，现在是自由身，只是不知道她的情况，不敢造次。听发小胖子说她早结婚了，还有个孩子，具体也不清楚。近18年音讯断绝，摸清状况前不能太没分寸。

刘美美跟他说好明天上午9点同游母校。

真要故地重游了。周明感慨万千，终究是女人，还是个原本就多愁善感的女人。他猜测她现在的生活并不如意，不然不会出来见他。

大年初一一早，包头又下了雪，高楼上隔着玻璃望去，这颗塞外明珠真就成了一颗银白的大珠子。白得闪光、白得耀眼，白得刘美美感到晕眩。17年半一觉睡到现在，把周明都从大洋彼岸睡回来了，这一觉似乎还没醒。

走进母校校门，发现一切都变了。从校名、校门到校舍，都变得天翻地覆慨而慷，哪还有一点原来的模样？刘美美傻眼了，她虽不像他远走高飞，但也从未回过这里。他们只能按之前刻骨铭心的记忆，一点一点寻回当初的方位。这样的判断固然极不准确，最后才发现，20年前的男女生宿舍楼都已被拆，唯一能寻到痕迹的，就是当年最高最气派的那座教学楼，现在已成了最矮最旧的，夹在一堆漂亮的建筑物中间，显得土气十足。他们一路感叹着：现在的学生肯定嫌它破旧碍眼，只有他们这些人到中年、青春年华陪它一起度过的老校友们，才能感受它的沧桑，觉得它亲切。

刘美美盯着教学楼看了一会儿，说了句："走吧，跟我回呼市。"

她说的"呼市"，就是她家所在的县城。周明一惊："今天我姐和姐夫回来。我爸让我……"

"好，那你回家，当你的好儿子和好弟弟去吧。"刘美美脸一拉，转身迎着风雪走了。周明不想惹她，刚才一番追忆，已让他重温了自己对她的亏欠，而这亏欠，恰是他十几年间选择性遗忘的。他到美国后被花花世界吓傻了，和很多想尽快拿身份的人一样，他头婚娶了大他5岁、离婚两次、长相一般的华裔女子。5年婚姻并不如意。一想到他许诺刘美美的、最多两年就把她办到美国的豪言壮语，他只想钻地缝。

坐着大巴车，二人回到刘美美的家乡。

她父母去世后，她就算没了娘家。在这个县城的至亲只有姐姐，却因争夺遗产的事早和她不相往来。

没有亲友可投奔，他们依旧寻了个宾馆住下，稍事休息后，刘美美叫上他又出门了。第一站，来到一个住宅小区门外，当年她家的老院子就在这里。刘美美不想被熟人认出，用大披肩把头裹了个严实。

"你走后不到10天，我就在这儿发现，我怀孕了。"

周明如遭雷劈，一下子定在那儿。但很快，他神色缓了过来，一脸不可名状的复杂神情。

刘美美带着他往西走，一直往西，到了县人民医院。她只把他带到大门前，并不进去，说："我当时觉得不对，就想到这儿检查，一路净遇见熟人，我心里怕啊，流着泪走到长途车站，去了呼市。现在我就带你去呼市。"

周明明白了。她这么从包头到县城，又要去呼市，就是要把她当年独自走过的路带他重走一遍。他只吭哧一句:"东西还都在宾馆呢。"

他还是跟她去了,坐着大巴车在大雪地里行进,颠了两个多小时才到呼市,下了车直奔市人民医院。

呼市人民医院也旧貌换新颜,只能看个大概了。门诊主楼已推倒重建,刘美美却煞有介事地带他找到了妇产科,当然,此妇产科已不是17年前的彼妇产科了。因为是大年初一,妇产科不像往日那般喧闹。她指着那条长长的走廊,对他说:"看到了吗? 当年我就在那儿,一个四十几岁的女大夫给我检查,让我去做 B 超……"

一听到这儿,周明已经怕了:"姑奶奶,别去 B 超室了,我这一天腿都跑细了。"

她继续说:"拿着单子,我回到这里给大夫看,果然怀孕了。大夫问我要还是不要。我哪敢说自己未婚,含糊着说要。她仔细看看单子,说我子宫内膜薄,孩子不一定能留住。我改口说不要,她瞪了我两眼,说刮宫会让子宫内膜更薄,对身体危害很大。让我立刻就决定,要是想做人流,还得早排号。我假装说要出去跟家人商量,就没敢再回来。"

周明很纳闷她能把多年前的事记得这么清楚,他除了和她在首都机场挥泪分别,几乎啥也不记得了。

"跟你说实话,我对这个孩子毫无感情。不但没感情,我还恨他不请自来。以前多少回没措施都没事儿,我以为怀个孕有多难呢!"

周明默默听着,不置一词。他有他的说法,等她折腾够了再说。

刘美美就带着周明,也不许他打车,坐公交赶到长途车站,搭乘最后一班长途车回到了县城。周明以为今天的旅程可以结束了,没想到还没完。

"姓周的,今天太晚了,没法再按17年前的真实路线走了。但我得告诉你,那次我离开呼市还不到中午,你知道我下一站去哪儿了吗?"

周明摇摇头,他在座位上颠簸着,看着刘美美一张一合的嘴。他感觉快要晕车了,滋味太不好受。

"我直接奔包头,去了你家。"

刘美美说出这句,看周明一脸死相扶着前座靠背,顿时平添愤怒:"你们家没一个好人。"

"你怎么骂我都行，你凭啥骂……"

"骂的就是你爸！"

周明脸色铁青，说不出话。

"你爸一开口就是，'小明也没咋跟我联系'，他啥意思？此地无银三百两！他必是知道你铁心把我甩了，怕我纠缠不了你就来纠缠他，或给他要钱啥的。"

"我爸不是那意思……"

"没你放屁的份儿！"刘美美突然嗷嗷大叫，乱糟糟的末班车瞬间安静，周遭乘客齐刷刷把脸扭向本车最衣冠楚楚的一对男女。刘美美面朝车窗翻了个白眼，窗外初降的夜色白白受了她的蔑视。等到车内恢复了喧闹嘈杂，她接着说：

"我那时没心思多想，也不再怕丢人现眼。我直接跟你爸说：'叔，我怀孕了。'你爸把嘴一撇，你听听他说了啥啊，他说，是小明的吗？"

周明依旧不说话，脸上冷冷的。

"我气得快背过去了，还能是哪个王八蛋的？我忍了半天说"是"，你爸就讲你在美国难啊，快难死了。以为舅舅多大能耐，就是个底层老百姓，身体还不好。我忍着听他叨叨，后来我实在忍不了，问他，这孩子咋办？你爸把那破电视打开了，呜哩哇啦吵死人，他就借着乱七八糟的杂音跟我说：'打了吧。'电视声音虽大，可他的话我一个字不漏听见了，听清楚听明白了。这三个字我不但记到现在，还要记一辈子。你爸，他让我把孩子打了！"

"我说大夫说我打胎有危险。你爸指指楼上说有个女的戴着环怀了好几次，去年一年就打了两次胎，也没见人家咋地。老周家就该断子绝孙！"

刘美美粗俗地骂着，遥隔17年，她终于酣畅淋漓地把这口恶气出了。

周明隐忍不发，心想你现在尽情骂吧，我有话等着你！

"我那时年龄小，也不懂医，还不敢问学医的同学。回来查了半天书，没一点儿实用的。我拿不准"子宫内膜薄"会不会死人，流个产把命要了可就亏大了，我那年才22，还没活够呢。"

"没两天我们单位放暑假了，我急得不行，再往下拖，肚子一大可就露馅了。正好这时候高中同学聚会，我们班当年的学委，班里唯一一个考上北大的也回来了，他长得不错，一米八二的大个，小提琴拉得贼好，已经在北京找到工作落下户口。别人都以为他心高气傲才没女朋友，我后来知道，其实他就是脸皮薄，让他妈管傻了。他是学中文的，我就跟他谈诗。聊了几次我发现这人书呆子气很重，轻信、好骗。"

刘美美说到这里笑了，笑得鼻涕一把泪一把："他以为是他的。他现在都以为是他的。"

夜幕早已沉沉地降临，她带着周明一路走。他累了，她也不许他坐车。一直走到县城边上。她指着夜色中耸立的建筑群："这边是护城河，当年县城的一景，河边是大片的芦苇荡。前几年这一带河水干了，填了河道，盖了这家酒厂。芦苇荡也没了。虽然没了，但你想象一下，就在这儿，浅浅的环城河，大片的芦苇荡，芦苇长得有半人多高，不但水里有，河岸上也有，密不透风。"刘美美吸了吸鼻子，好像能在冰天雪地中闻到那一天的味道。17年半，那个刻骨铭心的夏日夜晚。她眯着眼略抬起头，鼻子里嗖嗖地进着冷气。

"我就怀着你的儿子，跟那个男人在这儿做爱。说实话我最想的结果是把他做下来，那样一切后患都没了。要是他命大下不来，我就栽赃这个跟我滚芦苇的男人，说是他下的种，让他娶我，给我儿子当爹。"

刘美美话说到这份上，周明居然还没开腔。她不想提醒他，直到他自己开腔为止。难道去美国17年，他听不懂中国话了？还是把基本的人性都去没了？

参观完当年的芦苇荡、现在的酒厂，已是晚上9点多。刘美美开始往回走，脚踩在厚厚的积雪上，咯吱作响。

终于回到宾馆，两个人都累瘫了。周明回到自己房间，刘美美睡不着，想出去吃点东西，又觉得吃不下。干躺了两个小时，她躺不住了。

周明回国，她本不知道，跟他的发小胖子也早不联系。但周明还是通过胖子，辗转问了几个朋友，才跟她联系上。刘美美不想见他，咬牙切齿恨他一去不归的时候早就过了，17年间两世为人，他们之间的账早就没法算了。

想法的转变是在大年三十上午发生的。肖春秋该死，离婚了还跟前妻不清不楚，欠一顶绿帽子戴。周明也该死，她前半生的所有倒霉都是他造成的！

她离开自己房间，叩响了周明的房门。

32

江克明戴着口罩，揣着装有 DNA 样本的信封，走进了司法鉴定中心。他本可以邮寄的，却总觉得亲自跑一趟，得出的结论才让人更踏实。

填写姓名时，他心虚地编了两个。工作人员提醒他可以做加急，他起初点点头，人家正要备注，他又赶紧说："不用不用，常规的吧。"

点头时想的是长痛不如短痛；阻止时想的是让尘埃晚点儿落定，多给自己点儿时间，暂时逃避一下即将铁板钉钉的事实。

更何况，不加急也不过就是 10 个工作日的事儿。

克明发现现实永远和想象迥异。把样本送去，他以为会迎来终日提心吊胆的生活，谁知恰恰相反，他每天心如止水，状态比刚接到匿名信时好太多。怦怦乱跳胡思乱想的时候已经过去了。

但他的平静也让他深感冰凉刺骨。

如期接到鉴定中心的电话，他一看那个座机号，就知道是鉴定结果出来了，抓起外套飞奔到楼下，在一个四下没人的拐角处接起电话，尽量小声："能现在告知结果吗？"对面冷冰冰甩来两个字："不能。"他的脑袋没来由地"嗡"了一下，挂电话后心又开始突突乱跳。这么多天都没在意，现在怕啥？怕看见那张写有结论的纸？白纸黑字盖棺定论，再不能翻盘？

他赶到鉴定中心，递上取结果的条子，工作人员拿着到里面翻找。须臾，戴着白手套的手把那两张 A4 纸拿出来递给他。他的手抖起来，抖着接过，没耐心去看长篇累牍的符号和数字，翻一页直接去看鉴定结论。盯着那一行字许久，他闭上了眼睛，皱起了眉头，心，好像都不跳了。

他不是江彪的孩子！

19 个基因座，他们只能对上 5 个。他知道只要同一人种、同一民族、同一地域，随便拎出两个人都能对上 3 个基因座，剩下的那两个相同的，他看不太懂。但他知道 14 个基因座对不上，亲子关系已排除得死死的。

最后宣判终于叫他等来了。死心了，心也死了。

再见了老爸，我不是你的儿子。克明走在人潮涌动的地铁里，上台阶却抬不起腿，像个七老八十腰膝酸软的老人。他想象着突然冲出一个醉汉或精神病患者，拿刀把自己杀了，一了百了。我死了，谁会哭呢？江彪肯定会哭的，他以为死的是自己的亲生儿子。可怜的江彪，大概永远不会知道自己养了别人的种，费尽心血养了 17 年，是别人的种！

他在座位上恣情流泪，邻座 3 岁左右的小女孩盯着他的脸，她一仰小脸正好把他的脸一览无余，她对妈妈说："叔叔哭了。"妈妈偷偷看了克明一眼，低声告诫女儿别乱说。小女孩还是问："叔叔为什么哭？他找不到家了吗？"

克明的心苦得像被胆汁泡了一万年，奶声奶气的问话却把他逗乐了。孩子说得对啊，他找不到家了，没有家了。想到这儿又接着哭。

我不再是他的儿子，就不该再回那个家，剩下老爸和她多清静啊！我天生就是多余，让多余的人离开吧。他心里想着念着，筹划着出走，却不知该去哪儿，迷迷糊糊还是在附中那站下了地铁。

他被习惯牵引，走进附中，又往教学区后面的家属区走去。心如岸边礁石，被一浪接一浪的悲凉拍打。他出世后一周，就从医院来到这个院子，起初住在小白楼单身宿舍，不到一年就搬进这间 90 平方米的两居室，到现在都没离开过。他在这儿生活全因江彪，但现在，似乎一切都不那么理所当然了。

进了家门，孔妍妍在客厅拖地，克明跟她打了声招呼，往自己屋里走去。

她进洗手间洗拖把，克明走到门前问："我爸不在？"

"学校来了两个台湾交换生，老张喊他面试去了。"孔妍妍费力地在桶里转着拖把，动作猛烈近乎发泄。克明知道别人做家务是为居室整洁生活美好，她做家务是为了宣泄不快。她一生气就爱洗衣服，手洗，狠狠地把衣料往破里搓。

克明上去接过她手里的拖把："我来吧。"

他到主卧拖地，明白了她的办法不错，干活真是个极好的发泄方式，在拖把的辗转腾挪之间，心里的淤堵好像也随之疏通了。

她笑了："你不用使那么大劲儿。"

克明直起腰："孔姥姥年夜饭那次说的事，您考虑了吗？"

她一愣，努力回忆着，叹口气："没那个闲心。"

克明低头拖地，不敢看她："有个孩子也不错……"

她瞥一眼江彪满腾腾的书桌，皱眉收拾着："我反倒觉得，这段时间和你爸，不如刚结婚那会儿了。"

"他太忙了。"克明说，"想让日子更好点儿呗。"

"人人都是这个心，社会就成了角斗场。"孔妍妍发现自己突然出口成章，赶紧招呼克明帮她记下来。

晚上江彪回来，请他们出去吃饭，克明在桌前做题头也不抬。江彪进来请，克明说："你俩去吧，我不想出去。"

"不吃饭哪行？赶快起来换衣服。"

"不想就是不想。"克明刚才跟孔妍妍还好好的，一听江彪回来竟来了股无名业火。

江彪无奈地呆立门前。孔妍妍出来打圆场："算了，不去就不去吧，克明想吃啥，给你打包回来。"

"随便。"克明点了道中国人最爱点却最令人作难的食物。他做了两小时的题，两小时前是 32 页第 5 道，现在还是 32 页第 5 道。

跟孔妍妍面对面坐在小店的椅子上，江彪拧着眉毛："这孩子最近咋了？饭都懒得出来吃了。"

"我也纳闷呢，好容易捞着你，还不一起吃饭聊个天？"

孔妍妍话里的讥讽，江彪竟没听出来："上次期末他成绩降那么多，可我心里没这么不踏实，觉得他魂儿还在。这半个月心真没底了，搞不懂。"

"江彪，"孔妍妍神色严肃起来："你先把他放一放，听我说两句。"

江彪之前因过多关注儿子得罪过她，一听不敢怠慢，讨好地笑起来。

"我之前以为咱们是一路人，从婚后到现在，我发现不是。"

她一开场就把江彪吓着了。

"你最大的问题就是，不相信我对物质没兴趣。你觉得一个女的长得还行，又在演艺圈，她就一定得爱钱，不然没法解释。"她见江彪要开口，烦躁地挥了挥手:"别说你没这么想。我要是爱钱,早不是现在这样了。钱谁都需要,可我更喜欢活得舒服。上大学时老师推荐我们跟组,古装电视剧,早起四点多化妆,各种等,经常熬到后半夜,我觉得不舒服,再也不去了,直到现在。"

江彪心说,那还是你没那么缺钱,有全身而退让自己舒服的资本啊。但他哪敢说出来,还是诚心诚意一脸谦恭地听着。

"高中时你给我们讲作品,你对感情和生活的见解和我完全一致,我想,这个人跟我才是一路人啊!"她鼻子一酸,"这算什么?哪个你才是真的?"

江彪赶紧掏出纸巾递给她。他不能说他在讲台上和她在戏台上一样,都是在演戏,但给高中生讲课,负面的东西还是少讲为妙,让他们对人世多一点天真和梦幻吧,因为日后无论爱情还是婚姻、生活,剥开看都会连皮带血惨不忍睹,他们有的是时间去感受残酷。

但像孔妍妍这样,三十岁还依旧天真梦幻的恐怕为数不多。也许,他没时间多陪她、新戏的台词难背,已经是她生活范畴内残酷的事情了。

也许仕宦人家后代世面见得多了,确实不屑于高中教务主任、副校长之类的芝麻小屁官儿,唉,说到底还是不般配啊。江彪甚至有些恍惚,当初咋就稀里糊涂走到一起了?就没往深里想想社会阶层的问题?女人高嫁男人低娶,是我们中华民族优良传统,有科学性的。心里又翻腾起自卑沮丧的浪花。

"我说了这么多,你怎么不开口?我知道你不说话就是在心底反驳我。"

"老婆,我在思考你的话。"江彪捋了捋思路,"我是男人,年夜饭时妈对咱们说的话……"

"别再提什么年夜饭了!"孔妍妍叫起来,"奇怪,今天克明也问我年夜饭的事,你们串通好了吗?"

江彪一愣,但顾不上想克明,继续道:"咱们结婚两个月了,你老笑我思想传统守旧,特想再有个孩子,"他不顾她已经冷笑,"未来这些都需要经济基础,你对物质没兴趣,可我怎能亏待你啊,更不能亏待未来的孩子……"

她实在忍不下去："一口一个'孩子'，克明一个还不够吗？"

"可他不是你的孩子啊，"江彪费力解释着，"我真的特想，有个咱俩的孩子，我不怕再为小的奔 20 年。虽说到时候我真成了'老爹'，可那是活着的乐趣啊。"

她苦笑着，侧头不看他："越来越说不到一块儿去了。我对孩子没那么大兴趣。要是生活和孩子逼得你必须往上爬，这两项我都不想要了。"她站起来，从椅背上取下外套。江彪赶紧拉她坐下。

"其实我一直想说，老婆，我跟你本质上是一样的，我要是喜欢往上爬，十几年前就可以爬了。我也希望过得舒服，可你知道短短一年半，我离婚时拔的毛还没长好呢。"

"什么时候能长好？"她恼火地盯着他。

"我答应老张走行政，就是为了让毛快点长啊。"

"你真蠢，当官还不如出去补课来钱快呢。"

"如果需要，我也不拒绝补课。"

这个人完了！孔妍妍心一沉，他疯了！越活越糊涂，难道自己真的瞎了眼？！

她坚决不和他回家，二人为此在校门口撕扯了一会儿。

她要回和遂心合租的住处——结婚后她依然保着这块大本营，就为了此刻——还坚决不许江彪送她。一见遂心，孔妍妍像见了久别的亲人，鼻子一酸眼一红，扑到她怀里。

"让人家给休回来了？"遂心逗她。

她抹着眼泪，没一点要乐的意思。等到她断断续续说出和江彪闹矛盾的事，遂心反倒笑了："之前只知道你喜欢穷男人，现在看你还喜欢级别低的男人。"

"遂心，你跟我说实话，我到底差在哪儿了，怎么就找不到个志趣相投的呢？"

"你这话听起来是装大尾巴狼。这年头谁不为活得更好疲于奔命？"

"那你说，活得更好怎么定义？"孔妍妍抓住了漏洞。

"每个人见解不同，我承认你清新脱俗，可你要是拉着江彪一起清新脱俗就不对了。人家是男人，没法跟咱们一样。"

"哼，有啥不一样！"

"我给你诊诊脉吧，你成天惆怅，绝对是好日子烧的。想想你刚知道人家离婚那会儿，欲擒故纵的样儿，活像一块五花肉要到嘴了似的。我那会儿怎么说的？'别拿我们贫苦教师换口味'，果然吃到嘴就开始嫌弃了。"

"姓田的，你明知道我不是这样。"她没被遂心的嘲讽激怒，确实觉得新婚蜜月一过，随着江彪回归为工作狂，自己对他也不复当初的热情了。但他肯定不只是块五花肉，让她彻底把他吐出来，她还真舍不得。

"我帮你算算账啊，这年头养孩子要多大开销？克明一年半后上大学，也快熬出来了。可你们的孩子呢？江老师又是尽职尽责的脾气，能为孩子出三分力他就不会出两分，你让他闲着陪你玩儿，他也闲不住啊。"

"又是孩子，"孔妍妍叹口气，"这一年我挺受他影响的，看孩子没那么烦了，可还是看不出啥好儿。"

遂心白她一眼："你当然看不出，你微信名都改'孔玉'了！干吗不直接叫'恐育'啊？"

孔妍妍讪讪一笑："几个月前改成'孔昏'，然后自己打脸，昏了；如今改了'孔玉'，不定哪天又打脸。"

遂心乐了，冲着她肚子努努嘴："没动静？"

孔妍妍点点头。

遂心一脸关切："哪天你有时间，到我妈那儿看看啊。"

"才两个多月，着什么急啊？"

遂心拍拍她："江老师工作压力挺大的，克明最近不知怎么又别扭起来，江老师也挺头疼。你呢，你就别再闹了，看看书琢磨业务如何？我和江悍平时都各干各的，到周末见一面或两面。"

"我哪能跟你比啊！"孔妍妍嘟囔着，但她不想很快回去找他，冷静一段时间再说吧。

33

　　最近接二连三，江克明像精神病间歇发作一样，在篮球场跟人发生冲突；大扫除时跟人吵架；几个女生在班里打闹不小心撞歪了他的课桌，他吼她们："唯女子与小人难养也！"得罪了高二（6）班所有女生。有一次全校在操场上开校会，他还跟邻班一个男生发生口角，拎起凳子要砸。田遂心一把夺下凳子往他手里塞，指着不远处的主席台："去那上面砸！"

　　他知道江彪正坐在主席台上，梗着脖子嘟囔一句："少拿他吓唬我！"

　　发作出来还算好的。接下来他切换到另一种症状：不说话，不交流，自我封闭。不止不跟人说话，上课回答问题也走了样儿。从小接受江彪的言传身教，他对老师一直恭敬有礼，被大家称道。如今在课堂上大喇喇坐着，对谁都爱答不理。没人能说清这里头的玄机——是爹升官儿自大了？可他爹不是这几天才升的官。离异家庭耽误学习？可离异已有一年半。莫名其妙嘛。

　　田遂心遭遇了带班以来的最大挫折。再难管的学生，只要对症下药，没几天也能收服了。但这次连病根都问不出来，也就没药方可开。

　　而"病人"变本加厉，开始在班主任的课上公然大睡。田遂心走下讲台，不动声色到他身边拽了拽袖子，他竟然甩了她一下，瓮声瓮气地"嗯"一声，活像马蜂窝被捅，放出一群带毒针的生灵。

　　下午第一堂的语文课上完，田遂心还没离开，第二堂的物理老师孙老师就提前进了教室。克明本打算语文课一上完就逃课，孙老师一进来就麻烦了。果然，走到讲台前跟他请假，他推了推眼镜问："你哪里不舒服？"

　　克明没心情跟他细说，沉着脸："哪儿都不舒服。"

　　"哪儿都不舒服就是没不舒服。回座位上上课吧，要不是看在你爸面子上，我不会多管你的！"孙老师瘦瘦的，笑起来脸上沟壑无数。

　　克明的无名火又"噌噌"往上冒，"看在你爸面子上"？谁稀罕！

哪儿哪儿都是江彪的痕迹和阴影。一上初中，老师们当面背地都给他名字前冠上个"江彪的儿子"。他曾为此春风得意，觉得自己是附中根正苗红的子弟兵。现在一想那几个字，只在心底耻笑自己当年的幼稚与肤浅。

他虽然回到座位上坐下，魂儿却早飞走了。有冤无处诉，连浪迹天涯的想法都直往外冒，他们却把他囚禁在这间破屋子里上课，一分一秒都不许他离开。这间教室已不是教室，是囚笼、是牢房，他要冲出去，他要自由！

"江克明，该你了。"孙老师紧盯着他，前排的同学也扭过头看向他。他想起来了，孙老师有个习惯，喜欢让学生挨个讲题，以座位为次序，一个接一个。而他，连讲的是哪一页都不知道。前座同学赶紧回身翻他的练习册，指给他看。看这仁兄一脸焦灼，克明笑了，有什么可慌的，不就一道破题嘛！现在在我眼里，死都不算啥呢！

视死如归的江克明既没看题，也没起立，直接坐在那儿来了句："不会。"

附中校风清明、学风端正，这样粗鲁无礼的学生实在少见，不仅孙老师完全不能习惯以致怒气陡升，就连同学们也惶恐起来。

孙老师告诫自己要镇定，强压了半天火气说："你看都没看，怎么可能会？"

"看了也不会。"江克明斜腰拉胯瘫在椅子上，全班的目光都聚集在他身上，他转着笔，没半点羞惭，像个十足的无赖。他大概嫌自己的表述还不够明确，又加了一句："我为什么非要会？"

孙老师难以置信地看着他。课堂上公然挑衅，让老师下不来台。他孙郴执教 30 年，可不是好捏的软柿子，谁都能来捏一下。

"你站起来。"孙老师走下讲台，朝江克明走过去。

全班的目光都在江克明身上聚焦，为他登峰造极不知进退的举动捏了一把汗。班长坐得离他不远，低头冲他喊："江克明你赶紧站起来！"

但他假装听不见，压根没搭理她。

他冲着他面前的孙老师笑了。他让站起来，自己怎么可能遂他的愿？他坐着，孙老师站着，两军对峙，僵了。

班长惶恐地站起来："您别生气了，我去叫班主任。"

这是剑拔弩张的态势下，她唯一能做的了。

孙老师得了台阶，又走回讲台。他在上面来回走着，时不时看一眼江克明。他还记得去年——也不需那么久远，这学期刚开学时他还好好的，现在吊儿郎当成了这副鬼样子！

班长很快跑回来，歉疚地说："孙老师，田老师去外面开会了。"

孙郴经过几分钟的冷静，颇有风度地"嗯"一声，拿起练习册继续上课了。他决定好鞋不踩臭狗屎，把江克明晾到一边。

忍到下课，气还没出。孙郴去找另一个能管"泼猴"的人了。

进了教务主任办公室，江彪放下电脑连忙起身："孙老师来了。"

孙郴没跟他客套："江老师，咱们共事多年，我脾气不好你是知道的，可我从不对学生乱发火。"说到这儿停顿一下，略微理了理思路。

江彪直犯嘀咕：教务处主抓教学，学生的事该归班主任和年级组长管，往上还有政教处和学生处，怎么会找到他这儿呢？

"您先别着急，慢慢说。具体是哪个班，哪个学生？"

"哪个学生？"他差点儿被江彪逗笑了，"高二（6）班的江克明。"

江彪赶紧拉着孙老师坐到沙发上，神色焦灼："克明他冲撞您了？"

孙郴把事情简单说了一遍，并没加油添醋，但已经让说的和听的都生了气。

江彪起初不敢相信。但他很快联想到儿子这段时间的反常，火气就上来了。你跟自己爹闹，关上家门怎么反复无常都可以，怎么闹到老师头上了？从小的教养都就饭吃了？

他到办公桌前拨了个校内号："请让高二（6）班的江克明到教务主任室。"

江彪挂断电话坐回沙发，安抚孙老师几句。江克明走了进来，见了他们也不招呼，两腿略分开站了个"稍息"的姿势。

江彪站起来走到他面前大约 1 米的地方。克明迎着他的目光，大大方方跟他对视，丝毫没有愧疚与躲闪。江彪只看一眼，就明白孙郴没冤枉他，他把挑衅的眼光，又用到自己身上了。

当着外人的面，他还是竭力保持着风度："江克明，你为什么在课堂上顶撞老师？这是一个学生能做的吗？"

克明把目光移向窗外，不说话。

"现在请你向孙老师道歉。"江彪阴沉着脸，一字一顿说。

克明两眼望天牙关紧咬，腮边的咬肌都在跳动。

"听到我的话没？向孙老师道歉！"他咬牙切齿的样子打碎了江彪残存的风度，"你是不是觉得从小到大我没打过你，你就永远不会挨打呢？"

孙郴站起来，立在父子俩中间，对江彪摆摆手说算了。

江彪一见他出来劝，反倒来劲了，挑着剑眉怒吼："别逼我当着孙老师的面揍你啊！"

听他的话，好像他经常揍他似的。

江彪一说完这句，赶紧给儿子抛去个眼色，克明刚巧一扭头，没看见，这眼色准确无误抛进孙郴眼里了。孙郴这才恍然大悟，敢情这出戏，是江彪演给他看的！江彪惯孩子是出了名的，他早有耳闻，却没想到惯得这么离谱。再一想也是，真要揍人的人，还要一遍遍给对方发通知吗？

孙老师低头假装啥也没看见，摆摆手识趣地说："算了算了，我又不差这一个道歉。"他转身看着江克明，"年轻人，不能聪明反被聪明误。下次别再这样。"

江彪立马补一句："下次再这样我一定揍你了。"

孙郴对江克明摆摆手："回班吧。"

克明木桩一样戳在那儿。他来之前一路的筹划是挑起江彪的怒火，从他那儿讨一巴掌，他就会脸红脖子粗地大吼："你又不是我爸，凭什么打我？"他一路在脑海里过这个画面，过得多了，就跟真的一样。他筹划着，喊出这句再梗着脖子告诉他，他是个白养了 17 年的私生子，一只纯种白眼狼。

一切都解决了。痛快了。之后不等瞠目结舌的江彪说话，他帅气地一转身，浪迹天涯去了！

然而这些，仅限于想想。

"你还不走，等着领赏？"江彪没好气地呵斥他。

孙郴也要走，被江彪拉住了："孙老师，怪我没教育好孩子，替他向您道歉了。"江彪端端正正站在孙郴面前，鞠了个足有 90 度的躬。

孙郴赶紧上前扶起他："你，你这又是何必呢？"

"子不教父之过，孙老师，我保证不会让他有下次。"

"江老师，我这人心肠直，说句真心话你别在意——你对儿子太宠惯了。当爹的就得有个当爹的样儿，他一点都不怕你，你还怎么管他？"

江彪连连点头。

"我有个招儿，当年对我儿子用过，效果还不错。告诉你你要不要听？"

江彪哪有不听的道理。

"你不要虚张声势，真的打他一顿就好了。"

江彪一听竟是这么个主意，不知如何评价。

孙郴说："这办法管用。信不信由你了。"

克明物理课上冲撞孙郴，又被江彪叫去挨训，很快被班长用微信汇报给田遂心。田遂心要将近傍晚才能返回，就给孔妍妍发微信，让她有时间回去劝解江彪。

遂心的信息太过简略，孔妍妍不明就里本有些不情愿，正好排练遇到问题提前结束，她开车到附中门口犹豫一下，还是进去了。

见到江彪才明白，她过来是对的。她一进门就看见他黑着脸在沙发上坐着，双肘支在膝盖处，整个身体前倾，一副猛虎下山、磨刀霍霍的样儿。

"你没在办公室？"

直到她开口打招呼，江彪才看到她回来了，掩盖不住惊喜："我回来拿个文件，你准备搬回来了？"

她不想这么快就跟他破冰，摇摇头："我也回来拿点东西。"她往卧室走，假装不知情，"刚才看你凶巴巴的，怎么了？"

"甭提了，快让那兔崽子气死了。"

孔妍妍听他讲完经过，也深感莫名其妙。

"他肯定有心事，估计还不小。我今晚要跟他摊牌，必须问出实话。"江彪说，"要是他还像刚才那样不合作，我就只能……"

孔妍妍直皱眉。

"我刚才一直反思我这么多年的教育理念。"江彪长长地叹口气，"我舍不得让他受我当年的罪，一味怀柔，走向了我妈的反面。看来我妈和我都不是最正确的，恩威并施才对。说实话十多年的观念要是错了，我真有点儿受不了。"

看他低头难过，她竟有点心疼："他不一定吃这套，这么干你十几年的和风细雨也全毁了。"

"现在已经不知他吃哪套了，就这招没试过。再和风细雨，这孩子怕是要毁了。"江彪上前抱着她，"我跟他谈完就跟你联系，汇报战果。"

她让他先回办公室，她收拾好东西就走。

"你放心。"江彪像是说给自己听。他的心确实还没放好呢。

傍晚，他从办公室回到家，发现克明还没回来，看来是跟他怄气呢，借着跟住校生上晚自习在躲他。想到这儿他"哼"一声，躲得过初一躲不过十五，我先做饭，一会儿再找你。

做饭的间隙，他想把厨房打扫一下，一看扫把和长把簸箕都不见了，屋里屋外地找，才发现不止这些，长短两根擀面杖、晾衣杆、扫床的小扫把、所有的晾衣架、鸡毛掸子，全不见了。江彪皱着眉想了半天，才想起是孔妍妍干的，她把她认为能当打人工具的东西全收走了，甚至收走了他衣柜里的西裤皮带。

把菜和肉切好，给电饭煲插上电，江彪开始给儿子打电话，关机。起初他没在意，等一会儿再打过去，还是关机。他坐不住了，赶紧奔教学楼。

克明的座位上没人。课桌上书本摆放整齐，物理练习册摊开放着，上面夹了一支笔。他赶紧去查校门口监控。克明应该是挨完训没回班，直接离校出走了。江彪又气又悔，他不该在孙郴面前逞英雄赶他走，他应该把他留下啊！

没几分钟，孔妍妍、孔宪愚、江悍、田遂心都接到了江彪的电话。孔宪愚和江悍的家门钥匙都给过克明，二人立刻放下手里的工作赶回家，却没见克明的影子。他们转向都奔了附中，在一起商量寻人的办法。孔妍妍提议先在附中附近地毯式搜索。

江悍立刻摇头："没用。他那么大人了，往哪儿一藏不能藏一阵子？他要是不想出来，谁也找不着他！"

田遂心心想，就你明白，一听就是离家出走的老手。

孔宪愚说："我一个同事的女儿，初三那年离家出走，后来报交通台找到的。你们也试试，交通台听众多，万一能碰上线索不就好了？"

江彪连连点头，正好他有个学生家长就在交通台工作。学生家长一听情况立刻答应在节目里加播一条寻人启事。

孔妍妍问江彪："他还有可能去哪儿？"

江彪嗫嚅着："还没给他妈打电话。"

"那你还扭捏什么，赶紧打啊！"孔妍妍急得声音都变了调儿。

"他肯定不去找他妈，打给她白落一通埋怨。"江悍想起刘美美就忍不住心烦。

"埋怨就埋怨吧，好歹她也是条线索。"孔妍妍坚持。

江彪翻找刘美美的手机号，问孔妍妍："韩莹的电话你有吗？"

孔妍妍眼睛一亮，这么重要的线索她一急都给忘了！韩莹妈妈住院时，她有几次开车送克明探望，还真记下了她和韩丽琴的电话。

两人一人一屋，分别去打电话。

江悍冷眼看他们忙活，忍不住摇头。没一会儿，听江彪在次卧吼起来："你现在抱怨有什么用，早干吗去了？我还怀疑孩子最近的情绪跟你有关呢！"

江悍走过去一把夺下他手机，按断。刘美美的连吼带叫才消失了。江彪气坏了，坐到沙发上直喘粗气，连骂自己榆木脑袋，跟她有啥可说？

孔妍妍也挂断电话回到客厅。另外四人都急切地看着她。

"假设你们是韩莹，听我上来就说克明离家出走了，第一反应会是什么？"

田遂心说："着急呀！"

孔宪愚摇摇头："要是克明没去找她，这个消息对她来讲是出乎意料的，一下愣住才是正常反应。"江悍在一旁频频点头。

"她怎么说？"江彪问。

"她很镇定，淡淡地说了句'他怎么可能到我这儿来？'"孔妍妍像个大侦探，"你们说是不是反常？"

江彪皱着眉："估计这孩子还生克明的气呢。"

江悍送孔宪愚回家。田遂心也要走，孔妍妍犹豫着，最后还是决定留下来陪江彪。遂心背着江彪逗她："你喜欢穷男人、级别低的男人，还喜欢受苦受罪的男人，人家出了事儿把你给忙活的，江彪也算因祸得福了。"

孔妍妍朝她做了个鬼脸。

第二天一早，孔妍妍跟剧院领导请了一天假，全心全意找克明。接近9点，她给韩丽琴打了电话，昨晚询问韩莹无果，今天只能换人试试。

孔妍妍尽力往轻松了说，但身为母亲的韩丽琴什么都明白了。

韩莹接到母亲的电话后很快打给孔妍妍："孔姨，克明确实不在我这儿，我们春节后就没再联系。他要是能主动联系我，我一定劝他回家。"

孔妍妍依旧觉得可疑。韩莹在她面前演戏还嫩了点儿，她恨不得拉上江彪上门要人。

一圈亲友打来电话，都知道了克明离家出走的事。高二（6）班的同学们也都担心克明，商量着怎么找他。田遂心可不像江悍当年的辅导员，带着学生们满世界找。她反而压着他们："谁也别跟着起哄。借着找他，你们逃课？"

她这样说着，嘴上却急得起了一堆水泡。

34

韩莹上完课，打车到商场买东西，第一次听到了交通台的寻人启事。播音员甜润的声音不绝于耳："江克明，请你听到后早日回家，你的父母和所有亲人都在焦急地等你。"

出租车司机听得直摇头："好家伙，这条寻人都播了两天了。这哪是养孩子，养了个冤家对头！"

韩莹眼睛直盯着窗外，突然对司机说："师傅，掉头回去，把我送到刚才上车那儿。"

下车后，韩莹穿过一条小街，进了一家隐在胡同里的快捷酒店。上了三楼，拿房卡开门。坐在桌前吃面的江克明扭过脸来："这么快就回来了？东西都买了吗？"

"你今天必须回去。我再藏你就是犯罪了。"

克明正在咀嚼的嘴立刻停下来。

"我受不了了，别人找我无所谓，我妈也三番五次，说我要是见着你不把你送回去，她就过来找我。克明，你知道我妈动大手术还没满 4 个月……"

"所以你就要把我交出去了？"克明的面也吃不下了。今天早上她给他送来早饭，他给她转了 1000 块钱，让她去给他买身外套回来，好换上他这身丑陋又暴露身份的校服，他就去浪迹天涯了。韩莹虽不放心他浪迹天涯，但还是答应给他买身衣服换上。谁知不到半小时，她就变卦了。

"那寻人启事许了多少赏金？还是只虚头巴脑说'必有重谢'之类的？"

话音未落，韩莹把背包摔到地上："胡说八道！快 3 个月了，你说不联系就不联系，说来找我就来了，前天晚上天都黑了你过来，我看你难过，心里比你还难过。问你什么你都不说，压根就没信过我！我陪你找旅馆，大周五的，找了好几家都客满，找到的时候都快 10 点了，我赶着回学校，让宿管阿姨好一顿批！克明，我不信你会变这样儿……"

她说着说着就哭了，克明心里一阵阵难受，心一翻腾，胃倒先受不住了，他扑进洗手间，打开马桶盖就吐，刚吃的半份面条全送给了下水道。

韩莹起初还在生气，见他吐得上气不接下气又心疼了，给他捶后背："明明是你不对，气性还这么大。"

他明白自己哪是气吐的，是吃惯了江彪做的饭，这两天吃外面的东西恶心吐的——他能忍，胃却忍不了。还浪迹天涯呢，没出北京四环就成这熊样儿了。

"克明，你一直想知道我家里的事，我今天也不怕丢人了，全告诉你……"

他摇摇头正要说话，韩莹示意她还没说完："我也希望你把心事都告诉我。这次为什么离家出走？"

他仰天长叹一声，不说话。

"我一直觉得你比同龄人成熟、有担当，是个顶天立地的男人。"韩莹盯着他有了血丝的细长眼，"我妈手术那天，你突然从走廊尽头出现，那一刻我觉得，你比我的同龄人更能让我依靠……"

看他一直沉默不语，韩莹的耐心一点点消失，眼里只剩下失望："我今天把你送回去，从此一刀两断，也请你再不要来找我。"

听得克明阵阵钻心疼。

"我……你要我怎么说啊。"他真想把心一横跟她全招了，说他后爹是她亲爹，他不是江彪的亲儿子。可刚想到这些就心阵大乱——还能更离谱吗？

他哪有脸跟她说这些！

年前得知她和肖春秋的关系，他进退两难、难割难舍，她哪里知道啊，一腔真心只当顺水东流了！他又疼又恨，起身拿上随身物件，准备走人了。

韩莹在身后跟着他，一直跟到快捷酒店的楼下。他停下，也不转身，冷冷地："你说一刀两断，干吗跟着我？"

韩莹声音发颤："你要去哪儿？"

"感谢你两天多的照顾……"他本想说点儿什么气气她，刚开个头就哽咽，说不下去了。

韩莹心疼得无以名状，她多想好好抱住他、撬开他紧闭的心。可他拒人千里之外的冷峻模样，让她望而却步。

眼看他转身就走，韩莹追上去一把拉住："你要去哪儿？从小娇生惯养的，你能去哪儿？"

她的话伤了他的自尊，他突然暴怒咆哮起来："我去死！我该死！我死了就都好了！"

韩莹没见他这样歇斯底里过，被他吼得愣在那儿。她定定神又追上去："不行！我答应我妈和孔姨送你回去！"

克明吼完之后心里轻松多了，他太需要吼叫了。吼完又后悔，他为什么跟一个女孩子吼叫，把自己的苦闷转移给人家？看着韩莹死死抓住他不放，流着泪说再不跟她回去就报警，他心软了，缓缓坐在了地上。

此时，江彪和孔妍妍刚到大兴，去看一个好心人提供的线索。那学生当然不是克明，却也是个离校出走的高中生。江彪现身说法开导他半天，可算把他说动，同意回家。

韩莹的电话进来了。她说克明和她在一起，让他们赶紧过来领人。一问地址，跟学生家方向正好相反。江彪立刻打电话给江悍。

江悍和田遂心赶过去。在车里就看到克明站在路边，悠哉地喝着一杯饮料。江悍心里的火直往上冒。克明看见他们，吊儿郎当迎上去："你们来了？我爸呢？"

江悍忍着气："你爸找你都找到大兴去了！你跑什么跑？"

克明叉开的双腿抖着，流里流气撇着嘴，他要是现在兜里有包烟，准能摸出一根点上："关你什么事？让我爸来。"

江悍分明回到了 2006 年 1 月。眼前这张脸，跟在昆明湖溜达两天一宿、冻得要死返回校园的他如出一辙。他彻底明白那天江彪为啥给了他一巴掌：他肯定也是这副死相，摆明了、挑逗着让别人来抽他。

"走！"江悍不由分说，上前抓住他胳膊。

"你管得着吗？"江克明一把甩开，"他不是急着找我吗？来啊！交通台都折腾了，我在这儿他又不来了？！"

"混——蛋！"江悍咬着牙，一巴掌打过去。

克明没提防这一击，被打得直踉跄。等他醒过神来立刻大叫："打得好！"

一听他居然叫好，江悍刚熄灭的火气"噌"地又窜上来，冲上去又要动手，被田遂心死死拉住。一直在克明身后转悠的韩莹本不愿现身，见此情形母豹子一样扑上来，心疼地一把抱住克明，又很快松开，跳到江悍面前大吼："你凭什么打人！"

站在一米七七的江悍面前，韩莹显得愈加瘦小，有螳臂当车之态，但她毫无惧色，气冲牛斗的模样像要一口吃了他。

江悍正要答话，克明在后面拉住了她，低声说："他是我叔。"

韩莹愣住，忽又恢复了横眉立目，冲江悍吼："我叔也不许打人！"

话一出口，她就发现了毛病，赶紧红着脸去看克明，问他疼不疼。

江悍心一软，上前去拉侄子，他却躲开了。田遂心本想说克明几句，看事情转瞬变成这样，也不好再多说。

克明紧咬嘴唇，眼泪大滴地往下掉。江悍悔得手足无措。见侄子没有原谅自己的意思，落寞地转身往车上走。

"你先回家，我送完他就去找你。"田遂心嘱咐江悍，"开车小心，别胡思乱想。"

田遂心拦了辆出租车。克明一路不语，临到附中前冒出一句："我不回家。让他们在校门附近见我一面就行。我去孔姥姥那儿。"克明说着也不睁眼，身心疲惫的样子。

江彪终于见到阔别3天的宝贝儿子。他看出他瘦了一圈，又气又疼。

孔妍妍送他去孔家。剩下江彪和田遂心。

"江悍打他了吧?"

田遂心点点头："他打的不是克明，是当年的自己。"

江彪反倒笑了："君子报仇十年不晚。当年我那一巴掌，他还到我儿子脸上了。可他打得有点重啊。"

遂心赶到江悍家，江悍正闷坐着胡思乱想。

"混小子气蒙我了，就该强行把他塞车里。"他站起来迎接她，"净折腾你了。"

"明天有重要的事吗?"遂心问。

江悍说:"这几天太累了,明天想休息一下。"

"好,今晚一醉方休。"

遂心说着,直接到吧台上找酒。她明天不是没课,而是一上午的课,刚才已经委托江彪替她上了。

江悍心灰灰的,没像以往那样事事上前,坐在椅子上看她忙活。

她从冰箱里拿出花生米、酱肉之类的下酒菜,倒了两杯白酒,举起酒杯跟他碰了一下。他呲着牙,强撑出的笑却是苦的,看上去很滑稽。

田遂心拉拉杂杂聊些无关紧要的话题,既不提2006年,也不提克明。

几天前,江悍开车带她到郊外,车刚启动,胡琴声自动出来了,不知从哪天起,他车上和她家里的留声机同步了,只放京剧。紧接着是余叔岩苍劲挺拔的唱腔,她不用耳朵听,都能知道是那段"见娘"。

"老娘亲请上受儿拜。"

田遂心没等余叔岩唱到第三个字,上去一按,给关了。

江悍不动声色,又给开开。

"千拜万拜……"

声音突然消失。田遂心又给关了。

"也折不过儿的罪来……"

江悍一边开车,一边跟她较着劲,二人一关一开,没完了。

"受虐狂?"她瞪他一眼。

此时车已行至郊外小路,江悍把车停到路边,下车后自顾拿起烟抽上了。

"江二爷,过去的事总得让它过去。"遂心说,"《空城计》《珠帘寨》《甘露寺》不好吗?偏要哪个锥心听哪个?"

"你知道啥呀?你知道啥?"江悍自顾吞云吐雾,又一脚踹在车轮胎上。

"拿车撒什么气?"

"我试试它能不能走山间小路。"江悍转眼又恢复了嬉皮笑脸。她冷眼看着他,心想你就挺着吧,早晚一天我让你全招了!

江悍喝不得烈酒,辣得直咧嘴,赶紧把手按在杯口上:"我服你了,再不敢跟你喝。"

"你这酒量，真给内蒙古男人拖后腿。"她拨开他的手倒酒，用老生的韵白吟起诗句来，"一生大笑能几回，斗酒相逢须醉倒。桃李春风一杯酒，江湖夜雨十年灯。"

江悍推辞着又喝了一杯，看她用筷子夹花生米掉了两次，晃悠着起身到厨房给她拿勺子。不到三两下肚，他眼神开始迷离，慢吞吞说："你刚才说得对，轮不到我动手。可我就想抽他……离校出走，小兔崽子，好的不学，学这个……"

"我哥小时候学琴，三天两头挨打，他出走过多少次？我妈去找他，都没事儿，到我这儿就出事了，我可就那一次啊，一次……现在我都想不通……"

没一会儿，他舌头已不太利索，眼神阴森森的："为啥这么寸，啊？那事儿是我设计，我干的……选个数九寒天，全是雪，漫天漫地的雪，我找个借口把她骗出来，"咣"一下撞上了……"

遂心又给自己倒了一杯。

江悍不满地抗议："给我也满上。你以为我醉了？我现在比任何时候都清醒……"他舌头愈发大了，囫囵得像含了个李子，"你知道我为啥喜欢你？啊？"

遂心脸一红。这问题她可没好意思问他。

"你长得像我妈。"江悍迷离的双眼变得深情起来，"脑门儿、眼睛、眉毛，还有鼻头……细高挑的个子、走路的样子也像。"

他低下头，眼皮也像抬不起来似的："那个寒假前，我还想回去撮合她跟我爸，我爸都抱孙子了，喜欢上他们单位一个女诗人，我妈知道了，跟他大吼大叫撕破脸，我爸一气之下跟她闹分居……我爸这辈子也不容易，一直在忍她，看不上她打我们。是，我妈凶、厉害，我也恨她，可她为了这个家、为了我们啥都拿出来了，一点儿没给自己剩，我们要是都当了叛徒，可让她咋活啊！我想着，等我回去，我得帮她……可我不能白帮，我得让她知道她当初不该打我，不打不成器的想法都是错的，我想让她跟我认错……"

"我还跟我哥说，实在不行就死皮赖脸跪在老爸面前磨吧，最好把大孙子也拉上，他心最软，可能就回家了……"

他以手掩面，眼泪从指缝间流下来："后来啥都省了，人没了……在医院太平间他们不让我看，说没法看……我爸没两年跟去了，悔死的……"

他左掌摊开撑着脑门，右手抓来抓去，似乎在找酒瓶。遂心拿起酒瓶，想给他倒又犹豫了。

"我最恨中学老师……我们初中班主任，明知道我妈厉害，还隔三差五找她告我的状。有一回说我协助差生作弊……那次是中考前大摸底，班级后五名直接劝退不让中考。我看不惯，学校就为了提高升学率，凭啥？我不认错，她就往死里打我……"

他强撑着坐直，坦然看着她。她明白他是真醉了，都忘了她也是中学老师了。

"可不管咋样，"他鼻翼一皱，终于哭出声，"我还是想她……她打得我好疼啊……可她要是能活过来，我宁可不跟她辩理、不逼她认错，让她再打我一顿就好……你说我是不是贱……"

他上气不接下气，哭出了鼻涕。阵阵哀鸣从高大身躯里呼啸而出，悲怆中带着滑稽："我比足月的早产了半个月，生下来不到 5 斤，她为了让我长结实，把我挂在她奶头上，不眠不休地喂我，我跟猪一样吃了睡睡了吃，满月就长到了快 10 斤。抱出去都不信我早产……"

"她咋就怀上我了？她生了我哥就不想生了。我不是她儿子，是她前世仇人……就算怀上我是没辙，生下来看我瘦得狗一样，就该把我扔了，非焐在怀里给我焐活了，焐到最后死在我手里……"

他抬起双手，努力对准吊灯照着："我这两只手上，全是她的血，我还有脸打那个混小子？我他妈最混蛋……"

他紧咬嘴唇，猛地给自己一耳光。遂心立刻站起来走到他面前，不等他再打，一把抱住他。他的头正埋在她温暖高挺的胸间。他突然忆起儿时吃奶的情状，他一口气吃奶吃到 3 岁多，已有了记忆。奶奶偏爱大孙子，抱怨黎珍奶老大奶到 1 岁就去上班，老二倒奶上瘾了。黎珍低头看着怀里的江悍，对婆婆说："他早产，身子骨不如老大。"

江悍缩在 3 岁的记忆里出不来，彻底把遂心当成了黎珍，喃喃地轻唤着"妈"。若没有这段公案,她肯定会一把推开。可低头看着胸间这片黑发,心底最软的那一方竟被唤醒了,他不再是和她恋爱的大男人,而是个小男孩儿,是她前世里苦命的儿子。她的手从他后背向上滑动,滑过他的肩头、脖子,最后抱住他枕骨饱满的头颅,十指在他发间摩挲。她低下头亲了亲他两个光洁的额角:"那只是一次意外,意外每天都发生。不是你的错。"

本就泪流满面的江悍又咧着嘴哭开了,呜呜咽咽地,鼻涕眼泪口水都蹭在她的海军蓝针织衫上。

遂心就这么抱着他,拍着他的后背轻声抚慰:"都过去了,过去了……"

第二天上午9点,江悍才睁开眼。脑子刚清醒,心头就泛起甜。他居然一睡醒就想笑!记忆里简直没有。

舒展地伸个懒腰,目光无意间一扫,哈欠还没打完就吓得一激灵。他身边躺着的,居然是田遂心!她还睡得正甜,裹紧单人被,只露个头在外面。

江悍神经兮兮地把被子一掀,好好看了看自己,心立马放下来。还好,他并非赤身裸体,而是穿着睡衣。

睡衣?!这么一想也不对——昨晚他换了睡衣?他努力回忆着,虽然相隔不久,但可恶的酒精把他的记忆神经泡坏了,他想知道睡前都干了啥,神经元却总打到去接克明那段儿,还在那儿不停打转儿,它们一遍遍提醒他,他把自己人生最深邃最浓烈的阴影投射到别人身上,自己倒治愈了,解脱了。

再往下想,终于依稀想起来,他回家后,田遂心来找他。她从不主动跟他喝酒,这次却挑了瓶烈酒陪他喝。他量窄,对烈酒更没抵御力。再往后的记忆几乎成了真空。他怎么脱了衣服换上舒适的睡衣,怎么平稳妥帖地躺到床上,都不记得了,这段记忆被酒精洗刷得一干二净。

他到浴室洗漱。再回卧室,田遂心醒了,不但醒了,衣服已经穿利索了,藏青色牛仔裤,海军蓝针织衫。她丁字步站在卧室角落的穿衣镜前,打量自己胸前衣服上那块污渍。江悍走近她,也看到了。

"小狗拱到我这儿蹭的。"

江悍一时没反应过来,还笑呢:"竟有这么不正经的小狗!"刚说完觉得不对："哪儿来的狗啊！"

"你这儿有没有我能换的衣服，我把它洗了。"

江悍差点脱口而出"有"，紧急勒马加了个"没"字，还欲盖弥彰地加了句："我的衣服你穿着还不像戏袍啊。一会儿去买一件吧。"

遂心看看他，径直往卫生间走。她这件针织衫是男款翻领，可江悍想象着只要一脱，里面没准儿就剩个女款吊带背心之类的。该死的男装把风景都遮掩了，认识一年多，江悍啥都没看到。

遂心把污渍洗干净，竟穿了淋浴间的浴袍出来，江悍想象的影影绰绰波涛翻滚之类的一概没有。

"有熨斗吗？"

江悍赶紧把挂烫机拿出来，把衣服放在上头利索地熨烫，心想这家伙真会省钱，这么一洗一熨，不用出去买了。

他熨着衣服，心虚地问："那小狗，没再干啥不该干的吧。"

她一心想逗他，看他诚恳的样子就忍住了："手脚倒还老实，毕竟喝多了，不过一直对我诉衷肠呢。"

江悍拍拍自己脑门儿，不好意思地笑了。

"他说他最恨中学老师。本来不喜欢我，后来发现我长得像他妈，才对我有了好感。"遂心不笑了，接过熨好的针织衫往卧室走去。

江悍一想坏了，都胡说些啥啊！跟在后面连连赔罪："我喝点儿酒就胡沁，我喜欢你可不是因为你长得像我妈。"

她进了卧室，"砰"一声关了门，换好衣服出来说："我想看看你妈妈的照片。"

江悍屁颠屁颠去了书房，抱出一本老相册，放到书桌上。这相册一看就是纯手工制作的，是他精心挑选厚度合适的硬纸，用锥子、针线吭吭哧哧大半天，为的就是存放尺寸不一的、珍贵的老照片。遂心一惊，她没想到这浪子还有如此念旧的一面。

翻开相册，第一张就是放大成 10 寸的父母结婚照。江悍在一旁解说，他妈是上海知青，祖籍湖南，在内蒙古生产建设兵团认识了他爸；他爸是蒙古族，江吉氏，明朝时改汉姓姓江。他认真痛说家史的样子让她忍俊不禁。说完还不忘补充一句："我为啥这么聪明，父母血缘远啊！"

遂心想的却是：郎才女貌的一对，过到五十岁竟差点离婚，最终没能生离只能死别，都是苦命人啊。

她不愿再提，就惊叹江彪和父亲长得像。仔细看江悍的妈妈黎珍，她却摇摇头："你觉得我长得像你妈？"她无数次听他声讨母亲过于严厉，长相上可一点不凶，反倒气质温婉，笑得很甜。

她说着，仔细看看照片，又侧头照照书桌上的镜子，冷不防给了他一下："什么眼神儿！"

江悍被她说得也拿不准了："挺像的嘛……"

田遂心明白了，也许他喜欢她在前，就越看越觉得她像自己的母亲。这么一想"噗嗤"一下笑了。

这天晚上，江悍一回家就把橱子柜子翻了个底朝天，遍寻历任前女友的衣服杂物之类，赶紧扫地出门，心虚地长出一口气。

田遂心竟在不经意间试探他，好险！

35

江悍和遂心一起到孔家看克明。江悍上前敲门，敲了半天也没人给开。他嘀咕着："是不是出门了？"遂心拨开他上前，敲了两下说："克明，开门。"

没几秒，门开了，他们进去后只看到克明往屋里走的背影。

"你给我站住！"江悍叫道。

克明慢慢转过身，脸上只有敌意："你又从通州跑过来打我？"

他左脸还没彻底消肿，江悍顿时英雄气短，昨天手欠的报应这么快来了。

"爷们儿，你叔我给你道歉来了，接不接受给个话儿吧。"江悍压低声音，话里话外赔着小心，生怕哪句话说错他就窜了。

克明翻翻眼睛，鼻子里"哼"一声："当不起！"

遂心看着他："克明，你叔动手不对，可你想想你昨天的样子，你能那样说你爸吗？这么多年你爸是怎么疼你的……"

克明莫名其妙就火了："我爸，我爸，我知道你们对我好并不是因为我，是因为我爸！"

"因为你爸怎么了？"遂心被反击得也莫名其妙，"我是你爸当年的学生，现在是他同事和下级。因为你爸对你高看一眼，犯了哪条王法？"

克明被驳得哑口无言，眼睛一眨不眨地盯着地面。

江悍平时忙，跟他在一起的时间不多，但一见面就特别亲，拍拍肩膀、彼此当胸捶一拳这类男人间的亲密举动，让二人无论隔多长时间没见，一见面还是亲叔热侄。江悍和江彪不同，江彪天生喜欢小动物、喜欢孩子；江悍没有慈父心肠，他从小听隔壁小孩哭都心烦意乱。第一次对小孩感到喜欢，就是对克明。2001年暑假，17岁的江悍到北京来，叔侄俩第一次见面，克明才满3个月。江悍之前从未跟小孩亲近过，他以为那么大的小孩除了吃喝拉撒睡啥也不会，谁知第一次见侄子，小东西就咧开粉嫩的嘴冲他笑了。这一笑，把江悍的心都笑化了，他告诉自己，这是他哥哥的骨血，江家的骨血，他的亲侄子。他升级当了叔叔，终于对"下一代"有了概念。他把小家伙抱起来，很快感到胳膊上热烘烘湿漉漉的，抬起来一闻才知道是尿。

当初在他怀里撒尿的小屁孩儿，个头早已超过他，能把他气得七窍生烟了。

"爷们儿，过来坐着。"刚才在路上他还想，凭自己三寸之舌，这些年撬开了多少人的嘴，哪能拿侄子没辙！结果一见面，真没辙。克明全身上下都写着"免开尊口"，拒人于千里之外。

"你们别费劲儿了。我不说。"克明低下头，死盯住自己脚尖，语气决绝。

遂心对江悍使了个眼色，又悄声指指门外。二人带着无功而返的不甘，离开了孔家。

江彪正在处理新高考的文件，焦头烂额的时候接到了江悍的电话。

"你这儿子，鬼见愁。"

江彪更愁。老祖宗留下那么多计谋招数，此刻却没得用。

下午和晚上都有会，江彪迎着张德祥拉长的脸，跟他请了假。听他唠叨"难堪大用"之类的。江彪坐地铁去孔家，一路反复思量，还是只能用春风化雨那一套，不然，又怎样呢？

17岁的男孩子，能有啥解不开的心结？他在这个年龄，读书、拉琴、打球，一门心思离开那个偏僻县城。但他的经历，对如今孩子没啥参考价值了，一切都变了，再去说教，谁愿意听呢？自身残存的价值无非就是做个后勤，喂饱人家肚子是真的。想到自己17岁考上北大，27岁拿到文学博士学位，36岁破格评上特教，如今只能靠厨艺跟儿子说话，真不如当初学个厨师来得痛快。

克明以前最爱看的就是江彪在厨房做饭，他就可以静等好吃的了。可今天看他扎上围裙，克明却被刺痛了。

没多久，孔家母女也回来了。江彪乐呵着招呼大家上桌吃饭。每个人都在心底怀念刚过去两个多月的春节，如今的气氛已天差地别。

孔妍妍讲起了今天排练的趣事，孔宪愚偶尔用公筷给大家布菜，江彪想问却不敢问克明的学业，只提醒他该动笔写写周记了。大家都努力让空气轻松活跃起来。

江彪以德报怨的嘴脸太可恨了，他竟然大老远过来给自己做饭。克明恨得牙痒，却挡不住诱惑。他这些天吃的都是些啥！后来干脆心一横，不但要吃，还得多吃。纸里包不住火，总有败露那天，到那时谁还给他做饭，吃一顿少一顿的事儿，为啥不吃？

他像前世死于饿痨似的，大口往嘴里塞，仿佛吞下去的不是食物而是仇恨、愤怒之类让人发狂的东西。吃相之难看惊呆了别人，也噎着了自己，江彪赶紧盛了碗汤给他，刚要给他摩挲后背，他却半转身摆手阻止了，壁垒森严的样子。

这个小动作让江彪一阵心酸。

孔妍妍已走到电梯口，江彪站在门外舍不得离去，不省心地跟克明絮叨。克明看不得他忍辱负重的难受样儿，上前"啪"一下关了门——可算清静了。

孔宪愚赶紧打开门，审视江彪："磕到头了？"

江彪摸了摸脑门，孔妍妍从电梯间扑过来。脑门被磕红倒不算啥，但克明对老爸的态度让孔家两位女侠怒从心头起。

"你个混球！"孔妍妍吼着就要进屋，却被孔宪愚挡住了，摆摆手让他们快走。

孔宪愚和克明斜对面坐在沙发上。

"我知道最近肯定出事了，选择不说是你的权利。但你身为儿子这样对待你爸，不可以！"孔宪愚两道剑眉真像两把剑，像要把对面的人洞穿了。

"他不是我爸……"克明冲口而出。

"有事儿说事儿，别这么幼稚！"

"不是，他、他真不是我爸！"克明终于哭出来，"哇"一声扑倒在孔宪愚的膝盖上。她依旧没反应过来，像个刚学汉语的老外，反复琢磨着这简单句子的含义。

克明离家出走后到她这里，本想跟她一吐为快，但残存的自尊让他张不开嘴。他明白这个秘密如果一直压在心上无人倾诉，他迟早得疯了。

他抹着泪走到卧室，从抽屉里拿出叠得整整齐齐的两张 A4 纸。他把纸递给孔宪愚。

看惯了世间万象的大法官，也默默倒吸了两口冷气，半天转不过弯来。

过了一会儿，她把鉴定书按之前的痕迹叠好："这么大的事儿，你觉得能瞒几天？"

孔宪愚没像他想象的会跳起来或大惊失色。她的镇静反而给了他安慰，让他怀疑之前是不是反应过度了。

"有好几次，我都想直接告诉他了，'要杀要剐随你便'！包括刚才。话溜到嘴边，就差那么一点就溜出来了。可一想他知道了就不要我了，我就……"

"你这样不明不白地折磨他，不更残酷？"

克明长叹口气："总比知道被骗十几年强点儿吧。"

这对忘年交相对无言，直到江彪打来平安电话，说他们顺利到家了。

孔宪愚靠近克明坐下："该说的都说了，该发泄的也发泄了，日子还得朝前走。人来世上走一遭，大多都走得跌跌撞撞，不可能一直太平，光要甜头不要苦头也不行。"

克明把鉴定书拿出来的瞬间，心上的大石头去了一半。无非心一横罢了！他此刻只觉得不公：这么倒霉的事为啥找上他，还是在他出生之前就找上他！

"你肯定觉得自己是世上最倒霉的那个，其实，大家各有各的倒霉事。"孔宪愚苦笑着，"有个法医朋友给我讲过一件事，一个男人怀疑孩子非亲生，偷偷拿样本来做鉴定，做出来的结果，让我那见多识广的法医朋友都诧异了。你猜猜是什么结果？"

"孩子不是亲生的。"

"非亲生自不必说了。"她看了他一眼，"两个样本是同父异母的兄弟。"

"这个男人的儿子，其实是他的弟弟？"

克明突然觉得自己没那么倒霉了。

回家的路上，孔妍妍开着车忍不住叨叨。人真是有意思，克明出走前，她本想冷静思考一下和江彪的关系，心底发誓想不清楚就不回来找他。结果，就像老天爷不许她跟他怄气似的，出了事她不但二话没说回了附中家，还成了寻找克明的主力。

"都是你惯的！"她恨恨地说，"还想不想再生？"

江彪苦笑着点点头："这都是活着的乐趣，克明不闹这么一出，你都快不要我了。"

"还嘴硬。他到底怎么了？我要是你，能活活急死。"

江彪叹口气："我也头疼啊，不过肯定有原因，我怀疑跟他妈有关，可我不想问。"

孔妍妍摇头："他就是青春期综合征。"说到这儿又觉得不客观，负疚感上来了，"咱们结婚后太肆无忌惮了，他又知道了跟韩莹那层关系，心里一直不舒服……还有你，你聊起想要孩子的事从不避他，为这个生气吧？"

"肯定不会。他跟我一样喜欢小孩子，小时候看绘本，说小熊小狗都有弟弟妹妹，经常跟我要。有一回当着他妈的面，他妈被他吵得心烦，还给了他一巴掌。"

"小时候是为了有个弟弟陪他玩儿，他现在都 17 了，缺这玩意儿啊？"

江彪把头看向窗外，也不知岳母大人和孩子沟通得咋样了，但他冥冥中总觉得她有办法。

他没想到好消息第二天就来了，大法官让他晚上来接克明。

依孔宪愚的意思，人总要面对现实，再残酷也要面对，所以她想由她出面告知江彪实情，长痛不如短痛。但克明反复掂量，死活不干。

倘若克明知道因为一时的隐瞒，惹出日后无数故事，恐怕也要后悔当初的决定吧。

孔宪愚就只能为克明闹情绪编了个谎，说他学习压力过大，一门心思非要考清华。江彪当然半信半疑。学习压力大的学生他见过太多，克明的症状显然不像。但他知道儿子是有野心的，春节韩莹帮他补课时，他曾一时兴起，许诺替她圆个清华梦，然后等她过几年考清华的硕士，跟他同班。

"从小爸怎么跟你说的？做真正快乐的人，别的都是锦上添花，你忘了？"

他深感说得不到位，还要掰开揉碎了："你奶奶对我和你叔，都奉行了胡萝卜加大棒的政策，可效果你也看到了，我们连人类基本的爱情婚姻都没弄明白，俩失败者……"

"哎，"孔妍妍不爱听了，"什么意思啊？对我不满意啊？"

江彪赶紧捂嘴，近前贴到驾驶座的后背上："我是说之前，之前啊，如今真的是太幸福了！"

"呸，少来。"孔妍妍撇撇嘴，"你要真这么明白，先把那破教务主任辞了，踏踏实实教课，著书立说就完了。"

"我这说孩子呢，你别拆台啊。"江彪顿时气短，硬着头皮说，"你看，啊，她的态度就说明了，啊，什么功成名就封妻荫子，都没意思，人家不喜欢！儿子，清华北大啥的，想想就行了，咱要是想清华想出相思病，清华也不给咱送解药啊。"

江彪话多又兴奋，孔妍妍偷着乐——儿子给个好脸他都不知姓啥了。

克明听着也想乐。要是接到匿名信之前老爸说这些，他肯定要捧捧哏，不能让他说单口。该死的匿名信！该死的亲子鉴定书！

克明回归后的生活，似乎一切恢复如初，认真往深里看，却能发现很多不同。以前，父子俩一直没大没小地相处，如今儿子对爹突然客气起来，用上了"麻烦您""谢谢您"等礼貌用语，多了份没必要的谦恭，弄得江彪受之有愧。

克明还想起他出走的起因，勇敢地去找孙郴，诚恳道歉。孙郴再见到江彪，竖起大拇指夸他，他俨然从纵子行凶的坏家长，成了教子有方的好典型。

江彪决定继续软化他，直到他自愿敞开心扉，像以前那样跟他无话不谈。他一口气推掉了好几个学校派他外出的活动，由此引发张德祥不满，他趁机提出辞了教务主任，惹得老张又发了怒："你以为这是游乐场，想玩就玩想走就走？"

江彪把所有周末、节假日都用来陪儿子，打篮球、看话剧、健身。鼓励他写小说，为了让他有动力，还请遂心出题，父子俩一起写，由遂心和孔妍妍评分。江彪文笔老辣劲道，为了促成他夺冠，只有每次故意写差。

36

江彪家后院起火，江悍倒跟田遂心处得越来越融洽。

她心甘情愿当起了他的管家婆。他才知道她其实是个不省心的，之前对他不冷不热真是火候未到。他一抽烟，她就把烟从他嘴里拔出来按灭了，他只好哀求："小时候抽烟是为了耍酷，现在是真需要。熬夜看卷宗困得要死，全靠这口烟顶着。"

遂心就替他想办法，喝浓茶、喝咖啡，但发现也不健康。最后遂心提出："等以后啊，干脆这样吧，你工作，我……"

"端茶倒水伺候着？"江悍坏笑。

"想得美！你工作，我拿把锥子在后面扎你，比烟可提神儿多啦！"

江悍吐了吐舌头："我算看出来了，你比我妈还狠。"

下次见面的时候，正聊着天，江悍烟瘾又犯了，摸出烟来点上，因不好意思而对她嬉皮笑脸。

"我觉得你不该抽烟，应该抽雪茄。抽雪茄多爷们儿啊！"田遂心变戏法似的从包里掏出一铁盒雪茄，又翻出一盒火柴。

江悍拿过火柴看着，乐了："嘿，还印着洋画片呢，民国货啊！你穿越的时候带过来的？"遂心不理他，自顾夺过火柴拿出一根，"哗"地一声点着了，帅气地把雪茄往嘴里一叼，凑近火柴深吸一口，那雪茄头上就燃起火光了。

"雪茄正宗的点法是用火柴。拿打火机点的，都是暴发户，压根不懂雪茄文化。"她吐出一口白雾，"民国时唱老生的，很多都是'老烟嗓'，都是这玩意儿和香烟滋养出来的，行腔时'云遮月'，挂味儿。"

江悍看呆了。

遂心大方地又拿出一根雪茄一根火柴，双手递给他："来来来，咱俩一起抽，然后一起得肺癌，一起见阎王，多浪漫啊！"

"我抽就行了，你一女的抽啥啊？"

"嘿，你不是最爱鼓吹男女平等吗？一到抽烟这儿男女就不平等了？快抽，我都快抽完了，你再不接我可抽第二根。"

江悍傻眼了，怎么也想不到她会拿这个办法治他。

遂心见他不接，把自己手里燃着的雪茄熄灭，扔进垃圾桶："江二爷，以后只要见你抽烟，我立刻点上，谁怕谁啊？"

江悍特喜欢听她叫他"江二爷"，不是关二爷不是宝二爷，是他江二爷，太好玩儿了。下次趁她再叫，他赶紧叫她"江二奶奶"，她羞红了脸，再也不叫江二爷了，他反倒少了一大乐趣，恨自己聪明反被聪明误。

"捡到这么个宝，不娶回家还不让别人给抢了！"江悍对江彪说，"哥你放心，她快绷不住了，我也是块宝啊。"

"你当然是宝，活宝。"

果然没几天，田遂心低着头红着脸当面告诉江悍，她父母邀请他到家坐坐。

遂心这古板人一主动邀约，无疑是婚礼前奏曲了。这下可不得了，江悍赶紧敲定时间、选购礼物、捯饬一新，准备上门做东床娇客。江彪考虑到遂心讲老礼儿，决定拉上孔妍妍一起陪弟弟上门，以示重视。

江悍笑着摆手，说不用。

"你小子今年34，第一次见女方家长，我们得给你壮壮声势。"江彪说。

江悍突然想到，见女方家长其实他不是第一次。第一次是大四在系办见陈菲父母。那三年他全心投入爱情，见了她父母，他爱屋及乌觉得亲切。然而他们一盆凉水对着他迎头浇下："我女儿前程远大，你别老缠着她！"

不知怎么，陈菲他早就放下了，这句话他却一直记着。

田遂心的父母，不知会是啥样子啊。

江悍没让他哥出动。他静下心后也降低了期望，不敢强求人家高看一眼。

抱着这样的念头，田家父母的热情一下打动了他，说意外之喜也不为过。田妈妈林东晗担心自家人厨艺不高，为了招待他，特意请来一位大厨朋友代为掌勺。从江悍一脚踏进门，他们就把他当作家庭一员，竟没有女方家长常见的矜持与傲慢。特别是遂心的爸爸田复礼，和江悍父兄一样都是中文出身，亲切随和笑意盈盈，一下打消了他的忐忑惶恐，像见了亲爹一样。田复礼拿出自己做的相册，让他把遂心从小到大细看个遍，给他讲每一张的故事。世代书香门第的厚爱让江悍手足无措，恨自己登门前患得患失重视不够，恨自己的礼物与人家的热情相比不够贵重，悔得直想跺脚，恨不得把自己给田家献祭了。

他就是遇强则强遇弱则弱、人敬我一尺我敬人一丈的人，为了表达对未来老丈人的无限热爱与敬重，一不小心又喝多了，把还要开车回家的事抛到了九霄云外。

"遂心老嫌自己名字不好，说水满则溢，这是我家老太君给起的！我三个哥哥生了五个和尚，唯独我这儿是个女孩。奶奶高兴的啊。"

"叔叔、阿姨，你们放心，和我在一起，我让她一辈子都遂心。"

遂心眼看着江悍舌头又大了，去抢他的酒杯，他不让，田复礼也不让。母女俩扔下他们回客厅看电视，再回到饭厅时，发现他俩勾肩搭背流着眼泪，"爸"跟"儿子"都叫上了。

"物极必反，月满则亏。"田遂心在心底喃喃着，不知怎么竟有些预感不祥。

用了一年多智能机，田遂心还是没养成提前联系的好习惯，总是到人家楼下才想起来，对江悍也不例外。

这一次她打电话，他一直没接，可她已经到了他家楼下，犹豫着要不要上去。正往楼门口走，突然门"咚"一声被踹开，她手疾眼快，一闪身躲到绿化带的一棵大树后。踹门出来的竟是江悍，和一个娇小女子撕扯着，女子穿着低胸紧身上衣配超短裙，身材丰满凹凸有致，衣服里头的东西呼之欲出。遂心像看见了不该看的，轻轻蹲下，把埋在树后的头又低了低。万没想到的是，另一个女子也紧跟着钻出门，穿的是素色布长裙，上身搭一件藕荷色针织蝙蝠衫，清丽脱俗如女大学生。

江悍被风格迥异的两女子夹在中间，遂心很快听明白了，她们来家找他，而他"不想玩儿了"，三个人在掰扯"分手"的事。

撕扯间，他们离她的藏身之处只有几米远，她的心嘭嘭乱跳，双腿劲儿一松，直接坐到了草坪上。

江悍应该是很快把那两个女人送走了。她的电话随即响起来。

"对不起我的小心心，刚才跟两个委托人……"做了亏心事，他竟临时起意给她换上个如此肉麻的称呼。

遂心挂断电话，向小区门口看去，江悍急慌慌进门，脸都青了。

她从大树后走出来，挡在了他面前。

田遂心早知道，这世上没多少"遂心"的事情。从今年春节开始，她乐过头了。上天不可能眼睁睁看一个人欢喜太久。这三个月她经常莫名浮躁，想笑、想跳，无论静坐还是行进，总想唱上几句。她以前经常笑小孔是花痴，想着自己要是恋爱了，只会爱得崇高冷静有格局。现在才明白，真正爱上的话根本没法冷静，也无法崇高，更谈不上格局，都是没脑子的花痴罢了。

因为小丽，江悍的风流史没能瞒她。她只是不知具体人数、具体经过，也曾认真说服自己接受他过去的一切。

最让她无法接受的是，江悍居然骗她。"两个委托人"，说得多好听！他俩交往了一年多，他嘴里说了无数次"委托人"，原来是这么个"委托人"！她连那些真的委托人也不相信了！全是骗人！

江悍像条丧家之犬，给她打电话、发微信，到附中和她家里围追堵截，只求跟她解释清楚。

田遂心认为他最大的问题不是之前私生活放荡，而是至今骨子里不思悔改，那就有重进泥潭的可能。另外，欺骗，是她绝不能容忍的。如果他接受不了她的道德洁癖，现在分手还来得及。

江悍质问她为啥不看他把她们赶走的事实，而非要拘泥于那些屁话。弄得他反倒成了正人君子，她成了无理取闹。辩论起来，她真辩不过他，谁让人家是专业的呢。

"分手吧。"

江悍在法院聆听过无数次判决，但他身为律师，说无关痛痒是轻了，切肤之痛实在没有，而且干的年头越长，心就越硬。这次算是尝到了被判决的滋味儿。

这半年来，特别是把黄衫客和她对上了号以来，他就对她彻底臣服了。茫茫人海，她是他的唯一，是老天爷给他量身定做、恩赐与他的人。

他这个浪子爱上她了！

江悍猛地想到，他和田遂心的开始是因为那个麻豆小丽，如今结束，也是拜他之前的风流债所赐。天道轮回，报应不爽。

细细回想，小丽那次田遂心不但没生气，反而帮了他，这次咋就气成这样？唯一的可能是她真的爱上了他！对，她爱，不爱的话，哪能为他做这么多！

江悍当然舍不得失去，苦苦追着她。出事前约好下周末到票房看她演出，他自然不会错过，到得比她还早。遂心一到场，没拿正眼看他，直接去帘子后面换装。江悍等她出来，假装啥也没发生似的上去逗她："咋还把胸束这么紧？跟你说不好的。"这话他以前说过，还不止一次，她都假装生气地翻他个白眼，或骂他一句："往哪儿看呢？"

但这次，她跟没听见一样自顾坐下，开始化清唱的简单舞台妆。

"今天唱哪段？"江悍觍着脸。

"御碑亭。"遂心冷冷地吐出3个字。

江悍一听这名字陌生，追问道："讲的什么故事？"

遂心正拿眉刷在眉毛上涂抹，以加重眉峰。她看着化妆镜里映出的江悍，内心五味杂陈。她再过7个月满30周岁，就爱过这么一个男人，到头来竟是个流氓。老天爷啊！

"御碑亭讲的是一个有精神洁癖的读书人，怀疑自己老婆跟别人有染，一怒之下休妻的故事。"她说的是戏的前半段，后半段真相大白，王有道向老婆请罪的事她故意隐去不说。江悍听得心一颤。这哪是什么御碑亭，分明是在说他啊！

江悍到茶座上先听了一段花脸戏《探皇陵》，田遂心就上台了。她依旧帅气十足，唱起了"王有道提笔泪难忍"，江悍紧盯着她，她却故意不往他这边看。

"非是我有道多薄幸"，唱到这句，田遂心中途换气，头微微往右偏转30度，目光不偏不倚落在他身上，再唱出"实在难留下贱的人"，那两束目光不是目光，是两道霹雳，瞬间把他这个"下贱的人"打穿了。

"从此休妻另改姓，剪断丝萝两离分。"江悍盯着边幕上这两行字，心如刀绞。这哪是在听戏，分明是在受刑，受她赏给他的独门私刑。

一段终了，遂心按惯例向观众鞠躬，再向乐池鞠躬。观众掌声热烈要求返场，她饱含歉意又鞠一躬："对不住各位，今天身体不适，改天给大家补上。"说罢，退回后台。

江悍瞬间没了追到后台的勇气。他呆愣着坐在那儿，看其他票友演出。约摸着她收拾完要离开了，他拿上手包走到出口附近等她。

田遂心沉着脸出来。江悍跟在她身后，她走到哪儿，他跟到哪儿，都不说话，很快到了公交站台上。她要坐的公交车像在故意捣乱，需要它救驾时它迟迟不来。眼看着江悍就要上来黏糊，她随便跨上了一辆车，扬长而去。

江悍开车去了江彪家。

"哥，我完了。"

江彪看他红着眼睛，吓一跳："什么完了？

"她不要我了。"人高马大的江悍委屈得像个孩子。

"你们这俩月不都谈婚论嫁了吗？咋突然……"

"我暴露了，都怪那两个女人。"江悍没头没脑说着，江彪却明白了，他心疼又恨铁不成钢："我咋说的？你行为不检点早晚后悔！我看不怪别人，就怪你！"

"哥，现在说这有什么用啊！"

"行了行了，"孔妍妍说，"我找个机会给你说说。"

江悍连连感谢她，内心却比谁都清楚，田遂心主意大到天上去了，她内心的坎儿要是过不去，别说孔妍妍，田复礼也不行，哪怕天王老子下凡，也劝不到她心里去。

37

时隔两月，周明至今记得他第一次见到儿子照片的情形，每个细节都记得。

那是今年的大年初一，在刘美美家乡县城的宾馆，她敲响了他的房门。在此之前，他陪她重走了一遍当年的路，疲惫不堪。

她闷声不响坐在他床对面的沙发上。她想看着这个勾过她魂灵的男人到底啥时候开口。周明自顾在屋里走来走去，拿电水壶烧水泡茶，皱着眉抱怨宾馆的一次性茶包是劣质次品，不仅没茶味儿，还让他担心起食品安全问题。

她立刻回呛他一句："你能改头换面装大尾巴狼，可惜改不了人种。别说只是拿了绿卡、入了籍，你就是漂白整容，脸变了色儿，骨子里还是个黄种人、中国人。"

周明不看她，自顾笑了："我当然不是金发碧眼的纯种老美，可我14年前就拿到绿卡，10年前入了美国籍。我不像有些人，明里暗里一直在动这方面的心思。"

"你啥意思？"

"快18年没见，前段时间知道我回国也避而不见，大年三十的不知为啥，约我故地重游，居然说给我生过一个孩子。你以为你想干啥我不知道？刘美美，你想从我身上榨油其实最容易，好歹还都是对方初恋呢！但我需要你直说，别跟我曲里拐弯！"

满腔怨愤的刘美美，一听"初恋"二字突然悲从中来，捂着脸呜呜哭起来。

周明心没软但口气已软下来："你想让孩子去美国，心情我完全能理解。别说咱俩以前那种关系，你就是我普通同学、朋友，要想送孩子出国我也得帮忙吧？可你为了这点事儿，足足遛了我一天！至于吗？何必演这一出！退一万步说，就算我认这孩子是我的，人家移民局管啥的？你以为人家不要手续和证明，任凭你乱攀亲？"

她听完竟被他气乐了："姓周的，说一千道一万，你不承认这孩子是你的，以为我是为了让孩子去美国骗你的，对不对？"

周明冷笑着："我在美国结过两次婚，虽说头一次是为取得身份，但也都有夫妻之实，可我一直没孩子，15年前我就去好几家医院查过，医生说我的精子活性小，不合格。"

刘美美一听，矜持了两天终于矜持不了了，扑上去就是一耳光："你个王八蛋、害人精！我也希望你活性小不合格，彻底断子绝孙！我恨不得这孩子就是江彪的！跟你这王八蛋没半点儿关系！可老天爷，老天爷，老天爷就这么不开眼啊！"

她歇斯底里起来，周明一个大男人生生让她扑倒在床上。她顾不上脱鞋，骑在他身上又扇又打、连抓带挠。周明疾风暴雨地挨了二十几下，还没醒过神去反扑她。她打累了，坐回沙发上。

她掏出手机，颤抖着按了几下，递给他："睁开你的死绿豆眼好好瞧瞧，这是不是你的种？"

周明被抓得脸上流了血。他哪还有心思看手机，疼得龇着牙，想着是不是得去打破伤风针。她索性把手机扔到他怀里。

他低头一看，照片上的少年大概十六七岁，戴着耳机喝着饮料，唇上有一抹青色。

天！她说得没错，这个从没见过的陌生孩子，长得跟他一模一样！

周明像见了鬼似的，瞳孔都放大了，他划着手机屏，贪婪地翻看照片，每一张，每一张，没有一张不是他的翻版。这就是他年轻时的照片，谁给偷梁换柱弄到她的手机里？

这下傻了，刚才的理直气壮振振有词全不见了，照片已反反复复看了不知几遍，他还机械地来回划着手机屏。

她一把从他手里抢过手机："不信这个，老娘陪你去验DNA，奉陪到底！"

说完，她高傲地开门离去，把床边已化作石像的周明扔下了。

刘美美回屋后往床上一躺。之前这世上除了自己和早已去世的母亲，没有第三个人知道江克明的身世，连她早不来往的亲姐都不知道。现在第三个人有了。

没几分钟，"第三个人"悄悄溜了进来。刘美美回屋时故意没锁门，她知道他会过来。

周明在她脚边坐下，也不说话，上来就揉捏她的双脚。他的手法和力道让她一下子回到20年前，那时他们出去玩儿，走累了他就给她揉脚。她恍惚着享受了一会儿，突然双脚用力一蹬，从周明的双手间挣脱了。她的脚走了，周明的手还保持着滑稽的抱脚姿势。

"美美。"这两天来，他头一次温柔地叫她的名字。在她听来，却无比刺耳。

"我知道你恨我，可当年我是真不知道、不知道你怀孕了……"

"你他妈就是知道了，会为我和孩子留下？"

"我想见见孩子。"

"别做梦了。"她学着他刚才嘲讽她的样子，"你也不撒泡尿照照，你配给孩子当爹？你算个什么东西！"

周明任她辱骂，啥都不说。她骂够了，一翻身不理他。

"我本打算过完正月十五就回去的，明天我就跟那边联系，交代一下两个店的事务——我至少得见孩子一面啊。"

"我再说一遍，别做梦了。"她依旧头也不回，"孩子不知道有你，你死了这条心吧！"

不过回了北京后，在他各种糖衣炮弹的腐蚀和软磨硬泡下，刘美美还是答应把孩子约出来，让他在不远处看了一顿饭的工夫。她带着孩子先走，他顺利拿到了孩子口杯上留下的DNA样本。他的诡异行径，当时还引起了一同结账的一位年轻姑娘的关注。这姑娘一口京腔问收银员："杯子还能买走吗？"他心一虚，赶紧抬高价钱，让她们无话可说。

亲子鉴定多交了500块钱，做了加急的，5天就出了结果。孩子千真万确是他的，他躺在床上，把鉴定书翻过来调过去看个没够，就差一口吞了。看着看着竟掉下眼泪。两位不懂事的前妻把他不育的消息传遍朋友圈，挑衅他的尊严。现如今他41岁，老天爷却突然垂爱他，给他空降了一个儿子，这儿子他一天没养，到他面前就已17岁！作为补偿，他要把能给的一切都给他，他相信总有一天会焐化他，让他心甘情愿与他相认。

周明很快搬进了朋友帮忙租的一栋高级公寓，准备在北京打持久战。

没两天，他又把刘美美约过来，告知自己的一厢情愿——想把儿子移民到美国。

刘美美抱头哭起来："你当我们都死了，放过我们行不行？"

周明根本就不沿着她的思路走："不用你费心，你把孩子各类证件给我，我自己去办。"

"孩子没一个证件在我手里！"

周明愣住了："在哪儿？"

"当然在他爸那儿。"

周明抱怨她做事太绝，明知孩子亲爹另有其人，离婚时还把他留给假爹。

"老娘当你死了，还给你留后手？"

自从在她手机上看到孩子照片，他眼前总冒出父子相认的场面。这世上默默生活着一个和他长相酷似、血脉相通的人，多神奇，多难以想象！

美好畅想过后，现实问题就像幽灵一样冒出来。孩子虽源于他，却由陌生人一手养大，相认意味着一场恶战，势必鸡飞狗跳，还会把刘美美搁进去。

他知道出于国情和传统考虑，中国法律非常支持血缘。实在不行就经官，找个好律师把孩子要回来。大不了，多给那个假爹补偿吧。

他最大的梦想就是把孩子办到美国，后半生他们应该在一起度过。但想来容易做来难——孩子是中国国籍；对他来讲是非婚生；出生证明上的父亲另有其人，凡此种种，弄得大使馆工作人员都大摇其头，连连说没办过。

想来想去，似乎一切都是宿命。他若在美国能生一堆孩子，这个素未谋面的非婚生长子也就没那么意义重大；他若是去年没离婚，可能也不会趁着回国，联系撩拨刘美美。总之，一切因果都往一处赶，赶成了这个让他欲罢不能的局面。

他只能去见孩子的假爹。哪怕被他打死也得去见。但刘美美死活不告诉他联系方式，还说他要是敢去打听，她就跟他同归于尽。

他回包头去看他爹，恨不得大街上冒出个人来："不就是想找孩子养父吗？走，我带你去！"

想儿子想疯了，什么美梦都能做出来。周明一头骂自己异想天开，一头盼着天真能开了。

没几天，熟人真让他碰上了。随便参加一个老同学的婚宴，他被安排和江彪的高中老同学、刘美美当年的同事——蒙古族姑娘卓娅同桌，周明殷勤陪酒，几杯马奶酒下肚，爽气没心机的卓娅把江彪的信息泄露大半，还以为他真要找她的老同学咨询附中入学问题，把江彪的手机号也给了他。

38

江彪做了教务主任后，光熟人就得罪了好几个。大多是想托他把孩子往附中塞的，有的还不是为自家孩子，为的是什么领导、同事、朋友的孩子，拐弯抹角托了三家才到他这儿。江彪起初一看孩子不够入学资格，直接就回绝了，后来发现这样太轻狂，就改了策略，迂回婉转地组织考试，结果还是不能入学。熟人们发现昔日的老好人江彪俨然铁板一块，刚正无私的嘴脸把大家都恶心坏了。

周明一进办公室，江彪就看出他跟别人不同。之前那些人，点头哈腰自报家门，先混个自来熟。那些男的还喜欢论年庚，变着法儿地跟他称兄道弟。而眼前这位，刚见面问了个好，就低头面有惭色。这么一来江彪反倒不好意思了，让座倒茶，寒暄起来。

就是这个人，17 年来默默抚养他的骨血长大成人，却至今被蒙在鼓里。周明瞄了一眼他的身高块头，发现自己身处劣势。

"江主任，听卓娅说您儿子上高二了？"

江彪深感意外，托人找他的，一见面都介绍自己的孩子，唯独这位，反过来打听他的儿子。

周明站起身："江主任，您现在有时间吗？我想请您移步外面聊聊，或者找个地方吃晚饭吧，我请您。"

社会上的人一请吃饭，推杯换盏间想不被黏上都难。他一贯厌烦素不相识的人在一起吃饭喝酒，索性拒绝："我确实没时间。您有事就在这里说。"

他不由多看了周明两眼。这一看不要紧，看出问题来了——他怎么如此面熟？细长眼睛、略显稀疏的眉毛、肉感的鼻头、薄薄的嘴唇，儿子脸上这几样没一样像他，却悉数长在面前这张脸上。

江彪像被惊雷劈中，缓缓从椅子上站起来，一眼不眨望着他。周明起初还跟他四目相对，却被这目光逼视得败下阵来，又低下了头。

看着周明不敢抬起的头，江彪心里比他还忐忑。他是谁？找自己到底有何贵干？

很多迹象在往一个方向、一个点上赶，这个点稍稍在江彪脑子里冒了一下头，就把他惊得魂飞魄散，赶紧拿手拍、用脚踩，拼命把它往死里弄。

可偏偏就有人拦着不让他这样做，非要活生生把他的血肉从骨头上撕开，撕得鲜血淋淋惨不忍睹。周明坐在沙发上痛陈18年前的这段公案，别的都如实叙述，只做了一点改动，那就是把刘美美有意栽害江彪，改成她并不知道自己怀孕，而是因周明一去不返而移情江彪，乃真心爱慕；后来见孩子越长越像周明，心才没了底。

江彪的脸气得快绿了，隐约看见自己头上也冒着荧荧绿光。奇耻大辱，给男人的最大的奇耻大辱降到他头上了。江彪很纳闷自己为啥还能坐着听他说，怎么不上去揍他？过了一会儿才意识到，自己被气晕了，完全不知该干啥。

沙发上的周明突然站起来，身体前倾，"咕咚"一声硬邦邦跪在地上。头依旧垂着，嗫嚅道："兄弟，我今天敢来，就敢承担后果。你要是出不了这口恶气，来，照这儿——"他三下两下解开衬衣最上面3颗扣子，一手抓一边，整个胸膛立刻裸露出来："你随便打，这是我的报应，打死我都不带吭一声的！"

经过一番煎熬，江彪此刻反倒冷静了，喝命他起来。

周明却没听他的，跪着转过身，打开放在沙发上的包，拿出两张纸来，递给江彪。江彪没接，大眼睛瞪着他。

"兄弟，不怕你不信，我这膝盖连我爸都没跪过。我活了41岁，除了跪过我去世的妈，第二个就是你。"

江彪明白，他的奴颜婢膝不是白来的，那是要轰塌他的天、索他的命、摧毁他的一切。

那两张纸，江彪还是接了，展开一看，是亲子鉴定书。

江彪懒得往下看。还需要亲子鉴定吗？两个人都长成这样了还需要亲子鉴定?！养了17年的儿子，喂饱了煦暖了供足了爱透了，他却完全长成了别人的模样！江彪一下把纸撕得粉碎。撕完了一看，两手的碎纸屑。他像个憋着坏心的顽童，突然一抬手，"哗"一下把碎纸全扔到周明跪倒的身上、头上，纸屑飘飘，散落一地。

江彪像孤魂一样晃到角落去找扫把，拎着扫把过来扫地。扫到周明身边，就像没看见跪着的人一样，扫把在地上的藏蓝色西裤周围晃来晃去。

周明赶紧起身，从他手里抢扫把，想争着扫地。江彪并不看他，和扫把一起躲了两次。到他第三次上来抢，江彪突然火了，把扫把随手往身后一扔，巴掌兜着风落到他脸上。周明丝毫不躲，迎着他的巴掌站着，给打得后退两步险些跌倒，耳朵嗡嗡作响。

"我知道你还没打够，接着打吧。"

江彪却不再出手。他不想脏了自己。走到办公桌前背对着周明，一拳砸在桌上："滚！"

周明紧咬嘴唇："兄弟，我欠你的……"

"你他妈给我滚！"江彪咆哮着，虎啸山林般，整个楼层都为之颤抖。周明赶紧扣好扣子，拿上包溜走了。

好几扇同层的办公室门同时打开，探出了几个脑袋。脑袋们齐刷刷向教务主任室看去，却见屋门紧闭，不远处一个匆匆离去的男人的背影。脑袋们对视一笑——两袖清风的江主任又轰跑了一个试图行贿的人，为附中的学生质量，他真是严防死守。

江彪把屋门反锁，浑身的筋骨像被谁抽去了，坐也坐不直。近一个月反常的一幕一幕，如今都找到答案了。这件事，克明为何比他早一个月知道？谁告诉他的？他恨这对男女恨得牙痒，可他一点都不恨孩子。

儿子身上竟没有他的血？这让他怎么接受啊！

早就不愿回忆的一幕幕，重新又走回脑海里。

怪不得，按芦苇荡的日子算，孩子早产了一个多月，生下后却像个足月的孩子，只是很瘦。刘美美当时大出血，把他三魂都吓掉了，如此异常也没细想。现在猛地又想起她当时说过一句，"你看这孩子本来不足月的，都是你在我怀孕时照顾得好"。当时听了心里暖暖的，现在想来，这是欲盖弥彰、糊弄傻小子的。照顾得再好，能把不足月的照顾成足月的吗？

怪不得，16年的婚姻中，刘美美像块焐不热的石头，无论他怎样付出、讨好，她都百般不满频频找茬，动不动闹一场，一度让他恨自己无能，给不了她想要的生活。现在想来，她也不容易，独守着一个不可告人的邪恶秘密，长期面对非亲生却假冒亲生的一对父子，一看江克明，就想起抛弃她的那个人——精神不分裂才怪呢！

他也顺带明白了，刘美美在克明刚半岁时第一次提出离婚，其实是他的使命已完成，她不想再跟他这个志趣不合的人走下去了。那时他也早知道他与她不是同路人，可他坚决不同意，连声质问"孩子咋办"。倘若那时想通放手，对所有人的伤害都会降到最低——特别是对克明，他还啥都不知道！今日有此果报，确实是他应得的！

蠢啊！骨子里太骄傲，总以为能操控一切，自私无能刚愎自用……

一时间，脑海里储存的所有贬义词接连冒出来，狠狠砸在自己头上。办公室在一圈圈缩小，他在一圈圈变大，很快，狭小空间盛不下他了，他只能走出去，才不被憋死。

出了行政楼，不知往哪里走。好在清风一吹，残存的理性冒头，有些后事必须处理。他打出第一个电话，给校长张德祥，找了个去医院护理亲戚的由头，请校长准假；之后异常清醒地汇报手头几项工作的进展，分了个轻重缓急，连能接手的人选都思量好了。张德祥听得蹊跷，问他遇到什么事儿了，江彪坚定地说没有。

等到点开孔妍妍的手机号，他突然就噎住了，鼻涕眼泪都要往外冒。说不出是委屈还是心酸，他竟然特想见她一面。从来都是她腻他、黏他、磨他，他从来不屑小儿女情态的。今天这是怎么了！

可算把呼吸调均匀，他告诉她学校有个紧急会议，要在郊区开，今晚不能回家了。孔妍妍跟张德祥一样听出了反常，却又说不清反常在哪儿，想开口说点啥，他已说着"再见"，挂断了电话。

他信步走出校门，茫茫然向路对面斜街走去。漫无目的地走。

晚上八点多，献礼"七一"的排练才结束。孔妍妍立刻划开手机，来自江彪的内容一点没有。打给他，竟然关机。在她印象里，江彪没有关机的时候。她爱玩儿，玩疯了根本关照不到手机，有时没电自动关机了也不知道；但江彪活得严谨多了，她找他总能随时找到，从没为此着急过。

回想下午那个怪怪的电话，江彪肯定是出事了。

遂心没接电话，估计是改静音在看晚自习。情急之下，她打电话给张静娴："姐，你们学校今晚在郊区开会吗？"

张静娴愣住了："你等会儿，我问问。"

孔妍妍拎上包就往外冲，一口气杀回附中。正赶上克明下晚自习回到家。张静娴的回电也进来了，江彪说的那个会根本不存在。

"见到你爸没？"

克明摇摇头，神经质地到厨房厕所找，好像江彪会藏在某个角落。

孔妍妍腿一软，差点儿倒下。她总说江彪遇事不往好处想，此刻她却跟他一样了。妈的，想不了那么多了，江彪，你要是真出了事我就不说了；你要是故弄玄虚耍我，看我怎么收拾你！

她恨恨地，打起精神又要往外冲，克明赶紧跟上来："我爸怎么了？"

"你爸发神经！你等着，我去找他！我去报警！我跟他离婚！"

他被她前所未有的雷霆之怒吓着了，这个经常傻笑的瓷娃娃竟有如此狰狞的一面。他猜她必定经历了起火冒烟没头苍蝇的寻找过程，才会如此气急败坏。

他把一直背着的书包扔到桌上："我也去。"

孔妍妍甩了句"别掺和"，大踏步离去了。

克明的心再次沉到谷底，不知是夫妻间闹了矛盾还是那件事东窗事发了，若是后者，谁告诉他的？克明叹口气，不会是刘美美，那只能是这世上某个角落存在的、他生物学上的亲爹。说来奇怪，他从来没好奇过这个人，从小到大，他唯一不缺的就是父爱，他甚至觉得想想这个人都是犯罪，是对江彪的背叛。

江彪茫然间从海淀走到了朝阳与通州的交界处，倚在通州界碑歇气时正好是夜里 11 点。再往东走，满脑子依旧是这 18 年。一切的一切都打碎了，弥合不了。他坐在马路牙子上喘气，回头一看路边有家宾馆，就走了进去。

进房间一头扑到床上，鞋都没脱。他想一觉睡死，万事不愁。

就在他昏睡的时候，孔妍妍到附中辖区派出所报了案。她心急火燎闯入，又心急火燎喊有人失踪，惊动了正在值班的三位民警。一听失踪的是附中老师江彪，王小毛上前询问。他一边劝慰她，一边请她坐到电脑前，打开宾馆住宿管理系统，输入江彪的名字。在北京数以千计的大小宾馆里，今日入住的"江彪"有三个，轻轻一点，三人的身份证件跃上屏幕，在劫难逃的江彪立刻被锁定，他于凌晨12点20分登记入住通州区迎宾酒店，现在也许正在睡梦中。

孔妍妍长呼了一口气。松气后的大脑不再被高度紧张胁迫，却被愤怒完全占领。她跺着脚往外冲。

王小毛赶紧起身戴好警帽："等等，跟我一起过去。"

他见她气得快要喷了火，坚持带上她一同走。责任是一回事，还想给老师当当挡箭牌。她如此惶急，江彪又远走东郊去开房，以往类似事件，不是嫖娼就是通奸。以他对老师的了解，这两点似乎都不沾边，但人是会变的，上次江彪打架就刷新了王同学对他的认知。至于老师干坏事被昔日的学生堵住，这已经不重要了，首先保护他别被身边这头母老虎咬死才是当务之急。人民警察为人民，更何况警察还是人民的学生。

站到了江彪的房间外，孔妍妍上前敲门。王小毛心怀忐忑，一看表已凌晨2点，赶紧提醒她轻一点儿，别扰民。听这话孔妍妍自己不敲了，拉他上前。王小毛只好按她说的，一边敲门一边说自己是警察。抬高声音说了三四遍，屋里没人应答，附近几个房间倒陆续有人出来，低头疾走如飞。

孔妍妍看着他们好气又好笑，房间里可算有了脚步声，她往旁边一闪，只剩王小毛在门前。江彪睡眼惺忪开门出来，眨眨眼才看出是王小毛，吃了一惊。学生抛给他一个眼色，伸长脖子往屋里看，故意提高声音："就您一人儿吧？"

江彪刚一点头，一旁闪出个女疯子，上来揪着他衣领就打。这都在王小毛意料之中，立刻上前拉架，没想到这纤细女子发起狠来蛮力惊人，挂在江彪身上拉都拉不开。

江彪一边挨打一边劝小毛："让她打吧。"

一听这话，孔妍妍倒停手了。看二人各自把头扭向一边，都沉着脸，王小毛开了句玩笑："您二位要是再打架，可得按扰乱治安论处啦。"

他的玩笑没得到预期效果，二人还是扭头绷脸。

王小毛前脚离开，孔妍妍突然又开手顶着江彪胸膛，把他推进房间，回手一把把门关上，撒泼打滚撞进他怀里，哭着骂他怎么没死了。

　　江彪一把抱住她连连告罪，说他该死。从学校出来快走到四环路，他才想起没带充电器，手机很快没电了。

　　孔妍妍推不开他，就拼命捶他、擂他，江彪胸前传出大堂鼓的响动。

　　几小时前，得知他手机关机的一瞬，孔妍妍眼前一黑，连最坏的可能都想到了。不，她不能想象失去他，他是她的魂魄，是她的大脑，是她的心、肝、脾、肺、肾，失去了就不能活。太可笑了，她不是动不动就跟他冷战吗？看他坐在电脑前视工作如命，她不是发狠再不理他吗？挑剔他没情没趣，不是经常想踹了他换个有情有趣的吗？

　　她抹着眼泪一路找，家里、办公室、操场、体育馆，附中里江彪但凡能出现的地方，都被她翻了个底朝天。一路打电话，手机里存着的所有跟江彪有联系的人，都打了个遍。直到手机打没电，安上充电宝接着打。

　　她近十个小时水米未进，一路折腾，胃里的酸水直往上冒。她把他前胸后背捶够了就开始骂他，骂着又来了气，把他的长袖衫撸上去，抓起裸露在外的白皙手臂就咬，心里发狠，嘴却没舍得使劲儿，确实也没了劲儿，那力度不像是咬，倒像是亲了。

　　江彪趁势抱着她倒在床上。她渐渐觉出他胸膛起伏，声息渐粗。一抬眼才发现他竟在哭，眼泪大滴滚落，却一丝哭声也没有。这样的无声饮泣让她心疼欲裂，她只在他母亲去世那次见他哭过。

　　找他一路，就憋着想问个"为什么"，此刻却说不出。她抬起纤长的十指，轻柔地为他宽衣。之前都是江彪伸出手臂，给她当枕头；今天换过来了，她用自己的胳膊环抱着他的头，把他揽入自己怀中。

　　这是母亲拥着孩子睡觉的姿势，最安全、最舒适。

　　一觉醒来已是午饭时间。江彪看着床上的白色被褥白枕头，看着坐在床边穿衣服的孔妍妍，大有"梦里不知身是客"的恍惚。她穿好裤子猛一回头，正好跟江彪的大眼睛对上。

　　"还不赶紧起来。"

　　江彪得令，从沙发上拿衣服穿。

　　"你查到我的行踪，没怀疑我跟人鬼混？"

　　她"哼"一笑："谅你也不敢。"

　　她打开手机，一堆微信、未接来电一拥而入，大多是询问江彪的下落。她拣重要的赶紧回复，心里怪自己沉不住气，一热血上涌就没脑子，惊动这么多亲朋好友。

"克明不是我儿子。"江彪喃喃自语，像说给自己听。

话一说出来，世界都安静了。孔妍妍愣了几秒竟笑起来："不是你儿子，是我儿子？"

"昨天下午，他生父来找我了。"

江彪的声音平静安详，隔了不到一天一夜，现实就把他强奸得顺从了。不然，能怎样呢？孔妍妍眼里的光突然暗下去，整个人定在那儿一动不动。有那么一瞬，她的心和大脑也定格了，怎么努力都旋不转。

这是怎么了?！

细想，她一直觉得父子俩长得不像，上高中时她就跟田遂心说过，可恶的田遂心眼一瞪说"不像也没有你的份儿""要不你给他生个像的"。然而再不像——天地良心，她也丝毫没敢往非亲生的方向想，她哪有这样的想象力和远见哟！

克明是江彪的半条命啊。没这个孩子，他何苦跟那个疯女人死守十几年，最后让人像破抹布一样甩了！

她的心疼起来。拧着、抽搐着、剜着疼。人在极度心疼时总要左冲右突寻个出路，她找来找去，却找不到一个路径。

她拉上江彪出门，开上车随便找了家大型商场。她不坐电梯，沿着楼梯快步下去，很快，墙上出现了"地下一层"4个大字。持续而震撼的重金属音乐由远及近，冲击耳膜。江彪抬头看，满眼尽是轰隆作响的游戏机，有三四十部。每部机器前死命战斗的，几乎都是逃课出来的中学生，除了背景音乐和机器的效果音，这里还充斥着青春期雄性生物荷尔蒙过剩的嘶吼，把金属、塑料和人的味道全都搅和在一起，乱得一塌糊涂。

"刘美美，我……"走到最嘈杂的地带，孔妍妍停下来，把双手拢在嘴前喊了一嗓子。她每句话都以"刘美美"开场，往祖宗十八代以上开骂。

孔妍妍的脏话来源都在 20 世纪 90 年代的北京胡同里，带着旧世遗风的胡同老大爷的话。小时候听到一句骂人话就像捡了宝一样回来学给姥爷听，姥爷笑嘻嘻听着也不呵斥她，只说："跟我说行，别跟你妈说，更不能出去说，会挨揍。"

孔妍妍的叫喊声被几十部机器卷进轰鸣的背景音，被切割成碎片、碎末，转眼就化烟化灰，不见了。

"刘美美，我要宰——了——你——！"她像母狼一样嘶吼，拖着因调门太高而撕裂的尾音。

像是有了惊天地泣鬼神的效果，整个地下一层瞬间漆黑一片，重金属音乐戛然而止，眼前万物一齐堕入黑暗和宁静，唯有孔妍妍母狼般的嘶吼"宰——了——你"绕梁不绝。突如其来的变故把逃学的小公鸡们弄愣了，他们还来不及蹦出各种脏话来咒骂跳闸，就听到了孔氏尖利可怖的吼叫。

不到半分钟，所有的灯又亮了，孔妍妍的吼叫却绵绵未绝，所有人的目光齐刷刷落到她身上。重金属音乐随着电流回过神来，地下一层又陷入地动山摇的纷乱。孔妍妍耗尽了肺活量，几乎瘫软在地。脑袋里嗡嗡作响，这才发现很多人看着她，他们为专心听她歇斯底里的吼叫，已停顿一分钟没有打电游了。

她拉上他就走，到了商场门外才停下脚步，她把双手支在两个膝盖上，笑得直不起腰。笑着笑着，眼泪又出来了。

在别人眼中变成笑料，他不在乎。他只在乎她，只要她不拿他当笑料，他就不是真正的笑料。

孔妍妍扶着方向盘却不发动，她直视前方，目光凌厉狠毒。

"江彪你听着：我要给你报仇！"

39

孔妍妍把克明的身世当成一个惊天大秘密告诉了母亲，让她奇怪的是，孔宪愚的表情像听到"你好"一样平静。

该来的还是来了。大法官在心底轻叹。

"妈，我要打官司！"孔妍妍的昂扬斗志完全被激起来了。

"这个案子，你要首告江克明，连带告他生母……"

"为什么？"孔妍妍差点跳起来。

"别问为什么，惯例。"

"这就不合理！"孔妍妍誓要打尽天下抱不平，"又不是他请他妈生下他！我只告刘美美。"

孔宪愚气乐了："你只告刘美美，案由怎么写？"

"什么案由？"

孔宪愚叹口气："你离打官司的事还太远。江彪什么意见？"

"他没说。"

"当事人不主张，你上蹿下跳？"孔宪愚严厉起来，"你和被告刘美美什么关系？"

这一下把孔妍妍噎个半死。刘美美，她丈夫的前妻，又是那样一个人——天哪，和她曾在同一位置的前任，竟是个如此不堪的东西！她从小到大的所有骄傲都被姓刘的掀翻了、轰塌了！

她呜呜哭着跑回自己卧室。

孔宪愚一直纳闷孔家怎么会生出这样的异类。这丫头随她艺术家的爹了，听风就是雨，喜怒无常。基因这东西，毫无理性可言。

孔妍妍哭够了又回到厅里，漂亮的杏核眼俨然成了两颗红杏。

孔宪愚尽量让自己语气和缓："江彪是当事人，不跟他说通你怎么告？"

"说不通我就跟他离婚！"孔妍妍泪光里闪着凶光。

孔宪愚又蒙了。

"一个男人，被欺负成这样儿都不回击，也没什么活头了，还不如死了好！"

"你只看到他窝囊，就没看出点儿别的？"

"缺心眼儿呗！"

孔宪愚摇摇头："你就看不出他的胸怀？男人什么最重要？就是胸怀。真正有胸怀的男人让你遇上了，你却只看到他窝囊，看到他傻。"

"妈，您别安慰我了，他就是窝囊，他怕，他根本斗不过刘美美。"

"打官司，就是跟历史纠缠，摆脱历史往前走怎样？"孔宪愚启发女儿，"关键是，克明这孩子那么好，投鼠忌器啊，他又不是一两岁的孩子。"

"不行，我非跟坏人斗一斗，让她知道伤害好人没有好下场！"孔妍妍攥起拳头，瓷白的小脸上战火熊熊，心底也吹响了战斗号角。

她思来想去反复掂量，还是决定对刘美美暂时保留一丝善意。看在克明的面子上。

先要她道歉，不行再说下一步。太便宜这个女流氓了！害了江彪18年，就一个道歉了事?！

她压根没想到，连这个廉价的道歉都没要来。

决定跟刘美美单独见面，孔妍妍没知会江彪，只从他手机里默默查到了她的电话号，记在自己手机里。

刘美美不愿见孔妍妍。但听说是为儿子的事，她只能答应去见。春节时周明得知了儿子的身世，穷追不舍引起了肖春秋的怀疑，姓肖的盯梢拍照跟她搞克格勃那套，让她疲于应付自顾不暇，最终离婚。遭遇接二连三的变故，她在单位也受了处分，从文员落到去看资料室，如今小小的资料室也把她架空了。被排挤虽让人难受，倒也落得清闲。

自打茶楼询问身世那次，儿子就再也不接她的电话了。刘美美倒也无所谓。她现在真正的空虚源于缺乏爱情，"再不恋爱就老了"。她要把周明对她的伤害、江彪对她的束缚、肖春秋对她的利用全部抛开，谈一场真正的恋爱！她才40岁，她不能就这么无欲无求。别的她不在乎，哪怕她的亲生儿子。

孔妍妍把见面地点，定在她和刘美美地址的中间点，一个生意红火的小中餐馆里。她之所以选个闹腾地方，是担心自己一见刘美美会控制不住，没多久就跟她吵起来。

刘美美穿一条大花连衣裙翩翩而来，像花丛中飞舞的色彩斑斓的蝴蝶。

"大家都忙，废话就不多说了。我约你，是想把这件事了断一下。"孔妍妍开门见山，"克明的生父来找江彪了，你怎么看？"

她压着火气，决心来个先礼后兵。

刘美美身体某处碎裂了，都能听见嘎巴脆的一声。接到孔妍妍的电话，她绝没往这件事上想。只以为小后妈被克明气着了，折磨孩子爹还嫌不够，又来折磨她了。

她哪能想到是这个?!

孔妍妍也把刘美美想错了。

之前她设想了两种画面，画面的开头是一致的：刘美美一听她揭开了隐瞒18年的弥天大谎，傻眼了。之后画面分为两组：一，狼狈认罪痛哭流涕，约定时间向江彪道歉；二，虽然傻眼认账，但死鸭子嘴硬，拒不道歉。

然而刘美美的表现超乎她想象。乍一听完，姓刘的愣了几秒的神儿，就很快气定神闲起来，眼神坚毅明朗，微笑着反问："光天化日下，你怎么敢胡说八道？"

孔妍妍从没见过心理素质这么过硬的人。换成她，恐怕早无地自容只求速死了。

"我劝你别被坏人利用了。"刘美美从手包里掏出烟和打火机，"那个自称克明生父的是啥货色，你们考证过吗？他是我大学校友，这么多年对我死缠烂打。我能理他？"

"他见我死活不理他，威胁要跟我鱼死网破……"刘美美磕出支烟点上，恨得咬牙切齿，"哼，原来是这么个鱼死网破！江彪就上当了？孔妍妍，换成你，带着肚子嫁别人的事儿你敢干吗？"

"孩子长得跟他生父一模一样，你怎么解释？"

"江彪烦了他儿子了，我理解。哪个男人有了小娇妻，还能正眼看前房留下的儿子？你回去转告他，当初离婚我就不想给他，这孩子有亲妈活着呢，受你们冷眼挤对……"

"哎，你别胡说八道啊，"孔妍妍竟被说得坐不住了，"没人挤对他……"

刘美美眼泪滚滚而下："都怀疑他来路不明了，还敢说没挤对他？"

孔妍妍告诫自己别被她牵着走："亲子鉴定书呢？在你眼里也一文不值？"

刘美美心底一惊，咒骂起周明来，她把信息藏得死死的，他怎能拿到儿子的样本？顺势吐出个烟圈，把自己包围在缭绕的烟雾中："啥鉴定书？"

"孔妍妍，你还是太年轻，有些人为了达到目的死都不怕，还伪造不了一张鉴定书？只要有钱，啥东西造不了假？"

"你的意思是这件事凭空捏造，有人栽赃陷害你？"

刘美美"哼"一声："造谣的死下三烂，他两个前妻我都认识，她们都可以证明他不育。他先天不育，可传宗接代的心又特别重，看谁家儿子都说是自己的，让人揍过不止一次了。"

孔妍妍一时竟没话反驳。呆愣地看她吐了一会儿烟圈，说："江彪念在你们多年夫妻的情分上，暂时不想去法院告你，可你道个歉还是应该的！"

刘美美把烟熄灭在烟缸里，又磕出第二根点上："你们在一起时间也不短了，江彪对你咋样？"

孔妍妍不知她又憋着什么坏，没说话。

"克明每次见我，都会讲你俩的事儿。江彪对你，比当年对我好太多了，我比他大1岁，你比他小9岁，长得又漂亮，哪个男人不爱？他要是当年对我好那么一点点，我们也走不到这一步啊……"

刘美美说着哽咽起来，一脸哀伤，刚抽了两口的烟也按到烟缸里熄灭了："你放心，我确实爱过他……可我早对他死心了。"她抹着泪补了一句，"从他那次打得我进了医院，我的心就死了。

孔妍妍皱紧眉头："他打过你？"

"打过？一看你就……他还没打过你吧。"

"他干吗打你?"孔妍妍赶紧追问。怪不得江彪极少谈及和刘美美的婚姻，说是禁区，敢情他有家庭暴力。转念一想不对，她高中时做他学生，从没听说他有这毛病啊，连数学高老师那么八卦的老太太都没说过。还有克明，要是他父亲有家暴的毛病，他怎么会选择跟他生活呢？她和他在一起已近一年，她仗着他疼她总是欺负他，变着法地挑衅冒犯，他也没对她挥拳相向啊！

刘美美抽纸巾擦眼泪："看来你对家暴一点都不了解，对江彪的性格也欠了解。毕竟你们在一起时间不长。很多家暴的人都是知识分子，在外面温文尔雅，谁能在脑门上写'打老婆'三个字？那都是关起家门干的事儿。江彪跟别的家暴男还不一样，他不打孩子，只打我。他无数次跟我说过，他从小被他妈打，不想让孩子再受苦。哼，我算个啥，生孩子工具。你别拿我说的不当回事，我的昨天，就是你的明天。"说到这儿又一字一顿补了句，"不远了。"

她的话让孔妍妍不寒而栗。

"你刚才问，他为啥打我？最狠的那次打到医院，克明还不到 1 岁……"刘美美眼神里布满惶恐，像重回噩梦的当天，"他去上课，我胃疼去楼下买药，抱不动孩子，怕他磕着碰着，就把他放到洗衣机里……其实，前后不到十分钟，他下课回来了……看到了洗衣机里的孩子。我一进门，被他一把揪住头发往墙上撞……"她再也忍不住，失声痛哭，"16 年过去了，还做噩梦啊！"

孔妍妍瞪圆眼睛。

"你以为人看着斯文，骨子里一定斯文？他打人很有一套，力气大不说，还闷声不发……"

孔妍妍蓦地想到江彪跟杜渐对打那次，他一打四竟没吃啥亏；她还脸红地想到江彪在床上的粗蛮。心竟有些凉。

"他跪在急诊室床边跟我忏悔，说下次再也不了，我原谅了他，不管咋说，他是心疼孩子啊。我们是一个县城的老乡，对彼此家庭都有了解。他从小受的就是暴力教育，这东西埋藏久了，迟早会冒头。说实话我挺心疼他，也许，要是没有那些童年阴影，他不会这样。"

"你倒宽容大度。"孔妍妍竟有些怜惜她。

"江彪是个典型的北方男人，大男子主义特严重。他不觉得打老婆是罪过，还觉得是疼你爱你呢。"

孔妍妍有点坐不住了，她简直想去和江彪对质。

对面的刘美美还在喋喋不休："你知道吗？一个月前克明就找过我，问的也是你今天的问题。他接到一封匿名信，我怀疑也是那个下三烂搞的鬼。就为那不敢留名的信，他上蹿下跳亲爹亲妈都不要了。"

她说着，强忍泪水："从小到大，我陪他太少了，不怕你笑话，我不是个母性特强的人。我对不起这孩子，都是我的错……"

看着她梨花带雨楚楚可怜的样儿，孔妍妍简直要上前安慰她了。

天哪，怎么说着说着就变这样了！

这种事没法找旁人调查，只有双方当事人心里清楚。去年过年她刚跟母亲说了江彪的事，孔宪愚就提醒她不能只信控方，也要听取辩方意见。可她上哪儿去找辩方啊！

如今辩方就在眼前，可她说的不是真的！孔妍妍在心底呐喊：这是个演员、生活中的演员！她想挑拨他们夫妻关系，而她，差点就上当了！

刚跟孔妍妍见完面，刘美美就气咻咻直奔周明的公寓。一进门脱下两只高跟鞋，一手攥一只，打苍蝇似的往周明头上脸上招呼。周明抬起胳膊挡着，跌跌撞撞往厅里退去。

"哎，君子动口不动手……"

她下死劲儿照抽不误，嘴唇嗫得颜色发青，直把周明逼到墙角落地灯旁，灯被撞得东摇西晃差点儿栽下来。她终于打累了，往沙发上一坐，把高跟鞋使劲往门口一扔，划出两道粉红的抛物线。

周明心一紧："江彪找你了？"

"对！他打得我脑震荡，要去法院告我，还要把真相发网上……你称心如意了！"

周明热血"呼"地上涌，正想骂江彪"打女人算个啥"，突然发现她不像挨了打，刚才打他倒是凶得很。

"事儿败了，别想让老娘顶着，你当缩头王八！"刘美美"腾"地站起来，手指尖快戳到周明的脸，"你跟他们打官司，老娘不伺候！老娘不能毁在你们这群王八蛋手里！"

周明一听心底笑逐颜开，明面上却不敢过多显露，他盼的不就是这一天吗？这官司，江彪不打，他还得找他呢！

"行，美美，放一百个心。我去找江彪，让他告我。"

刘美美放了心，准备离开，周明上前把她抱住了。

她挣脱开："我宰你的心都有，跟我来这套？"

"给个机会吧。"周明哀求，"当我没去美国，多好的一家三口……"

刘美美突然意乱情迷起来，不再推拒他的怀抱，轻声呻吟着把头贴在他的胸前。周明觉得自己飘起来了。"一家三口"居然能感化她！她在乎！从年前初次见面到现在，天地良心，她从没跟他越过界。肖春秋都冤枉她了。可这是……这是要……

她已经把他扑倒在沙发上，周明还低声说了句："咱去卧室吧。"刘美美不管，径自给他宽衣……

销魂的一刻就这么来了？他全身发热，云里雾里，略直起身，想着也为她宽衣解带。

刘美美突然抡圆了巴掌，左右开弓打在他脸上。周明猝不及防，直挺挺倒下。

他气极又不知如何反击，刘美美得意地笑了，轻蔑地上下扫射他，用目光把他羞辱够了，走到门口穿鞋："让你也尝尝滋味儿！"

40

孔宪愚私下告诉江彪，孔妍妍要启动打官司且决心很大，她希望他们三思而后行，关注克明的心理。事情到了这地步，再因面子而回避，就不对了。

江彪到她单位接她，想跟她好好谈谈。他在楼门外等，和陆续走出门的同事打招呼。几位同事看见他，脸上都有些哀戚，两位男士还上前握握他的手，请他"节哀顺变"，把他弄傻了，也不敢问，他们哀戚，他只好也哀戚。

别人都走了，跟孔妍妍要好的女同事把他拉到一旁，低声说："够缺德的，丈夫父母的丧假才给两天，只够往返内蒙古的！额外请假还得背处分！妍妍可气坏了，跟我说她要告单位呢！"

江彪大致听明白了，这家伙打官司上瘾，连单位都要告！

孔妍妍孤零零从楼里出来了，同事赶紧补一句："您好好安慰她啊！"

见江彪等在楼下，孔妍妍一阵惊喜，蜜月一过他就忙于工作，很少过来接她。刚想像花蝴蝶一样扑过去，突然又想起刘美美的话。她笃定他不是可耻的家暴男，但话还是老在她耳边绕。

她有点不自在，他却一无所知，缠磨着把她弄进二人常去的饭馆。

"你的夫家出什么祸事了？"

孔妍妍一愣，不好意思起来："对不住您了，为请假编个说辞。"她压低声音，"我说我婆婆驾鹤西游了。"

"感谢你让她多活了 12 年。"江彪哭笑不得，"为啥请假？"

"打官司。"

丈母娘的情报果然没错！那天他以为她随便说说，为他解气罢了，没想到真是个行动派。

她不再理他，无聊地看着手机，等上菜。

"老婆，我知道你是为我……真没想到你有这么侠肝义胆的一面……"

她喝了口水："直说，是不是不想打？"

江彪不再兜圈子，坚定地点点头："是，我不想打。"

"为什么？"她逼视着他，杏核眼里的血丝还没消退，兔子似的。

江彪心疼了，他的事，却把她折磨成这样！

"我能想象打官司是件恶心事，特别是我这种案子……跟你说实话，我不想跟那个人打交道，一秒都不想，看到名字都恶心……"

孔妍妍故作不懂："'那个人'，谁？"

"克明他妈。"江彪老老实实回答。

"哦。"她恍然大悟，"16年夫妻，就算因为这事儿变了仇人，也不至于面儿都不能见吧？"

江彪摇摇头："我知道离婚我有责任，可我……"

她立刻追问："什么责任？你有什么责任？"

他苦笑："我又不是圣人，不可能不犯错。"

"犯了什么错？"

他被她的逼问弄愣了，觉得她今天很奇怪："我可以不说吗？"

"你当然不想说了！"她声音突然高起来，一脸刻薄，上菜的女服务员都被她吓一跳。

"你把人家打跑了，你好意思说吗？"

江彪傻了。这话从何说起？

她藏不住心事，索性给他讲了他把刘美美打住院的事。江彪听天方夜谭一样听了半天，听到后面竟然笑了。

"你呀，这是个再创作的故事，跟当年的事实出入很大。第一，她那天没病，去邻居家搓麻将了；第二，我一个指头没动她，只是气得把牌桌掀了，涉及不到去医院我下跪忏悔之类的；第三，出入最大的一点，克明那时不是不到一岁，而是快四岁了，你要是有兴趣，可以找他核实。我还说过他，从小有那么多好事，他偏不记，坏事儿倒记得清楚。"

孔妍妍半张着嘴，脑袋直嗡嗡。

江彪突然起身到前台，要了瓶小二锅头，自斟自饮起来。

"他想爬出洗衣机，可空间太窄把他挤住了，就在里面一直哭，直到把我哭回来。"江彪红了眼眶，"克明那天因为发烧咳嗽没上幼儿园，他妈请假在家照顾他，按理说我没啥可担心的。可我就是不踏实，上着课一阵阵心难受……"

他抬起头，眼泪无声掉落："他咋可能不是我儿子？没血缘，能这么连着心吗？"

她拿过二锅头喝了一口，被辣得龇牙咧嘴，差点喷出来。

江彪赶紧给她拿纸巾擦。

"那你，你没打过她？"孔妍妍拿不准了，心有点虚。

"我从没打过女人。"

"背地里也没有？"

江彪被她气乐了："傻老婆，不信你认识十几年的人，倒相信挑拨离间的。"

孔妍妍一巴掌轻拍过去，恨恨地："那你不早说，害得我一直瞎琢磨！"

"你也没问我啊！"江彪哭笑不得，二人苦中取乐打闹着，你一掌我一掌，轻轻落在对方脸上。她叫他"家暴男"，他叫她"缺心眼儿"。如此公然打情骂俏，吸引了左右食客的目光。

没一会儿，孔妍妍收敛了笑容，把俩人的杯里都倒上酒，她端起酒的架势，要歃血为盟似的。

"江彪，下辈子你要是第一个不去找我，去找刘美美那样的女人，对不起，就算你再次自由了，我也不会再像这辈子一样追你。"她借着酒力，咧嘴哭了，"我不想跟那号人为伍！"

江彪把杯里的酒一饮而尽，绕过桌子抱住她："下辈子我当然第一个找你，你想躲都躲不开，想逃都逃不掉。"

她推开江彪走到前台，又要了瓶小二，喝得东倒西歪站立不稳，喊着还要喝，江彪把她往肩上一扛，走出店门。

第二天一早起来，孔妍妍答应江彪不再跟单位请假，安心回去排戏，兢兢业业工作这么多年，不能背上处分。

中午休息，孔妍妍还是开车去了江悍的事务所。江悍正忙着，先把她请到里面会客室坐下。

实习生进来给他们倒茶。江悍不省心地审视着玻璃茶壶里飘舞的茶叶，赶紧止住她："这壶茶你们喝，再沏一壶滇红来。"

孔妍妍笑了："你还挺细心，知道我喝红茶？"

"田遂心那傻东西说的。她说你胃不太好，嫌绿茶性凉。"

"她呀，就是死要面子活受罪。不过她心里有你，这个你放心。你多给她几个台阶下啊。"

"你还不知道她？犟牛一头，她自己不回心转意，我可没辙。不过我能等，反正横竖这辈子归她了。"江悍说分手后为了给她台阶，他每周到票房堵她，都被她冷脸相待。有一次他把车扔在票房，跟着她一起上了公交车，被她发现后直接给端下来。

孔妍妍听得哭笑不得："你俩真是一对儿冤家！不过，她要是能端你，说明你还有戏。"

江悍直纳闷她怎么有时间找他聊天。她之前从未登过门，难道就为撮合他和田遂心？

她本想多聊一会儿再说正题，看这里人来人往，不好耽误江悍工夫。

"你哥遇上事儿了。"她低声说，起身把会客室门反锁上。

江悍看她如临大敌，居然还反锁门，猜不出他哥能遇上啥事儿。他起身给她续好茶，也给自己倒上。

她眼神空洞地盯着桌面："克明不是你哥亲生的。"

江悍拿着茶杯手一晃，溅出的茶水烫到手上。她抽出纸巾递给他，他竟不知道接。

"能确定？"江悍问。

"他生父找你哥了，拿着 DNA 报告。之前克明出走，也是收到了匿名信。"

江悍一拳砸在茶几上，茶杯都砸得跳起来。

她眼睛一亮——解恨，她跟江悍真对脾气，江彪这人太没劲了。

"我想告她，给你哥讨回公道。"

"抽根烟行吗？"江悍心烦意乱地掏出烟，先给她递一根，她摇摇头，江悍才意识到她根本不抽烟。

江悍在会客室来回踱步。

247

"生克明那年我哥才22岁，要啥没啥，住在15平方米的单身宿舍里。为了养孩子他都快累吐血了。我上大学时克明一岁多，他在职读硕士，时间和钱都紧得厉害。我经常编个借口跟我妈要钱，要来就给他送去，后来我妈说，你个小家贼，以为我不知道你是为谁？你哥对自己终身大事太草率，我不能明着帮他，得让他吃点儿苦头。我妈说，十个指头咬哪个都疼，你以为他弄成这样我心里好受？"

江悍一把把烟熄灭在烟缸里，红着眼睛："姓刘的耍的不只是我哥，还有爸妈和我。还有你。以为我们江家人灭绝了？"

孔妍妍点点头，从包里掏出一个鼓鼓的信封放在桌上。

江悍一见皱起眉："这是干啥？"

"我知道你们哥俩好，可俗话说得好：亲兄弟，明算账……"

江悍把信封放回她包里："你们这些大城市的独生子女，懂得什么叫手足之情吗？"

他停顿几秒定了定神："《新婚姻法解释三》2011年落地，女方拿不出亲子关系证据，又不配合做亲子鉴定，可以反推男方证据成立。这个官司太好打了。不过，傻老大不想打吧？"

她点点头。

"嫂子，你替我哥打官司，我来操作具体。但他的身份证和亲笔签字的委托书一定得有，递诉状时要用。"

孔妍妍一愣："委托书？还要亲笔签字？"

"只要不是本人，都得要委托书。我给你模板填一下，让他写个名字就行了。对了，我刚才气蒙了，亲子鉴定书也得有，不然不好立案。"

孔妍妍一听急得跺脚："克明他生父给了你哥一份鉴定书，可是他……"

"他咋了？"

"他一气之下给撕了！"

江悍"唉"一声："这一撕不要紧，还得费周折！"

看她又急又气眼圈都红了，江悍赶紧把话又拿回来："别担心，撕了也没关系，想拿到他俩的样本还不是随时的。"

她立刻摇头："克明眼看又要期末考试了，别惊动他。"

"不用惊动，他吃饭喝水的碗啊，杯子啊，都能提取口腔细胞，太简单了。"江悍转转眼睛，"做鉴定耗时耗钱。咱关上门说啊，只要你舍得报出令堂的大名，任何一个法官都……"

孔妍妍摆手打断他，她可不想走后门儿，那不是使钱搭面子的问题，真这么做了，她这正义一方成什么了？

"按正常程序走，我就不信这世上没有公道了！"

41

孔妍妍把克明的身世秘密告诉了三个人，田遂心的反应最有趣。

听说克明不是江彪的儿子，田遂心喝着茶头也不抬，先喊了声"对!"，把孔妍妍弄愣了。

"江悍也不是江彪的弟弟。你是江彪在这世上唯一的亲人，独占欲满足了吧?"田遂心跟江悍分手后，本就纤细的身子又纤细一圈，腮上看着都没多少肉了，脸一小眼睛看起来就大了，大眼灯似的。

孔妍妍低头叹了口气，田遂心才觉出不对，赶紧让她细说从头。

这段时间，田遂心经常在四楼走廊上看到一个鬼鬼祟祟的中年男人，在高二（6）班门口逡巡，见有学生出来就闪到一边。她看见过多次，不知他是咋混进来的。

"您找谁?"有一次她忍不住问了，那人赶紧摘下棒球帽微笑着鞠躬致意，那仪态活像美国老电影里的绅士。他说来找江主任，田遂心告诉他江彪在行政楼，不在教学楼，他立刻改口到教学楼随便看看。

"你赶紧回忆回忆，这人长得像不像克明?"

遂心后悔没太认真看他："只能等下次了。"

下次再见到周明，遂心有意向他透露自己是知情者，还认识江老师的爱人，探他的口风。他果然希望能结识孔妍妍。

"这是来摘桃子了。"孔妍妍气得热血上涌，"一份力没出，他来摘桃子!"

"先别生气。你打官司不是需要亲子鉴定书吗?"

孔妍妍一拍脑门。

没几天，在附中旁边茶楼里，她见到了周明。

此刻，江彪带克明和江悍去听音乐会了。老同学给了三张票，本来要和孔妍妍去的，她一听如此多事之秋竟有闲心声色犬马，大怒，那表情活像"匈奴未灭何以家为"的霍去病前辈，吓得江彪灰溜溜改弦更张，叫上了江悍。

见到孔妍妍的一瞬，周明忐忑的心莫名放下了。电话里只听声音，孔妍妍显得严厉生硬，见了面才知道，这是个如此性感迷人的东方美人，这样的美貌放在休斯敦闹市，能得来多少明里暗里的"wonderful、fantastic"的惊叹啊！

周明的热脸，连个冷屁股也没贴上。孔妍妍沉着脸半天不说话，只对服务员说："一杯祁门红茶。"

周明一开口，称她"江夫人"，把她厌烦得直皱眉。

"孔妍妍，我有名字。"

"妍妍……"

"孔妍妍！"她立刻打断他，面色冷峻重申一遍，用她专业的舌头特别把"孔"字咬重，目光里带着火气。她喜欢的人怎么叫她悉听尊便，但是你周明不行，孔妍妍自从知道你名字的那一刻起，就已和你势不两立了。

"带来了吗?"

周明答应着，拉开包把鉴定书拿在手里，却不急着递给她："这可是原件，虽说还有复印件，可也不能再撕了。"

孔妍妍答应了，他才把鉴定书给了她。

她装作内行地认真看着，其实那些内容她并不太懂："你怎么拿到克明样本的?"

"我用克明喝饮料的杯子做的鉴定。"怕她怀疑这份鉴定书无效，又细说，"克明用的是杯痕，就是口腔细胞，我是在鉴定中心当场取的指血。"

"直说吧，需要我做什么?"

"孩子的出生证明。"

"干吗?"

"克明是我唯一的后代，我想让他和我一起去美国。"

看他一本正经的样子，孔妍妍很想一口吐沫啐到他脸上。

"周先生，您是怎么想的?"

周明满脑子想的都是儿子，竟没听出孔妍妍语气里的嘲讽，以为她是认真探问他把孩子办出去的具体过程："是这样，我先拿到孩子的出生证明，再到使馆去办手续。有一些我的证明材料，像就业、社会保险、纳税记录之类，能证明我在美国居留时间超过 5 年的，我还得回美国去准备。过程可能很漫长，但我愿意去做。"

孔妍妍原本满心戒备全是敌意，听他的话竟被气乐了。

周明不明所以，稀里糊涂也跟着乐了。孔妍妍见他顺着她乐，乐得更厉害了，都快前仰后合了。笑声银铃儿似的好听极了，乐了足有一分钟。周明几乎被她迷住了，目不转睛看着她。孔妍妍猛地收住笑容，像手上握着控制笑肌的仪器一样，瞬间切换到严肃。

周明看呆了，他还不知道孔妍妍是职业演员，练表情练了十几年了。

"一个多月前，克明收到一封匿名信。我现在想知道那是谁写的、谁寄的。"

"你怀疑是我？"

孔妍妍冷笑一下："谁干的谁知道。"

"匿名信跟我无关。"周明心里有些火，他好歹是个大男人啊。

"不是你写的，那会是谁？"她被刘美美的花言巧语欺骗过，认定周明也是个撒谎精，她不想再被这对狗男女中的任何一个人骗了。

周明没搭话，继续说："鉴定书是我自愿给你的，不要你拿孩子的出生证明换。所以，你开个价吧，只要别太离谱，我都给。"说完顿了顿，又补充一句："我欠江老弟的，给也应该。"

"出生证明在江彪手里，还得看他本人的意思。"孔妍妍留了活话。

临走，周明把包装精美的一瓶香奈儿香水和一支 YSL 口红送上，连说都是不值钱的小玩物，望请笑纳。孔妍妍推了回去："这类东西我有指定牌子，用不惯别的。"

她回到家在沙发上闷坐一会儿，江彪他们三个才回来。勾肩搭背兴高采烈的，像喝醉了酒，进了门还在讨论音乐会上哪个花腔女高音唱得最好。

江彪和克明就不用说了，他们能笑得出来真是没心没肺；江悍也是，第一次得知真相他气得牙都快咬碎了，过了没几天，也欢笑如初了！难道这世上只她孔妍妍一个想不开，快抑郁成疾了？

趁那父子俩进屋换衣服，她问江悍："都没心肺吗？"

　　江悍笑了，压低声音说："天塌地陷也得活下去啊。不然，你说怎么办？"

　　"不报仇雪恨，我笑不出来。"她哭丧着脸。

　　"嫂子，你让我上来不是有事儿吗？"江悍提醒她。

　　孔妍妍骂自己忘性大，半小时前给江悍发的微信，半小时后全忘了，赶紧拿出折成小块的亲子鉴定书，直接塞进他手包里。

　　"拿到了？"江悍不敢声张，竖起大拇指，"嫂子，真有你的！"

　　"可惜不是你哥跟孩子的，是孩子生父的。"

　　"一样。"

　　江彪把江悍一直送到楼下。

　　"小子，她找你啥事？"

　　"她是你的委托人，你怎么倒问起律师来了？"江悍调皮地眨眨眼，"赶紧给我嫂子签委托书，好儿多着呢！"

　　"不签委托书了。我自己来。"江彪说，"这段时间她都魔怔了。"

　　江悍钻进车里坐好，嬉笑着："赶紧再生一个，读书的脑子随你，漂亮脸蛋儿随小嫂子，多好啊！哥，不是我说你，要不是田遂心跟我闹分手，我都生到你前头了。"

　　江彪挥挥手让他快滚蛋。

42

周末的傍晚，江悍离开事务所，立刻掏出一根烟。被田遂心抛弃后，烟吸得勤多了。他多怀念她管他的日子啊！他知道自己贱，得有人管。她注定是他妈之外唯一能管住他的人，管他不严的女人他不喜欢。结果打火机打了三次都被风吹熄了，六月的热风，至于吗？他突然来了气，把打火机狠狠摔在地上。这只纯钢打火机用的是火石和专用油，是他刚毕业时买的，跟了他整整11年。江悍赶紧弯腰捡起来，把卷宗夹在腋下，两只手来来回回擦着打火机，嘴里念念有词："兄弟，对不住，我最近脾气大，你把账记到那傻东西头上啊！"

回到家，随手从桌上拿起一枚硬币，准备做个小占卜。他在心里规定：正面朝上，找人陪玩儿；反面朝上，老实躺倒睡觉。

掷了三次，全是正面朝上。江悍本以为正合己意，他可足足旱了一年半了，完全拜田遂心所赐，她却毫不领情，义无反顾离开了他。他可不是江彪那样的迂腐老夫子，何苦为她守节?!

可让自己都难以置信的，他面对这个结果却头疼了。手指头在吧台上转着硬币，转出了各种花样，却迟迟不肯拿起手机拨号。而他只要随便拨个号，就会有风情万种的姑娘过来陪他玩儿。

再来一轮，老子不信就弄不出一次反面！

哪知又是三次正面！天哪！江悍差点儿从吧台椅上出溜下去，盯着硬币作起揖来："姑奶奶，您是那傻东西变的，来考验我？"

"六次正面，可老子偏偏要独自睡觉！就这么有个性！"

跟谁赌气似的，他倒在床上很快睡去了。

分手后，江悍为了让田遂心回心转意，基本的面子都不要了。有一次追着她到地铁里，特意找了个人多的地方，宣讲她亲手脱他的衣裳，得对他负责任。

田遂心本不想理他，一抬头发现旁人都向她投以奇怪目光，只好一边离开一边低声跟他辩解："你那天穿着内裤呢，我可没看见什么。"

"没看见？证据呢？证人？"江悍来劲了，比她声音高八度，好像她把他强暴了似的。

遂心气得反问他："你说我偷看，你的证据、证人呢？"

"当然有，我的证据就是我的睡衣，它原本在衣柜里，咋到我身上去了？当时现场只有你，证人是我自己，我装睡呢……"

遂心加快脚步离去。

江悍在后面追她："你不能对我始乱终弃，我的身体不能让你白看了！"

这个厚脸皮！她当时气得够呛，可奇怪的是，之后每次回忆这段总忍不住想笑，他不着调，自己还居然跟他解释，陪着他不着调。

难缠的冤家啊。

田遂心努力工作麻痹自己，故意不想他。白天越是不想，晚上越是入梦。有一夜梦见江悍开车带她去山里玩儿，一路上言笑晏晏，突然就出了车祸，江悍为了救她，自杀式打方向急转，把生的希望留给了她，浑身是血昏迷不醒。她把他抱在怀里，眼看着他奄奄一息，哭着唤他，唤着唤着，猛然惊醒，枕巾湿了大片。她哭出来："你个挨千刀的……"

她惊醒后再也睡不着，梦境真实得可怕。她到厅里打开留声机，正好是《文昭关》里苦大仇深的"鸡鸣犬吠五更天"，听得头皮发麻，赶紧关了。天一蒙蒙亮，就游魂似的一路飘摇来到附中。

进校门就见到了江彪。他刚跑完步，热情地跟她打招呼，才发现她今天不对劲：两眼直勾勾的，一步不停往前走。

还不到6点，她咋到这么早？

"遂心，怎么了？"江彪追上去。

她突然停住了，也不抬头，两行泪默默滑下。

"江老师，您找个机会告诉江悍，让他别太折腾了，钱是挣不到头的。"

江彪心想这话咋没头没脑的？

"别说是我说的。"田遂心扭头看向江彪，"我发誓我这几天没想他，可为啥还会做梦呢?"咬着嘴唇,气得眼泪都下来了。

江彪松了口气,敢情是做梦了。做个梦就痛苦成这样,何必还渗着呢!

江彪目送她进了教学楼,摇头叹息往家属区走去,想不明白这对冤家。

一进门,就听见孔妍妍在主卧打电话,说着打官司的事。江彪心一紧,立刻低头找克明的球鞋,一看球鞋不在,这才放了心。

孔妍妍挂断电话坐到餐桌前,一脸不快:"你那好弟弟,说很快就能立案。"

"这不挺好吗?咋不高兴?"

"他这个电话,是给我打预防针,说立案后要先跟克明他妈调解,我就不明白了,能调解出什么?"当下迁怒江彪,"你好弟弟干的好事儿!"

江彪赶紧求饶:"说好了我自己来,你收获胜利果实就行了。"

"我就不该找你弟,没想他这么磨蹭!"她抱怨着,"我想以最快速度结束战斗,让克明发现就不好了。"

"老婆,你先把官司的事放放,去见见遂心吧。"

孔妍妍当即去了田遂心的办公室。刚一开口,遂心的眼圈就红了:"江悍死了。"

吓得孔妍妍一激灵:"我刚跟他通过电话,没事儿咒我小叔子干吗?"

遂心低头眯眼自顾说着:"车从盘山道上转过来,迎头一辆卡车,减不下速。他没一刻犹豫,往我这边猛打方向,把他那边给了卡车。就这么撞上了……"

她抹起眼泪:"我说过我要让他好好活,可他就这么死在我怀里……"

"田遂心!你醒醒!江悍这坏小子怎么会死,且得活着呢!"孔妍妍直撇嘴。

遂心这才从梦境中挣脱出来,清醒了:"他怎么把你得罪了?"

"平时吹得好,关键时刻,屁!要先跟刘美美调解,我就不明白为什么!"

"你才屁呢!那是他办案的风格,先礼后兵、仁至义尽!那毕竟是克明的亲妈啊小孔同志!"

孔妍妍有些明白了，但还是气不过："姓田的，你们都分了，还这么向着他？"

"我不是向着他，说的是这么个理儿！"

"哼，哪有什么'理儿'！我看你还爱着他，你拉不下脸我去给你说，有什么呀？"

田遂心斗鸡一样扑腾起来："不许告诉他！不许告诉他！"

"你天不怕地不怕，还怕跟他说句话吗？分手一个多月都快把命搭进去了，还不能低个头。"孔妍妍心想你这犟牛，就赖你。

遂心一言不发，只把胳膊支在办公桌上，按摩因睡眠不好而阵阵酸疼的太阳穴。

不知从什么时候起，票房的茶座上又多了江悍的身影。他只要来就来得很早，坐在茶座最中间那桌，点一壶信阳毛尖自斟自饮。

而田遂心，总是旁若无人地唱完、谢幕、返场、再谢幕，人就消失了。

江悍等她消失之后，慢悠悠再喝上两杯茶，然后哼着荒腔走板的"我本是卧龙岗散淡的人"，飘然离去。

他跟江彪说："你知道我以前听的都是摇滚、港台流行歌曲之类的，我现在听什么你知道吗？除了余叔岩、言菊朋，还有马连良。我现在开口闭口不是'伍员在头上换儒巾'，就是'白虎大堂奉了命'，你说我是不是疯了？"

江彪问："你疯又不是一天两天了。她还要抻你多久？"

江悍笑了："不知道。我还真习惯她抻我了，她要是现在不抻着我，我肯定'啪'一声摔地下了。"

"看把你贱的。"

一天晚上，田遂心清唱完回到后台，米若虚正在脱戏装、卸头面，一见她就笑了："遂心，1号茶座今晚又没少给你叫好啊！"

田遂心面无表情地瞟他一眼。

"你俩到底分没分？我师父说分了，可分了他怎么还老来找你呢？"

"他来听戏，咱管不着啊。"田遂心满不在乎。

米若虚至今都不明白她为啥看得上流里流气的江悍，却看不上一表人才、正人君子的他。更让他奇怪的是，遂心的父母也喜欢江悍！师父林东晗问不出田遂心分手的原因，竟希望他趁着票戏帮忙探问，别再让他们老夫妻继续猜谜。

过了没几天，米若虚再跟田遂心调侃"1号茶座"的时候，她莫名就瞪了眼："你以后再提这个，可别怪我翻脸！"

米若虚吓一跳，她从没这么凶过他，今天，就因为一句调侃，她竟翻了脸，这说明什么？他只能想到一点：她还爱着江悍！

下一个周末，"1号茶座"扑了个空。他把戏从头听到尾，田遂心也没露面。问倒茶水的小妹，她只摇头不知。江悍觉得有些奇怪。

他站在票房门口胡思乱想，米若虚从后台出来经过他，他都没察觉。米若虚本已走过去，想想不对，又走了回来："江律，真是你呀。"

江悍赶紧上前问好，还不待米若虚跟他寒暄两句，就猴急地问："田遂心今天怎么没来？"

米若虚一下笑了，唇红齿白的："你请我吃个饭，我告诉你。"

江悍二话没说，拉他进了家饭店，坐下来要酒要菜。米若虚摆摆手："我吃完还得回医院值班，酒就免了。"

江悍点完菜就盯着米若虚，米若虚却不动声色，净跟他聊些不咸不淡的。

"对了，她今天怎么没来啊？"江悍故作云淡风轻地又问一遍。

"你们真分还是假分？"米若虚反倒问他。

"还能有假？"江悍苦笑，"那头犟牛。"

"因为什么啊？"米若虚好奇不已。

江悍担心米若虚已经知道了，这么说是故意诈他："你猜。你跟她家关系那么近，小道消息也能知道几个吧？"

米若虚摇摇头："你不了解遂心，她嘴太严了。"

江悍心底一阵暖流，看来她还给他留着面子，以备日后重新接受他。这么一想顿时心情大好，米若虚不喝酒，他就给自己满上一杯。

米若虚还是好奇得很，却不好意思追问，只好低头吃饭。

江悍自己不争气，喝着喝着就想起两个月前，田遂心陪他在家一醉方休，给他排解陈年郁积的情景，她那么爱他、疼他，唉，白衣苍狗啊！

不等米大夫再问，他上赶着招供了："我以前是个能玩儿的人，遂心知道了，不要我了。"

米若虚"哦"一声，他的生活和田遂心一样简单纯净，他也想象不出怎么个"能玩儿"："这是多大的事儿？"

他说的是疑问句，却被江悍听成了反问句："这事儿还不大？对有些女的可能不大，可对她不一样，遂心太干净了，从里到外。若虚兄，这世上没后悔药，要是有，我早买 10 包先吃着了。"

"干净，干净有什么用。我敢拍着胸脯保证我干净，可人家瞧不上我啊。"米若虚心里一阵委屈，"我就是想不明白，她怎么就看上你。"

江悍苦笑："看上我有啥用，咱俩还不是一个下场，我更惨，失去比从来没有更悲哀。"

米若虚一把拿过酒瓶，给自己满上。

"你不值班了？"江悍要抢，米若虚却不撒手，"咕咚"吞了一大口。两个失意的男人也不说话，各自低头喝闷酒。过了一会儿，米若虚抬起头，他微醺，看对面的江悍有些重影。

"江悍，你嘴怎么肿了？"

江悍摸摸自己嘴唇，满不在乎地说："对，肿了。肿了又咋样？"

"你过敏？"米若虚酒醒了一半。

"没错，我一吃猕猴桃就这样。"江悍指了指那盘水果沙拉。

"你知道自己过敏还吃？"米若虚急了，急性过敏不紧急处理，会导致过敏性休克，弄不好小命要完。

"大不了一死呗！"江悍清澈响亮的声音一字一字地哑下去，再想说，突然嘎巴着嘴，发不出声音了。米若虚猜测他的喉咙此刻肿成铃铛泡了。他把筷子一放，结账、拿包，搀起江悍就走。

二人进了最近的一家医院。急诊大夫让打激素针，米若虚二话没说给他签了字。

刚打完针，米若虚就接到了林东晗的电话。他告诉师父说遂心没来票房，估计是去山里了。

江悍躺在病床上听得一清二楚。她又躲进山里修炼去了。他都担心她哪天一想不开，直接出家当了尼姑。

"若虚兄，我得去山里找她。"激素针很快起效，江悍坐了起来。

米若虚瞪他："我随口说的。就算她进山了，这么多山你上哪儿找去？"

"我知道她在哪儿。"江悍说着就往外走。

米若虚喊了声"等等"。

江悍停住，笑笑："不劳老兄陪了。"

米若虚气得兰花指都翘起来，指着他："今儿要是个不懂医的，你小命休矣！看我不告诉遂心！"

江悍赶紧作揖告罪："千万别，您还嫌我罪不大啊！"上前拍拍他后背，"多谢老兄救命啊，我欠你一顿饭，回头还十顿！"

"我巴不得不救你呢！"米若虚皱着眉挥挥手。

江悍把车发动的一刹那，突然意识到不对。就算这次马到成功找到田遂心，可她看见他酒驾，还不得气死？她那么榆木脑袋不知变通，他都奇怪怎么就爱上她了！

他只好打车进山。他太想见到她了。倘若她真的去了那座山，他赶过去给她一个大拥抱，再让熟悉场景一催化，今天没准儿能破镜重圆。

进山门走了不到十分钟，果然看到了熟悉的身影。她高高坐在一块大山石上——江悍眼一热，这是他们初次接吻的地方！那个吻别扭到可笑的地步，因为是田遂心的初吻，天啊，一个珍贵的29岁高龄的初吻！

江悍爬上山石。她知道有人上来了，不用抬眼看，就知道来者是谁。江悍也不说话，默默坐在她身边。二人一齐看向正在西下的、被云朵半遮着的太阳。江悍心里翻腾着重归于好的台词，还没酝酿好，田遂心先开口了："喝这么多，怎么过来的？"

"打车来的。"江悍十分乖巧。

二人半晌无话，不像以往那样叽叽喳喳。

"其实，你不用过来找我，我想通了就去找你。"田遂心口气温和，并没有生气的意思。

"你给个时限吧，总得给我点希望啊。"江悍哀求。

"这又不是打官司。"田遂心站起身，慢慢从山石上走下，江悍跟在后面。

"你咋回去？"他问。

"今天回不去了，在附近人家住下。"

江悍心里一喜，天哪，这么积极的暗示，他难道听不懂吗？

田遂心似乎看穿了他："你自己回去。"

"我不。"江悍心想我傻啊。

入住农家乐时，江悍不动声色看着她。店主问她："一间房？"这家伙居然点头。天，这傻东西开窍了！江悍赶紧上前刷卡，宣示他男人身份。

他连路都走不好了，上楼时差点让地上一根电线绊着。他后进屋，一进门就反锁。田遂心也不理他。两次三番，把他的胆子弄大了，天还没彻底黑，她还站在窗前欣赏大山风光，他就"哗"一声把窗帘拉上，弄得屋里漆黑一片。

他从身后把她紧紧抱在怀里，脸红心跳起来，他也搞不懂自己竟这样惶急，像有今天没明天似的，就想着将她据为己有！他把她抱到床上……天哪，她居然还不吱声，房间里一片死静。

江悍倒觉得反常了。

这傻东西在想啥？他顾不上自己的狼狈相，从床上爬起来，旋开了床头灯。亲娘哎——田遂心满脸是泪，却用丹田那口气死顶着，二十几年的戏曲声乐功夫，让她一直无声饮泣——而他，竟蠢到毫无察觉！

"江悍，在你眼里，我是不是和她们一样？"

他腿一软，差点就地跪下。

"那你来吧。"她从中式褂子领间第一颗盘扣开始解，刚解到第二颗，手就被江悍死死按住了："我错了，祖宗，你打我一顿都比这个强！"

她推他的手："你不是解不开吗？你不是急吗？"江悍寸步不让，两个人撕扯着，场面滑稽：女人死活要脱自己衣服，男人死活不让。

好容易这头犟牛不再跟他犟，到窗边沙发上坐好了。江悍自知理亏连连擦汗："我发誓，刚才行为粗鲁是我的错，可我是因为爱你！你不喜欢，我再也不了，除非你……我向余叔岩先生保证！"他起身疾步往门外走。

"干什么去？"

"再开一间房。"

"回来！"

　　是夜，二人各占标准间的一张床，壁垒森严。田遂心身上的玉兰香不知怎的比往日愈加浓烈，害得江悍半宿都没睡着。她倒是呼哧呼哧婴儿一样，肆无忌惮地大睡特睡。

43

想到不能在北京傻等着儿子期末考试，周明回了趟美国，他要把给儿子移民的所需材料都备齐，争取再回中国时一办就成。空闲时间，就到自家店里转悠，安排部署。看着自己白手起家折腾出来的两家饭店，百感交集。

万一儿子铁了心，就是不跟他回美国甚至不认他，咋办？他本来就是一厢情愿瞎折腾啊。这两家饭店也后继无人了。

所以他从来不觉得有钱就没烦恼，"光脚的不怕穿鞋的"，不正说明有钱人烦恼更多吗？

刘美美上次那样羞辱他，他竟没恨她，还动员她与他同行。刘美美一听连连骂他："想补偿我，打钱过来，扯啥哩格楞？"周明立刻闭嘴。

他走后才一周，刘美美就接到了法院的应诉通知书。

一张薄薄的盖着法院大印的 A4 纸，召唤她往丢人现眼的路上继续前进。随着通知书一起来的，是江彪的起诉状。刘美美悔青了肠子，她该跟周明去美国，让投递的通知书扑空，能躲一天是一天。

老娘不怕，大风大浪见得多了！陪你们玩儿，玩儿死你们！

接到应诉通知书的当天下午，江悍的电话就来了。她一看是个陌生号码，嗲声嗲气捏着嗓子，甜腻腻来了句"喂?"。

江悍鸡皮疙瘩都起来了，将计就计，也极尽轻薄之能事："前嫂子，别来无恙？我是你亲爱的前小叔子啊！"

刘美美立刻哽住，受了奇耻大辱一般，声音瞬间变得尖利刻薄："你俩狼狈为奸告我，老娘不怕，奉陪到底！"

"你现在确实不年轻了，可也不至于老，'中娘'就够了，老娘多难听！"

"有屁快放！"

"好嘞！这就放！"江悍语气欢快，"这个案子咱还是先私下调解，何必非等开庭呢。"

刘美美脑瓜一转，这是上赶着求她了！那可绝不能让他得逞："休想。你们往我身上泼脏水，还想逼着我息事宁人？"

江悍叹口气："您还没意识到这事儿的利害吧？那我可得跟您好好说说。您欺骗我哥18年，这要是判下来，十几年抚养费、精神损失费，这都算小头，重新分割财产才是大头。您跟我哥离婚的时候，我哥看在您生了克明，一分钱没要全给您了。您2014年10月自己整出来的猫腻，我跟我哥都知道，睁一眼闭一眼罢了。可如今孩子都不是我哥的，您说这财产，是不是得重新分割？"

刘美美的心像被谁紧紧抓住又抛出去，"忽悠"地荡了一下，暂停了似的。

"前嫂子，上法庭您绝对吃大亏，好好想想吧。找空见个面，我请您喝茶。"

刘美美心底诅咒着，气恨地挂断电话。她了解江彪，死要面子活受罪的东西，他出头告状的可能性不大。问题应该出在孔妍妍和江悍身上。江悍是个一肚子馊主意的讼棍；孔妍妍……孔妍妍瓷娃娃似的，一眼望去单纯好骗得很！听她说被江彪毒打时义愤填膺，就差立刻冲出去帮她报仇了！咋这么执拗歹毒？想到这儿只有捶胸顿足的份儿，还是轻敌了啊！临场发挥得太多，不定哪句让人家听出破绽了！她比姓孔的大了整整10岁，让人家给收拾了，脸往哪儿搁啊，脸？！

想着他们抱成团，她也得请个帮手了。上网一咨询，律师的代理费起步价5000！刘美美见了鬼一样失声大叫，想来抢她的钱啊！没门儿！官司输了都行，要钱老娘可没有！

为了省下律师费，刘美美决定自学相关法律。她也是90年代的大专生，只要认真起来，啥学不会？可学着学着，她发现不对了，之前1981年婚姻法，极力倾向妇女儿童，像她这种情况，女方或孩子抵死不配合，法院一点辙没有。可偏偏，2011年实施了个什么《新婚姻法解释三》，女方抵死不做，反推男方胜诉！这是啥鬼东西！才短短七年，七年前打这个官司多好！幸亏之前没请律师，请了也变不了天，还白白花钱，5000块钱啊！

周明从美国回来了。除了备齐给克明办美国身份的一应材料外，他还特意给刘美美买了价格不菲的礼物，为了挑选这些东西，他闲暇时往大商场跑了好几趟。但他居然联系不上刘美美了，打她手机不接，发微信不回。想让他也尝尝对方人间蒸发的滋味似的。

后来她终于接了他的电话。

"姓周的，跟你说两件事：一是因为你捅的大娄子，我要吃官司了；二是我跟一个丹麦小伙子恋爱了，正在兴头上，官司都没心思理，更没工夫搭理你。"

听得周明心里直激灵。第一件意料之中，未必是坏事。法庭的判决也许可以作为他提交大使馆和移民局的证据，省去他亲自打官司的步骤。第二件，他却想不通了。刘美美明知他有意跟她复合，怎么趁他回美国一趟，就弄出个新男友来？为了气他？似乎也不像。周明本以为他俩离破镜重圆的日子不远了，没想到又横生枝节。这让他没法不生气。

不想刘美美了，还是把儿子弄回来再说！

等了半个月，周明终于按捺不住了。刚进7月就蠢蠢欲动，没事就到附中门前晃。眼看快到暑假了，事情必须解决，父子相认的美好画面，错后一秒就难过一秒。

有一天孔妍妍提前下班回家，她刚摇下车窗跟保安打招呼，周明鬼魂一样出现在她车前，他一脸油汗，鼻尖上都是汗珠，吓了她一跳。

她努努嘴，示意他上车。

"我知道孩子考完试了。中午出来的学生们都在议论发成绩的事。"周明说，"我想见孩子。"

孔妍妍一脚刹车。她摘下墨镜，眉头拧成了疙瘩："周先生，请您按程序来。先打官司，弄清你的我的，相信克明也需要一个结果。"

"我同意。不过，我能不能光明正大见见他？通过你们？另外，办到美国也需要时间走流程，我想先办着……"

"那就办着啊。"孔妍妍不耐烦。

"你看这出生证明……"

出生证明，又是出生证明！他中了出生证明的邪了！

孔妍妍不好跟江彪多提周明，就去向遂心倾诉苦闷："周明一心想把孩子办到美国，想通过我从江彪这儿拿出生证，这事儿换成你，你会怎么办?"

"周明是一厢情愿。克明什么意思?"

孔妍妍一愣，呀，没问过他啊!

"他是不是压根不知道这个来自美国的亲爹?"

孔妍妍连连点头："除非他妈告诉他。不过他好像很久没跟他妈联系了。"

当晚，趁江彪不在家，她跟克明闲聊起来，把话题故意往"美国留学"上扯。

"学理科去美国上大学倒也不坏。"克明笑着，"不过我又不是国际部的学生，不能直接参加他们高考，再说了，烧钱的事儿我可不干。"

孔妍妍都快把不该说的冲口而出了：傻小子，认了这个爹，既不用参加高考，也不用烧钱，你就是超级大国一员了!

可她还是忍住了。

见到江彪，她总想跟他聊聊这件事。也许克明注定是留不住的，长痛不如短痛。但她又一次忍住了。江彪用将近18年养大非亲生的孩子，他都没说啥，现在还给儿子三茶六饭伺候着，她主动提出让克明跟亲爹相认，再离开中国去美国，她算哪棵葱?

她又想起遂心嘱咐她的话："这三个男人其实各有各的心思，他们按兵不动是在等待时机。克明想看江老师对他的态度；江老师想看周明出招；周明想借助你，你呢?你现在别管其他，沉住气就好，静观其变，以不变应万变。"

孔妍妍不再理周明，电话不接微信不回，她甚至想，他要是再纠缠，只能黑名单伺候了。周明不甘心，他鼓起勇气跟江彪联系，江彪也不接招，有时见他电话进来，直接挂断。周明心里急，各项手续万事俱备，只差孩子的出生证明和需要父子俩亲自到场的 DNA 司法鉴定。其实他心里明白，这些东西都是幌子，见到儿子、父子相认才是他最热切的指望。

课间休息时，江彪在校门口瞥见了他。

那天，江彪跑完步出校门"放风"，在校园花墙边坐下，一只肥嘟嘟的小狗摇摆着走到他身边，低着头一次次往他腿上撞。他起初以为是小狗调皮在跟他玩儿，抱起来一看，才发现它两只眼睛都是"玻璃花"，几近失明。他从小养过狗，会看狗类的齿龄，这小狗也就三四岁，江彪猜它的眼睛并非白内障，而是外伤所致。因为"玻璃花"，它的眼睛无法聚焦一处，在江彪怀里服服帖帖地蜷着，很享受的样子。江彪抚着它土黄色的毛，它把前爪搭在他的胳膊上，姿态竟像个孩子。

江彪承认自己走火入魔了，看着小狗，也满脑袋都是克明。小家伙从小在他怀里的样子和这小狗差不多。他把所有的疼爱都给了他，并一直以此为傲。看着怀里的小狗，他突然想到之前从未想过的问题：养大孩子，给了他所有的疼爱，就算万事大吉吗？他17岁多了，需要的似乎不仅仅是疼爱了。他现在需要什么？野心勃勃的孩子一直在憧憬自己的前程，他的好前程在哪儿呢？

到现在还不明白他真正需要什么，只是一味疼爱让他吃饱喝足，就是真拿他当小狗养了。前几年附中创办国际部的时候，江彪受学校委派到美国考察月余。那一个多月，他几乎把美国东部转遍了。他对这个国家印象不错，年轻人脸上都带着没被欺负过的从容与自信。那时他就想过，有机会也把儿子送到这儿学习，让他感受不同文明下的另一种生活。

现在儿子的美国亲爹上赶着来认亲了，可他丝毫没勇气问孩子"你怎么想的？你愿意吗？"江彪啊江彪，你在恐惧啥？怕失去，怕失去怕到不考虑孩子前程的地步？江彪抬眼望天，长叹了一口气。

就在他目光回落到校门附近时，周明出现了。

周明上身微倾跟保安说话。江彪都能猜到，他又一次打着自己的旗号溜进学校，活像个溜进瓜田的贼，却只能看看，根本抱不走觊觎已久的那个瓜。那瓜现在还牢牢攥在江彪这位瓜农手里，他给瓜浇水施肥，瓜也丝毫没有要离他而去的意思。

但江彪，一瞬间突然可怜那个求瓜而不得的贼了！

"我最近在想，我是不是错了？"江彪对孔妍妍说，"太自私了，只想自己。"

"别胡说，说你自私，世上怕是没有无私的人了！"

"我要是周明，会怎么做呢？"江彪低头思索，"虽说这人长得就让人讨厌，可细想想，他也不过是想认亲生儿子，有啥罪过呢？"

"你，你想通了?"孔妍妍试探着。

江彪苦笑一下："血浓于水，多简单的道理啊。这小子不去认周明，不过是怕我难受罢了。"

孔妍妍一见江彪满脸苦相，心又疼了，早把闺蜜高瞻远瞩的告诫丢到爪哇岛上去了："我替你，先见见周明?"

孔妍妍给周明打了电话，说她拿到了孩子的出生证明。周明欣喜若狂。

44

刚放暑假，就赶上克明的同学卢新过生日，小哥儿几个聚在一起吃吃喝喝，吃喝完了又去唱歌，唱歌出来已近黄昏，一行人意犹未尽，又有人提议去电玩城联机打游戏。克明一听没兴趣，要走人，卢新不干，非要他去。正在歌厅前拉扯，一个男生突然杵了克明一下，说："那不是你后妈吗？"

克明的后妈，自打帮他们班排《钦差大臣》，就成了班上男生共同的梦中情人。克明抬头一看，果然，离他们也就 5 米远的斜前方，孔妍妍亭亭玉立地侧身站着。他突然发现她的侧身也那么美，迎着西下的余晖，逆光看去是个凹凸有致的剪影。

孔妍妍之所以没注意这帮小伙子，因为她一直跟身边那个男人说话。她绷着脸，从包里掏出一个小绿本递给他。

授受的细小动作，克明一行人囿于角度是看不清的，但他们都看到那个男人突然转过身，给她一个拥抱。孔妍妍也没想到，条件反射地一把推开。

"混蛋！"江克明胸腔里低吼一声，拳头不自觉就攥起来了，两年前暑假，刘美美和肖春秋那一幕浮出脑海。不行，他不能让老爸再受一次伤害！就算老爸不是亲爹，也不行！

孔妍妍此刻已推开那个男人，大步流星走了，那男人追在后面，低头说着什么。克明灵巧地穿过行人，三步两步追上去。他抬起长长的胳膊，一把抓住男人的左臂。

被克明抓住的那一刻，周明还在跟孔妍妍碎碎念："文化不同，文化不同，拥抱不过是比握手更显友好的一种礼节罢了……"

"友好个屁！"克明抓着他的胳膊猛地一推，他就往路边踉跄倒去。可巧撞上了人行道护栏，没摔太远。

孔妍妍一听克明的声音就赶紧回头，活见鬼，一早听说他要参加生日宴，怎么跑到他们剧院门口了？

周明从护栏处直起身，从天而降的袭击把他弄愣了。定睛看，一个穿着短袖衫，个头比他高些的小伙子气咻咻站在面前。

孔妍妍傻了。周明最近老在附中门前晃，她怕克明看见，今天特意约在她单位附近来取出生证明。一切安排缜密周详，可就这么巧！早一分钟或晚一分钟，都不会跟克明遭遇。早知如此，倒不如约在附中门前了！

周明如痴如醉地看着这张跟他年轻时可以重合的脸，这是他第一次直面儿子。这儿子不再是照片上的，而是小斗鸡一样喘着粗气的大活人。虽然年轻人生性鲁莽，用猛力一推给他做见面礼，他还是万分激动，感恩天地万物。

"年轻人干吗动手？"周明假装生气质问。

"你心里明白，抱别人老婆应得的！"

"别人，关你啥事？"

"我爸，行不行？"克明的火气越来越大，你动手动脚还有理了，信不信我再给你一下？

"你爸是谁？"周明触动心事，盯着克明，两行浊泪缓缓流下。

"你管呢！"克明莫名其妙，但他再看向周明的时候，突然就愣住了！

完了。完了。从拿到亲子鉴定报告那天起，他就知道这世上某个角落，藏着他生物学意义上的父亲。但天地可鉴，他竟没动过去找他的念头。为啥？不是血缘大于天吗？他为自己的冷酷麻木诧异过，后来他慢慢明白了，他不缺父爱，他更不需要眼前这个人。

但克明还是忍不住又看了他两眼，他脸上有江彪没有的东西，那就是第二个江克明自己——只比他多些皱纹和沧桑。这就是血脉相连，哪怕一天没在一起，你也逃不掉。前所未有的恐惧奔袭而来，让他心跳加快。克明赶紧把目光从他脸上移开，不敢再看。唯一想做的，就是找个地缝钻进去。他不想探究这位亲爹何时出现、潜伏了多久，他也不想问他来见孔妍妍做什么，明知她不情愿，还当街拥抱她。他只想告诉他他并不需要他，让他还他之前平静温馨的生活。

克明猛地一转身，跑了！

周明愣神两秒，立刻拔腿开追。孔妍妍在后面喊："你哪能追上他！"周明充耳不闻。他当然得追，累死了热死了也要追。

他低估了北京城中心的人流量，却高估了自己的脚力。他今年41岁了，在闹市区追一个17岁的小伙子，咬着牙追了5分钟，眼前就冒了金星。

短短5分钟，克明甩了他几条街。又故意穿了两条胡同，确定他不可能追上了，才停下来喘气。36度高温下长跑让他大汗淋漓。

上次轰轰烈烈地离家出走，本想去西藏看看，却连北京四环都没出，心里一直骂自己不是个男人。是男人就往远走，离开这乱七八糟的纷繁世界。

可手机里的钱支撑不了远途旅行了。他只好打电话给刘美美。

"我要去西藏。别问为什么。听好你要做的：替我给那个人要钱，多多要着，不够我花可不行。你俩随便操作，我只等半小时。半小时后见不到钱，你们就等着。"

江克明发着狠，不管刘美美"儿子、儿子"的叫喊，把电话挂了。不到半分钟，刘美美又打过来了："儿子，咱别去那地方，妈旅游去过，没啥好看的，还有高原反应啊！"

"刘女士，你听好了，你，还有长得像我的那个，你们怎么坑我爸的，我早晚让你们还回来！"克明顿了顿，"打官司的事，认罪服输别耍花招，不然，等我回来……"话没说完，他故意挂断了。

刘美美气坏了，周明跟儿子见面了！克明知道打官司的事了！看来江彪他们已经跟他公开，统一战线了！兔崽子胳膊肘往外拐，不向着自己亲妈，事情明摆着对她更不利了！

好啊，谁都别要脸了！

克明和周明在闹市上演无悔追踪，孔妍妍急忙回家见江彪。

江彪听她讲完事情经过，心一沉："这事儿怪我，我要是早点儿面对现实，就走不到这一步。"

正说着，他的手机响了，克明发来微信："爸，我去珠峰大本营了。本想高考后和您一起去的。您不要找我，给您发信只是告知去处，让您放心。"

江彪给孔妍妍看,她笑了:"这是,欲擒故纵?试试你爱不爱他?"

他点点头:"还选了个又远又冷的地方,看来不陪他吃点苦头,都不配当他爹。"

江彪实在不放心。珠峰大本营,是你那小体格能去的吗?海拔5000多米,常年积雪,大伏天也不例外,冻死你个小东西!

"不行,我得去找他。"

"那么远,在家等他回来不行吗?"孔妍妍慢吞吞说,两眼试探地看他。

"我去找他,把这事儿说开,就都踏实了。"江彪摸摸她的脸蛋,"就是委屈你了。打官司的事交给江悍,你千万别踩上臭狗屎,一切等我回来再说。"

孔妍妍掉下泪来:"你明知道一堆事儿,干吗把我一个人扔在家?"

江彪抱着她亲了又亲,把眼泪擦干了又流下来,只好抱在怀里哄了又哄,像哄一个小小的婴儿:"少则五六天,最多最多半个月,我保证找到他。"

等到她正式点头,江彪立刻订好了第二天飞拉萨的全价机票。订完票还不放心:"票这么难买,小东西一时也出不了北京。我还得先找找他。"

他把电话打给韩莹。

"叔叔,我报名参加学校的志愿者活动,在林芝种土豆呢!"

韩莹的声音倒是前所未有的欢快。

"你在西藏?"

孔妍妍一听赶紧凑了过来,他们心头燃起希望,以为克明又去找韩莹了。

"对,我们要在这边待一暑假。"韩莹说到这儿停顿一下,"克明也放假了吧?他在忙什么呢?"

"莹莹,克明最近情绪不稳,他可能去西藏了,要是去找你,你先帮我稳住他,有你在我就放心了。"

韩莹"啊"了一声,显得很吃惊:"他一直没跟我联系,应该不知道我在西藏啊!"

"一言难尽,见面再说吧。"

江彪在床上躺到半夜，睡不着，起身到次卧书桌前坐下。他旋开台灯，随手拿起一本练习册翻看。练习册下面是克明的周记本。翻了几页后一个标题跳出来：珠峰大本营之行。起初以为是游记，看了一会儿才知道是系列小说，共5篇。

写一个离家出走的男孩，决意奔赴珠峰大本营。经历了无人区历险、寺庙受教、城区遭遇无疾而终的爱情，最后险些冻死在突如其来的风暴中。

他请教格鲁派的一位活佛，诉说他来路不明的出身，他苦恼无穷，无法面对生父，更无法面对养父。活佛告诉他，一切因缘都是前世注定。他躺在活佛的榻边，冥思许久终于开悟了。

江彪看着，心尖隐隐作痛。这两个月，孩子什么都知道！小小年纪他得有多迷茫、多无助，而他这个当爹的掩耳盗铃，除了自怨自艾、除了给孩子做饭，什么都没做！

江彪被自己的无能、逃避、自私激怒了，他生平头一次残酷无情地解剖自己，舍得把自己丑陋的一面掀开给自己看。

回到主卧，垂头闷坐在床边，直到感觉躺着的孔妍妍坐起来了，他才回头看着她，说了句："我想了半天，还是得去一趟西藏。"

"少废话，你票都定了，谁也没拦着你啊！"她揉着眼，打个哈欠。

江彪也纳闷为啥说废话，就像进藏的理由不充分，强要劝自己似的。

"说真的，我不放心你。你胃不好，记得按时吃饭……"

"你走就走，干吗来招我？"她鼻子一酸，"没跟你在一起，我也没饿死啊。"

"我再唠叨一句，就一句：打官司的事交给江悍，这些年他见的妖魔鬼怪多了，有办法对付。你不行，你还是只小白兔呢……"

她扎进江彪怀里哭起来，一边哭一边捶他，不是向外捶，而是搂得紧紧的，捶他的后背，她越捶，他贴她越近。他受不了了，顺势一翻，把她压在身下。她喊起来："不行！"

"那可半月后见了啊！你真不想？"

她又躲回自己被窝里，蜷成一只小猫。

这是二人在一起后，她第一次在床上真正拒绝他。之前的拒绝全是假的，更像欲擒故纵的撩拨。江彪心底颇有些失落。

45

第二天一早，开车把江彪送到机场，孔妍妍孤零零一个人回去了。看着她单薄的背影，江彪鼻子一酸，此刻多需要分身术啊！

飞机起飞没多久，江彪在窗边看景的时候，过来一个男人，絮叨地说着什么，没一会儿，江彪身边的乘客站起身走了。这男人坐到了江彪身边，大方地伸出右手："江老弟，想不到能在这里见面。"

就这样，在三万英尺的高空，江彪竟与讨厌的周明并肩促膝了。看景的心立刻不自在起来，有他在，这四个半小时怎么熬？鬼魂一样，啥时候出现的？

江彪望向窗外，尽管窗外只是云遮雾罩，没多少风景可看了。

他的沉默却换来周明的聒噪。周明讲自己与克明第一次正面遭遇，就被他推到了人行道护栏上，原因是他拥抱了一下孔妍妍。

"老弟，我绝没坏心，有半点坏心，也不敢把这事告诉你。对弟妹，我真的只是表示感谢。可这小子，上来抓着我猛一推，差点把我门牙磕碎了。"

周明嘴里抱怨着，脸上却洋溢着幸福的笑容："老弟，真感谢你们，你们都是能为孩子着想的人，成全别人就是成全自己。"

他的话听起来竟如此刺耳，江彪忍无可忍，"嘘"一声倒在靠背上睡去了，周明立刻体贴地让空姐拿来一条毯子。他不知道有他在侧，江彪根本睡不着。

下飞机时，周明紧跟在江彪身后，他只带了个随身背包，却不辞劳苦跟着江彪去等行李，生怕他一转眼跑了似的。没多久，一个大拖拉箱随着传送带来到江彪面前，他一把拎下来，放在地上拉起就走。周明紧跟着："老弟，咋带这么多行李啊？"

他哪知道这个大拖拉箱里，大半是克明的衣服。兔崽子临走连家都没回，一身盛夏北京的装束，恐怕还没看见珠峰就冻死了。

江彪哪能想到，克明会通过刘美美让周明给他打钱，他此刻手上的现金流比江彪还多。周明一激动给刘美美转了十万，让她转给儿子，他哪能想到这笔钱到了克明的手机上自动缩水一半，变成五万。

克明发现直飞拉萨的机票已卖光，就先买了去西宁的，他在西宁机场安全着陆时，他的两个爹还在床上各自失眠呢。等到他第二天中午飞抵拉萨的时候，两个身在北京的爹刚坐上飞机。

两个爹一出拉萨机场，江彪招手打了辆车。周明殷勤地帮他打开后备厢放行李，之后拉开副驾驶门坐了进去。江彪犹豫着要不要搬下行李坐下一辆车，周明反倒大大方方打开车门站出来："老弟，咱俩大老远来了，干的是同一件事儿，咱就不能精诚合作一把?"

一路上，周明兴高采烈跟出租车司机聊天，时不时还指着窗外寻找话题，跟江彪搭讪。江彪给孔妍妍打电话报平安，两人想我想你地肉麻了好一阵。江彪温情脉脉挂断了电话，就往后座一靠，又不说话了。

车行到拉萨闹市，按周明的意思停在一家宾馆外。周明抢着付车钱，像中国人在饭馆争着付饭钱一样，急赤白脸的。江彪争不过他，只好开车门去后备厢拿行李。谁知周明比他还快，冲到他前面拿上了他的行李箱，拖着就走。

江彪只能跟着他进了宾馆。周明不顾江彪阻拦，擅自作主跟前台要了一间房。

办好入住，周明拉着箱子朝楼梯口走去。这家老宾馆没电梯，周明把箱子拉杆放下去，拎着上了楼。两个男人，终于同处一室了。

"老弟，你心里肯定有数了。从哪儿找起? 我听你的。"

礼下于人必有所求，周明一路无事献殷勤，小算盘早让江彪猜到了。江彪依旧不说话，躺在床上，右手压着额头。周明一开口，他就条件反射地蹙眉。

"老弟，你是不是不舒服啊?"周明突然问，"高反了吧?"

江彪确实头晕、乏力，周明不说，他还没想到是高原反应。

"你好好躺着，我出去给你买药。"周明给他盖上被子，叮咛着出去了。

江彪叹口气。这叫出师未捷身先死？之前就听说过，人越强壮，高原反应越厉害，看来是真的了。他下床倒水喝，两口水下肚，头也不晕力也不乏了，故意摆动四肢，跳了几跳，果然，不适感全无。

他终于明白，他哪里是什么高反，分明是让周明给烦的。他走了，他立刻好了。

周明买药无功而返，人家要病人先去医院检查确诊。

一推房间门，人去屋空。整个屋子，江彪的痕迹荡然无存，就像他从没来过一样。周明抱着一丝希望，神经质地仔细察看桌上、床头，想着能寻张字条啥的，却一无所获。他垂头坐在床上。失去江彪，等于失去线索，在飞机上，江彪是他的意外所得，当时想着都要乐出声来。如今又得而复失。

厚着脸皮给江彪打电话，果然不接。打到后来周明终于绝了念头，心里默默骂了一句："小心眼儿。"

江彪拖着行李箱，怕周明在身后追杀似的，打车到了西郊客运站，登上了从拉萨发往日喀则的大巴车。一路上，他反复翻看江克明的周记本，文笔稍显稚嫩的珠峰之行系列小说，在他眼里已是行动指南。他一心认定这是克明有意留给他的线索，他要循着这些线索找到他，好好骂骂他。

到日喀则随便找了家小旅馆住下，一看表已是晚上八点。藏地天黑得晚，七月的晚上八点，一轮红日还没彻底西沉。江彪坐不住，一路溜达着走到了城西的扎什伦布寺。在克明的小说里，这座历代班禅的驻锡地是他的开悟之所，江彪冥冥中觉得他可能藏身于此。只可惜，寺庙早过了开放时间，有些外地来的背包客意犹未尽地在寺门外拍照，他们大多穿着冲锋衣，有的甚至穿着棉外套，江彪心里直骂这位前世冤孽，也不知他现在在哪儿，穿的啥，几时能让他省省心。

天彻底黑了，江彪低头在路边走着，韩莹的电话进来了。

"您在日喀则停一天，我借车过去，最迟明天这个时间到。咱们一起去找他。"

江彪一听就急了："你要来可以，不能自己开车来，一个姑娘家，还不够人担心的呢。"

韩莹不与他争，顺从地表示不开车了，临了说道："克明手机一直关机，QQ上却偶尔冒个泡，他晒过几张照片，我们同事说就是日喀则一带。"

江彪欣慰自己找对了方向，更相信"珠峰之行"系列小说了。

第二天，江彪早起写日记。这是他行前答应孔妍妍的。出来两天了，她没主动给他打过一次电话，都是他打给她。除了报平安那次她还饶有兴致，其余几次都恹恹的，一反常态只听他说，偶尔觉得过意不去了，会勉强哼一声。江彪听出她状态低迷，担心她生病了，也不敢多说，人都走了，大老远地嘱咐"多喝热水"不是找骂吗？他只好给江悍和遂心打电话，请他们有时间务必去找孔妍妍解解闷。

田遂心总是调皮地说："得令！保证照顾好师母！"

江悍也拍着胸脯说打官司包在他身上，不用嫂子费半点心。

江彪除了为老婆，还有个私心，想着遂心和江悍都去找孔妍妍，没准儿哪次能碰上。

写完日记，挨到了8点半，江彪匆匆到街上吃了早点，又匆匆奔城西而去。这次赶上寺庙刚开大门，门里门外除了工作人员，还有立得笔直的武警。江彪买票进来，没心看风景，两只眼睛迅疾地在游人身上扫射，想把克明扫射出来。15万平方米不是那么容易扫的，前前后后把各座大殿走了个遍，两腿已发酸，兔崽子却连个影儿也没见着。

江彪在扎什伦布寺地毯式搜索的时候，韩莹独自驾驶着一辆越野车，从林芝经拉萨直奔日喀则。

上次克明离家出走被韩莹送回，算是他们最后一次见面。江悍那一巴掌，测试出韩莹对江克明的感情，她宁愿那一巴掌打的是她，而不忍看他痛苦。可他回家后，似乎把她忘了，又像今年过年时那样不理她。韩莹依旧不惯着他，二人自然而然就断了联络。

韩莹课余时间上网，每天挂着QQ，不敢用大号，就注册了小号等他，等了许久他才上线。她改头换面和他搭讪，没几天就说喜欢他，想和他在线下见面。江克明立刻发来一句："谢谢，我有女朋友了。"韩莹心一热，假装失望地探问他女朋友的情况，江克明简单应付着，打出的字句间都闪烁着不耐烦。韩莹一看，他说的女朋友，不就是她嘛！盯着屏幕上的字，她的泪流了下来。第二天再上网，发现她的小号被他拉黑了。韩莹忍不住笑了。

从林芝开到拉萨，不过400多千米，本该4小时的车程，因为限速总要7个小时才能到，再加上七月旺季，来往的旅游车把速度降得更低。韩莹一早出来，下午4点还没进拉萨，今天不可能到日喀则和江彪会合了。她索性到拉萨住下，安心吃睡，明天一早再启程。

韩莹在拉萨街头信步走着，看到一家手工酸奶店就坐进来，点了杯酸奶慢慢享用。

喝完要交钱的时候，店主告诉她有人替她付了。韩莹恍惚了，她没想到自己在拉萨还能遇到熟人，兴奋地四下寻找。小店角落坐着一个中年男人，正冲着她微笑。

韩莹走过去，礼貌地欠身致意："谢谢您，可我怎么好意思呢？"

周明摆摆手笑笑："一面之缘也是缘，想不到在这里重见了。"他指指对面的椅子："有时间的话，聊聊天？"

韩莹不好意思地笑了："您，认错人了吧？"

周明哈哈一笑："快三个月了，在东五环那家四合院餐厅，我结账时要买走杯子，你当时问了句，'还能买啊？'"

韩莹"哦"一声，连连称赞他脑子好。

"脑子只算凑合，哈哈，没点儿认脸的本事，开不好饭店啊。"

韩莹坐到他对面，与他攀谈起来。周明哪知道韩莹是克明曾经的女朋友，他只当她是个毫无瓜葛的路人、虚拟空间上随意聊天的网友，可以在百无聊赖时对她敞开心扉倾诉，不必担心任何信息安全问题。

他这几个月确实憋坏了，满腹心事无处诉。他絮叨着他的离奇故事。不用真实姓名，都用"我儿子""我前女友""我儿子养父""我儿子养父的老婆"等称谓代替。

韩莹很快被七拐八拐的称谓绕晕了，要放到脑子里细想想才弄明白。

周明还控诉和儿子的养父一起进藏，结果刚安顿下来人家就把他甩了。眼下人生地不熟，问"儿子妈"也问不出儿子的位置，加儿子微信儿子不理，没一会儿还关机了。

"您准备打道回府了？"

"西藏这么大，一点儿线索没有，上哪儿找啊？"周明沮丧地往椅背上一靠，"就当我拉萨三日游了吧。对了，你也是到拉萨玩儿的？"

韩莹说她参加学校组织的实习，已在林芝待半个月了。

"那你啥时候回林芝？"周明突然眼神一亮。

韩莹只好如实相告，她还要去日喀则见一位朋友。

周明动心了。在他眼里，去林芝和去日喀则没区别。横竖找儿子也没希望，还不如陪韩莹四处走走看看，也不算白来。

韩莹走出酸奶店给江彪打了电话，说她已到拉萨，因为路上艰难辽远，所以带了个朋友同行。江彪哪知道她说的朋友就是周明，还连连夸她明智，在这地广人稀的地方，带个朋友就等于带了份保险。

第二天上午 10 点，韩莹开到了日喀则。她把越野车和周明都藏到一家小旅馆里，单枪匹马去找江彪。

江彪正和住处的藏族小老板聊天，韩莹出现了。较上次见面，韩莹的脸略黑了些，身子也不像之前那么单薄。她笑说是当农民当的，天天顶着高原日头弯着腰，跟土豆打交道，能不黑壮黑壮的吗？

"莹莹，你说的那个朋友呢？不给引见引见？"

见到周明的时候，他正撅着屁股检查越野车车况呢。江彪走到身后一眼认出那身衣服，等他转过身，江彪想着是不是该扭头走了！

周明见到江彪那一瞬完全愣住了。韩莹这女娃子的朋友竟然是他！他来不及上前跟江彪打招呼，脑袋里嗡嗡响。

江彪没走，反倒大方地伸出右手："又见面了。"

周明一脸受宠若惊，把摸了轮胎的脏手往衣襟上抹了两把，合拢双手抓住了江彪的右手，连称"老弟"。

在讨论寻找克明的方向时，三人小组出现了分歧。江彪还是执意去珠峰大本营；韩莹则说以她对克明的了解，他不可能选旅游旺季去珠峰。他骨子里并不喜欢凑热闹。

言语间，周明很快听明白了，眼前叫韩莹的女大学生，竟是儿子的女朋友！他真是傻得不能再傻了，赶紧在脑子里搜索昨天说没说不该说的话。

"二位能听我说一句吗？"周明说了两遍，对面两个人才闭上嘴。

"莹莹——"周明听江彪这么叫，他也不示弱，跟着这么叫，"日喀则离珠峰很近了，听你江叔叔的，先到那附近找找吧。"

韩莹一想也是，她反对去珠峰，总觉得克明会选一条冷僻凄清的路来走，可纵观西藏，冷僻凄清的路何止千万条，她哪知道他具体的路线呢？

一直争执不下，午饭时间都给争执过去了。韩莹率先饿了，提出吃饭。早听农牧院的同事说日喀则的手抓羊肉好，三个人点了一大份，又点了店家自酿的青稞酒。

两个男人猛干了第一杯青稞酒，韩莹看出气氛不太对了。她 6 月底进藏，净跟马铃薯打交道了，自叹看人的神经已经大条、迟钝。刚才看二人热情握手，以为一切风平浪静了，没想到端起酒杯那一瞬，腾腾杀气又冒出来了。两个男人借着酒劲儿，明里暗里开始较劲。

"老弟，你那点儿厨艺，老哥我在美国开中餐馆起家，早些年请不起大厨，都是我自己颠大勺呢。"

"你再颠 30 年大勺，知道我儿子喜欢吃啥菜吗？"江彪跟周明酒量差不多，自酿青稞酒劲儿大，俩人都开始迷糊。江彪如数家珍说起儿子的爱好，从吃说到玩儿，说他是附中篮球队主力，喜欢乔丹和科比。

周明一直眯着眼睛，听到这儿细长眼睛瞪大了："我能带他去见科比。"

江彪冷笑一声，拿起酒瓶给自己倒酒。韩莹看他们喝得热闹，也加入行列，两杯酒下肚，韩莹也成了最豪壮的人、世上最了解江克明的人："他上次离家出走，第一个想到的是谁？""他心里的苦跟你们说过吗？没有！可他跟我说了。"

好在那俩人也醉了，没人出来质问她——你们无话不谈，他现在咋不把行程路线发给你？

不远处的小广场上，衣着鲜艳的男人女人们手拉手在跳锅庄。江彪率先看到了，站起身摇晃着朝锅庄队伍走去。走一半又折返，一手拉起周明，一手拉起韩莹，笑嘻嘻地："走，跳舞去。"

三人插进锅庄队伍里，竟无师自通地跟上了舞步，没踩任何人的脚。跳了不知多久，大家停下来稍作休息。江彪走到队伍前面，很有明星范儿地请大家安静："咱们一起唱首《美丽的家乡日喀则》，好不好？"

锅庄队伍在他的歌声中再次手拉手，踩着节奏舞步飞旋。场外的游客受到感染，不停地有人加入，锅庄队伍从最初的二十几人变成四十几人，还在不断扩充。又唱又跳欢腾到红日西沉，锅庄队伍实在没精神了才停下。

江彪回到旅馆掏出手机，发现孔宪愚给他打了 5 个电话。心里一惊，汗都出来了。丈母娘很少给他打电话，一打就是重要的事。他赶紧把电话回拨过去。

孔宪愚不听他没接电话的解释，劈头说："克明打电话给我，说他要去墨脱。我告诉你他的新号，你记一下。"

说完手机号，她停了一下，似乎在犹豫该不该说："十几年前，我人大的同宿舍同学，一个特有才的女记者，就是进墨脱采访时被滚石砸死了。你得想办法把他拦下来，别让他真去。"

江彪失神地挂断电话。看着纸上记下的那串数字，他隐隐觉得拨过去也是徒劳。果然，"您拨打的号码无法接通"。

他想了想，打电话把韩莹和周明叫来了。一听这个消息，韩莹红里透黑的小脸很快显得苍白。

"墨脱，他居然选了墨脱？"韩莹喃喃着，"最后一个通公路的县，全国最后一个。他到底想干吗？考验你们对他的感情？还是悲观厌世，要去寻死？"

她还带着酒劲儿，说话没顾忌。两个爹都不乐意了，各自低头不语。

韩莹明白他们嫌她说话不吉利："我们同事闲聊说的，也不知是不是真的——墨脱县的领导班子是全国最牛的，别的班子配的代步工具是小轿车，他们配的什么你们知道吗？"

两个爹摇头。

"直升机。墨脱的路没法走。早年间号称通了路，实际上是沙石路，下雨一塌方全冲毁了。13 年说是全线通车了，其实还得躲着雨季……"

"雨季是啥时候？"两个男人不约而同问。

韩莹摊开手，一脸无奈："就是眼下，七月。"

"那等于，还是没公路呗！"周明倒吸一口冷气，他不喜运动又坐惯了车，多少年也没干徒步之类自找罪受的事了，更别说是在这鬼地方徒步！

韩莹想起关于墨脱的顺口溜："山顶在云间，山底在江边，说话听得见，走路得几天。"念完叹了口气："走几天没什么，问题是雨一大就泥石流、塌方，遇上就直接进雅鲁藏布江了，对了，还是地震带。"

"你对墨脱很了解啊。"江彪说。

"墨脱本来就属林芝地区嘛。"

不管怎样，好在克明有消息了。江彪看着对面的两位："我要去找他。"

他举起右手。

韩莹的手也举起来。

二人举着手，目光不自觉地转向周明。周明尴尬地笑笑："你们看我干吗？怕我不敢去？"

那两个人不说话。周明犹豫了几秒说："我也是跳完锅庄那会儿接到克明他妈的电话，告诉我孩子要去墨脱。可我没想到，墨脱是这么个地方。"

江彪愣住了。

周明皱着眉："他既没直接打电话给你，也没打电话给我，倒是有意让人给咱俩带话……"话没说完，他停住了，低头不语。

三人陷入沉默。

江彪想了想，对韩莹说："你听我的，别去了。你在单位做志愿者，老请假外出不好。"

韩莹知道江彪是个细心人，他把她低头不语当作惧怕了，莞尔一笑说："我在想买什么装备呢。不跟着我这半个本地人，就凭网上那些攻略，您二位就想进墨脱？"

江彪其实是怕韩莹走不下来。男人都望而却步的地方，一个纤弱的小姑娘怎么行？

他心里打鼓，却拗不过她，第二天一早，三个江克明的真爱启程去墨脱了。

46

江彪远走西藏没两天，刘美美接到了法院的传票，她气急败坏给江悍打电话。

江悍二流子依旧："前嫂子，想前小叔子我了？"

刘美美强压火气："让你哥撤诉，万事好说。要是继续闹，我奉陪到底！"

"前嫂子，你这样的态度就很好嘛！你当然得奉陪到底，不然法院也不干哪！"

"姓江的，你太缺德了！"

刘美美知道骂不过江悍，挂断电话。

立马打给孔妍妍。事到如今，编谎哄骗已无效，除了赤裸裸的威胁，刘美美不知道使哪招才能让她望而却步。

"姓孔的，撺掇江彪告我。趁早撤诉，不然你单位见！"

孔妍妍正要回骂，电话却已挂断了。她气急败坏地打过去："你个下三烂，敢来骂我……"她还没骂完，刘美美又把电话挂了。

再拨过去，她就关机了。这一下可把孔妍妍气坏了、憋死了，田遂心刚从厕所出来，她上前一把拉住，咧着嘴就要哭："刘美美那个不要脸的，她居然敢打电话骂我……"

"骂回去没有？"田遂心赶紧问。

"我，我把骂人话全忘了，就想起个'下三烂'。"孔妍妍真给气哭了。

田遂心拿纸巾给她擦眼泪："爱哭鬼，你也别想着对骂了，为那号货色不值得。"

得知刘美美威胁着要去剧院，田遂心就成了孔妍妍的私人保镖："你放心，有我在没人能靠近你！"

刘美美真的没招了。

人生中这么多惊险、危难，不都过来了吗？眼前这道坎儿，咋觉得过不去了呢？她是个有本事的女人，不是三脚踹不出屁的窝囊废啊！瞒孩子身世就瞒了将近18年，哪个女的做得到？谁有这样的计谋和胆识？还有上次因为肖春秋实名举报被单位调查，她夜入领导家，以"哭诉＋上供"的双重攻略，换来领导息事宁人，保住了自己饭碗，只得了个内部处分。接下来跟肖春秋离婚，他想让她净身出户，哼，想得美！肖春秋最终在财产协议上签了字。

她刘美美不是没有神通的人啊！

这次咋这么废物？法律不护着她，道理不向着她，案子的焦点——亲生儿子也恨着她。活活地众叛亲离啊！她无法容忍自己失利，却打破头也想不到高招。

两天后的下午，田遂心陪孔妍妍去剧院演出，刚一进单位大院，就看见东墙外里三层外三层围着人。二人好奇，也凑上去看。孔妍妍刚一探头，周围人就吓了一跳似的纷纷让开。东墙上贴的是一张白色大字报，黑色毛笔字的硕大标题：话剧院头号小三孔妍妍。下面还有个副标题——还我幸福家庭！再下面是蝇头小楷的一大段话，孔妍妍像看外星人一样莫名惊诧，居然一字一字认真读完了。

这年头居然有人贴大字报！沉渣泛起、倒行逆施！

想都不用想，这拙劣的杰作出自刘美美。开篇，她三言两语描述她和江彪一家三口十几年的幸福生活，接下来话锋一转，美好生活全因孔妍妍这个小三的介入毁于一旦。

遂心气坏了，上去把大字报揭下来，她起初带着怒气猛撕，后来想到了什么，突然变换了方式，小心翼翼地揭下来折好，唯恐弄坏了上面的文字。

她要把这张大字报留给江彪看看，看他作何感想。或作为日后呈堂证供。

大字报全撕了下来，看热闹的同事也在遂心如电的目光中纷纷退去，只剩下孔妍妍还站在空空如也的东墙之下。遂心以为她被气傻了，轻轻上前拉她："走吧，气大伤身，晚上还有演出呢。"

孔妍妍没挪窝，喃喃着："早知这样，我当初就应该当小三。真是傻透顶了。"两行眼泪从眼角流下，看得遂心心直疼。

"走吧，重来一遍你也还是你。"

进到后台，孔妍妍做演出前的准备，田遂心就挨个问刚才看热闹的同事，那个疯女人是什么时候贴的大字报。被问的同事都有些尴尬，连连摆手说不知道。遂心不死心，又到外面去问保安，查出入门登记册。保安说忘了她是报谁的名号进来的，他发现时好多人已经开始围观了。

"为什么不立刻撕掉?"

保安发着窘，低声说："当时有两位老师不让撕。"

遂心明白了，在这个名利场上，平时跟孔妍妍有点儿矛盾的，巴不得她出事，她们好看热闹呢!

"以后我天天跟着你，我看哪个敢来!"散场后坐在孔妍妍的车上，田遂心一字一顿地说。

"何必跟她计较呢，她这是垂死挣扎，想逼我撤诉，想得美! 她越作，我越让她好看。"

田遂心没想到，孔妍妍到这时还能笑得出来。她之前小看她了。小孔不像她，喜欢硬碰硬，但她像把软剑，"何意百炼钢，化为绕指柔"，柔虽柔，却也能毙人性命。

尽管如此，她还是不放心，天天跟着她。跟得孔妍妍都不好意思了，几次劝她放心回家休息，田遂心只依然如故。

47

车行到林芝八一镇，韩莹带着两个男人买了进墨脱的装备。江彪的拖拉箱没法用了，他买了个特大号背包，把拖拉箱里的必需品转移进去。韩莹发现，他把克明的羽绒服都带来了。

"您这包不行，太大了，遇到危险路段重心不稳。"

江彪摇摇头，坚持背上。

韩莹把越野车加满油，还给了同事。同事没接车钥匙，询问她是否还要外出，大方表示可以继续用车。韩莹笑了："我要去墨脱。"

女同事立刻瞪大眼珠："公路停运了啊！"

"所以只能徒步啊。"

看阻挡不住韩莹，同事告诉她进墨脱不只是路难走，它的气候也能伤人，所谓"一山分四季"——翻雪山冻死；翻完雪山很快下到热带雨林，湿热死。还有蚂蟥谷，墨脱的蚂蟥不是吃素的。

"你以为我不知道？"韩莹依旧没心没肺地笑着。

看韩莹漫不经心的样子，同事摇摇头："你还是别去了，林芝本地人都不去墨脱。除非你……"

韩莹知道她想说的是"不怕死"，没好意思告诉她，早有个真正不怕死的，在墨脱一带等着他们呢。

同事临走还提醒她办边防证的事，她回来跟二人一说，江彪想起周明是外籍，不知他能否办理。谁知周明把头一仰："谁说我是外籍？堂堂中国人嘛！"

他的表情，竟和刘美美如出一辙。

江彪瞧不上这样的人、这样的行为，真想让他办边防证时露了狐狸尾巴，直接被遣返回美国。

韩莹从单位找了张林芝地区地图，虽然墨脱县标注得并不详细，但也勉强够用了。她摆出一副资深驴友的架势，大包大揽规划路线。江彪看着她因兴奋而发红的小黑脸，想着到底是年轻人，初生牛犊不怕虎。他只默默地把刚才为减负而扔出背包的食品，一一又捡了回来。

"叔叔，去墨脱一大半路都靠步行，到时候真背不动。"

"我背。"江彪笑了，"这一路很多障碍都没法控制，多备点儿吃的，算是留条后路。"

临出发，江彪像模像样又召集那两个人开了个小会，跟他们说好此去墨脱，找到克明是第一要务，但若是中途发生危险，无论如何要第一时间撤回。

他把目光投向周明："你感觉还好？"

周明勉强点点头。他昨夜一头扎进网吧，看了 5 个小时关于墨脱的介绍，各路文章、各条新闻指到同一点上，这一点跟他和林芝当地人了解的完全一致，那就是：墨脱很危险，简直像条不归路。海量信息看得他头晕目眩、一闭眼全是金星。再想起江克明时，竟觉得那张跟他如出一辙的脸有些狰狞邪恶：这小子安的什么心？他早怀疑这一点了——做他的爹要付出成本！说起成本，他不吝惜给钱，毫不吝惜，有他周明的，就有克明的，但前提是得有他，他要是这次死在儿子亲手设计的死路上，就啥都没了！

江彪看出他的疲累和担忧。周明是两头尖中间粗的"枣核型"身材，看上去就显得松垮无力。他晚睡晚起也不喜欢锻炼，一过 30 岁就挺起了啤酒肚。

但无论周明身体如何不济，骨子里却也是个高傲的男人。江彪乍一问，他没醒过神来，直接点点头；没过几秒，他反应过来了，刚一反应过来，就被这个问法刺伤了——什么叫"感觉还好"？就你身体过硬？就你能？

周明冷笑一下："感觉好不好，路上见吧。"

江彪扫一眼他们的团队：一个是虚胖的啤酒肚，一个是身高 160 厘米的弱女子，怎么看也不像要去极端地带徒步的，郊区采摘垂钓之类的倒适合他们。江彪重申一遍："小命第一，遇到危险原路撤回，谁也不许逞强。"

韩莹调皮地冲他敬了个礼："是！队长！"

7 月的多雄拉雪山，由于终年不见阳光，山腰以上满是积雪。三个全副武装的人远远走来，在巍峨雄壮的雪山面前化作了三个小黑点。他们挂着登山杖，蹬着雪套，最矮的那个还穿着不合体的羽绒服——那是韩莹奉江彪之命，把克明的羽绒服穿上了。三人因为出发早，雪山口还没多少游客，三个人孤零零过来，又孤零零翻越山口，看到山口玛尼堆和经幡的时候，一看表才上午 11 点。三个人不约而同脱掉手套，击掌相庆。

翻越过程比他们想象的顺太多，没请背夫和向导，也没累坏和迷路，这是幸运中的万幸。初战告捷，在山口小坐，江彪把背包里的食物拿出来分享。牛肉干、巧克力、葡萄干、苹果……这些平时并不受宠的小零食，此刻俱是珍馐美味，三人拿到自己那份就风卷残云了。出发前夜，江彪按照食品种类、热量，科学有效地分成几份，用记号笔写在袋子上，规定好哪天吃哪一份，就差一一计算卡路里了。

江队长还是百般不省心，边吃边总结。他说翻雪山顺利，不代表一直顺利，这口气千万不能泄。他还不许周明多拍照，说这样拍下去下午也翻不过多雄拉，到时气温升高，雪崩的机会就大了。

对江彪的絮叨，周明一个字也没听进去。他大专毕业后分配到包头一所高中任教，作为过来人，他太明白高中老师好为人师的心思了，哼，比他还少吃两年盐呢，教训他？

韩莹倒是精神得让江彪觉得不真实。他不用问她身体情况，也知道她好着呢。这丫头没白来西藏，已经适应高海拔了。

临近中午，陆续有背包客往返经过山口。江彪起身询问从对面来翻雪山的人，问他们是否从墨脱县城过来，有没有见到一个 17 岁的男孩。他不厌其烦地形容克明的长相，得到的却只是所有人的摇头。

韩莹过来安慰他："按克明打电话的时间，他比我们早不了多少，估计还没到县城，这些人没见过他也正常。"

江彪笑笑，侧身一看周明正目光炯炯看着他，见他转头倒不好意思了。一路上，韩莹只跟江彪聊克明的话题，在三人团队间缓解了微妙尴尬的气氛。

临下山，三人认真询问了其他驴友，按他们指向的路线，小心谨慎躲避着悬崖。如果说上山考验的是体力，下山考验的就是技巧了。有雪的地方坐下来顺雪滑下，海拔迅速降低，积雪也大多融化，这时需要对付的不是别的，而是大大小小杂乱分布的乱石和随处可见的积雪融成的溪流。溪流时而没过权作路径的石块，此刻便无处下脚，要全力提防一脚踩空或泡湿鞋子。

江彪心里也没底。他自小生长在内蒙平原地区，没见过这样石头泡水的地貌。在韩莹穿着雪套还灌了一鞋水之后，他无法再踏实地给队伍断后了。绕开两人上前，拿登山杖当起了指挥棒，开始发号施令："你们跟着我，我踩稳的地方，你们才能跟上来。"

那二人没说什么，韩莹听话地跟在江彪后面亦步亦趋。江彪每走一步，都用登山杖反复敲击水下的石块，确定是稳妥的才小心翼翼踩下去；再确定不打滑，才示意他们跟上来。很快，乱石堆顺利地趟过来了。还没等江彪和韩莹击掌，突然"啊"的一声，身后一声巨响，周明连人带背包狠狠摔在溪流里，溅起的水花一时竟把他淹没了。

也许是一大早出门就万分紧张地翻越雪山，到此终于放松了，见周明姿态夸张地栽进水里，韩莹突然爆发出一声大笑，笑得腰都直不起来，需要双手撑着膝盖才能保持不倒。

江彪不知是被她传染了还是怎么，也笑起来，只是他不好笑出声。他笑着走过去拉周明，才发现他脸色惨白，他轻轻一拉，他就厉声惨叫。

坏了！江彪心一沉。他之前悲观主义的想象终于落实了，刚翻过多雄拉，就伤了一员大将。

周明一时站不起来，江彪只好把他的背包先取下，抱到了岸边。韩莹早不笑了，满脸愧疚地站在近处，她明白她帮不上忙，心里就更愧疚。

"伤了哪只脚？"江彪蹲在周明身边，周明此刻已湿透，坐在溪水上。他紧锁眉头，指了指右脚。江彪顾不上声讨他不听他的话，半蹲着让他趴到背上来。周明龇牙咧嘴地说："不用，第一天就让人背了，背到哪天是个头？"

他拾起登山杖，用尽全身力气把自己撑起来。到岸还有几步路，这几步路周明走得艰苦卓绝痛不欲生。他全身的重量都给了没受伤的左腿，还得劳驾左腿带动不争气的右腿，走的又不是平路，而是需要跳跃而行的水下石块路。

一上岸，他就一屁股坐到了地上。

"对不起，我没想到您受伤了。"韩莹咬着嘴唇，眼泪直在眼眶里打晃。

周明龇牙咧嘴地笑了："我没事儿，就是相机泡水了。"他心疼地把胸前的相机摘下来，一脸自嘲对江彪说，"老弟，我真该听你的，把它放防水袋里。"

江彪心想你没听我的还多着呢，你但凡听我的，沿着我的脚印走，能掉进水里崴了脚？他一声不响从背包里找到正红花油，把周明的雪套解开脱掉，要给他脱鞋的时候被他拦住了。

"老弟，我脚臭。"

周明微红着脸，使尽全身力气上身前倾，去解鞋带。江彪看不下去他的难受劲儿，把他的手拨开，自己来了。

"你这脚是够有滋有味儿的。克明从小洁癖像谁了呢？"江彪把周明的湿袜子脱下来扔在草地上，给他抹药。不到一刻钟，周明的脚踝已经肿成了馒头。

"还不是这一路捂得啊！"周明自我解嘲。

心思沉重的三个人都笑了。

"我拖累你们了。"周明嗫嚅着，"到前面拉格中转站，我多住两天把脚养好，你们继续前进吧。"

"才受了这么点儿伤，就不找儿子了？"江彪一边倒登山鞋里的水，一边逗他。

48

法院开庭日日渐临近。刘美美坐不住了，又打电话给江悍，问江彪撤诉了没有。

江悍满脑子正琢磨另一个挠头的案子，不想搭理她。

"姓江的，收拾不了你，我还收拾不了姓孔的？"电话说到这儿挂断了。

等到案子理出头绪了，抬头一看已暮色沉沉。江悍想出去吃个饭，又总觉得有啥事没干。一低头瞥见桌子上江彪的卷宗，才想起刚才刘美美那个电话。对，没错，她威胁要去收拾孔妍妍。江悍骂自己一声"猪头"，赶紧给嫂子打电话，却没人接。又打给刘美美，还是没人接。他这才警觉起来，无奈之下硬着头皮给田遂心打电话，她居然接了。

经历了那次农家乐的"伪艳遇"，他妄想关系能和缓下来，没想到田遂心对他的惩罚还没够，依旧心硬如铁，他的电话一概不接。这次接了，反杀他一个措手不及——他还没措好词呢，一听她在对面"喂"了一声，心里就毛了。好在江悍心理素质过硬，只愣了两秒就醒过神来，语气间尽是公事公办的样子，说刘美美威胁要去收拾孔妍妍，希望田遂心能抽时间多陪陪她。

田遂心笑了："她是我的好朋友，何消您吩咐。"说到这儿顿了一下，"管好您自己吧，您没事儿就谢天谢地了。"

她话里阴阳怪气，江悍却一阵阵想哭。他有日子没听到她的声音了，一听就要落泪。

他一字一顿说："我，无父无母，无妻无子，随便她威胁，我会怕？"

一声"保重"，江悍潇洒利落地挂断电话。田遂心拿着手机的手迟迟没从耳边放下，"无父无母，无妻无子"，这八个字反复在她耳边回响，跟按了循环播放似的。

田遂心落泪了。

"江悍你等着，有朝一日我好好问问你，什么叫'无妻无子'！"田遂心咬牙切齿。

挂断电话的江悍，眼泪也落了下来。他知道她不管怎么对他，心底是疼他的，所以故意拿那八个字来刺激她。可一想到她心疼，他的心比她的还疼。受的哪门子罪哟！在律所坐不下去了，索性收拾东西直奔话剧院。

江悍赶到的时候，好戏已经开锣了。

9点半刚一散戏，刘美美趁乱跑进后台，见人就问孔妍妍在哪儿。

孔妍妍卸着妆，和遂心对坐聊天，一大杯水突然从头而降，动作之快令人猝不及防。她大叫一声，捂着头条件反射跳起来。

肇事的刘美美手脚利落，向门边跑去。

田遂心沉着脸一言不发，拔开大长腿追上去，没跑几步就一把抓住刘美美的后衣领，再反手一扣，钉钉子一样按住锁骨处，顺势把刘美美钉在墙上，上半身动弹不得，双腿轮换着踢蹬，却踢不到田遂心。

田遂心钳子般的手死死按着她。

江悍就是这时候赶到的。他看到刘美美被钉在墙上，一后台的人都看傻了，竟没一个敢动，他心里暗暗叫好：看看，我的女人！

孔妍妍擦着头发走到刘美美跟前，对遂心说："松开吧，就是一杯温水。"

"妇人之仁。你等她过来泼硫酸就晚了。"

"遂心，随她闹吧，我看她还能闹几天。"孔妍妍看着刘美美，同情心溢于言表。

她悲天悯人的表情激怒了刘美美。她整个上身被田遂心控制了，只剩腿脚还能动，立刻飞起一脚踢向孔妍妍。孔妍妍赶紧一捂肚子，侧身躲开。

田遂心忍无可忍，攥紧拳头给了刘美美一下。

江悍怕刘美美挣扎起来田遂心按不住她，疾走上前拉开架势。

孔妍妍又发话了："遂心，让她走。"

田遂心揪着刘美美的衣领恶狠狠、一字一顿："你活着，就是给女人丢人现眼！"骂一声"滚"，用力一甩，差点儿把她摔到地上。刘美美踉跄着起来，想挨个啐他们，又没了胆量。

"你下次敢来试试！"

江悍上前，正要对田遂心表示谢意，并且敬她是条好汉，发现她又拿他当空气了，只是一连声催着孔妍妍快走。

"我总不能带着妆出去吓人啊！"孔妍妍明白田遂心想躲开江悍，就故意磨磨蹭蹭。

"你不走我走。"遂心看也不看江悍，从化妆台上抓起手机就走了。江悍一眼看出她用的还是他送的那款手机。

田遂心担心刘美美杀回马枪，不敢走远，她躲到孔妍妍的车附近，一直盯着后台。

"你呀，饶了我就这么难？"江悍幽灵一样冒出来，把她吓一跳。也不知这家伙怎么在她眼皮底下从后台离开，又包抄到她身后的。

"知道啥叫浪子回头金不换吗？"

田遂心一言不发。江悍也不再说话，只陪她站着。

十几分钟过去，孔妍妍出来吓了一跳："你俩喂蚊子呢？"

遂心一见孔妍妍，来了救星似的，赶紧催着她开车门。江悍故意跟孔妍妍搭话，磨蹭时间。

"嫂子，咱们做到仁至义尽，够了，她两次过来作践你，我都会写在具体说明里，递送法官，这些对日后判决都有用。"

江悍又补了一句："我只想说田大侠干得太漂亮了！我代表老江家列祖列宗感谢您！"江悍深深鞠了个躬，田遂心哭笑不得，使劲儿忍着不露声色。

周末，田遂心陪孔妍妍回到孔家，叮嘱半天不许她出门，才安心离开。孔妍妍被她逗得直笑，好像满大街是狼似的。

"你还真别说，有些人比狼更狠更坏。防人之心不可无。"

江悍突然接到田遂心的电话，问他在哪儿，他说在律所。

"那你现在就出来。"田遂心冷冷地挂断电话。

她打来电话时，江悍正在谈事儿，一看到手机屏上闪动的"心"字，就跳了起来。对面两个委托人都给吓了一跳。他放下电话，一改往日的彬彬有礼，没跟人打招呼就往外冲，还没出门突然想起什么，赶紧返回自己办公桌前，抓起一只半大的皮包。

瘦了一圈的田遂心站在那儿等他，见他出来也不说话，当胸给了一拳。这一拳看着凶狠却没力道，和那天打到刘美美身上的不可同日而语。江悍愣一下，立刻拉开皮包拿出一根约莫9寸长、2寸宽的竹板。

田遂心暗忖，这家伙够警惕的，莫非预知我打他，还带上了防身武器？

谁知江悍把皮包往地上一扔，双手捧着竹板，单膝跪地献给她："用这个，不然手疼。我小时候犯错，我妈就用它打我，绝对原装货。上个月回呼市办案子，特意回家给你找来的。"

一脸虔诚让他显得更滑稽。遂心哭也不是乐也不是，眼看着路人们频频驻足，她只好接过来，那一瞬突然泪下："江悍，你怎么那么贱呢？"

"我只跟你贱，还想跟你犯贱一辈子，你要吗？"

遂心心一软，牵连得脚下几乎站不稳，身体直打晃。江悍站起身牢牢抱住她，微微俯身亲她的额头。

围观的人都迷糊了，场景弄得跟求婚似的，可献上的不是鲜花竟是板子，这是什么路数？律所里所有脑袋都往外探看，兴致勃勃。合伙人走到门边打了个响指："瞧你们鬼鬼祟祟的，还不出去起个哄！"

一听这话，这帮人"呜"一下冲出去了，特别是年轻人们，直接围在相拥的二人面前。

"亲一个！亲一个！"起哄声很快成了旋律。

田遂心一下红了脸。江悍眼见这么多人壮胆，愈加抱紧了她。田遂心赶紧悄声说："不行，这么多人，不行！"

江悍听这话一分神，田遂心趁机挣脱，跑得飞快。

"还不快追！"起初是合伙人大喊，后来大家都喊起来："快追啊！"

江悍拔腿追去。

分手后第一次去江悍家，田遂心看哪儿都不顺眼。他那个透明浴缸、透明浴室、卧室的床。田遂心看着看着，闭上眼睛。

江悍跟在她身后，等判决一样心惊胆战。田遂心四处指指，不待她置一字，他就语气坚定地表态："拆，没说的，全拆！"

他甚至主动到主卧指着床："扔，全扔。"

遂心瞪他："暴发户！"

江悍竟茅塞顿开，一把拉住她的手："咱把这房子处理了，换新房！"

她愣住了，低头思索。

"只要你高兴，别说换房子，睡大街都乐意。"江悍说。

通州中心的这套房子，是江悍的心血所得，没靠一点外界的力量，至今让他引以为傲。要不是为了田遂心心里舒坦，打死他都舍不得卖掉。

"卖了，在你们学校附近买，以后你是太阳，我是地球。"

"算了，别瞎折腾。"遂心并非言不由衷，"我不该瞎矫情，表面印记没什么，心里的印记呢？"

江悍一惊，赶紧表白："早清了，"他把她的头轻轻按在他心口，"你都住里面多久了，有印记也是你的。"

"江悍，你知道我想要的婚礼是什么样的？"

田遂心的奇思妙想，他很难跟上拍。

"你去看《仪礼》吧，第二章就是《士昏礼》。"

"《仪礼》是个啥？"江悍晕了。他也是堂堂文科高才生，乍一听这名字都没反应出是哪两个字。

"你就按《士昏礼》，把它提到的'六礼'准备好。"遂心羞涩一笑，"我就跟你领证去。"

江悍一乐，老天，她竟然主动松口了！

送走田遂心，他先打电话给江彪，想趸点儿现成的。可电话打过去，"不在服务区"。他哪知道老哥正翻越多雄拉雪山呢。晚上又打，还是那句话。江悍担忧起他的安危。老哥一辈子被婚姻套牢了，上个灶刚熄，这个灶就点上了。上个灶熄火前留下的饭还不是他的，最后弄不好得归别人。

结婚，生孩子，哈哈，之前跟田遂心纠缠着，死活要走这条路似的，如今眼看着她连"领证"的话都说了，他心底莫名又有些不是滋味儿。这辈子，真的就这么交代出去了？

好在交代给她，比交给别人强。没在花丛走过的可能会害馋痨，他不会。之前莺莺燕燕看多了，她们的路数底细他全知道，没意思。时间长了，还厌烦这帮庸脂俗粉。

也许世间的一切都是标了价的交易，婚姻说到底，不过是以自由换踏实。

而江悍至今，仍搞不清这两项哪个对他更重要。他实在自由得太久、太久了。

江彪的电话仍然打不通。江悍只有见缝插针自力更生完成作业了。

49

徒步的第二天晚上，在汗密中转站休息，一个住通铺的驴友恰是位祖传中医，精通正骨术，就像上天为周明派来似的，他们居然住一屋。驴友皱眉查看半天，听周明描述了倒地时的情况，判断他有个小骨头错位了。一边跟他闲聊，一边捧着他的脚，突然猛地往上一端，周明"嗷"一声惨叫，驴友志得意满地宣布正好了。

周明惨叫过后，慢慢发现脚没之前那么疼了。紧接着韩莹又惨叫，她在床铺上发现了蚂蟥。这已经是她当天的第无数声惨叫了。

江彪忍了一天，忍无可忍，问她："学农的，这种小虫子平时没见过？"

韩莹吓得顾不上长幼尊卑了，情绪崩溃地大吼："土豆和油菜地里没这么恶心的东西！"

还没等江彪说啥，正骨医生开口了："姑娘，那你明天只能原路返回了，明天路上蚂蟥唱主角，还有塌方，你顾哪头？蚂蟥再恶心，要不了人命，你要是因为躲它掉进河里，直接就去印度了。"

他嘴下留情，说"去印度"，没说"见阎王"。

韩莹平时就讨厌这类软体动物，但她对它们的印象还始终停留在图片上，直到今天，这小虫子才在韩莹眼前立体起来，在她眼皮底下由牙签粗细的小虫，通过饱吸人血变成滚圆的大肉虫，这过程别说亲眼去看，想想就让人头皮发麻。

前一天下午，韩莹还被两只迷彩色的旱蚂蟥袭击了，有一只甚至试图往她鼻孔里钻，被江彪发现，涂上一撮盐给弄下来了。

韩莹一闭眼，全是吸饱血的大肉虫子，面目可憎。想着明天一早要启程穿越蚂蟥谷，惊悸在心底蔓延开来。

她神叨叨祈祷一整夜，几乎没怎么睡，第二天起床往外面一看，祈祷完全没奏效，山间已下起了绵绵细雨。老天爷啊，给个晴天这么难吗？从多雄拉到汗密，她都快忘了太阳长什么样了。

因为下雨，有些驴友就地休整，停在汗密中转站没上路。周明一早起来发现脚消肿了，疼痛感明显减弱，乐得掏出500块钱来谢正骨医生，正骨医生哈哈大笑，让他把钱送给墨脱希望小学，他们都是援建小学的志愿者。三人上路之前，正骨医生悄悄拉住江彪："你带的这俩人要够你一呛了。特别是小姑娘，她还完全没做好思想准备呢。"

江彪苦笑："也确实难为她。"

"你们这么急着去找人？"

江彪看一眼外面的阴天："这天气几天之内都不会好转，还不如早点儿上路。"

正骨医生想想也是，就以过来人身份又教了一遍防蚂蟥的技巧，还不省心地检查了他们的装备，确认能把要吃的苦头降到最低，才目送他们上路了。

这一天一如想象的艰苦卓绝。

一边山壁一边悬崖，脚下是陷没脚踝的烂泥，搭配以湿滑的碎石。黑色的烂泥冒着泡泡，看不出来哪里可以下脚。山壁那一侧的草丛间，面目可憎数以万计的吸血生灵严阵以待，只等他们过来。这样的路不适合人类行走，却是进墨脱的必经之路。

唯一令人感到意外的，就是韩莹不像昨天那样惨叫了。她紧跟在江彪身后，一声不吭。江彪甚至能感到她在努力憋气，压抑得令人窒息。

三人重新穿上翻越多雄拉的雪套，全副武装地躲避蚂蟥。蚂蟥却如一支支强大兵团，特别是经过雨水洗礼之后，铺天盖地席卷而来，无孔不入。你把自己防护得越严实，它越挖空心思在你身上四处乱钻。曾有一位驴友把自己全脸都做了防护，只留一双眼睛在外面，于是蚂蟥毫不犹豫地往他眼眶里钻。

前一晚几位过来人讲述的骇人听闻的蚂蟥传说，此时都在一一应验。三个人不敢把登山杖向草丛间挥舞，怕蚂蟥顺杆爬上。在它们面前，人类的强大反而成了劣势，往往被咬得鲜血淋漓才发现小小的肇事者。

在这样的路上走了3个小时，再矫情的人也走得没了脾气。江彪时不时回头看，韩莹已从刚出发时的竭力克制，变作真心不再畏惧蚂蟥，他亲眼见她把手上一只吸饱血的胖虫子搓了两下，一指头给弹飞了。手上鲜血淋漓，她看都没看一眼。

江彪正想夸她两句，再一看她身后，周明哪儿去了？

韩莹半转身，努力回头，身后空空如也。今天的阴雨断断续续，同来的驴友很少，仅有的那几个又都是本领高强的，早走到他们前面去了。

"叔叔，要不要回去找他？"韩莹抹一把脸上的雨水汗水，带着哭腔问。想着要把这样的路再走一回，欲哭无泪。

江彪摇头："不行，我们走着看，前边哪里平坦点儿，就到哪里等他。"

二人再没一句话，各自拔起灌铅的腿，冒着雨在两米宽的山间泥路上踉跄而行。

又走了大概3个小时，过了两座吊桥，连蚂蟥都基本绝迹。疲累至极的两个人都熬不住了，一屁股坐下来休息。看对方都像从水里捞出来的一样，装备里明明有雨衣却没机会没精力穿上。

"回到北京，想淋原始雨林的雨也不可能了！"江彪总能苦中取乐。

"叔叔，吃这么大苦来找克明，您觉得值吗？"韩莹拿着云南白药粉，处理被蚂蟥咬后一直流血的伤口。

"有法算吗？"江彪掏出两瓶水，一瓶递给韩莹。拧开瓶盖咕咚咕咚，一口气喝了大半瓶。

韩莹喝着水，没好意思把心里想的说出来。江彪一路上是他们的主心骨、领路人和免费背夫，随时给他们加油鼓劲儿。不管周明怎么想，她是一直把他当作擎天柱看的。

直到三天前，在拉格中转站歇宿的那一晚，韩莹才觉出异样。她出去解手，发现江彪披着大衣在门外站着，对着夜空直叹气。她躲在暗处看了他半天，他雕塑似的纹丝不动。她也不知怎么想的，像被施了定身术，站在那儿默默陪着他。困意上来打了个激灵，才发现双腿已经站麻了。江彪还没有回去睡觉的意思，她只好蹑手蹑脚进屋了。

"叔叔，拉格那天晚上，您到两点都不睡，在外面想谁？"

江彪一愣，又笑了："我在想，人这一辈子，谁是谁的谁呢？"

韩莹低下头沉默了。

"你妈妈现在身体好多了吧?"

"好多了。"韩莹本来一直在笑,不知怎么一听这句就哽咽了。

"你一个女孩子,明知道这条路凶险,为啥一心要来找他呢?"

韩莹抬起脸看着他:"叔叔,这个问题见到克明再回答吧。"

她的小黑脸上沾着泥浆和血渍,小鬼儿一样。江彪点点头,二人不约而同站起来准备开拔。

就在此时,一个一瘸一拐的人踏上了吊桥。两个人莫名心间一热,这不是掉队的周明吗?即便不是同行的人,这鬼天气、鬼地方,能碰到个人就不错了。

一瘸一拐的人加快了速度,显然,他也看到了吊桥对面的这两个人。

果然是周明。

"你个老小子,跑哪儿去了?"江彪迎面一拳,轻轻打在他胸前。周明吓得直往后躲。他又想起在办公室挨的那一下,江彪的铁砂掌,能让伤痕累累的他立刻人仰马翻。

江彪不敢大意,把周明背包里的辎重弄到自己包里,安排他在中间走,又叮嘱半天。

"老弟,说了不怕你笑话,过了老虎嘴我内急了,怕影响你们赶路,我找了块草少的地方解决了,看着草是少点儿,还是招了一屁股蚂蟥,也是怪了,这些小东西越扔越多,真见鬼了……"

不好意思让韩莹听见,周明紧跟着江彪,凑近他耳边说。

周明要是江悍,江彪肯定会笑他"懒驴上磨屎尿多""怎么没把你屁股咬烂呢",可他只能听着,没好说啥。

50

田遂心一直像大护法一样随侍孔妍妍左右，二人一起去了江悍的律所，好像刘美美能随时随地从天而降，袭击孔妍妍似的。

寒暄饮茶，孔妍妍不紧不慢说出了她这次来的目的：她决定撤诉了！

江悍差点从座椅上跳起来，田遂心赶紧按住他。

"其实不是这两天的事了，从你哥离家，我一直在反复纠结。"孔妍妍说，"还没启动官司的时候，我妈就跟我说过'向前看'还是'向后看'的问题，我当时，你也知道，斗鸡似的根本没听进去。可你哥走后……"

"我打断一下啊。"江悍听得着急，"我哥走之前把这事儿交给我了，嫂子，不管他走不走，这官司打定了。"

田遂心让他先别急，转而问孔妍妍："江老师这段时间不在，你想法有浮动正常，可这是翻天覆地啊。"

"我这些天想来想去，是我执念太重了，不好，按江悍之前说的官司流程，包括执行，全算上可能得一年，对方又肯定有意拖延、撕扯，我不想……"

江悍忍不住又打断她："她是不是又骚扰你了？"

孔妍妍笑着看一眼田遂心："目前还没有。"

"那就是个外强中干没脑子的东西，别理她！"

孔妍妍哭笑不得："我真没管她，我只是不想让你哥再受折磨了，他之前的日子太苦了，没必要再浪费哪怕一天。"

"嫂子。"江悍被孔妍妍对他哥的情义打动了，"我尽量不惊动他，除了出庭，不，出庭他都可以缺席，没事儿。"

"这官司只要打下去，刘美美迟早得来恶心他，他还得面对克明。"孔妍妍说，"至于帮他夺回房产之类的，我也想开了，没多大必要，他今年

39 岁，实在要买房子又不是没机会买……"

江悍第三次忍不住想打断她，这是个糊涂蛋啊。之前没跟她深聊过，总觉得一个演艺明星咋会跟他哥走到一起？如今明白了，分明一丘之貉嘛！他一阵头疼，都不知咋开口了。

"'最高贵的复仇是宽容'，你要走雨果路线了？"田遂心说，"我跟江悍这方面观点一致，让恶人遭受惩罚后，再谈宽容。"

江悍喜笑颜开地点头，竖起了大拇指，她也对他莞尔一笑，他心花怒放，有些得意忘形。

"我怀孕了。"孔妍妍慢悠悠说。

这四个字像重锤一样，把整个世界都敲击得安静下来。江悍和田遂心脸上的笑意突然僵住，很快醒过神，被另一种笑意萦绕。孔妍妍瞬间成了珍稀保护动物。田遂心拉起她的手问这问那。江悍赶紧请她离开座椅坐到沙发上。

"好你个孔妍妍，几周了？"遂心眼睛直放光，想到了什么，"我说那天在后台姓刘的踢你，你先捂肚子后转身，还有，以你一贯不受欺负的性格，刘美美敢打上门来，你还不大吼大叫着扑上去咬她，根本不用我出手。可你那天太奇怪了！还有啊，江老师失联好几天了，这要是搁以前，你还不得上蹿下跳，弄不好都得往西藏跑，可你看看你气定神闲的样儿，这是有主心骨了啊！"遂心说完，又想到这段时间孔妍妍滴酒不沾，不再穿高跟鞋、前段时间热伤风也拒绝吃药……种种迹象啊，只是她这方面脑筋迟钝，压根没往怀孕的方向想。

"八周了。"

"江老师走之前你就知道了？"

孔妍妍点点头。

"你可真伟大！"田遂心恍惚觉得这不是真的，"你不是'孔育'吗？还担心生孩子会丢命。"她对江悍说，"这位和你哥在一起还有个小算盘，以为有了克明能逃避生育，结果，你看看，这就是……"

孔妍妍上去推她，假装生气："别胡说啊。"

江悍乐得直想哭，没有哪件事比这件更好了，他那苦命的哥不知得乐成啥样儿呢！

他笑着："真巧啊，克明的事儿刚出，你这边就有喜了。也算东方不亮西方亮了。"

"能不巧吗？知道克明不是他亲生儿子，我把药停了。"

二人都愣住了。

遂心严肃起来："你只是想让江老师有个亲生孩子？那你呢？"

孔妍妍点头，又更用力地摇头："刚停药那会儿，我还真觉得是为他。可第一次在医院做检查，看着B超单子，感觉真的不一样了！"她眼里熠熠有光，声音都提高了，"我自己都没想到，我也喜欢孩子……"她笑着对江悍，"不过我跟你哥比还不行，我目前只喜欢自己的。"她爽朗大笑起来。

"哎，我看你这辈子都定不了性，车道变得有点猛啊！"遂心抚着心口，她且得缓缓，"这么说，你那个'孔育'的微信名也打脸了啊！"

孔妍妍笑得梨涡都出来了，让遂心自己看微信。遂心一看，"孔不遇"！

遂心哭笑不得："你的事业呢，万一身材走样怎么办？"

江悍一听急了，他哥好容易能抱上亲生孩子了，你干吗说这些？

"大明星也得有孩子啊，这年头说来说去也就孩子是真正属于自己的。"

"你什么意思？"遂心追问。

江悍赶紧捂嘴。

"放心吧遂心，我权衡这事儿不是一天两天了。我还是那句话，必须得让他欠我的，一辈子都欠我，还不清下辈子接着还才好。"

"老毛病又犯了，病得不轻。"田遂心摇头叹息，不过她心里反而踏实了，这样的孔妍妍才是她认识多年的那个，刚才那个萦绕着母性光辉的，她还得进一步适应。

江悍凑到她耳边："你瞎管啥，人家就这么爱的。"

遂心笑着："其情可感，其心可佩，孔大小姐你可不要后悔啊。"

"后悔了我自己担着，又不找你。"孔妍妍故意逗她。

"哪天我带你去我妈那儿认真看看。"

"看看就行，可别打别的主意。"江悍说，"我今晚非联系上傻老大不可。"

遂心要护送孔妍妍离去，江悍一把扯住："看看人家的速度效率，你还不赶紧给我生个儿子？"

她脸一红："去你的，让你看的看了吗？"

一想到那个古里古怪的《士昏礼》，江悍没来由心一惊。他完全忘在脑后了！一月间同时打着5个官司，忙得屁滚尿流，哪还顾得上！

他装作很明白的样子："你要我研究的那节我已经烂熟于心啦。不信你考我。"

他知道越是装得胸有成竹，她就越不会深究。

"我说的是六个步骤都要按《仪礼》来啊！"

"没问题！"江悍爽快地应着，"再给我几天，我把手上事情再处理一下。"

当晚，江悍拖着疲累的身躯回到家，左手一本古汉语字典，右手一支钢笔，恍惚回到了高考前。这就是他想娶高中老师的下场。

万万没想到，这辈子竟然掉进高中老师的魔爪！一边恨着高中老师，一边惊讶于古人的繁文缛节。事儿咋那么多呢？都是闲的！像我这样诸事缠身，我看你还矫情不，还事儿多不！

"昏礼。下达。纳采，用雁……"

等研究明白了，他也傻眼了：

他要犯法了，田遂心要他去弄大雁！

还有成对的鹿皮……

玄纁束帛……

纳采用雁，纳吉用雁，请期用雁……至少六只！

江悍只想问："鸭子行吗？"北京烤鸭、南京板鸭、广州烧鸭他都没问题！

可大雁不行，那是国家二级保护动物！她心地善良爱护大自然和小动物，怎么可能让他去杀大雁？

莫名其妙！

51

远在墨脱的人们还在步履维艰。

翻过一个又一个山头，到半山腰的地方赫然出现一间木板房。这房子来得突兀，像《西游记》里妖精变化而来。三人却也顾不得许多，钻到里面歇脚。

"再咬咬牙，今天争取走到背崩，离县城就近在咫尺了。"江彪脱了鞋和袜子，两只大脚已被泥水和小石子打磨得又红又肿。

另两个人想着，咬不咬牙也只能这样了，不然只能睡这个没顶棚的木板房了。

离开木板房没走多久，峰回路转之间，一片赤裸的山体出现在眼前。江彪上下望望，判定这又是一处塌方区。路上类似的塌方区已过了几个，有惊无险，回头看时倒也算有趣。

这片塌方区有百十米宽，直上直下。江彪看了看周明："你的脚……"

他想说"你的脚能行吗"。一路上，周明随着苦痛加深而变得越来越敏感，一句话不慎都会让他情绪失控。

这次他倒没生气，只是皱皱眉说："试试吧。"

三人像壁虎一样紧贴塌方的山壁前行，脚下是类似于碎石沙土的混合物，一踩一坑。因为斜坡接近75度，过于陡峭，手就得攀着上方石壁以保持平衡，四肢并用倒脚前行，每迈出一步，心就提起；脚踩稳了，心再回落。

江彪一口气走了大概十米，心理和身体都略感习惯之后，回头看那二人并排贴在山壁上，也就走出两米。大家的神经都绷得很紧，他什么也不能说，只能静静转过身来，躺在石壁上等他们。

三人会合后，韩莹和周明灰头土脸不说，还都气喘吁吁。江彪知道他们气喘不是累的，而是吓的。

"你们知道克明小时候有多贼吗?"江彪给他们讲故事放松心情,"他两岁多那年暑假我带他回奶奶家,大家抢着抱他,可他只想让我抱,心眼儿多啊,不直说,跟人家说'我怕你累'!"

韩莹"咯咯"直乐:"您别讲这么乐呵的,腿一抖容易掉下去。"

继续爬行。

"我又想起克明小时候的事儿了。他4岁那年,有一回电视上放音乐会,我俩一起看,他突然奶声奶气问我:'拉琴的叔叔为啥一直闭着眼?'我心里直乐,说,他陶醉了呗!你们猜他怎么说?"

韩莹和周明一起摇头。

"他特别严肃地说:'不是陶醉,他在想女人呢!'"

两个听众大笑起来,江彪也跟着乐。正乐着,突然全身颤抖起来,像站到了运转着的发动机上,侧脸看去,那两张脸已因惊恐而扭曲。

地震了!

江彪大喊一声:"踩稳!"三人都感到脚下在不由自主地往下滑。倘若一路滑下去,迎接他们的将是万丈深渊。

无数块椰子大小的石头,从石壁上方滚滚而下,其中的几块与他们三个擦肩而过,惊得他们出了几身冷汗。石头过后,脚下倒不滑了,一切归于平静。劫后余生的喜悦让大家觉得不真实,三人面面相觑:"就这么过去了?"

他们一言不发闷趴在石壁上,像等着地震再来。过了大概20分钟毫无动静,他们按捺不住,翻过身准备继续爬行,一块鸭蛋大小的碎石从天而降,不偏不倚正砸在周明的头上。碎石"啪"的一声弹了出去,周明也因突如其来的剧痛,手不自觉地一松,向下滑坠。

危急时刻来不及多想,另两个人下意识地腾出一只手去抓他,人没抓住,他们反倒失去平衡,也跟他一起向下坠去。好在二人反应快,死死贴住石壁,几秒钟就停住了。往下看周明,他还一直不停往下坠,江彪心底升起一股不祥之兆,周明看来是凶多吉少了。

刺耳的惨叫在下方回旋,江彪心痛地闭上眼。他不喜欢周明,但眼看着一个活生生的人在眼前消逝,心里还是大不好受。人在自然面前如此渺小,生死只在一瞬。

　　他突然恨起他：既然你这么命不济，死在找儿子的路上，当初何必来撩拨呢？你不出现，一切都好；你来了，刚让孩子知道身世，你又死了，让孩子咋办？他当这世上有你还是没你呢？

　　这么想着，江彪恨自己不能去救他。面对已坠崖的周明，再魁梧有力也是白搭。救他只意味着双双丢命。

　　"啊！"韩莹突然在一旁惊呼。

　　江彪打了个激灵，以为她也遭遇了危险，侧头一看，却发现她低头盯着周明坠下的方向，别的不会说了，只会啊啊大叫。再向下看去，周明被抵在两块巨石之上，这两块巨石像神灵的两只巨掌，冥冥中把他托住了。

　　这不是神灵护佑是什么？！

　　江彪和韩莹心照不宣地往下爬，周明停住的地方距他们将近20米。这20米爬得兴高采烈又心惊胆战。

　　死里逃生的周明，心快要跳出体外了。他在滑坠的一瞬间已经做好了最坏的打算，只是很意外自己怎么有缘死在雅鲁藏布江。江彪凑近仔细检查，发现他的伤口在靠近左额的头顶，血还在往外流。他的头发早已湿透脏透、没型没款，略长的头发让包扎看起来更难。江彪从背包里翻出纱布和白药，在塌方区的峭壁上吃力地给他包扎。

　　"对不住，我这水平也就包成这样了。"江彪眼看着把周明包成了独眼龙，对自己的手艺深表不满。

　　韩莹转脸问周明："那一瞬间，您心里想的是谁？"

　　周明低头思索起来。说真心话，他刚一开始下坠，心里除了惊惶还是惊惶。第一个念头是伤心自己英年早逝；之后想到的是自己的美国饭馆儿，他死了肯定也就完了。经韩莹一问，他也很纳闷他竟没想到儿子、没想到老爸。

　　大难临头，他首先想到的是自己，然后是他附带的产业，这才是他真心牵挂的。

　　"您要说真话啊！"韩莹调皮地追加一句。

　　傻瓜才说真话。周明心里想着。

　　"我想的是克明。受了一路罪，不能还没见他就死啊。"周明忍着疼，努力让自己的话真实可信，"我对他的心感动老天了吧。"

韩莹转问江彪："假设啊，不是咒您，刚才换成您的话，您会想到谁？"

江彪笑笑，有点不好意思："你猜。"

韩莹看他的表情，猜出是孔妍妍。

"我以前一直琢磨，一个穷教书匠能给她什么，她现有的都比我的多，和我在一起纯属瞎胡闹，现在想来，也许我活着，我这个人就是最值得给她的。大城市是容易消解自信的地方，时间长了，自己都不知道自己是谁了，更不知道你是我的谁，我是你的谁。也许我回到北京，这股自信也就烟消云散了。"

听他说着，笑容从韩莹脸上逐渐消失，她低头凝神思索了一会儿："自信消解了，不定哪天还能回来；要是人性消解了，也许永远回不来了。"

周明默不作声听着，若有所悟。

韩莹突然哭了。起先咬着嘴唇哽咽，后来"呜"地哭出声来。

命悬一线生死攸关，人心底最微妙的部分都给翻腾出来，情绪失控实属正常。江彪和周明都没有上前劝慰，静静等着她哭够再说。

过了大概十分钟，江彪又提到今晚到达背崩的事。周明摇摇头："我刚才死过一次了，再也不和自己较劲了。我安安静静在这儿待会儿，你们先走吧。"

江彪吃一惊。他是让碎石砸傻了吧？塌方区能停留？再有地震咋办？跑出个野兽咋办？

"不行，必须走！"江彪的大眼睛瞪起来了。

周明"哼"了一声："别以为我啥都得听你的，这一路我也受够了。"

他的右脚和头一样在往外渗血，把登山鞋都洇透了。

江彪和缓下来："我拉着你走，你右脚尽量别着力，再坚持一会儿就到解放大桥了。"

"江彪，这一路我都在忍你的救世主脾气，你能耐，你比我强，满意了吧？"

他的阴阳怪气江彪也忍了一路，连气带急终于爆发了："老子就是救世主，你想当救世主你有那体力吗？"

周明想打人，要不是在塌方区而是在平地上，他的拳头已经出去了，打不过他也要打，不蒸馒头争口气啊。

韩莹只好出面调停："江叔叔说得有道理，我们俩一起扶着您，怎么也不能停在这地方啊。"

周明被逼得奄奄一息。他眼前金星乱冒，4天前从派乡启程的一幕幕全浮现出来。从派乡到松林口，他在卡车上摇晃地肝肠寸断，隔着车窗吐了大半路，惹得同车人同情又嫌弃。之后连遭重创：下雪山后摔瘸，过蚂蟥谷为了摆脱江彪故意掉队，结果掉进天坑，被锋利树根划伤了本就受伤的右脚……他这一路，受尽罪吃尽苦，也被江彪看尽了笑话。

他明白自己前半辈子没学到别的，只学会了趋利避害，可这鬼地方压根无利可趋、无害可避，害得他满肚子的学问竟使不出来。他之前在江彪面前的底气只源自一点，就是他自认有钱。可钱这东西在雪山上没用、蚂蟥谷没用、塌方区更没用。他在林芝就听人说，广东有位大老板在徒步墨脱的路上崩溃大哭，说自己腰缠万贯，可在这里一毛钱的意义都没有！

周明终于平静下来，认栽了："你厉害，我服了。我死在这儿没人跟你抢儿子了，多好。"

"我怕你抢？还是你能抢得走？"江彪看出他说话时声气不对，脸红得反常，凑近一摸，额头发烫。顾不上多说，他让韩莹原地看守，自己先去解放大桥搬救兵了。

江彪没顾上欣赏解放大桥的雄伟和神奇，径直冲进岗哨。哨兵带他继续往山上走，大概走了半小时，山坡上出现了营房大门，雪白的围墙上写着"戍守边疆，保家卫国"，这八个字，竟让江彪一下子热泪盈眶。

连长听江彪说明来意，立刻喊来三个小战士。

周明看来是抱定必死之心了，见人来救援还倒在那儿不走。江彪劝他："过了解放大桥，离县城真不远了，最多一天，咬咬牙吧。"

韩莹也说："千辛万苦都过来了，您想想，也许克明就在县城等咱们呢。"

周明惨兮兮地苦笑着，他从没这么狼狈过，没尊严事小，他还实在没了气力。遭的哪门子罪，世上那么多亲骨肉失散后重认的，哪个像他这样需要赔上性命？

要不是看江彪在场，他真想捶胸顿足像女人那样大哭一场！

江彪蹲下来，低声在他耳边说了一句，周明喘着粗气恨恨地瞪他一眼，对三个小战士说："绑吧。"一副束手就擒的消极样儿。

周明就这样被江彪和三个战士用绳索、担架绑了回来，全靠他们的力量带着他，艰苦卓绝地把塌方区最后一点路走完。

韩莹一脸好奇悄悄问江彪："您说了什么啊？"

"我说前面解放大桥查边防证，他再不走我举报他是美国人。"江彪偷笑着，像个调皮的孩子。韩莹忍不住笑起来。

周明伤势较重又发着烧，一进营区就到卫生室包扎输液去了。天已擦黑，连长同意他们今晚在营房过夜。

江彪立刻去营部给孔妍妍打电话。

电话一接通，他激动地语无伦次："老婆，这几天想死我了，几天前手机就没信号了，我一直惦记你就是联系不上……"

电话那边咳了一声，独特的女中音："江老师好，您夫人在洗手。"

江彪一听是田遂心，羞得连客套都不会了。

"我给您发了微信，您看到了吗？"

"我刚到一个有信号的地方，可刚发现手机坏了，开不了机……"

关键的还没问，孔妍妍的声音传过来："老东西，你净去没信号的地方，我多担心你啊！克明找到了？"

"现在还没。"

孔妍妍"唉"一声："找到了尽快回来啊！"

江彪连连告罪，又甜腻肉麻了好一会儿，才恋恋不舍把各自电话放下。

遂心鸡皮疙瘩都给腻起来了，半天才说："好家伙，还渗着呢！"

孔妍妍不懂。

"你不就想给他个惊喜吗？当心消息太突然，把如意郎君吓得心脏病发作了。"

"讨厌，闲着没事儿你咒我们孩子爹干吗？"

田遂心腻得直干呕。

当夜在营房，三人睡得昏天黑地。江彪上床前盘算克明会在哪里，还没等想出个子丑寅卯，头一沾枕头竟睡着了。

谁也没听到营房外空旷地上，一架直升机降落的巨大轰鸣。江彪此时正在做一个奇怪的梦：他走进一家肉铺，连成片的肉案上放着各种鲜肉、排骨，他看来看去却不买。

一早，三人都是被起床号叫醒的。昨晚的梦依稀可辨，江彪笑自己徒步几天变成饿狼了，做梦都是肉啊骨头的。他和韩莹到食堂打来早饭，招呼伤员周明一起吃。伤员沉着脸坐在床边，故意不理江彪。

江彪也不理他，自顾吃着早饭，偶尔和韩莹聊天。周明往窗外望去，对韩莹说："这天气，还有人穿成这样？"

韩莹一看，窗外大概五米远，一个穿长款羽绒服的背对他们站立，脚下踩一双登山靴。外面人来人往都是解放军战士，穿便装的格外突出。

她笑笑，心想人家不怕热，关你什么事。江彪坐在离窗子较远的地方，此刻也抬起头往窗外看了一眼。这一眼不要紧，手里的饭盆"当"一声扔在桌上，人转眼就消失了。

那二人丈二和尚摸不着头脑。但立刻、马上，他们透过玻璃窗看见，江彪和那个长款羽绒服抱在了一起！韩莹起身开门，瘸着腿的周明恨自己不能插翅而飞。

江彪走过来的时候，克明正在看小战士打篮球。他很久没打篮球了，技痒，眼巴巴看着。高大魁梧的身躯就在此刻出现的，太意外了，他根本反应不来，差点说："您让一下，别挡着我。"但一瞬就明白了，日思夜想的人、牵肠挂肚的人已经站在面前了！

克明鼻子一酸，突然上前一把抱住他。14岁后，他再没这样主动投入他的怀抱。

江彪紧紧搂住他。积极回应让克明的哭声像轮船汽笛一样拉响，音调持续走高，高到极限就降下来，之后再次拉响——周而复始。汽笛声把他从3月中旬接到匿名信直到现在，整整4个月无以宣泄的哀伤苦痛全部释放出来。原始森林间全无禁忌的号叫让他感到前所未有的畅快，他完全忘记自己刚从冻僵中醒转，身体还虚弱无力。

很快，他嗓子哑了，汽笛声像出自电量不足的播放器，听起来哀嚎一般。他把头一下下撞在江彪肩上："为什么不是你，为什么不是你……"

肉眼可见的、怨愤命运的恶气在体内升腾，随着一声声撞击传递给江彪。

江彪在他后脑勺上轻拍两下："谁说不是？我就是！"

"我以为你不要我了……"

"你想得美，你还得给我养老送终呢！"江彪双手扶住他肩膀，上上下下仔细端详。爷俩就这样脏兮兮、乱蓬蓬地相见了。江彪的络腮胡至少五天没刮，蓬勃茂盛得有了点革命导师的意思。此刻克明的扮相与江彪的唯一区别只是没有络腮胡罢了。

"我这一路都琢磨着见面先揍你一顿的，多亏你上来就抱我！"他揪揪儿子刚经历了风吹日晒的黑红脸蛋。克明破涕为笑，他知道偶尔威胁要揍他却从没动过他一下的人又回来了。他们还是亲亲热热的一对。

周明踮着瘸腿，看了半天"父子亲爱"的戏码了。韩莹想着这里头的奥妙，低头偷着乐了半天。

四人回到屋中，克明讲起了自己的行程。短短十天不见，他说话语气沉稳不慌不忙，瞬间长大了一样。江彪暗自感慨。

克明跟他们进墨脱的线路一样，只是他在拉萨已有准备，加急办好边防证，省了时间。他两天前已到了墨脱县城，还去希望小学看了看，捐了一万块钱。之后他计划去徒步嘎隆拉雪山，如果受不了再退回县城，跟他们联系。结果徒步雪山时遭遇了小雪崩，被几位好心的驴友发现，轮换着给他背到嘎隆拉隧道附近，正赶上军区首长视察，搭直升机到了解放大桥。

"今天要不是那几位驴友和军区首长，我肯定冻死在嘎隆拉了。"

江彪实在没忍住，照他头上拍了一巴掌："臭小子，之前都是说着玩儿，现在我是真想揍你一顿。"

"但你的父爱告诉你，不能这么做。"克明坏笑着看向江彪。

这话来得突兀，韩莹一听乐了，周明却显得不自在。

唯有江彪会心一笑："他六岁那年，没完没了看电视，我担心他眼睛坏了，就把电源拔了，还威胁再看就揍他，他就冒出一句'但你的父爱告诉你，不能这么做'。"

韩莹大笑起来："果然有典故！"

周明听着想笑，却不愿捧这个场；想沉着脸，又担心儿子更讨厌他。

左右为难地坐在那儿，尴尬无比。

去附近视察的军官们回来了，他们赶紧出去面谢救命之恩。大军区首长见克明醒过来又活蹦乱跳的，高兴地跟江彪他们聊了会儿家常，说："以后可以秋天来墨脱，雨季过去了，全程坐车！"

周明心说，别说全程坐车，倒贴钱我也不来了！他又要去医务室输液，看克明跟江彪聊得正欢丝毫没有要陪他的意思，满心失落。

前一夜，江彪与周明共处一室。克明却坚决不干，宁愿睡外面露天地也不跟周明住一起。周明倒没多说，一瘸一拐服从分配，到其他屋里睡下了。

江彪和克明也疲累至极，衣服都懒得脱，澡也不想洗就要睡去。

敲门声却很快响起。克明皱着眉低声问江彪："是他吧？"

江彪还是示意他下床去开门，是韩莹。父子俩都愣住了，江彪赶紧从床上坐起来。

韩莹进来，搬了把椅子到父子俩的床中间，却迟迟不坐下。

"克明，当着江叔叔的面，我今天特意跟你道歉来了。"

克明愣住："道歉？你有啥可道歉的？"

韩莹咬了咬干裂的嘴唇，下了很大决心似的："3月中旬，你是不是收到一封匿名信？"

克明看着她，全身过电一样打了个大冷战。竟然是她！她写的匿名信！匿名信竟然是她写的！

江彪皱起了眉，克明没跟他提过匿名信的事，第一次跟他讲到匿名信的，是孔妍妍，她听刘美美说的。那时他就纳闷，除了周明，谁能写匿名信呢？

"莹莹，你咋能……"江彪语气严厉起来，"就算你要写，你也该把信写给我，他还是个孩子，做了傻事咋办？"

"他不已经做傻事了吗？一点野外经验没有就敢来墨脱徒步。"韩莹忍着泪，"您一路问我为什么要来找他，我就想当面告诉他，信是我写的。"

"你，是路见不平吗？"克明问。

韩莹冷笑一下："我没那么高尚，就为报复刘美美。"

天！克明心一惊：她果然早就知道刘美美！

江彪问韩莹："你报复她，有用吗？人家在乎吗？"

韩莹在路上和周明闲聊时，打听过他"前女友""儿子他妈"的情况。周明说刘美美还没和她二婚丈夫办完离婚，就跟一个长头发老外打得火热。周明哪知道这"二婚丈夫"是韩莹的亲爹啊。韩莹听得七窍生烟：刘美美这个祸害，拆了她的家、把江家害得鸡犬不宁。她居然、居然还有心情谈恋爱！

江彪说得没错，她的报复对刘美美根本没用，人家早就刀枪不入、压根不在乎！韩莹想到这儿悲从中来，捂着脸呜呜哭了起来。

"他们，他们连我高考都不管，我少考了至少 50 分！考上大学，我以为我能放下了，后来我发现，根本做不到。克明，说了你别生气，你以为咱俩是在网上无意中认识的？"

克明傻了，说不出话来。

"我一有时间就跟踪刘美美，拍到你跟她的合影，说来也巧，我下铺从我手机里看到了，指着你，说你是她堂弟的好朋友。"

"她堂弟？"

"卢新。"

克明明白了，世间万事都有合理解释，反常大多是人为的。他当时就有个疑团，不明白大一女生咋会喜欢上他这个高一小屁孩。

他开始闷声不语了。

"刘美美还跟我爸装未婚呢，后来我知道了你，想直接告诉我爸，但我没这么做，他们要是立刻一拍两散，都没得到应有惩罚。所以我就想搅和你，害你也考不上好大学。我想，既然是你亲妈，这样的报复不是比直接报复她更狠吗？"

"我那个网名'蜉蝣累死'，根本不是像我以前告诉你的那样，说自己是个要累死的小人物，那其实是英语 furies 的音译，就是复仇女神。"

克明头越垂越低，江彪也听得不寒而栗。

"可我哪知道，刘美美是个没软肋的女人！她连亲儿子都不在乎！克明，咱俩后来接触多了，听你讲她的事，天方夜谭一样……后来我妈生病了……"

韩莹好容易平静会儿，说到这儿又哭起来："我妈生病，你替我难受；

我不吃饭，你陪着我也不吃；我妈手术，你没考完试就请假来照顾我们……还有孔姨，多少次大晚上到医院接送你……你们让我知道，这世界还是好的……"

江彪叹口气。韩莹这样的心境他也有过，不同的是她为此付出了行动，而他没有。恨无法从根本上解决问题。

克明把一直埋着的脸抬起来："信上说的事儿，你怎么知道的？"

"你还记得 3 月初，你妈带你去一个四合院餐厅吃饭吗？东五环那边的。今年过完年，刘美美和周明频繁见面，我爸之前已经发现了，他跟踪过几次，四合院那次，是我陪我爸去捉……他们。"

"周明看你的那眼神，由不得我多想。你和你妈走后，他高价买走了你用过的杯子，我猜他十有八九是拿杯子当样本去了。"

韩莹说到这儿苦笑一下："周明买单时，我就站在他身边，他记住了我，我当然也记得他。前几天在拉萨见面，我还故意装着不认识他。哼，这一年多，除了跟踪就是撒谎，像个卧底的特务，想说的话不敢说，想做的事不敢做，处心积虑，到头来害人害己。"

江彪父子俩摇头叹息，感慨不已。

"人这辈子，亏心事是做不得的。"韩莹擦干眼泪对克明说，"你出来一下，我有话想跟你单独说。"

江彪赶紧起身："你们在这儿说，我出去透透风。"

在营区绕了一圈又一圈，看着边境独特的夜景，江彪突然爱上了这个地方。这一路让他疲惫不堪伤痕累累，却给了他大城市不可能给他的东西：对自然与命运的敬畏。

克明的身世揭晓后，他不止一次劝自己，遭遇这一切也许都是宿命。竭力警告自己认命，骨子里却无法臣服，另一个声音在心底高叫："为什么倒霉的是我？！"可这一路走来，随时命悬一线，命运被赋予了另外的意义。过老虎嘴时天阴雨湿，他脚下轻轻一滑，身体朝崖侧一晃。所幸反应快，立刻站稳了。在老虎嘴，随时地一滑一晃都可能要人性命。过塌方区，人的命运就完全交给上天了。人即使不滑不晃，随时的泥石流和塌方也会找上门来。他们昨天就遭遇了一场小地震。林芝正处地震带上，随时的小震是家常便饭。

生死只在一瞬，活着就是万幸，何必在泥淖中不能自拔，徒增烦恼。

走了墨脱的路，江彪发现所有的事他都能放下了。

远远的，克明小跑着过来："爸，韩莹回了，您快回去吧。"

"她……神秘兮兮跟你说啥了？"江彪问。

"分手。"克明像在说别人的事，平静地令人难以置信，"迟早的事呗。"

进藏短短十天，他有了大人样儿了。

"不过她说等我考上清华，她会考虑重新接受我。"

回了营房睡不着，江彪劝克明和周明相认。

"爹能有两个？"克明声音不大，听上去气咻咻的。

52

第二天又是个晴天，墨脱公路开放，一行人先送韩莹经扎木镇回了林芝，又踏上了从拉萨飞北京的行程。

飞机上的四个半小时，对周明又是一场钝刀酷刑。他能看出江彪为了把儿子让给他，不但取票时要了连着的座位，上机后还安排他坐中间座，挨着靠窗的克明；还搭上条毯子一直在最外座装睡。可克明这小崽子一直隔着他和江彪说话，叽叽喳喳的，直到江彪实在叫不醒了才作罢。

"听江彪说你喜欢科比，你跟我去美国，想见科比还不容易？"周明鼓足勇气开了口，他早做好遭受冷遇的准备。

克明表情怪异地看他一眼，活像在说"这儿咋还有个人呢"："你真以为我得靠你才能去美国？我爸是创建附中国际部的元老，我要真想去美国，还用得着你？"

周明头直疼，跟坠石无关。他从没跟孩子打过交道，完全不知所措。克明要是10岁以下，他大概还能连哄带骗威逼利诱，试图让他倒戈。可面对比他高半头、思想基本成熟的大小伙子，他实在是没招。

一下飞机，克明的手机接到孔妍妍的微信，说她来接机。江彪庆幸在拉萨登机前已经带着克明洗了个痛快澡，络腮胡子也刮了，要不可寒碜死了。

刚到接机口，克明还没看清来人是谁，江彪和孔妍妍就抱上了。

江悍和遂心看得直乐，一起把目光瞄准了克明。

"你小子这回跑够了吧？看下回还跑不跑！"江悍上前和他捶胸拍背地逗起来，克明被他胳肢地哈哈大笑。

"千金之子，坐不垂堂啊！"田老师恨铁不成钢，"跟你们说的都就饭吃了！"

一群人亲亲热热只把周明排除在外。江彪终于抱够了孔妍妍，回身问周明："你怎么回去？"

"打车吧。"周明强挤笑容，"再联系，老弟。"想想又加了一句，"多谢你一路照顾。"

多雄拉、蚂蟥谷、塌方区，短短几天，竟恍若前世。江彪大方地上前跟他握手："回见！"又喊克明跟他打招呼，克明不自在地吭哧出两个字"再见"，他从小跟人打招呼都是区别对待的，周明被他归入了不情愿那批。

江彪奇怪这是咋了，至亲至近的几乎倾巢出动来接他们，看来失联几天给他们带来的刺激不小。·他直在心里默念"罪过"。

孔宪愚见到父子俩，当然难免一通批评教育，特别是对克明，又心疼又怪罪，一定听他保证日后自尊自爱、不再以身犯险才停止黑脸训斥。

一家人热热闹闹吃了团圆饭，比今年过年时还多了个田遂心。

孔宪愚亲自把盏："这段时间多亏了遂心和江悍。江彪，这个情分你可得记住了啊。"

她说得如此郑重，江彪想着自家亲弟弟、准弟妹，何必这么客气呢。

吃饱喝足，孔宪愚把克明留在家里玩儿，成全江彪他们的二人世界。

一回到自己家里，江彪就急不可耐地把孔妍妍扑倒了。她骂他："刚吃饱就想这事儿！"她使劲抵住他，急声说："大夫告诉我一年内不宜同房。诊断证明在中间抽屉呢。"

刚从原始雨林重返社会的大脑明显迟钝，江彪心一沉，脸都变了，抱住她上下打量，这是啥疑难杂症，竟到了不宜同房的地步！她不理他，只努嘴让他打开抽屉。

江彪的圆眼睛顷刻间化作铜铃，死盯着诊断书和彩超报告单，左看右看上看下看，闭上眼睛晃晃头，又掐了自己一把，才发现不是做梦。看着彩超单上被黑色包围的小亮点，只有拇指盖大小却跟他血脉相连的小家伙，他的心突然软软的、快化了。

这不是真的，肯定不是！这么好的事咋能发生在他身上！不可能！

脑子这样想，眼睛可舍不得离开，很快看到了彩超单上的诊断报告，"双胎妊娠"四个字又一次让他愣住了："双胎?!"

孔妍妍点点头。

江彪开始怀疑这两张纸是她捡回来逗他的。

"别冒傻气了,想想该干什么?"

"真的是双胎?"他看看她,又看看彩超上的两个小胎囊,"这两个真的都是我的?"

孔妍妍气得一把夺过:"隔壁老王的!"

"我该死。"他慌慌张张抱住她亲了又亲,"不会说人话了,你得让我缓缓。"

她心里直乐,打认识他那天算起,从没见过他这样啊!

我的天,长生天啊!江彪想朝着北边家乡的方向磕个头。他仰脖灌了一大杯水,心跳才舒缓下来。拉格中转站那晚的梦浮上心头。梦里两头身姿矫健的斑斓猛虎向他扑来,没多久他醒了,到木板房外呆立许久,后来韩莹还问过他。他从出发进藏就有种奇怪的感觉,身体追随克明去了,心却前所未有地留在孔妍妍这里。

"怪不得到机场接我们是江悍开车呢,一路上遂心话里话外逗我。我这脑子……"

孔妍妍哭笑不得:"你弟还真是个细心人,遂心有眼光。可这是怀孕又不是病入膏肓。"

江彪还沉浸在思索中:"想起来了,临出发那晚你拒绝我,还有,你送我到机场,跟我说了句'要不是……我就跟你一起去了',我以为你想说的是'要不是单位排戏忙',现在才明白你那时候就知道怀孕了。"他坐到她身边抱着她,不自觉间掉下的泪水把她头发都打湿了:"傻丫头,真傻啊。"

"你这一声炸雷,炸死我了,听听我这老心脏都跳成了啥,我要是晕过去,你赶紧打120。"江彪想把现有的幸福无限延长,最好能有根神奇竹竿,把此刻的太阳支起来,不让它西沉。

"老婆,真是太意外了,小家伙们就这么不请自来了?"江彪割舍不下,还在那儿没完没了地回味。

"什么意外,4月底停的避孕药。"

江彪恍然大悟:"好啊你,背着我吃药,还骗我说怀不上!"他明白,彼时刚知道克明身世,她是为了成全他。但他很想弄清她的意思,她一直不想做妈妈的。她却避而不答。

"看你那傻样儿，你的福气在后头呢！说，想要儿子还是女儿？"

和她在一起后，这个问题他偷偷想过，他当然想生个和她长得一样的宝贝闺女，他一定宠得死去活来。不敢想这样的幸福竟然来了双份，到现在都没缓过来。塌方区地震那会儿也没这么心跳啊！

"林阿姨说是异卵双胞胎，还有龙凤胎的可能呢。"

"不行不行。"江彪神经质地摇起头，双手合十连连礼拜，"这还了得！人可不能太贪婪！"说得承蒙上天垂青有如犯了不知餍足的大罪。

"现在你说，该干什么了？"

江彪略一沉吟："看来还是得加油干了。你要是不先告诉我这个消息，我正想给你讲，前段时间在原始地带，我把一个问题想明白了，你想的是对的，你和我在一起不求大富大贵，咱俩简单过日子就好，可现在有了这俩宝贝儿，我得让他们过好日子啊……"

"又来了！"孔妍妍气得掐他一把，"车轱辘话来回说，这回可找着借口了！"

"你说的不是这个？那是……"他想了会儿，"我得去学车了。"

"唉！不开窍的东西。"孔妍妍在他额头上狠狠戳了一下。

江彪被戳得后仰，直起来又抱住她。

"想想取名字吧，双胞胎的名字，只能他们的学者爹起了！"她噘着嘴，瓷白的小脸透着红，"你取的名字啊，必须得又好听又有文化，朗朗上口、寓意好，不能有谐音歧义，不能俗气、跟很多人都重名，还得吉利，得保佑孩子们日后有福气，反正，缺一不可。"

他吐吐舌头，完不成任务的可怜相。她提起孩子，脸上布满了前所未有的幸福感。一举怀上双胞胎，千分之五的概率啊，比她在舞台上塑造人物更让她得意呢！

巨大的幸福，就这么不经意间来了！

53

很快，孔妍妍怀孕满三个月，夫妻俩请大家到饭店吃了顿饭。吃得差不多了，大家在一起聊天，江悍使眼色让江彪跟他出来。

"老哥，你幸福了！"一出饭店门，饮少辄醉的江悍搂着他哥，"幸福了，就不打官司了？下月底开庭，定下来了，要不是姓刘的一直捣乱，还能更早。"

江彪也微醺，点点头："还是往前看吧，无限风光啊。"

"还无限风光呢，你都没问问我嫂子，你走那十天她受了多少委屈？"江悍往后看看，担心别人出来了。他尽量简短地把刘美美两次去话剧院骚扰孔妍妍的事告诉了他。

"我嫂子特意嘱咐我，不让我跟你说。可我觉得你该知道。"

江彪嘴唇都哆嗦起来，两只圆眼眯成了线，那架势活像要吃人的老虎。

江悍才觉出自己拱的这把火有点大了："你可犯不上去揍她，她正愁不能反咬你一口呢！"

江彪摇摇头，他当然不会去揍她，怕脏了自己的手。但原想看在克明份上宽恕她的心却死了。只要他活着，这世上没谁能欺负孔妍妍。这个官司他打定了，而且不能让她知道。

江悍放心了。他哥本就是恩仇分明的热血青年嘛！

眼看着他哥嫂黏糊得像一个人似的，七个月后收获双胞胎，田遂心还在跟他打哑谜。

"我算领教了，你是真狠。"江悍恨恨地说，"咱俩也把证领了，你再收拾我好不？快两年了，我可真绷不住了啊。"

"随便你。"田遂心有恃无恐。

耐心读懂了《士昏礼》，特别是在哥嫂即将喜获双胞胎的刺激下，江悍满脑子都是大雁，看谁长得都像大雁。虽然他知道成对的鹿皮和玄纁束帛也很诡异、难弄，但眼下六只大雁已够他喝一壶了。

八月下旬，他因公事出差到江西。坐在飞机上，睁眼闭眼不再是一脑门官司，而是一脑门大雁，往窗外望去，云团上飞着一排排一行行大雁，一会儿排成个"人"字，一会儿排成个"一"字。完了，离走火入魔不远了。

到南昌安顿好，委托人的朋友尽地主之谊，安排宴请并殷勤劝酒，江悍拿起酒盅低头要喝，发现酒里也有一只小小的大雁。他闭紧眼睛晃晃头，想把满脑子满眼的大雁全晃出去。

"江律，别的不说，这道菜一定尝尝：红烧大雁。"委托人说。

江悍以为他听错了，眼睛幻视不说，耳朵也开始幻听了。定睛一看，刚端上桌的景泰蓝深盘里，枣红色泽的肉块散发着异香。他恍惚了：怎么跟神话似的，一直想着就会出现？这比集齐七龙珠召唤神龙的本事还厉害啊！

委托人和朋友见他盯着盘子发愣，殷勤劝菜："江律，吃啊！"

"国家二级保护动物，你们也敢吃？"

二人这才明白，学法律的人就是怕犯法，忍不住哈哈笑起来："我们这边很多养殖户都养大雁，咱们吃的都是养殖的，有许可证。"

江悍眼睛瞪圆了："大雁还能养殖？哪里有？"

委托人赶紧趁机说："江律，咱先把正事办了，正事办好，立刻办您的。"

"我这也是正事。"江悍正色说，"不但是正事，还是我这辈子最大的正事。"

委托人实在想不通买大雁算哪门子正事。

江悍办完了委托人的正事，就催着他们带他去办他的正事。委托人面露难色："我就算给你找了养殖户，飞机上能给你办活物托运吗？"

江悍也一愣。他只想买雁，把运输问题忽略了。

"只要能买到，其他都好说，大不了我在南昌租辆车开回北京。"

看他铁定要买，委托人只好当着他的面打了一圈电话，七拐八拐给他介绍了一位鄱阳湖大雁养殖户，他忙不迭催着委托人带他前去，一路长驱直入到湖边草甸。欣赏着"落霞与孤鹜齐飞，秋水共长天一色"的美丽风光，江悍感叹自己又有一阵子没接触大自然了。

见到养殖户，江悍一开口就要买6只，还都要活的。听得人家直皱眉："什么时候来拿货？"

"现在啊！"江悍心想我哪有时间再来一趟。

养殖户笑了："小老弟，你把大雁想成草鸡啦！"

江悍不明白他的意思。养殖户说："有的养殖户大雁是圈养的，我这是放养的。大雁聪明得很，发现你要捉它，就往水里跑，你要6只，我给你捉到明天也捉不到啊。"

"没事儿，啥时候6只全到手，我啥时候走。"江悍心里虽有些急，但也不想错过这么好的机会，"我下湖里，咱俩围追堵截，还抓不着几只雁？"江悍急得就要脱裤子。

"你帮我捉没问题，可千万不能下湖，湖水看着浅，其实深着呢。"

"你喂食，喂食它们不就过来了？"

他自以为得计，养殖户笑了："你这主意好，可惜一小时前我刚喂过。"

江悍按捺不住了。他从小就是个急性子，干了这一行变本加厉了，心急、脑子急、每个细胞都急。多少律师打官司打得闲庭信步，谈笑间樯橹灰飞烟灭。可他不行。他要的是效率，争分夺秒时不我待。别人打一个官司的时间，他能同时打仨，还打得饶有兴致。田遂心骂他"狗揽八泡屎"，他以为她是夸他有本事。

他敬了养殖户一支烟，人家一口烟雾还没吐出来的时候，就看他急匆匆奔着雁群去了。

养殖户在后面喊了两声，喊的啥他压根没听清，就立刻被他的目标啄了一口，啄得挺狠，大腿上的肉都被拧起来了。他下意识地闪躲，却被大雁群起而攻，这些看上去和善可亲的生灵"嘎嘎"叫着，忽闪着大蒲扇似的翅膀啄他。更让他吃惊的，这些大雁有组织有预谋，瞬间围绕他一周。

养殖户和委托人赶紧上前救驾，挥舞着棍子一赶，雁群立刻四散，散去与聚来一样神速。

他们赶紧扶起江悍，检查他破相没有。江悍狼狈地整理着原本笔挺的西装西裤，自嘲说："我还没吃它呢，它倒先吃我了。"

322

"我刚才喊你，让你回来你不听。你瞄准的那群是野大雁，攻你的也是野雁。"

"你把野雁也通吃了啊？"

"湖边这一带野雁太多，外行人根本分不清是养殖的还是野的。"

江悍一边发愁怎么抓雁，一边调侃养殖户："你养的这些雁多多拐带几只野雁，你不就一本万利了？"

养殖户深吸一口烟，笑着摇摇头："天上不能掉馅饼，更不可能掉野雁。野大雁是有灵性的，白给我也不敢要。"

江悍不明白，追着他问。

"你一看就是个文化人，还用我说？老一辈人都知道雁是灵鸟，有个词儿叫'五常俱全'。"

"我就知道'五毒俱全'。"江悍吐吐舌头。

二人笑了。

"仁、义、礼、智、信，大雁一条都不少，比人都强。小时候听我爸说，'大跃进'之后闹饥荒，我们村有个'能人'打到过一只雁，饿疯了，毛都没褪干净就给煮吃了。第二天天没亮，就有人在草甸上发现另一只雁，撞在地上头骨都碎了，血染红一大片。村里人都传这两只雁是夫妻，一只死了，另一只也不活了。村里老人都骂他造孽，说这年头雁拉的粪人都吃了，你有多大造化敢吃雁？也巧了，'能人'一直活得好好的，后来上房顶晾东西，不知怎么弄的，大头朝下栽下来，当场脖子就断了，死了。死那年还不到40岁。"

江悍和委托人听得毛骨悚然。

"他死的时候，离他吃雁不到两个月。他死的那样子，跟草甸上寻死的那只雁完全一样。从那以后，我们村人更相信雁有神灵，挨饿也不敢打大雁的主意。"

委托人逗他："那你还敢养大雁卖？"

养殖户笑了，黝黑的脸上现出一道道沟壑："我进的雁苗来养，我养的雁哪还有啥灵性啊，跟鹅差不多了。"

"养殖的和野生的真会差那么多？"江悍问。

养殖户哈哈笑起来："不是同一种东西啦！就说一条啊，野生雁一辈子只认它最初交配的那个，公的死了母的守着；母的死了公的守着。"

委托人听乐了，江悍却笑不出来了。几句话雨点儿一样打在他心上。他终于明白田遂心的心思了。她哪是想要旧式婚礼，哪是想要大雁，她跟他打了两个月的哑谜，就是为了让他明白什么叫从一而终！

江悍呆立在那儿久久不动，二人跟他说话，他灵魂出窍似的，独留个躯壳木桩一样杵着。他一直认为发呆是人世间奢侈的事儿，哪有这个时间啊。

可他现在，只想痛痛快快发一次呆，让所有的案子、卷宗、委托人都去见鬼吧。一想到委托人，他转身发话了："你先回去，明天飞机上见。"

江悍从陈菲想到雪儿，从雪儿想到小丽。中间还穿插着几张或浓艳或清丽的脸。

头儿没开好。

为陈菲，真的不值。为报复谁都不值得搭上自己。这一点之前并不明白，直到在田遂心的玉成下再见陈菲，才彻底悟了。她经常说"千金之子，坐不垂堂"，一点儿没错啊！

事隔十一年，这十一年他为心头的那个陈菲干了多少自轻自贱的蠢事啊，可再见的时候有啥呢？十一年后的陈菲竟然激不起他多看两眼的欲望。

因为陈菲，他不止在私生活上破罐子破摔，还在工作上较起了劲。陈菲的父母看不起他，当面表达对他的鄙夷。尽管江家父母在那座县城算人上之人，但来自更高一级城市的陈家父母嫌弃他视野还不够开阔、出身还不够高贵。像迫切要拿出什么给他们看一样，江悍挖空心思铆足劲儿往前狂奔，案子要接大的、棘手的；房子要买大的、装修要豪华的。他用十一年时间为"好大喜功"这个成语做了个最恰当的注脚。

他是为的谁？他要干啥啊！

突然泛起一阵恶心。恶心到看着清澈见底的湖水都要阵阵作呕。他把双臂支在膝盖上，弯着腰，怕真的吐出来。

他恶心不因曾经的浪荡，是受不了自己的愚蠢。

"下雨了！"养殖户跑过来，一边跑一边喊，拉着他奔向简易房。

江悍跑到一半，停住了，为啥要躲雨？他挥手让养殖户进屋，自己接着挨浇。雨不大，却很密，身上很快湿透了。

湖边的雨带着股香气，把大雁的腥臭味儿都驱散了——是时候让雨水好好冲冲了。江悍抽动鼻头仰面向天，陶醉在上天的恩赐中。

这天夜里，他把用雨水冲净的身子钻进被窝，颤颤巍巍给田遂心发了条微信。只一句话："问世间情是何物，直教生死相许？"

养殖户给他煮了碗姜糖水，没忘嘲笑他："你这个年轻人真是有趣。"

田遂心的回信进来了："你明天回吗？"

"回。"

"回来随时领证。"

江悍手一松，手机直接掉到床头的糖水碗里。

养殖户一步上前把手机捞起，连连抱怨他不小心。

江悍抬起右臂猛地抹了把眼泪，把头扎进枕头里呜呜哭起来。

54

法院开庭的前一天晚上，江彪看着身边熟睡的孕妇，翻来覆去睡不着。人生 39 年，两次进法院。上次进法院是前年 9 月，为了抢孩子抚养权，结果一到法庭上较真，才知道刘美美根本不要孩子，全是做戏。不知明天她又能做出啥、闹出啥！

她也许不出庭，也许在法庭上胡搅蛮缠，不认账是肯定的。

前两天周明给他打电话，说他知道了法院开庭的日子，要去旁听。江彪不知他有啥可听的，提醒他问问刘美美的意思。

事情闹到这一步，谁也顾不得了。但他最不放心的还是克明，军营相见那一刻，他们的关系回到了从前，甚至还深了一层，可回来得知孔妍妍怀孕，孩子的失落他也看在眼里。毕竟他才 17 岁，根子里还是个孩子。这一年的天翻地覆够难为他了。他要是知道今天对簿公堂的事，会不会觉得被欺负、被羞辱了？

不到 8 点，江悍到楼下来接江彪。这小子上周从江西回来和遂心领了证，之后精神焕发，一副"浑身通泰，不知春从何处来"的劲头。下楼一看，他穿着薄款枣红色休闲西装、明黄色裤子，头发梳得明光锃亮，杵在车旁等着他。江彪乐了："穿这么鲜艳，再配双绿鞋就成交通信号灯了！"

江悍也乐了："辟邪。"

兄弟俩赶到法院，江悍正念叨着刘美美没脸出现，可能要缺席判决时，就见她衣着考究姿态优雅地过了安检，冲他们走了过来。她主动上前跟他们打招呼，浓烈的香水味儿糊了他们一脸。她毫不尴尬，红色漆皮的高跟鞋一路"叮叮当当"，往法庭走去。

进入法庭时，书记员已经坐好。法官两臂自然平放桌上，下面是一沓卷宗。他刚跟刘美美点头致意，一见江彪兄弟进来，也给了他们一个招牌笑容。他笑起来眉毛眼睛嘴巴全是弯的，像极了初一晚上的月牙，肉肉的鼻头也向上提了提。

不知怎么，江彪心突然一沉。这位仁兄跟他想象的法官完全不同，他觉得法官的标准形象是离婚官司那次的女法官：不苟言笑、脸色阴沉。笑肌如此发达，怎能显出威仪呢？

法官胸前的名牌上写着"审判长 卢雪松"。他说话干脆利落，对江彪和刘美美不称"原告、被告"，而是称"江老师、刘老师"。

江彪心里直犯恶心，现在这年头，是个人都敢称"老师"，是个人都能称"老师"了！

没等法官开口，刘美美先发制人。她瞟了一眼原告席："好个打虎亲兄弟，上阵父子兵啊。"抬头问法官："原告和律师是亲兄弟，您知道吗？"

江彪兄弟俩对视一下，江悍被刘美美的无知和挑衅逗乐了。

"知道。"卢法官笑得像尊弥勒佛，"刘老师，您也可以请自己的亲人为自己辩护，有没有律师资格都可以。"

"我穷，没钱摆人家那样的排场，请不起律师。"刘美美先亮出家底儿。

卢法官见她暂时偃旗息鼓，就柔声细语、跟大家商量似的说了一句："那咱们开始吧？"

江彪按要求做了案由和诉讼请求的陈诉。卢法官听完问江悍："律师需要补充吗？"

江悍说："上交的诉讼材料中有一份亲子鉴定，是第一被告人江克明与其生父周明做的。鉴于 DNA 的唯一性，通过这份亲子鉴定，可以排除原告江彪与江克明的生物学父子关系。"

他有意强调鉴定结果，如同迎头给了刘美美一百杀威棒，让她死了反败为胜的心。

但这一招没有吓倒刘美美。她一听法官说"刘老师，您可以开始了"，就像听到导演喊"卡麦拉"的演员一样，立刻声情并茂地答辩。她饱含诗意地从与江彪相识讲起，不紧不慢长篇大论，从高中时暗恋他讲到高考后天各一方；从大专三年日日相思讲到 2000 年暑假重逢后情难自禁……

江彪被她讲得心里直哆嗦。按她这个思路和节奏，下一分钟就讲到"芦苇荡"了。在法庭上讲述野合场面的勇气，他坚信她一定有。江彪真想让她消失，或者自己赶紧背过气，不听这一段。但他都做不到，能做到的唯有打断她，向法官求助："被告答辩内容与庭审有关吗？"

卢法官正饶有兴致地听着，因江彪突然发问而面露不悦："江老师，现在是刘老师的答辩时间，您得认真听着，后面还有质证环节呢。"

法官话音刚落，仅打断不到 10 秒钟的爱情故事立刻续上了。刘美美依旧声情并茂感人肺腑，依旧饱含诗意温情脉脉。她深情回顾自己如何深爱江彪，为了追随他不惜辞了家乡初中的国家公职，背井离乡来到人生地不熟的北京，在 15 平方米的斗室中艰难度过多年（其实只有一年）。讲述中还适时穿插了唐诗宋词中的零散句子，什么"为君一日恩，误妾百年身"，什么"此情可待成追忆，只是当时已惘然"，什么"笑渐不闻声渐悄，多情却被无情恼"……

江悍心里暗骂什么乱七八糟的，扭头看江彪已牙关紧咬一脸阴沉。

刘美美的声音酷刑般折磨着他，每个音节都是利器，刺得他从耳膜痛到头骨。尽管他对前情早已放下，却仍没耐心面对赤裸裸令人作呕的欺骗。江彪之前一直觉得法庭是神圣的，即便不神圣，也是讲理的，却没想到这里还能随意抒情，还能进行惺惺作态的表演。以往看影视剧，法官遇到与案情无关的陈述，不都是庄严肃穆地打断吗？难道此类场景都是搞艺术的瞎编骗人的？这么一想，心凉了半截。虽然江悍之前一再跟他强调庭审没悬念，只是赔偿判多判少的区别，但他发现来到法庭还要看刘美美的猴戏，怒气就止不住地往上拱。当刘美美自称是"一名坚强伟大的母亲"，总结性发言说自己"深爱江彪，怎么忍心伤害他"的时候，本就恶心的江彪真要吐了。

卢法官却一直耐心倾听，还频频颔首。法官的状态已经不像个法官了，倒像个好奇心超强的娱记。他专注地听着那个基本虚构的故事，偶尔还吩咐书记员好好记下。

刘美美有了上好的热心听众，更是诗兴大发，措辞由谨小慎微变作大胆泼辣，排比句也用上了，修辞手法差不多全活儿了。

江彪无法抽身，只能一边恨自己为啥长了耳朵，一边硬着头皮听，终于等到法官说"江老师可以质证了"，才如遇大赦，心底念了句"阿弥陀佛"。

轮到刘美美质证，她全盘否认了江彪所说，称"伟大的爱情不容玷污"，特意强调江彪诉状中的"周明"，纯系他扣在自己头上的屎盆子，她根本不认识他，甚而至于这世上根本没这个人，完全是江彪虚构出来栽害她的。既然周明成了子虚乌有的人物，那暗结珠胎就不能成立，刘美美就是被冤枉的贞洁烈女，江彪此次打官司就是诬告了。

一直倾听的法官终于开口，对刘美美说："本案中，周明并非问题关键。本案只确定或排除江彪与江克明的亲子关系，而非确定或排除周明与江克明的关系。刘老师，您明白了吗？"

卢雪松法官依旧是和颜悦色的。

"那既然这样，原告的所谓证据是不是就不能成立了？原告的亲子鉴定报告，不就是周明和江克明的吗？"刘美美立刻抓住要害。

没等法官回应，江悍开口了："刚才我已经说了，亲子鉴定具有唯一性和排他性。无论周明是谁，只要他的 DNA 和江克明构成了生物学父子关系，那江彪和江克明就可以直接排除。"他说着，严峻的目光扫向刘美美："被告有狡辩的工夫，不如拿出支持己方辩词的证据来。只有辩词没有证据，等于零。"

"刘老师可以举证。"卢法官面对刘美美，和善地微笑着。

刘美美结巴着："我，我和江彪在一起时拍的照片，离婚前我都销毁了……"

江悍冷笑着："照片？你不销毁还想拿它做证据啊？能证明什么？证明你跟江彪好过，就不会跟别人好？"

卢法官显得很不高兴，挥手打断江悍："这个问题不必多说。"又微笑着问刘美美："刘老师，您还有其他证据吗？"

刘美美迟迟不肯摇头，尽管她真的没有。

"那好，质证环节结束，接下来是法庭辩论。还是江老师先来。"法官像是累了，两句话的间隙还打了个哈欠。

前一天晚上，江彪还在整理思路，想在辩论环节一战成功，既让刘美美无话可说，又得到法官认同。但他万万没想到刘美美会把应诉搞成了言情剧，听完刘美美的爱情故事，江彪的思维完全垮了，精神头也没了。更让他惊诧的并非刘美美，而是代表法律尊严的卢法官，他刚才竟跟刘美美一唱一和，还不许他出言打断她的虚构言情剧。他们俩摧毁了他对法庭的认识，摧毁了他对威严法律的敬畏。江悍这小子口口声声说卢法官是自己人，吹的哪门子牛啊。江彪心里一悲愤，索性不说话了。

刘美美做煽情的长篇大论时，江悍就发现江彪一直两眼望天，猜出他是被气着了，赶紧接过话头，请示法官说："我可以代为辩护吗？"

"当然可以。"

江悍开口辩理，他这么多年专业工夫没白费，法律术语一串串的。他再次敦促刘美美拿出证据，还不忘以情动人，特意指出因刘美美的恶意欺骗，让江彪替别人养了18年孩子，心血费尽、内心遭受巨大摧残，甚至殃及池鱼，让江彪现任妻子和未来子女的利益受到直接损害。在当年的生育政策下，等于剥夺了他个人的合法生育权。

说到这儿，江悍抛开早前备好的庭辩稿子，把刘美美为了逼原告撤诉，到原告妻子孔妍妍单位贴大字报、泼水的事简述一遍。

卢法官面无表情地听着，点点头："这两件事，可以另案起诉。"

江悍总结说："审判长，基于种种原因，原告的诉讼请求完全合乎情理，而非刘美美辩词中所说的'无理取闹'。"

刘美美听到这儿，知道证据这一关是过不去了："法官，我之所以强调原告手里的那份亲子鉴定书是假的，是因为我跟鉴定中那个叫周明的没有任何交往，怎么可能跟他生有孩子？至于那份鉴定书怎么来的，我不知道。我的儿子江克明一直与江彪共同生活，他想使阴谋诡计易如反掌。"

江彪气得说不出话，江悍目光灼灼盯着她，追问："使阴谋诡计，他的动机是什么？"

"动机，只有天知道。"刘美美毫无愧惧，铿锵有力地说，"江彪一直和比自己小9岁的北京本地女人交往，他一心想跟人家生孩子，当然处处看我儿子不顺眼了。把我儿子跟他的血缘撇干净，不就遂了他和小娇妻的愿，甩了个大累赘！"

江彪从牙缝里挤出几个字："一派胡言！"江悍看他哥又运气又发狠，赶紧递他个眼色，示意他别再说。

"你的胡乱猜测做不了庭审证据，除非拿出江克明是江彪亲生的生物学鉴定报告，不然说破大天也没用。"江悍目光炯炯咄咄逼人，硕大的喉结随着他的抑扬顿挫而上下滑动。

"法官，我要跟原告本人说话。"刘美美自知不是江悍的对手，叫着要江彪出阵。

江悍立刻问法官："我可不可以代我的委托人辩论？"

"当然。"法官还是一脸弥勒相，转而对刘美美，"刘老师，请您回答对方律师的提问。"

"什么提问？"刘美美确实不记得了，江悍一口一个"证据"，早把她逼得方寸大乱。这场合、这感觉真是钝刀剐肉、生不如死。

江悍并未因此不耐烦，他非常愉悦地为她重复了一遍。

"法官，他们的那份鉴定书我看了，是个人鉴定，后面写着'不具备法律效力'。法庭怎么能采信呢？"刘美美突然想到这一点，自以为得计。

"刘老师，亲子鉴定报告只要出自正规鉴定机构，无论个人鉴定还是司法鉴定，我们都采信。个人鉴定只是没有司法鉴定级别高，但打咱们这个官司足够用了。"

"那要是鉴定样本是假的呢？"

江彪早料到她会这样说，因此毫不惊讶："鉴定是周明亲手给我的，也是他亲自做的，用的是克明的口腔细胞。"

"口腔细胞？"刘美美冷笑着："他怎么可能拿到克明的口腔细胞？他没跟克明一起生活他怎么拿到的？我看分明就是你，是你用自己的样本跟克明做的，胡编个什么周明！"

江悍立刻抓住刘美美言语间的漏洞："被告，你刚才说什么？'他没跟克明生活他怎么拿到的'？你一直咬定周明这个人是无中生有、胡编出来的，现在怎么又说他没跟克明生活？"

刘美美急得想抽自己——让你这嘴胡喷乱沁！

法官、兄弟俩都瞪大眼睛盯着她。刘美美一时语塞。

江悍继续紧逼："质证时你说过，世上没有周明这人，是江彪栽害你的。为什么几度出尔反尔？"

"我骗你的。"刘美美一看被揭穿，索性破罐子破摔，"我知道周明，只是跟他没啥特殊关系。"

"为什么骗他？"卢法官不待刘美美话音落地就冷不丁发问，他嘴角还像月牙，眉眼却像四把剑了。

一进法庭，刘美美就有一种错觉，她觉得法官是倾向于她的，无论从哪个角度看，他对她都笑意盈盈。刘美美知道她跟法官素不相识，她之前办很多事都事先打点，但这次打官司她没敢告诉任何人。她确定自己跟法官没有私交，那这位长得还算帅气的中年法官时时对她微笑，说明什么呢？唯一能说明的就是，刘美美的魅力没有随着岁月流逝悉数还给昨天，它们还在她身上如影随形，就像那个丹麦佬在大街上等车就能让她钓上钩一样。这样想着，刘美美开始兴奋，她对卢法官连抛媚眼，并且感觉这些媚眼被他悉数接收了，所以他才对她报以更灿烂的微笑。

然而，他却在这儿等着她。他不是看上了她，只是个笑面虎罢了！

她承认自己疏忽大意得意忘形了，有点恃宠而骄的意思。怎么能在法庭上对法官自作多情呢？

"刘老师，您为什么出尔反尔，藐视法庭权威？"法官开始扣大帽子了。

一直埋头打字的书记员也抬起头，足足八束目光，齐唰唰盯着她。

"孩子是江彪的，跟周明一点儿关系也没有。"刘美美依旧斩钉截铁。

"好。"法官笑到现在，已经笑得红光满面了，"刘老师，江老师的证据出自正规合法的鉴定机构，真实有效难以推翻。但您要是坚称他的证据是假的，本着'谁主张谁举证'的原则，您有责任有义务提供真的。您可以在本法庭申请重做亲子鉴定，这样就能做一个权威的司法鉴定了。您有什么冤屈，都可以洗清了。"

"我不做。"刘美美没半点犹豫。

"为什么？"法官追问。

"我不想伤害我的孩子。"刘美美涕泪横流，"我之前已经说过了，我是一个伟大而坚强的母亲，我要保护我的孩子不受伤害。"

江悍只想啐她："你亲手策划让克明来路不明，早就把孩子伤得体无完肤了，还有脸提什么'保护'！"

法官问："刘老师，这对您可是一次机会，我再问您一遍，要不要再做一次司法鉴定？"

"不要。"刘美美抹着眼泪。

"您要是拿不出能推翻江老师的证据，又拒绝做亲子鉴定，根据《新婚姻法解释三》第二条，本案就可以反推江老师的证据成立了。"卢法官终于彻底严肃起来，这才是江彪想象中法官该有的样子。

刘美美低头不言。

"最后问一次，刘老师，要不要再做亲子鉴定？"卢法官把"最后"二字咬得很重，又说，"我问了您三次，三次机会您都放弃了。现在我是否可以确认，您是坚决不再重新鉴定了？"

刘美美看着审判席上放着的、头指向自己的录音笔，知道它正在辛勤工作，把她所有言论记录在案；她还看到一言不发的书记员抱着笔记本电脑敲击不止。两器、一人，都在默默记录着。全是铁证，落子不悔。她突然觉得自己说不出话了，失语一样。看法官目光凌厉盯着自己，她咬着牙点了点头。

法官叹了口气："刘老师，我问了您三遍。咱们中国人是讲究事不过三的。"

刘美美低头不语。

卢法官的目光在所有人身上扫射一遍："那好。双方是否同意调解？"

江悍立刻回应："我的委托人和我愿意调解。"

卢法官看向刘美美。此刻她的意见决定了能否调解。刘美美抹起了眼泪："他们欺负我一个弱女子，伪造鉴定书、血口喷人。我拒绝调解。"

卢法官耐心为他的"刘老师"讲解，说江老师的已有证据非常有力，而她基本没有证据，如此力量悬殊的对决，她必输无疑，而且输得十分被动。而如果她同意调解，法庭会努力为她协调，赔偿事宜也有回旋余地。

江彪听法官说完，偷偷问江悍："怎么法官还上赶着求她调解呢？"

江悍趁法官劝刘美美，赶紧低声给他哥普法："民事官司要是调解不成只能判决，判决是可以上诉的，之后就还得没完没了陪这女流氓折腾。"

江彪这才明白，自嘲法盲。

被告席上的刘美美突然提高嗓门："我是一个伟大而坚强的母亲——"

所有人都没料到如此急迫的时刻，她还有心思再来一句口头禅，但他们都来不及多想，只有耐着性子听下文。刘美美像个忧愤不得志的诗人，自恋地诉说着自己坎坷的人生、悲惨的命运。听众们云里雾里不知其所云。

"刘老师，您说了这么多，想表达什么？到底想调解还是不想？"一直耐心聆听的法官大人也受不了了。

"不、想。"刘美美声音不大，听上去不是那么坚定，但也足以表明态度了。

卢法官笑着说："双方对本次庭审有异议吗？有的话可以当庭提出；闭庭之后再有的话还可以投诉。"

卢雪松和江悍已绝了调解的念头，只想着判决之后的啰唆和麻烦——她肯定要上诉，又得到上一级法院折腾，即便中院维持原判，返回这里执行，那流程可就奔着明年了。江悍在这一行摸爬滚打11年，混蛋白痴见了不少，蠢到刘美美这种程度的还没见过。他也恨自己哥——当初找了个啥东西啊！

"最后再问一遍：各位对庭审还有意见吗？"卢法官整理着台上的卷宗，一副要走人的架势。

像赶着不让他收场似的，法庭门突然"啪"一声推向两边，风风火火冲进来一个人。

所有人都傻了，进来的竟是江克明。他手里紧紧攥着两张纸，径直向审判台跑去。

"您好，我是刘美美的儿子江克明。"

他气喘吁吁，刚跑完一个马拉松似的。

卢法官接过来一看，是另一份亲子鉴定书。

"法官，这是我和我爸的鉴定。父子样本的名字是我胡编的。您要是觉得效力不够，我们可以再做一次。"说"我爸"的时候，他指着江彪。

卢法官颔首微笑，脸上又挂了几弯月牙："这份鉴定书与之前那份正好互相印证，可以形成一个证据链。"

江彪看着儿子的背影，鼻子发酸。

江悍立刻看向刘美美："调解吧！坚持下去对我们无所谓，对你实在不利。"

刘美美万万没想到她艰苦卓绝撑到现在，眼看着要熬过庭审可以继续赖账，在这样的节骨眼儿上突然杀出个程咬金，这程咬金竟是自己亲生儿子。肝火上升，挥舞着巴掌"啊啊"怪叫地扑向克明。他闪身一躲，刘美美抓空了，脚下没控制住，直接倒在了地上。

克明以为她又在演戏，看了一眼觉得不对。江彪也凑上来，发现她牙关紧闭，在地上瘫软如泥。克明俯下身去拉她的胳膊，拉到的竟是两根软面条。他用尽力气拉，胳膊是抬起来了，头和整个身体却向后仰去。

卢法官放下鉴定书，和书记员一起从座位上下来。几个男人束手无策，女书记员蹲下来去掐刘美美的人中，掐了一会儿没反应，克明赶紧蹲下来，让江彪把刘美美扶到他后背上。事到如今也顾不得什么新仇旧恨，江彪心疼儿子，把他拉起来推到一边，背起刘美美就往江悍车上跑。

江悍开着车，忍不住抱怨："气得我都想抽她了，还得送她上医院，哪儿说理去？"

副驾驶的江彪咳了一声，示意他少废话，后座上还有克明呢。

"克明。"江悍故意问他，"我说你妈，你恨我吗？"

克明瞪了他一眼："你说呢？还有啊，我以后改名江小虎，你们得早点儿适应我的新名儿。"

"哈哈。"江悍乐得后仰，"你爹叫彪，你叫小虎，这不彻底成了哥俩啊！"

到医院后，医生初步诊断刘美美为血管抑制性晕厥，说白了就是背过气去了，并不严重，如无特殊情况可自行恢复。

江彪傻眼了，人生真是无常，他听刘美美在法庭上抒情的时候，盼着自己背过气，没想到煽情演说家本人却先行一步了。

江克明留下来照顾刘美美。她没多久醒来，眼神懵懂着朝床边的儿子笑了，却突然想到法庭那一幕，上翘的嘴角立刻垂下。克明摇摇头正要离开，周明急匆匆闯进来，一脸关切扑向刘美美。

"你也来看我笑话？门儿都没有！"刘美美嚷起来。

不等她说出下一句，克明转身走了。

摊上这么一对生父生母，除了给自己争口气考上个好大学，还能怎样呢！

55

孔妍妍自从怀孕后，一副母仪天下气吞山河的派头，什么女演员的身材管理、年龄焦虑全抛在脑后，该吃吃该喝喝，两个月就被江彪喂成了猪。

"我的职业生涯啊！"她哀嚎着咽下一块红烧肉。

孔宪愚和林东晗一起严肃警告江彪，再当饲养员就要出人命了，他才知道孔妍妍早抱定顺产的梦想，只是贪嘴没舍得告诉他，赶紧悬崖勒马，认真搭配饮食，严格计算重量和卡路里。孔妍妍也硬着头皮练起孕期瑜伽，为之前的放纵买单。

2019 年 3 月下旬，孔妍妍凌晨突然发动，正赶上米若虚值班，这位顶高明的妇产科男医生，为这世界迎来了一对低概率龙凤胎。

蹭着孕妇餐一路吃过来的克明同学，在高考中取得了好成绩，好到能争取韩莹和他复合的程度。他高考完最大的乐趣就是帮江彪他们看孩子。

江彪熟练地把纸尿裤拆下、折好，扔进垃圾桶，行云流水一气呵成。轮到他，手忙脚乱不说，还经常把黄白之物弄到手上。

江彪认真照顾小宝宝，给他们拉小提琴，孔妍妍除了喂奶就是运动恢复身材，温馨的一幕幕却总让克明莫名想哭。他小时候就是这样被服侍的！因为他，老爸四十整才有了自己的亲骨肉！

有一天他实在忍不住，把江彪堵在卫生间，回身闩上了门，红着眼圈问："老江，你不觉得亏？"

"养孩子，哪有什么亏不亏？"

克明有些急了："真不亏？"

"咋才叫不亏？"

克明一时愣住了。

"刚出生的小人儿，抱在谁怀里就是谁的。你是我的，我是你的。18 年前是，现在也是。"

后　记

别时何易，见时何难。人这一辈子，其实是个失与得的过程。而且往往，"失"比"得"更容易。

原本没打算写后记，小说的后记往往是创作谈，而我，没什么优良创作经可跟大家分享。

但看完小说的定稿，还是忍不住想多说几句。

我从小喜欢听故事、讲故事。抚养我长大的外祖母，恰是"故事篓子"，我是在她老人家的"老呔儿影"戏文、民间传说和家族故事里熏大的。初中开始立志成为一个写故事的人，努力六年终于走上了专业道路，拥有无数同龄学子艳羡的好运气，却因心慵笔懒，很多好故事只冒了个头，就搁浅在摇篮里了。

"忧愤出诗人"，而我的人生经历似乎达不到让我忧愤的地步，只能"不苦而自苦"，几近无病呻吟。这样说，又似乎为自己的懒惰和天赋差开脱。

直到那一天，我经历了有生以来最值得忧愤的事情，蛰伏已久的创作欲瞬间激活，更难能可贵的，竟然坚持写了个完整的。

那是《别时何易》的初稿——也许不能这么说，毕竟两稿之间已没多少重合之处。吊着一口气竟写出了洋洋40万字，自己都不敢相信人一旦忧愤起来，能制造这么多情绪垃圾。是的，那一稿其实是个"出气筒"，让我把愤恨抒发殆尽，不骂够人性之恶就出不了心头恶气似的。投射了过多主观感受且是主观恶感，作为文学作品早已失于偏颇，自己重读时都无比汗颜。

但我没勇气改，加之当时诸事缠身、稚子待哺，时间也极有限。初稿一放就是两年多。

后来，工作之余重读雨果的《悲惨世界》，强大的悲悯令我深深震撼、羞惭。我也想到余华所说的"一位真正的作家所寻找的是真理，是一种排斥道德判断的真理。作家的使命不是发泄，不是控诉或者揭露，他应该向人们展示高尚"。

我家先生也时时提点："生活不易，心里得照进阳光。"他还说："如果这部小说发表，你能让大家看到什么？只是愤恨和抱怨？"

在父母的帮衬支持下，我着手改稿。说是"改"，其实完全是"重写"。我必须摒弃初稿所有的厌恨情绪，才能让这个故事涅槃重生。为了彻底与过往告别，索性将男主人公的名字从"黎大民"改为"江彪"，增加了他弟弟"江悍"这位男二号，我希望借此，让自己的内心真正"彪悍"起来。如果可能的话，也给别人带去些许力量。

能力有限，如此的改动似乎又矫枉过正。通读下来，美好远远多于丑恶。其实，我内心并不喜欢这样似有逃避现实之嫌的浪漫风格，但是，对比初稿，我决定不再改动。

生活不易，还是让阳光多照进一些吧。

曾有一位编辑老师说过："这是个不喜读书、终日忙碌的年代，谁有耐心阅读你几十万字的作品，那绝对是知音，该心怀感恩。"

感恩知音，感恩阳光！

田一粟